Queria que você estivesse aqui

Outras obras da autora publicadas pela Verus Editora

A guardiã da minha irmã
A menina de vidro
Dezenove minutos
Um mundo à parte
As vozes do coração
Coração de mãe
A menina que contava histórias
Tempo de partir
Um milhão de pequenas coisas
A loucura do mel

Jodi Picoult
Queria que você estivesse aqui

Tradução
Sandra Martha Dolinsky

1ª edição
Rio de Janeiro-RJ / São Paulo-SP, 2024

VERUS
EDITORA

Título original
Wish You Were Here

ISBN: 978-65-5924-323-5

Copyright © Jodi Picoult, 2021
Todos os direitos reservados, incluindo o direito de reproduzir no todo ou em parte, em qualquer forma. Edição publicada mediante acordo com Ballantine Books, selo da Random House, divisão da Penguin Random House LLC.

Tradução © Verus Editora, 2024
Direitos reservados em língua portuguesa, no Brasil, por Verus Editora. Nenhuma parte desta obra pode ser reproduzida ou transmitida por qualquer forma e/ou quaisquer meios (eletrônico ou mecânico, incluindo fotocópia e gravação) ou arquivada em qualquer sistema ou banco de dados sem permissão escrita da editora.

Verus Editora Ltda.
Rua Argentina, 171, São Cristóvão, Rio de Janeiro/RJ, 20921-380
www.veruseditora.com.br

CIP-BRASIL. CATALOGAÇÃO NA FONTE
SINDICATO NACIONAL DOS EDITORES DE LIVROS, RJ

P666q
    Picoult, Jodi
        Queria que você estivesse aqui / Jodi Picoult ; tradução Sandra Martha Dolinsky.- 1. ed. - Rio de Janeiro : Verus, 2024.

        Tradução de: Wish you were here
        ISBN 978-65-5924-323-5

        1. Romance americano. I. Dolinsky, Sandra Martha. II. Título.

24-89292   CDD 813
                CDU 82-31(73)

Gabriela Faray Ferreira Lopes · Bibliotecária · CRB-7/6643

Revisado conforme o novo acordo ortográfico.

Seja um leitor preferencial Record.
Cadastre-se no site www.record.com.br e receba informações sobre nossos lançamentos e nossas promoções.

Atendimento e venda direta ao leitor:
sac@record.com.br

A Melanie Borinstein,
que em breve será a mais nova integrante da família.
Não há mais ninguém com quem eu prefira
administrar um salão de quarentena.

Não é o mais forte da espécie que sobrevive,
nem o mais inteligente. É aquele que
melhor se adapta às mudanças.
— CHARLES DARWIN

>

UM

MU

UM

13 de março de 2020

Quando eu tinha seis anos, pintei um cantinho do céu. Meu pai era restaurador, um dos que trabalharam no zodíaco pintado no teto do saguão principal do Grand Central Terminal — um céu azul-claro pontilhado de constelações cintilantes. Já era tarde, muito depois da minha hora de dormir, mas meu pai me levou ao trabalho porque minha mãe, como sempre, não estava em casa.

Ele me ajudou a escalar com cuidado o andaime, onde fiquei observando-o trabalhar em uma área limpa do teto com tinta azul-turquesa. Eu olhava aquelas estrelas que representam um pedaço da Via Láctea, as asas douradas de Pégaso, a maça erguida de Órion, o peixe retorcido da constelação de peixes. O mural original tinha sido pintado em 1913, meu pai me disse. Vazamentos no telhado estragaram o reboco e, em 1944, a pintura foi replicada em painéis, que foram fixados naquele teto abobadado. O plano original era remover os painéis para a restauração, mas eles continham amianto, de modo que os restauradores os deixaram no lugar e começaram a trabalhar com cotonetes e uma solução de limpeza, apagando décadas de poluentes.

E então eles foram descobrindo uma história. Foram reveladas assinaturas e piadas internas, notas deixadas pelos artistas originais, escondidas entre as constelações. Havia datas comemorando casamentos e o fim da Segunda Guerra Mundial. Havia nomes de soldados. O nascimento de irmãos gêmeos foi registrado perto da constelação de mesmo nome.

Os artistas originais cometeram um erro: pintaram o zodíaco invertido em relação à sua posição no céu noturno. No entanto, em vez de corrigir o problema, meu pai reforçou diligentemente o erro. Naquela noite, ele estava trabalhando em um espaço pequeno, dourando estrelas. Ele já havia aplicado cola nos pontinhos amarelos e os cobria com pedacinhos de folha de ouro, leves como um suspiro. Ele se voltou para mim, disse "Diana" e me estendeu a mão. Subi e parei na frente dele, cercada pela segurança de seu corpo. Ele me deu um pincel para passar sobre a folha laminada que ia fixar e me mostrou como esfregar suavemente o polegar em cima, de modo que só restasse a galáxia que ele havia criado.

Quando o trabalho foi concluído, os restauradores deixaram uma pequena área escura no canto noroeste do Grand Central Terminal, onde o teto azul-claro encontra a parede de mármore. Essa parte, de vinte e três por treze centímetros, foi deixada assim de propósito. Meu pai me disse que os restauradores fazem isso para o caso de os historiadores precisarem estudar a composição original. A única maneira de dizer até onde você chegou é saber por onde começou.

Toda vez que estou no Grand Central Terminal, penso em meu pai. Em como saímos de lá naquela noite, de mãos dadas, com as palmas brilhando, como se tivéssemos roubado as estrelas.

É sexta-feira 13, eu já devia saber. Ir da Sotheby's, no Upper East Side, até o Ansonia, no Upper West Side, significa pegar o trem Q até a Times Square e depois o 1 para a parte norte da cidade, de modo que tenho que ir na direção errada antes de começar a ir na direção certa.

Eu *odeio* andar para trás.

Normalmente eu atravessaria o Central Park a pé, mas meus sapatos novos estão fazendo bolha no meu calcanhar. Eu nunca teria colocado esses sapatos se soubesse que seria chamada por Kitomi Ito. Por isso, aqui estou eu no transporte público. Mas há algo errado, e demoro um instante para descobrir o que é.

Está muito quieto aqui. No geral tenho que abrir caminho entre os turistas que ficam parados ouvindo alguém cantar em troca de moedas, ou assistindo a um quarteto de violinos. Hoje, porém, o átrio está vazio.

Ontem à noite, os teatros da Broadway suspenderam as apresentações por um mês, por precaução, depois que um recepcionista testou positivo para covid. Finn disse que o Hospital Presbiteriano de Nova York, onde ele faz residência, não tem recebido a mesma quantidade de casos de coronavírus que estão aparecendo no estado de Washington, na Itália e na França. Havia só dezenove casos na cidade, ele me disse ontem à noite enquanto assistíamos ao noticiário, quando me perguntei em voz alta se devíamos começar a entrar em pânico.

— Lave as mãos e não toque no rosto — disse ele. — Vai ficar tudo bem.

O metrô para o norte da cidade também está quase vazio. Desço na 72nd Street e subo as escadas até sair na calçada, pestanejando como uma toupeira, caminhando no ritmo ágil nova-iorquino. O Ansonia se ergue em toda a sua glória como um djinn zangado, projetando desafiador seu queixo em estilo Beaux-Arts para o céu. Por um momento, fico parada na calçada, olhando para o telhado de mansarda e sua extensão preguiçosa, que vai da 73rd até a 74th Street. Há uma loja da North Face e uma da American Apparel no térreo, mas nem sempre foi assim. Kitomi me contou que, quando ela e Sam Pride se mudaram para lá, nos anos 70, o prédio era lotado de médiuns e videntes e abrigava um clube de swing com direito a sala de orgia, open bar e bufê. "O Sam e eu", contou ela, "íamos lá pelo menos uma vez por semana."

Eu não havia nascido quando Sam fundou a banda Nightjars, com William Punt, que compunha com ele, e mais dois colegas de escola de Slough, Inglaterra. Nem quando o primeiro disco deles passou trinta semanas nas paradas da *Billboard*, ou quando o quarteto foi ao *The Ed Sullivan Show* e provocou uma gritaria de fãs enlouquecidas. Nem quando Sam se casou com Kitomi Ito, dez anos depois, tampouco quando a banda se separou, meses após o lançamento do último álbum, que trazia Kitomi e Sam nus na capa, imitando as personagens de um quadro pendurado atrás da cama deles. E também não era nascida quando Sam foi assassinado, três anos mais tarde, na escadaria deste mesmo prédio, esfaqueado no pescoço por um homem com uma doença mental que o reconheceu pela icônica capa do disco.

Mas, como o planeta inteiro, eu conheço a história.

O porteiro do Ansonia sorri educado para mim; a recepcionista ergue o olhar quando me aproximo.

— Vim ver Kitomi Ito — digo friamente, mostrando-lhe minha identificação.

— Ela está te esperando — a recepcionista responde. — Fica no...

— Décimo oitavo, eu sei.

Muitas celebridades já moraram no Ansonia — de Babe Ruth a Theodore Dreiser, de Toscanini a Natalie Portman —, mas, sem dúvida, Kitomi e Sam Pride são os mais famosos. Se meu marido tivesse sido assassinado na escadaria na frente do meu prédio, acho que eu não ficaria mais trinta anos morando ali, mas quem sou eu. De qualquer maneira, Kitomi finalmente vai se mudar, e é por isso que a viúva do rock mais infame do mundo tem meu número salvo em seu celular.

Essa é a minha vida, penso, encostada no fundo do elevador.

Quando era mais nova e as pessoas perguntavam o que queria ser quando crescesse, eu dizia que tinha um plano. Queria estar encaminhada na carreira e já casada aos trinta anos, ter meu último filho aos trinta e cinco. Queria falar francês fluentemente e já ter cruzado o país pela Route 66. Meu pai ria da minha lista. "Definitivamente, você é filha da sua mãe", ele dizia.

Não tomei isso como um elogio.

Mas, só para constar, estou no caminho certo. Sou especialista associada da Sotheby's... *Sotheby's*! E Eva, minha chefe, deu a entender de todas as maneiras possíveis que, depois do leilão do quadro de Kitomi, provavelmente vou ser promovida. Não estou noiva, mas quando minhas meias limpas acabaram, no fim de semana passado, e fui pegar um par de meias do Finn, encontrei um anel escondido no fundo da gaveta dele. Amanhã vamos sair em férias e Finn vai me pedir em casamento na viagem. Tenho tanta certeza disso que até fiz as unhas hoje, em vez de almoçar.

E tenho vinte e nove anos.

A porta do elevador se abre diretamente no saguão do apartamento de Kitomi, com seus quadrados de mármore preto e branco, como um tabuleiro de xadrez gigante. Ela vem me receber de jeans, coturnos e um roupão de seda rosa — e a mecha de cabelo branco e os óculos roxos em forma de coração pelos quais é conhecida. Ela sempre me faz lembrar um passarinho, leve e de ossos ocos. Penso no cabelo preto de Kitomi, que ficou branco da noite para o dia depois do assassinato de Sam. Penso nas fotos dela na calçada, sem conseguir respirar.

— Diana! — diz ela, como se fôssemos velhas amigas.

Há um breve constrangimento quando, por costume, estendo a mão para apertar a dela e só então lembro que não fazemos mais isso. Dou um leve aceno desajeitado.

— Oi, Kitomi — cumprimento.

— Que bom que você pôde vir.

— Sem problemas. Muitos vendedores preferem que a papelada seja entregue pessoalmente.

Por cima do ombro dela, no fim de um longo corredor, eu o vejo: o quadro de Toulouse-Lautrec, a razão de eu conhecer Kitomi Ito pessoalmente. Ela vê meus olhos seguirem em direção a ele e abre um sorriso.

— Não posso evitar. Nunca me canso de olhar para ele — digo.

Uma estranha cintilação surge no rosto de Kitomi.

— Venha olhar melhor, então — responde ela, levando-me para dentro.

De 1892 a 1895, Henri de Toulouse-Lautrec escandalizou o mundo da arte impressionista ao se mudar para um bordel e pintar prostitutas juntas na cama. *Le lit*, um dos quadros mais famosos dessa série, está no Museu d'Orsay. Outros foram vendidos para coleções particulares por dez, doze milhões de dólares. O quadro que está na casa de Kitomi é, sem dúvida, parte dessa série, mas mesmo assim diferente dos outros.

Não há duas mulheres neste, e sim uma mulher e um homem. A mulher está sentada, nua, encostada na cabeceira da cama, com o lençol caído na cintura. Atrás da cabeceira há um espelho, e nele se vê o reflexo da segunda pessoa na pintura — o próprio Toulouse-Lautrec, sentado, nu, ao pé da cama, com os lençóis amontoados no colo, de costas para o observador e olhando tão atentamente para a mulher quanto ela para ele. É íntimo e voyeurístico, ao mesmo tempo particular e público.

Quando os Nightjars lançaram o último disco, *Twelfth of Never*, a arte da capa mostrava Kitomi com os seios nus, encostada na cabeceira da cama, olhando para Sam, cujas costas largas formavam o terço inferior da imagem. Atrás da cama pendia o quadro que eles estavam imitando, na posição que o espelho ocupa na obra original.

Todo mundo conhece a capa desse disco. Todo mundo sabe que Sam comprou essa tela para Kitomi de uma coleção particular, como presente de casamento.

Mas poucas pessoas sabem que ela está vendendo o quadro, em um leilão exclusivo da Sotheby's, e que fui eu quem fechou o negócio.

— Ainda vai sair de férias? — pergunta Kitomi, interrompendo meu devaneio.

Eu contei para ela sobre a nossa viagem? Talvez. Mas não consigo pensar em nenhuma razão lógica para ela se interessar.

Limpo a garganta (não sou paga para divagar sobre arte, e sim para negociá-la), coloco um sorriso no rosto e respondo:

— Só duas semanas, mas assim que eu voltar os preparativos para o seu leilão vão estar a todo vapor.

Meu trabalho é estranho: tenho que convencer os clientes a entregarem suas amadas obras de arte para adoção, o que é uma dança delicada entre falar com entusiasmo sobre a obra e convencê-los de que estão fazendo a coisa certa ao vendê-la.

— Se está receosa com a transferência do quadro para a nossa sede, não se preocupe — digo. — Prometo que vou estar aqui supervisionando o encaixotamento e lá do outro lado também. — Olho de volta para a tela. — Vamos encontrar o lar perfeito para ele — prometo. — Então, a papelada?

Kitomi olha pela janela antes de se voltar para mim.
— Quanto a isso...

— Como assim, ela não quer vender? — diz Eva, olhando para mim por cima da armação de seus famosos óculos com aro de tartaruga.

Eva St. Clerck é minha chefe, mentora e uma lenda. Ela é diretora de vendas dos leilões Imp Mod — a gigantesca área de arte impressionista e modernista —, e quem eu quero ser quando tiver chegado aos quarenta. Até este momento, eu estava adorando ser a queridinha da professora, colocada debaixo das asas de sua expertise.

Eva estreita os olhos.

— Eu sabia. Alguém da Christie's a convenceu.

No passado, Kitomi vendeu outras obras de arte por intermédio da Christie's, a principal concorrente da Sotheby's. Para ser sincera, todo mundo presumiu que era assim que ela venderia o Toulouse-Lautrec também... até que eu fiz algo que nunca deveria ter feito como especialista associada e a convenci do contrário.

— Não foi a Christie's...

— A Phillips? — questiona Eva, arqueando as sobrancelhas.

— Não, nenhuma delas. Ela só quer esperar um pouco — esclareço.

— Está preocupada com o vírus.

— Por quê? — pergunta Eva, estupefata. — Um quadro não pega vírus.

— Não, mas os compradores podem pegar no leilão.

— Bem, posso convencê-la a não se preocupar com isso — diz Eva. — Temos gente grande interessada: os Clooney, a Beyoncé e o Jay-Z, pelo amor de Deus!

— Kitomi também está tensa porque o mercado de ações vem afundando. Ela acha que as coisas vão piorar, e rápido. Quer esperar um pouco, para não se arrepender depois.

Eva esfrega as têmporas.

— Você sabe que nós já vazamos informações sobre essa venda — diz.

— A *New Yorker* já escreveu uma matéria sobre isso.

— Ela só precisa de um pouco mais de tempo.

Eva desvia o olhar, já me dispensando mentalmente.

— Pode ir — ordena.

Saio da sala dela e entro no labirinto de corredores cheios de livros que uso para pesquisar sobre arte. Estou na Sotheby's há seis anos e meio — sete, contando o estágio que fiz quando ainda estava no Williams College. Fui direto da graduação para o mestrado em negócios nas artes visuais. Comecei como trainee, já formada, depois passei para catalogadora júnior no Departamento Impressionista, fazendo pesquisas iniciais sobre os quadros recebidos. Eu pesquisava o que mais o artista estava trabalhando na mesma época e por quanto obras semelhantes haviam sido vendidas, e às vezes redigia o primeiro esboço da sinopse para o catálogo. Embora o restante do mundo seja digital, o mundo da arte ainda produz catálogos físicos, bonitos, brilhantes, cheios de nuances e muito, muito importantes. Atualmente, como especialista associada, realizo outras tarefas para Eva: visito a obra *in loco* e observo eventuais imperfeições, da mesma forma que uma pessoa examina um carro alugado em busca de riscos e amassados antes de assinar o contrato; acompanho fisicamente o quadro enquanto ele é embalado e transportado para a nossa sede; e, de vez em quando, vou com minha chefe a reuniões com clientes potenciais.

Uma mão serpeia para fora de uma porta pela qual estou passando e agarra meu ombro, me puxando para uma salinha.

— Caramba — exclamo, quase caindo em cima de Rodney, meu melhor amigo aqui na Sotheby's.

Assim como eu, ele começou como estagiário, quando ainda fazia faculdade. Mas, ao contrário de mim, não foi para o lado comercial da casa de leilões. Ele projeta e ajuda a criar os espaços onde as obras são exibidas para leilão.

— É verdade? — pergunta Rodney. — Você perdeu o quadro dos Nightjars?

— Primeiro, não é o quadro dos Nightjars, é da Kitomi Ito. Segundo, *como* é que você soube tão rápido?

— Amiga, o que movimenta todo esse ramo é a fofoca — diz Rodney. — E ela se espalha por esses corredores mais rápido que a gripe. — Ele hesita. — Ou o coronavírus, como pode acontecer.

— Pois bem, eu não *perdi* o Toulouse-Lautrec. Kitomi só quer esperar as coisas se acalmarem primeiro.

Rodney cruza os braços.

— Você acha que isso vai acontecer tão cedo? O prefeito declarou estado de emergência ontem.

— O Finn disse que só tem dezenove casos na cidade — rebato.

Rodney olha para mim como se eu tivesse acabado de declarar que ainda acredito em Papai Noel: com um misto de pena e descrença.

— Pode ficar com um dos meus rolos de papel higiênico — diz.

Pela primeira vez, olho para trás dele. Vejo seis faixas de tons diferentes de tinta dourada nas paredes.

— De qual você gosta? — pergunta ele.

Aponto para uma do meio.

— Jura? — diz ele, estreitando os olhos.

— Para que é?

— Uma exposição de manuscritos medievais. Venda particular.

— Então essa — digo, apontando para a faixa ao lado, que parece exatamente igual. — Vamos ao Sant Ambroeus — imploro. É o café que fica no último andar da Sotheby's; eles têm um sanduíche de prosciutto e mozzarella capaz de apagar da minha mente a expressão no rosto de Eva.

— Não posso. Hoje vou comer pipoca.

A sala de descanso oferece pipoca de micro-ondas grátis; nos dias cheios, nosso almoço é esse.

— Rodney — digo —, estou ferrada.

Ele pousa as mãos em meus ombros e me faz girar, me conduzindo à parede oposta, onde resta um painel espelhado da instalação anterior.

— O que você está vendo?

Olho para o meu cabelo, que sempre foi ruivo demais para o meu gosto, e para os meus olhos, de um azul que parece aço. Meu batom já era. Minha pele é de um branco fantasmagórico invernal. E vejo uma mancha estranha na gola da minha blusa.

— Estou vendo alguém que pode dizer adeus à sua promoção.

— Engraçado — diz Rodney —, eu vejo alguém que está saindo em férias amanhã e que deveria estar pouco se lixando para Kitomi Ito, Eva St. Clerck ou Sotheby's. Pense naqueles drinques tropicais, naquele paraíso, em brincar de médico com o seu namorado...

— Médicos de verdade não fazem isso...

— ... e em mergulhar com monstros-de-gila...

— Iguanas-marinhas.

— Dá na mesma. — Rodney me abraça por trás, encontrando meu olhar no espelho. — Diana, quando você voltar, daqui a duas semanas, o escândalo já vai ser outro. — Ele sorri para mim. — Agora vá comprar um protetor solar com FPS 50 e some daqui.

Rio quando Rodney pega um rolo de pintura e cobre suavemente todas as faixas douradas com a cor que eu escolhi. Uma vez ele me disse que as paredes de uma casa de leilões podem ter trinta centímetros de tinta, porque são constantemente repintadas.

Ao fechar a porta depois de sair, fico me perguntando qual teria sido a cor original dessa sala, e se alguém aqui ainda se lembra.

Para chegar a Hastings-on-Hudson, uma cidade-dormitório ao norte de Nova York, preciso pegar o trem no Grand Central. Então, pela segunda vez hoje, vou para o centro da cidade.

Agora, porém, vou até o saguão principal do edifício e me posiciono bem embaixo do pedacinho de céu que pintei com meu pai, deixando meu olhar percorrer o zodíaco invertido e as sardas de estrelas que coram no arco do teto. Jogo a cabeça para trás e olho até ficar tonta, até quase conseguir ouvir a voz do meu pai de novo.

Já faz quatro anos que ele morreu, e a única maneira de tomar coragem para visitar minha mãe é vir aqui primeiro, como se a memória dele me desse uma imunidade protetora.

Não sei muito bem por que vou vê-la. Não que ela tenha perguntado por mim. E não que visitá-la faça parte da minha rotina. Na verdade, não a vejo há três meses.

Talvez seja por *isso* que estou indo.

The Greens é uma clínica bem pertinho da estação de trem de Hastings-on-Hudson, dá para ir a pé. Essa é uma das razões pelas quais a escolhi, quando minha mãe reapareceu do nada, após anos de silêncio. E, naturalmente, ela não apareceu esbanjando aconchego materno. Ela era um problema que eu precisava resolver.

A clínica fica em uma comunidade que parece ter sido recortada da Nova Inglaterra e colada aqui. Árvores margeiam a rua e tem uma biblioteca ao lado. Há um círculo de paralelepípedos diante da entrada. Só depois de passar pela porta — sempre trancada — e ver os corredores classificados por cores, e as fotos na porta dos apartamentos dos moradores, é que se percebe que é uma instituição de cuidados para pessoas sem memória.

Eu me registro na recepção e passo por uma mulher que arrasta os pés até uma iluminada sala de arte, cheia de tintas, argila e material para trabalhos manuais. Pelo que sei, minha mãe nunca participou dessa atividade.

Eles fazem todo tipo de coisa aqui para facilitar a vida dos moradores. As portas pelas quais eles podem e devem entrar têm o batente amarelo brilhante, para não passar despercebidas; as salas de funcionários ou depósitos se camuflam nas paredes, suas portas com pinturas de estantes de livros ou de vegetação. Como as portas dos apartamentos são parecidas, cada uma tem uma foto grande que carregue um significado especial para quem mora ali: um parente, um lugar, um bichinho de estimação. No caso da minha mãe, é uma de suas fotografias mais famosas: um refugiado que veio de jangada de Cuba, carregando o corpo mole e desidratado do filho nos braços. É grotesca, sombria, a dor irradia da imagem. Em outras palavras, exatamente o tipo de foto pela qual Hannah O'Toole era conhecida.

Há um código que abre a ala de segurança pelos dois lados. (O leitor de dentro está sempre cercado por um grupo de zumbis — moradores tentando espiar por cima do ombro para tentar ver os números e descobrir o caminho para a liberdade.) Os quartos individuais não ficam trancados.

Entro no quarto da minha mãe, limpo e organizado. A televisão está ligada — a televisão está *sempre* ligada —, sintonizada em um game show. Minha mãe está sentada no sofá, com as mãos no colo, como se estivesse em um baile de debutantes, esperando ser convidada para dançar.

Ela é mais nova que a maioria dos moradores daqui. Tem uma mecha branca no cabelo preto, que está aí desde que eu era pequena. Ela não me parece muito diferente de quando eu era criança, exceto pela imobilidade. Minha mãe estava sempre em movimento: falando animadamente com as mãos, se virando para a próxima pergunta, ajustando a lente da câmera, sempre correndo para longe de nós, para algum canto do mundo, a fim de capturar uma revolução ou um desastre natural.

Atrás dela está a varanda telada, razão pela qual escolhi a The Greens. Achei que alguém que havia passado tanto tempo na vida ao ar livre odiaria o confinamento de uma instituição de cuidados. A varanda telada é segura, porque não permite sair, mas permite que se tenha uma vista. Tudo bem, é só uma faixa de gramado e, mais além, um estacionamento. Mas já é alguma coisa.

Custa um caminhão de dinheiro manter minha mãe aqui. Quando ela apareceu à minha porta, na companhia dos dois policiais que a encontraram vagando pelo Central Park de roupão, eu nem sabia que ela tinha voltado para a cidade. Encontraram meu endereço na carteira dela, em um pedaço de papel arrancado do envelope de um antigo cartão de Natal. "Senhora", um dos policiais me perguntou, "conhece esta mulher?"

Eu a reconhecia, claro. Mas não a *conhecia* de forma alguma.

Quando ficou claro que minha mãe estava com demência, Finn me perguntou o que eu iria fazer. "Nada", respondi. Ela mal tinha participado da minha criação, então por que eu era obrigada a cuidar dela agora? Eu me lembro de ver a cara dele quando percebeu que, para mim, talvez o amor fosse uma troca de favores. Eu não queria nunca mais ver aquela expressão no rosto de Finn, mas também conhecia minhas limitações e não tinha recursos para cuidar de alguém com Alzheimer precoce. Então, tomei as devidas providências, conversei com o neurologista dela e peguei panfletos de diversas clínicas. The Greens era a melhor de todas, mas era cara. No fim, esvaziei o apartamento da minha mãe, a Sotheby's leiloou as fotos que ela tinha nas paredes, e o resultado foi uma renda que pagaria sua nova residência.

Não deixei de notar a ironia: meu pai, de quem eu sentia falta desesperadamente, não estava mais no mundo; ao passo que minha mãe, que me era indiferente, ficaria inextricavelmente ligada a mim por muito tempo.

Agora, colo um sorriso no rosto e me sento ao lado da minha mãe no sofá. Posso contar nas mãos o número de vezes que vim visitá-la desde que a coloquei aqui, mas me lembro muito bem das orientações da equipe: aja como se ela reconhecesse você, e, mesmo que ela não se lembre, provavelmente vai seguir as normas sociais e tratá-la como uma amiga. Na primeira visita, quando perguntou quem eu era e respondi "Sua filha", ela ficou tão agitada que saiu correndo, caiu sobre uma cadeira e cortou a testa.

— Quem está ganhando a *Roda da fortuna*? — pergunto, me acomodando como se eu a visitasse regularmente.

Seu olhar dispara na minha direção. Há um lampejo de confusão nele, como uma luz piloto, mas que logo se dissipa.

— A mulher de blusa rosa — diz minha mãe com as sobrancelhas franzidas, tentando me reconhecer. — Você é...

— Da última vez que estive aqui, estava quente lá fora — interrompo, dando a dica de que não é a primeira vez que venho. — Está bem quente hoje. Quer que abra a porta de correr?

Ela assente com a cabeça e vou para a varanda telada. A trava que a tranca por dentro está aberta.

— Você tem que manter isso aqui fechado — digo. Não preciso me preocupar que ela saia, mas ainda me deixa nervosa ver a porta de correr destrancada.

— Vamos a algum lugar? — pergunta ela quando uma rajada de ar fresco sopra na sala.

— Hoje não — respondo. — Mas vou viajar amanhã. Para Galápagos.

— Já estive lá — diz minha mãe, acendendo um fio de memória. — Há uma tartaruga lá, George Solitário, o último da sua espécie. Imagine ser o último de alguma coisa no mundo inteiro...

Por alguma razão, minha garganta arde com as lágrimas.
— Ele morreu — conto.
Minha mãe inclina a cabeça.
— Quem?
— George Solitário.
— Quem é George? — ela pergunta e estreita os olhos. — Quem é *você*?
Essa frase me machuca.
Não sei por que me dói tanto que minha mãe tenha me esquecido se, na verdade, ela nunca me conheceu.

Quando Finn chega do hospital, estou na cama, debaixo das cobertas, com minha camisa de flanela favorita e calça de moletom, o notebook equilibrado sobre as pernas. O dia de hoje foi *pesado*. Finn senta ao meu lado e se recosta na cabeceira da cama. Seus cabelos dourados estão molhados, o que significa que ele tomou banho antes de voltar do Hospital Presbiteriano de Nova York, onde é residente de cirurgia. O uniforme do hospital evidencia as curvas de seus bíceps e a constelação de sardas em seus braços. Ele olha para a tela e depois para o pote vazio de sorvete aninhado ao meu lado.
— Uau — diz. — *Entre dois amores...* e sorvete? Artilharia pesada, hein?
Apoio a cabeça em seu ombro.
— Tive o dia mais merda de todos.
— Não, eu tive — responde Finn.
— Eu perdi um quadro.
— Eu perdi uma paciente.
Gemo.
— Você ganhou. Você sempre ganha. Ninguém morre de uma emergência artística.
— Não, eu quis dizer que *perdi* uma paciente. Uma idosa com DCL sumiu antes que eu pudesse levá-la para a cirurgia de vesícula.
— DCL? Doença chata leve?
Finn sorri.
— Demência por corpos de Lewy.

Naturalmente, isso me faz pensar na minha mãe.

— E você a encontrou?

— A segurança encontrou — responde Finn. — Ela estava no andar da maternidade.

Fico pensando no que a fez ir até *lá* — algum erro do GPS interno ou uma lembrança tão distante que mal dava para ver, como a rabiola de uma pipa entre as nuvens.

— Então *eu* ganhei — digo e lhe dou uma versão abreviada do meu encontro com Kitomi Ito.

— Bom, no esquema geral das coisas, não foi um desastre. Você ainda pode ser promovida a especialista sênior quando ela finalmente decidir vender.

O que mais amo em Finn (tudo bem, *uma* das coisas que mais amo em Finn) é que ele entende que eu tenho um projeto detalhado para o meu futuro. Ele também tem o dele. O mais importante é que o meu e o dele coincidem: sucesso profissional, depois dois filhos, depois uma casa de campo restaurada no norte do estado. Um Audi TT. Um springer spaniel inglês de raça pura, mas também um vira-lata resgatado. Morar no exterior por seis meses. Uma conta bancária cheia o bastante para não termos que nos preocupar se precisarmos comprar pneus de neve ou reformar o telhado. Fazer parte do conselho de um abrigo para pessoas sem-teto, ou de um hospital, ou de uma instituição filantrópica contra o câncer, que ajude a tornar o mundo um lugar melhor. Um feito que faça o meu nome ser lembrado.

(Achei que o leilão da Kitomi Ito poderia fazer isso.)

Se o casamento é um jugo que mantém duas pessoas caminhando juntas, meus pais eram bois que puxavam cada um em uma direção, e eu ficava no meio. Nunca entendi como é possível estar com alguém e não perceber que o outro deseja um futuro totalmente diferente. Meu pai sonhava com uma família; para ele, a arte era um meio de me sustentar. Minha mãe sonhava com a arte; para ela, a família era uma distração. Eu acredito no amor, mas não há paixão tão intensa que possa preencher um abismo como esse.

A vida acontece quando menos se espera, mas isso não significa que não podemos ter um projeto na manga. Para isso, enquanto um bom número de amigos nossos ainda está acumulando diplomas caros, procurando alguém ou tentando descobrir o que lhes traz alegria, Finn e eu temos *planos*. Não temos simplesmente o mesmo cronograma geral de vida; também temos os mesmos sonhos, a mesma lista de desejos. Correr uma maratona. Saber diferenciar um bom cabernet de um ruim. Assistir a todos os filmes do top 250 do IMDb. Ser voluntários na Iditarod. Fazer a Trilha dos Apalaches. Ver as plantações de tulipas na Holanda. Aprender a surfar. Ver a aurora boreal. Nos aposentar aos cinquenta anos. Visitar todos os patrimônios mundiais da Unesco.

Vamos começar com as ilhas Galápagos. É uma viagem incrivelmente cara para dois millennials de Nova York; só o custo dos voos já é exorbitante. Mas estamos economizando há quatro anos e, graças a um pacote que encontrei na internet, conseguimos encaixar a viagem no nosso orçamento — vamos ficar em uma só ilha, em vez de fazer um cruzeiro por todas elas, o que seria mais caro.

E, em alguma praia de areia vulcânica, Finn vai cair de joelhos, e eu vou cair no oceano de seus olhos e dizer: *Sim, vamos começar o resto da nossa vida juntos.*

Mesmo tendo um cronograma para minha vida, do qual não me desviei, eu me sinto estagnada, aguardando a próxima etapa. Tenho um emprego, mas não uma promoção. Tenho um namorado, mas não uma família. É como quando Finn está jogando videogame e não consegue passar de fase. Já visualizei, já manifestei, já tentei falar com o universo. Finn tem razão; não vou deixar um pequeno percalço como a indecisão de Kitomi me tirar dos trilhos.

Tirar *nós dois* dos trilhos.

Finn beija o topo da minha cabeça.

— Que pena que você perdeu seu quadro.

— Que pena que você perdeu sua paciente.

Ele enrosca os dedos nos meus.

— Ela estava tossindo — murmura.

— Pensei que ela tinha ido lá por causa da vesícula.

— E foi, mas ela estava tossindo. Todo mundo conseguia ouvir. E eu... — Ele olha para mim, envergonhado. — Eu fiquei com medo.

Aperto a mão de Finn.

— Você achou que ela estava com covid?

— É. — Ele assente com a cabeça. — Por isso, em vez de entrar no quarto dela, fui ver outros dois pacientes primeiro. Acho que ela cansou de esperar e... saiu andando. — Ele faz uma careta. — Ela estava com tosse de fumante e precisava tirar a vesícula e, em vez de pensar na saúde dela, eu pensei na minha.

— Você não pode se culpar por isso.

— Não posso? Eu fiz um juramento. É como ser bombeiro e dizer que está quente demais para entrar num prédio em chamas.

— Achei que tinha só dezenove casos na cidade.

— Hoje — enfatiza Finn. — Mas o chefe da residência nos apavorou dizendo que a emergência vai estar lotada até segunda-feira. Passei uma hora decorando como colocar direito o EPI.

— Graças a Deus estamos saindo de férias — digo. — Acho que nós dois precisamos de uma pausa.

Finn não responde.

— Não vejo a hora de chegar na praia e deixar todo o resto a um milhão de quilômetros de distância.

Silêncio.

— *Finn* — digo.

Ele se afasta para poder me olhar nos olhos.

— Diana, você deve ir mesmo assim.

De madrugada, depois que Finn cai em um sono agitado, acordo com dor de cabeça. Tomo um analgésico, vou para a sala e abro meu notebook. O chefe de Finn no hospital deixou bastante claro que tirar férias neste momento seria *fortemente desaconselhável*, visto que eles precisam de todos os braços disponíveis, e imediatamente.

Não que eu não acredite nele, mas penso na estação de trem deserta e não faz sentido. Na verdade a cidade parece vazia, não cheia de doentes.

Passo os olhos de manchete em manchete:

DE BLASIO DECLARA ESTADO DE EMERGÊNCIA.

PREFEITO ESPERA MIL CASOS NA CIDADE DE NOVA YORK ATÉ A PRÓXIMA SEMANA.

NBA E NHL CANCELAM TEMPORADAS.

MET FECHADO PARA VISITAS PRESENCIAIS.

Lá fora, o horizonte começa a se avermelhar. Ouço o barulho de um carro. Parece um sábado comum na cidade, só que, aparentemente, estamos no olho do furacão.

Certa vez, quando era pequena, meu pai e eu acompanhamos minha mãe, que ia tirar fotos da seca no Meio-Oeste, e fomos pegos por um tornado. O céu ficou amarelo, como um hematoma antigo, e nos abrigamos no porão da pousada, espremidos entre caixas com etiquetas em que se lia "Enfeites de Natal" e "Toalhas de mesa". Minha mãe ficou lá em cima com sua câmera. Quando o vento parou de uivar e ela saiu da pousada, eu a segui. Ela não se surpreendeu ao me ver ali.

Não havia um único som — nem de pessoas, nem de carros, nem, estranhamente, de pássaros ou insetos. Era como se estivéssemos dentro de uma redoma de vidro.

"Acabou?", perguntei. "Sim", ela respondeu. "E não."

Só percebo que Finn está parado atrás de mim quando sinto suas mãos em meus ombros.

— É melhor assim — diz ele.

— Sair de férias sozinha?

— Você estar num lugar seguro, para eu não me preocupar — responde ele. — Não sei o que posso acabar trazendo do hospital pra casa. Não sei nem se vou *voltar* do hospital pra casa.

— Dizem que em duas semanas vai acabar.

Dizem, penso. Os âncoras dos telejornais, que estão repetindo o que diz o secretário de imprensa, que está repetindo o que diz o presidente.

— Sim, eu sei. Mas não é isso que o meu chefe está dizendo.

Penso na estação de metrô onde estive ontem à tarde. Na Times Square sem turistas. Não preciso encher a despensa de álcool em gel ou comprar máscaras N95. Eu vi os números na França, na Itália, mas essas vítimas eram pessoas idosas. Sou totalmente a favor de tomar precauções, mas também sei que sou jovem e saudável. É difícil saber no que acreditar. Em *quem* acreditar.

Se a pandemia ainda parece distante de Manhattan, provavelmente vai parecer inexistente em um arquipélago no meio do oceano Pacífico.

— E se acabar o papel higiênico? — digo.

— É com *isso* que você está preocupada? — Ele aperta meus ombros, e eu percebo o humor em sua voz. — Prometo que vou roubar uns rolos do hospital se começar a ter briga nas lojas.

Parece errado, muito errado, ir sem Finn; e parece ainda mais errado pensar em levar uma amiga no lugar dele — não que eu conheça alguém que possa sair por duas semanas sem aviso prévio... Mas também há uma praticidade em sua sugestão que me pega de jeito. Já estou de férias do trabalho. Sei que vamos poder ficar com o crédito pela passagem aérea de Finn, mas as letras miúdas do nosso incrível pacote de viagem diziam "não reembolsável", ponto-final. Digo a mim mesma que seria idiotice perder tanto dinheiro, especialmente porque, só de pensar em aparecer para trabalhar na segunda-feira, minha cabeça lateja ainda mais. Penso em Rodney me dizendo para ir mergulhar com as iguanas.

— Vou mandar fotos — prometo. — Tantas que você vai precisar de um pacote de dados melhor.

Finn se abaixa, e sinto seus lábios em meu pescoço.

— Divirta-se por nós dois.

De repente, sou tomada por um medo tão intenso que me faz pular da cadeira para os braços dele.

— Você vai estar aqui quando eu voltar — afirmo, porque não suporto pensar que essa frase pode ser uma pergunta.

— Diana — diz ele, sorrindo —, você não conseguiria se livrar de mim nem se tentasse.

Sinceramente, não me lembro de ter chegado a Galápagos.

Acho que a culpa é do zolpidem. Tomei assim que entrei no avião. Lembro de fazer as malas e de, no último minuto, tirar os guias de viagem da bagagem de mão e colocar na mala grande. Lembro de checar três vezes se estava com o passaporte. Lembro de Finn sendo chamado de volta ao hospital, de ele me dar um beijo de despedida e dizer:

— Victoria Falls.

— Você já esqueceu meu nome — brinquei.

— Não, esse é o próximo patrimônio da Unesco para visitar. Só que, para esse, eu vou ao Zimbábue e você fica aqui. Nada mais justo.

— Combinado — respondi, porque sabia que ele não iria sem mim.

Depois disso, minhas lembranças são fragmentadas: a agitação louca do aeroporto, como se fosse temporada de férias, e não um fim de semana aleatório de março; a garrafa de água que comprei e terminei no voo, a revista *People* que nem cheguei a abrir; o solavanco das rodas, que me tirou do sonho recheado de fatos que li sobre Galápagos. Ainda meio lerda e insegura, atravesso o desconhecido aeroporto de Guaiaquil, no Equador, onde vou passar uma noite antes do voo de conexão para Galápagos.

Lembro de apenas duas coisas sobre o pouso: que a companhia aérea perdeu minha bagagem e que alguém checou minha temperatura antes de me deixar entrar no Equador.

Não tenho espanhol nem energia suficientes para explicar que meu voo para o arquipélago parte amanhã cedo, mas com certeza isso já aconteceu antes. Preencho um formulário na área da esteira de bagagens, mas, com base no número de pessoas que estão fazendo a mesma coisa, não tenho muita esperança de encontrar minha mala a tempo. Penso com melancolia nos guias que guardei lá dentro. Tudo bem, vou descobrir os lugares por experiência própria, não preciso ler sobre eles. Tenho o essencial na mochila: pasta e escova de dentes, carregador de celular, um maiô que coloquei para o caso de *isso* acontecer. Vou voltar ao aeroporto de manhã e pegar um avião para Baltra, na ilha de Santa Cruz, em Galápagos, depois um ônibus até a balsa para a ilha Isabela, onde vou ficar por duas semanas. Espero que a mala me alcance em algum momento.

Tomo um banho, faço uma trança no cabelo, conecto na porcaria do wi-fi do hotel e tento falar com Finn pelo FaceTime. Ele não atende, e minutos depois meu telefone começa a tocar. Quando seu rosto aparece na tela, está escondido atrás de um protetor facial e de uma máscara cirúrgica.

— Você conseguiu — diz ele.

— Sim. Já minha mala não teve a mesma sorte.

— Uau. Quer dizer que eu não abri mão só de férias no paraíso. Também abri mão de férias em que você vai ficar andando por aí nua?

Sorrio.

— Espero que não chegue a esse ponto. — De repente, eu me sinto exausta e isolada. — Estou com saudades — digo.

O som de uma sirene de ambulância chega pelo celular. Finn olha para a esquerda.

— Tenho que ir.

— Você já está vendo? — pergunto. — O vírus?

Ele me olha nos olhos e, por trás do escudo de acrílico, percebo suas olheiras. São dez da noite. Me dou conta de que, enquanto eu dormia no avião, Finn passava doze horas no hospital.

— É só o que estou vendo — diz ele, e a linha fica muda.

Na manhã seguinte, meu voo para Santa Cruz transcorre sem problemas. Mas há um leão-marinho entre mim e a balsa que vai me levar ao meu destino final.

Ele está deitado no cais, tomando sol, uma massa de músculos com bigodes que se agitam. Vou me aproximando com a câmera na mão, pensando em mandar uma foto para Finn, mas, no instante em que estou perto, ele ergue a cabeça e os ombros e fixa os olhos em mim.

Saio correndo e pulo sua cauda, enquanto ele gane e solta um rugido, e quase derrubo o celular.

Meu coração ainda está acelerado quando chego à balsa. Olho por cima do ombro, certa de que verei a fera bem atrás de mim, mas o leão-marinho está imóvel de novo, esparramado no calçadão desbotado como um cachorro preguiçoso.

Há apenas duas balsas por dia para a ilha Isabela, mas a da tarde não está tão lotada quanto eu esperava. Na verdade, somos só eu e mais dois passageiros. Em um espanhol ruim, pergunto ao homem que me ajuda a embarcar se estou na balsa certa, e ele confirma com um aceno de cabeça. Sento do lado de fora. E então, de repente, estamos flutuando e a ilha de Santa Cruz vai ficando cada vez menor.

O arquipélago de Galápagos é formado por um conjunto de ilhas salpicadas no mar, como pedras preciosas sobre um manto de veludo. Imagino que o mundo devia ser assim quando nasceu: montanhas recentes demais para ter encostas suaves, névoa cobrindo os vales, vulcões revelando a costura do céu. Algumas ilhas ainda estão cobertas de lava. Algumas são cercadas de águas sonolentas azul-turquesa; outras, pela dramática espuma das ondas. Algumas, como a ilha Isabela, são habitadas. Outras são acessíveis apenas por barco e abrigam exclusivamente a bizarra coleção de criaturas que evoluíram lá.

Durante duas horas na balsa, sou salpicada, empurrada e balançada pelas águas agitadas. Um dos passageiros, que parece ser um universitário fazendo mochilão, está verde, de um tom perturbador. O outro é uma garota que tem a pele marrom típica dos moradores locais. Parece bem jovem — talvez doze ou treze anos — e está usando uniforme escolar: camisa polo com o emblema da escola bordado na altura do coração e calça preta. Apesar do calor, também usa um moletom de mangas compridas. Ela está com os ombros curvados, abraçando a mochila, e os olhos vermelhos. Tudo nela diz: "Me deixa em paz".

Mantenho os olhos no horizonte para tentar não vomitar. Escrevo mentalmente uma mensagem para Finn: *Lembra quando pegamos a balsa de Bar Harbor para a Nova Escócia, para o casamento do seu colega de apartamento, e todo mundo passou mal?*

No fim das contas, a balsa não vai até Isabela. O ponto final é em um ancoradouro, então o mochileiro, a menina e eu dividimos um táxi aquático para percorrer o trecho final da viagem — um trajeto curto até Puerto Villamil. Estou olhando para a praia, cuja areia parece açúcar, e para as palmeiras quando o mochileiro ao meu lado ri, maravilhado. "Cara!", diz, puxa minha manga e aponta. Nadando ao lado do barco está um pinguinzinho.

À medida que nos aproximamos, a massa de terra vai se diferenciando em sensações únicas: rajadas de vento quente e pelicanos ululantes; um homem escalando um coqueiro e jogando os cocos para um menino lá embaixo; uma iguana-marinha piscando seu olho amarelo de dinossauro. Enquanto desço no cais, penso que este lugar não poderia ser mais diferente de Nova York. É tropical e atemporal, preguiçoso, remoto. Parece um lugar onde ninguém nunca ouviu falar de pandemia.

Mas logo percebo que há uma multidão esperando para pegar o táxi aquático. Parecem turistas, queimados de sol, já se readaptando ao padrão de volta para casa, se empurrando e gritando uns com os outros. Um homem estende um punhado de dinheiro, acenando para o nosso condutor, que parece desnorteado.

— O que está acontecendo? — pergunto.

— *La isla está cerrando* — afirma ele.

Cerrando, penso, vasculhando meu limitado vocabulário espanhol.

— Não entendi — digo.

A menina está em silêncio, olhando para o cais. O mochileiro olha para mim e depois para a multidão. Ele fala em espanhol com o taxista, que responde com uma torrente de palavras que não conheço.

— A ilha está fechando — diz o rapaz.

Como uma ilha *fecha*?

— Vão fazer um lockdown de duas semanas — prossegue ele. — Por causa do vírus. — Com a cabeça, ele indica todas aquelas pessoas que esperam no cais. — Estão todos tentando voltar para Santa Cruz.

A menina fecha os olhos, como se não quisesse ver ninguém ali.

Não consigo imaginar como todas essas pessoas vão caber neste barquinho. O taxista faz uma pergunta em espanhol.

— Ele está perguntando se a gente quer voltar — diz o rapaz, olhando para a balsa, ainda atracada a certa distância. — Este é o último barco que sai daqui.

Não gosto quando os planos mudam.

Penso em Finn me dizendo para sair de Nova York. Penso no quarto pago à vista, esperando por mim logo ali, depois do píer. Se a ilha vai entrar em lockdown por duas semanas, devem ter concluído que esse é o tempo que vai levar para o vírus ser controlado. Eu posso passar essas duas semanas lutando com essa multidão enfurecida para conseguir um lugar em algum voo de volta a Nova York, e então me esconder no nosso apartamento enquanto Finn trabalha.

O rapaz diz algo em espanhol ao motorista e se volta para mim.

— Eu falei pra ele que você provavelmente vai querer voltar.

— Por quê?

Ele dá de ombros.

— Você não parece alguém que gosta de arriscar.

Algo nisso faz eu me doer. Só porque houve um pequeno desvio, não significa que eu não possa me adaptar.

— Pois você está errado. Eu vou ficar.

O mochileiro ergue as sobrancelhas.

— Sério? Caramba — diz ele, com relutante admiração.

— E você, o que vai fazer? — pergunto.

— Vou voltar — responde ele. — Já estou em Galápagos há uma semana.

— Bom, eu não — retruco, como se precisasse de uma justificativa.

— Você que sabe.

Dois minutos depois, a menina e eu desembarcamos do táxi aquático para a ilha Isabela. O aglomerado de turistas ansiosos se separa e flui ao nosso redor como um rio, correndo para subir no pequeno táxi. Dou um sorriso tímido para a garota, mas ela não retribui. Depois de um tempo, percebo que ela não está mais ao meu lado. Olho para trás e a vejo sentada em um banco de madeira perto do píer, com a mochila do lado, enxugando algumas lágrimas.

Nesse momento, o táxi aquático deixa o cais.

E de repente eu me dou conta: na tentativa de parecer mais descolada do que realmente sou, acabei abandonada em uma ilha.

Eu nunca tinha viajado sozinha. Quando era pequena, acompanhava meu pai a alguns lugares aonde ele ia restaurar obras de arte: museus em Los Angeles, Florença, Fontainebleau. Na faculdade, minhas colegas de quarto e eu passávamos a semana do saco cheio nas Bahamas. Passei um verão com amigos trabalhando no Canadá. Fui para Los Angeles e Seattle com Eva para conversar com clientes em potencial e avaliar obras de arte para leilão. Com Finn, fui de carro até o Parque Nacional de Acadia; de avião para Miami, passar um fim de semana prolongado; e fui a acompanhante dele em um casamento no Colorado. Conheci mulheres que insistem com teimosia em viajar sozinhas para os lugares mais remotos, como se a autossuficiência beligerante fosse ainda mais instagramável que os pontos turísticos desconhecidos. Mas eu não sou assim. Gosto de ter alguém para dividir as mesmas lembranças. Gosto de saber que, quando viro para Finn e digo: "Lembra daquela vez na montanha Cadillac...", nem preciso terminar a frase.

Você veio viver uma aventura, lembro a mim mesma.

Afinal minha mãe fazia isso sem nenhum esforço, em lugares bem menos civilizados.

Quando olho de novo para o banco de madeira, a menina não está mais ali.

Coloco a mochila no ombro e me afasto do píer. As pequenas construções da cidade se misturam como as peças de um quebra-cabeça: paredes de tijolos com telhado de palha, um muro pintado de um rosa vibrante, um passadiço de madeira com uma placa sinalizando "BAR/ RESTAURANTE". São todos diferentes; a única coisa que têm em comum é que as portas estão bem fechadas.

La isla está cerrando.

Iguanas — o único sinal de vida — atravessam a rua de areia.

Passo por uma farmácia, uma loja e vários *hostales*. Esta é a única rua, então concluo que, se eu não me desviar dela, vou encontrar meu hotel.

Continuo andando até avistar o menino que vi do barco, o que estava pegando cocos.

— *Hola* — digo, sorrindo, e gesticulo, indicando a rua nas duas direções. — Casa del Cielo...?

Ouço um leve baque quando o homem que tinha subido no coqueiro pula atrás de mim.

— Casa del Cielo — repete. — *El hotel no está lejos, pero no está abierto.*

Sorrio para ele, mostrando todos os dentes.

— *Gracias* — respondo, mas não faço ideia do que ele disse. E me pergunto que diabos estava pensando quando decidi vir para um país cujo idioma eu não falo.

Ah, claro. Eu estava pensando que vinha com Finn, que *fala* espanhol.

Com um aceno educado, sigo na direção que ele apontou. Ando mais uns duzentos metros e vejo uma placa de madeira desbotada com o nome do hotel esculpido.

Chego à porta no momento em que alguém está saindo. É uma senhora com o rosto tão enrugado que parece linho e olhos pretos brilhantes. Ela chama alguém que ainda está dentro do hotel e que responde em espanhol. A mulher usa um vestido de algodão com o logotipo do hotel sobre o seio esquerdo. Sorri para mim e desaparece pela lateral do edifício.

Imediatamente atrás dela vem outra mulher, mais jovem, com um grosso rabo de cavalo. Está com um molho de chaves na mão e começa a trancar a porta.

O que é muito estranho, para um hotel.

— *Discúlpame* — digo. — Aqui é a Casa del Cielo?

Ela dobra o pescoço, como se olhasse para o telhado, e assente com a cabeça.

— *Estamos cerrados* — diz e me encara. — Fechado — acrescenta.

Pisco devagar. Talvez seja uma espécie de sesta; talvez todos os comércios da ilha fechem às... (olho para o relógio) quatro e meia da tarde.

Ela dá um puxão forte na porta e vai saindo. Em pânico, corro atrás dela, pedindo-lhe para esperar. Ela dá meia-volta, então reviro minha bolsa até encontrar a reserva do hotel, que imprimi — a prova das minhas duas semanas já pagas.

Ela pega o pedaço de papel e o examina. Quando volta a falar, solta uma enxurrada de palavras em espanhol, das quais reconheço apenas uma: *coronavirus*.

— Quando vão reabrir? — pergunto.

Ela dá de ombros, o gesto universal para *Você está na merda*.

Então sobe em uma bicicleta e sai pedalando, me deixando diante de um hotel decadente que me cobrou adiantado por um quarto que não vai me entregar, em um país cuja língua eu não falo, em uma ilha na qual estou presa por duas semanas com pouco mais que uma escova de dentes.

Vou até os fundos do hotel, que dá para o mar. O céu tem cor de hematoma. Iguanas-marinhas fogem do meu caminho conforme eu me sento em um montinho de lava seca e pego o celular para ligar para Finn.

Sem sinal.

Enterro o rosto nas mãos.

Não é assim que eu viajo. Faço reservas em hotéis, tenho guias e milhas aéreas. Checo três vezes para ter certeza de que peguei meus documentos e o passaporte. Eu organizo as coisas. Só de pensar em vagar sem rumo por uma cidade, encontrar um hotel aleatório e perguntar se há vagas, já sinto náuseas.

Minha mãe estava no Sri Lanka fotografando búfalos na praia quando ocorreu um tsunami. Os elefantes, ela contou, correram para as colinas antes que qualquer pessoa percebesse o que ia acontecer. Os flamingos foram para um terreno mais alto. Os cães se recusavam a sair de casa. "Quando todo mundo está indo em uma direção", disse ela, "geralmente há uma razão para isso."

Sinto uma mão em meu ombro e dou um pulo. A senhora que saiu do hotel está atrás de mim. Ela dá um sorriso quase sem dentes, e seus lábios se curvam em torno das gengivas.

— *Ven conmigo* — diz e, quando não me mexo, estende a mão ossuda e me puxa.

Em seguida me conduz como se eu fosse uma criança pela rua arenosa de Puerto Villamil. Não é muito prudente, eu sei, me deixar ser arrastada para algum lugar por uma estranha, mas não acho que ela se encaixe no perfil de uma serial killer, e estou sem opções. Entorpecida, eu a sigo, passando por lojas trancadas, restaurantes fechados e bares silenciosos, depois dos quais surgem residências pequenas e bem cuidadas. Umas são mais sofisticadas que outras, escondidas atrás de muros baixos de estuque munidos de portões. Algumas têm bicicletas enferrujadas encostadas nas paredes. Outras, quintais forrados de conchas trituradas.

A mulher para em uma casinha quadrada de concreto, pintada de amarelo-claro. Tem uma pequena varanda de madeira na frente, e, enroladas nas colunas, densas trepadeiras, com uma profusão de flores. No entanto, em vez de subir os degraus, ela me leva pelos fundos da casa, que desce em direção à água. Há um pátio com uma mesinha de metal e uma rede de corda, alguns vasos de plantas e uma pequena abertura no muro baixo, que permite passar para a praia. As ondas espalham seus rumores pela costa.

Quando me viro, vejo que a senhora passou por uma porta de vidro de correr no porão da casa e está acenando para que eu a acompanhe. Entro em um apartamento minúsculo, que parece ao mesmo tempo habitado e vazio. Há móveis ali: um sofá marrom xadrez feio e puído e uma mesa de centro feita de madeira trazida pelo mar, além de tapetes de algodão. Há também uma mesa frágil para duas pessoas, com uma concha rosada no centro, segurando uma pilha de guardanapos de papel. Uma geladeira e um fogão. Mas não há livros nas prateleiras nem comida nos armários abertos, e nenhuma decoração nas paredes.

— Você — diz ela, em um inglês duro — fica.

Não consigo evitar, e meus olhos se enchem de lágrimas.

— Obrigada. Eu posso pagar. *Dolares*.

Ela dá de ombros, como se fosse absolutamente normal um estranho oferecer a casa a um turista desabrigado e dinheiro não viesse ao caso. Talvez seja assim em Isabela. Ela sorri e dá um tapinha no próprio peito.

— Abuela — diz.

Sorrio para ela.

— Diana — respondo.

O apartamento é meio misterioso. Vejo um colchão de solteiro e procuro lençóis no armário. Enterradas no fundo, embaixo das toalhas, há três camisetas macias e desbotadas — uma com uma bandeira que não reconheço, outra com um gato preto e a terceira com o logotipo de uma empresa no peito. Vejo esse mesmo logotipo em uma caixa de cartões-postais promocionais que encontro — deve haver, fácil, centenas deles. Está escrito "G2 TOURS", com fotos de um vulcão, uma tartaruga, uma praia rochosa e um atobá-de-pés-azuis com olhos redondos e brilhantes. Em um guarda-roupa desgastado no quarto, encontro um par de chinelos grandes demais para mim, uma máscara e um snorkel. No banheiro, um tubo meio vazio de pasta de dentes em uma gaveta e um frasco de ibuprofeno. Na geladeira, há alguns molhos aleatórios — mostarda, pimenta —, mas nada que eu possa comer.

É isso que me tira do relativo conforto e segurança do apartamento. Quando meu estômago ronca tão alto que não consigo mais ignorar, decido sair em busca de comida e um sinal de celular decente. Tiro a blusa que estou usando há dois dias e visto a camiseta com o logotipo, dando um nó na cintura. Então saio pela porta de vidro e me encontro parada à margem do mundo.

O oceano flerta com a costa, avançando sobre ela, depois recuando. Um movimento chama minha atenção quando algumas rochas irregulares de repente ganham vida; não são rochas vulcânicas, como logo descubro, e sim um amontoado de iguanas-marinhas que mergulham nas ondas. Tento seguir sua trajetória, mas as perco de vista quando a água fica mais funda. Protejo os olhos com a mão e tento identificar outra ilha no horizonte, mas só consigo ver um borrão indistinto no ponto onde o mar encontra o céu. Entendo perfeitamente como um capitão identificaria esse ponto, achando que seria possível navegar pela borda.

Subitamente, eu me sinto muito, muito distante da minha vida real.

Parece que sou a única pessoa na praia, mas, aos poucos, noto alguém correndo ao longe e, se me concentrar, ouço o barulho de crianças brincando em algum lugar. Quando me volto de frente para a casa, lá em cima, vejo uma silhueta. Abuela, presumo, atrás de uma cortina clara.

Eu poderia subir lá e fazer mímica para dizer que estou com fome, e provavelmente ela me mandaria sentar e prepararia algo para mim. Mas me parece falta de educação, especialmente porque ela já me deu abrigo. Também sei, porque acabei de atravessar a cidade, que os comércios estão fechados. Talvez haja um restaurante ou um mercado na direção oposta. Assim, incorporo minha Elizabeth Gilbert/Amelia Earhart/Sally Ride interior e parto rumo ao desconhecido.

A única rua que sai da cidade serpeia por entre cactos, arbustos emaranhados e água salobra. Os flamingos corados andam na água, curvam o pescoço e formam mensagens secretas enquanto mergulham para pegar camarões. Em certos pontos, a rua fica estreita, margeada por pedras pretas. Em outros, está coberta de folhas caídas. Tudo é verde, vermelho e laranja; é como entrar em um quadro de Gauguin. O tempo todo meu celular tem só uma barrinha de sinal.

Finn vai surtar se não tiver notícias minhas. Racionalmente, ele deve saber que o wi-fi é ruim em Galápagos. Eu disse isso para ele ontem, antes de a ligação cair. Além do mais, todos os guias mencionam essa ressalva e dizem que a melhor aposta é o serviço instável dos hotéis... ou sugerem desligar o celular e simplesmente curtir as férias. Para Finn e para mim, parecia o paraíso. Mas isso porque achávamos que estaríamos *juntos* dentro dessa bolha de solidão.

Se fosse o contrário — se *ele* estivesse preso em algum lugar sem sinal de celular —, eu ficaria preocupada. Tento me consolar dizendo a mim mesma que ele sabe que eu cheguei em segurança; que faz só um dia; que vou encontrar um jeito de falar com ele amanhã.

Já andei vinte minutos, logo vai escurecer. Os braços alegres dos cactos se transformam em estranhos me seguindo à sombra do sol baixo; quando iguanas passam à minha frente, dou um pulo. Eu deveria voltar, antes que fique escuro demais para encontrar o caminho. Estou quase resignada a ir dormir com fome quando vejo um pequeno galpão mais adiante na estradinha. Estreito os olhos, mas não consigo distinguir a placa.

Quando consigo ler, vejo que não é um restaurante nem uma loja de conveniência. CENTRO DE CRIANZA DE TORTUGAS GIGANTES. Há a tradução: CENTRO DE CRIAÇÃO DE TARTARUGAS GIGANTES, e, só para deixar bem claro, a foto de uma tartaruga saindo do ovo.

Não há portão, de modo que atravesso o pátio aberto. O edifício principal está fechado para a noite (ou por mais tempo?), mas estou no meio de uma ferradura de cercados. Cada um é rodeado por uma mureta de concreto, não tão alta que eu não possa me inclinar sobre ela, mas o suficiente para que as tartarugas não escapem.

Eu me aproximo de uma mureta e me vejo cara a cara com uma tartaruga de aparência pré-histórica. Seus olhos semicerrados me encaram; ela se aproxima com seus pés acolchoados e tira o pescoço da carapaça, esticando-o para cima. Observo sua cabeça chata, sua pele de dinossauro, os calos escuros de seus dedos, seu nariz de Voldemort. Ela abre a boca e mostra a língua, que parece uma lança.

Encantada, eu me apoio nos cotovelos e a observo se afastar, trotando pelo solo poeirento em direção a outra tartaruga, mais longe. Com movimentos pesados, ela vai até a segunda tartaruga, se ancorando no casco dela para acasalar. O macho — o que eu estava observando — curva o pescoço em direção à parceira, esticando os tendões. Suas patas dianteiras, grossas, parecem cobertas por uma cota de malha. Ele grunhe — o único som que fará na vida.

— É isso aí, amigo — murmuro e me afasto para lhes dar privacidade.

Nos outros cercados, há centenas de tartarugas de vários tamanhos. Juntas, parecem uma coleção de capacetes do exército. Algumas estão dormindo, outras são surpreendentemente ágeis. Algumas parecem cansadas do mundo, se arrastando para fora da poça verde de algas, ou manobram talos de comida na boca. Até as menores me lembram velhos, com a pele enrugada da garganta e a cabeça calva.

Em um dos cercados, vejo algumas tartarugas comendo maçãs. As frutas são pequenas, verdes, e parecem ter caído de uma árvore que fica fora da mureta de concreto. Observo os répteis usando sua poderosa mandíbula para triturar as frutas.

Meu estômago ronca e olho para a árvore.

Não sou o tipo de pessoa que come frutas direto do pé — sou nova-iorquina, pelo amor de Deus, e a maior parte da natureza me parece um perigo. Mas, se as tartarugas estão comendo, deve ser seguro, não?

Não consigo alcançar as frutas. Os galhos que caem sobre o cercado já foram atacados pelas tartarugas gananciosas, de modo que acabo subindo na mureta para pegar uma maçã.

— *Cuidado!*

Eu me viro, surpresa, e quase tombo no cercado das tartarugas. A escuridão caiu como uma rede, lançando suas sombras, por isso não consigo ver quem falou. Hesito, mas volto para a macieira.

Acabo de roçar a casca da maçã com os dedos quando sou puxada da mureta e perco o equilíbrio, então me vejo esparramada no chão empoeirado com um homem de pé ao meu lado. Ele grita em espanhol, e não consigo ver seu rosto no escuro. Aí ele se inclina e me pega pelo pulso.

Eu me pergunto por que achei que era seguro vagar sozinha por uma ilha desconhecida.

E se escapei de uma pandemia em Nova York para ser atacada aqui.

Começo a lutar. Quando dou um belo soco em suas costelas, ele grunhe e me segura com mais força.

— Não me machuque — grito. — Por favor!

Ele vira meu pulso, e só então sinto uma queimação na ponta dos dedos, onde toquei a casca da maçã. Eles estão vermelhos e inchados.

— Tarde demais — diz o homem em um inglês perfeito. — Você mesma já se machucou.

DOIS

Eu me levanto toda atrapalhada, apertando minha mão. Meus dedos latejam.

— Elas são venenosas ao toque — diz o homem. — As maçãs.

— Eu não sabia.

— Mas deveria — murmura ele. — Há placas por todos os lados.

Maçãs envenenadas, como em um conto de fadas. Só que meu príncipe está preso em um hospital em Nova York e a bruxa má é um galapaguenho de um metro e oitenta com problemas de agressividade. Olho para as tartarugas, que ainda estão se deliciando, e ele segue meu olhar.

— Você não é uma tartaruga — diz, como se soubesse exatamente o que estou pensando.

Minha pele parece estar pegando fogo.

— São muito venenosas? — pergunto, começando a entrar em pânico. Será que preciso ir ao hospital?

Será que *existe* um hospital aqui?

Ele pega minha mão e observa meus dedos. É um homem de cabelos escuros e olhos mais escuros ainda; está usando short de corrida e uma regata suada.

— A queimadura e as bolhas vão passar. Mergulhe a mão em água gelada, se for preciso. — Então estreita os olhos para os meus seios. Puxo a mão e cruzo os braços. — Onde arranjou isso?

— Isso o quê?

— A camiseta.

— Peguei emprestada — digo. — Minha mala foi extraviada.

A cara feia que ele faz forma rugas mais profundas em seu rosto.

— Você está de férias — murmura ele. — *Claro*.

Ele fala como se fosse uma afronta pessoal que eu, uma estranha, esteja em Isabela. Para um país cuja principal fonte de renda é o turismo, essa não é exatamente uma recepção calorosa.

— Lamento informar, mas tudo aqui na ilha está fechado por duas semanas, incluindo este lugar.

— *Você* está aqui — comento.

— Eu moro aqui e estou a caminho de casa. Como você deveria estar. Ou não ouviu falar que estamos no meio de uma pandemia?

Ao ouvir isso, fico furiosa.

— Na verdade eu ouvi, sim. O meu namorado está na linha de frente da covid.

— Então você decidiu trazer o vírus para cá.

Ele diz isso como se eu fosse uma Maria Tifoide. Como se eu estivesse tentando fazer mal às pessoas de modo intencional, e não tentando me manter segura.

— *Maldita turista* — murmura ele em espanhol. — Não importa o que aconteça, desde que você possa tirar suas férias.

Arregalo os olhos. Ele pode ter me impedido de comer a maçã venenosa, mas mesmo assim é um completo babaca.

— Acontece que eu não estou com covid. Mas, só para ter certeza, podemos nos distanciar socialmente agora, colocando a ilha inteira entre nós.

Dou meia-volta e saio pisando duro. Minha mão cheia de bolhas, balançando ao meu lado, tem uma pulsação própria. Eu me recuso a virar para ver se ele está me observando ou se foi para casa. Não paro até chegar à entrada do centro de criação de tartarugas. Ao lado da placa que vi quando cheguei, há outra, com a imagem de uma maçã com um X vermelho em cima. ¡CUIDADO! LOS MANZANILLOS SON NATIVOS

DE LAS GALÁPAGOS. SOLAMENTE LAS TORTUGAS GIGANTES SON CAPACES DE DIGERIR ESTAS MANZANITAS VENENOSAS. E depois a tradução, perfeitamente clara: CUIDADO! AS MANCENILHEIRAS SÃO NATIVAS DE GALÁPAGOS. SOMENTE AS TARTARUGAS GIGANTES SÃO CAPAZES DE DIGERIR ESSAS MAÇÃZINHAS VENENOSAS.

Ouço alguém bufar e ergo os olhos, então o vejo parado a uns três metros de mim, de braços cruzados. Em seguida ele ruma para o interior da ilha, até a escuridão o engolir por inteiro.

Quando volto para o apartamento, já é noite. Ao contrário da cidade, onde há sempre o brilho de um outdoor ou de uma vitrine, aqui a escuridão é total. Eu me guiei pela luz do luar, que quica no oceano como uma pedrinha saltitante. Na praia em frente à casa, tiro os tênis e entro na água até os tornozelos, me curvando para mergulhar os dedos chamuscados nas ondas frias. Meu estômago ronca.

Vou até a mureta que separa o quintal da praia e pego meu celular. Na palma da mão, ele brilha como uma estrela, procurando sinal inutilmente.

Estou com saudade, digito para Finn, então apago as letras uma a uma. De certa forma, é pior tentar e não conseguir mandar uma mensagem do que nem mandar.

Se Finn estivesse aqui, teríamos rido durante todo o caminho de volta ao nosso quarto de hotel, falando sobre maçãs envenenadas e nativos grosseirões.

Se Finn estivesse aqui, teria me dado metade da barra de proteína que ele sempre leva num voo, só por precaução.

Se Finn estivesse aqui, talvez eu já estivesse noiva, me preparando para começar a vida que eu planejei para sempre.

Mas Finn não está aqui.

O sentido de viajar com alguém que mora no mesmo lugar que a gente é nos fazer lembrar de onde viemos, ter um motivo para voltar quando começamos a nos perder nas luzes de Paris ou na exuberância de um safári e pensamos: *E se eu ficasse?*

Mas, como não tenho quarto de hotel, estou morrendo de fome e com bolhas na mão causadas por uma fruta nativa assassina, não há muito que me faça querer ficar em Isabela. Só o fato de que, literalmente, não posso ir embora.

Estou tão fora da minha zona de conforto que tudo o que eu quero é me encolher em posição fetal e chorar. Deslizo a porta de vidro, entro e acendo a luz. Na mesa da cozinha, ao lado da concha, há um prato coberto com um pano. Mesmo do outro lado do ambiente, posso sentir o cheiro de algo delicioso. Quando tiro o pano, a mesa dá uma balançada. No prato há uma espécie de quesadilla, recheada com queijo, cebola e tomate. Como as seis fatias ali mesmo, em pé.

Pego a caixa de cartões-postais da G2 Tours e a coloco na bancada da cozinha. Puxo um, tiro uma caneta da mochila e escrevo uma mensagem: "GRACIAS", então assino meu nome e vou descalça até a porta da frente da casa. Está escuro lá dentro, de modo que passo o cartão por baixo da porta.

É possível que para cada idiota raivoso desta ilha exista alguém como Abuela.

De volta ao apartamento, escrevo outro cartão-postal — este para Finn — antes de tirar a roupa, deitar na cama e adormecer ao som do ronco do ventilador de teto.

> *Querido Finn,*
> *É muito antiquado escrever um cartão-postal, mas, mesmo esta ilha sendo um deserto tecnológico, os correios devem funcionar, né? Primeiro, quero dizer que estou bem: não há evidências do vírus em nenhum lugar aqui. As balsas pararam de funcionar e vão ficar assim por duas semanas, imagino que para manter a doença longe. Não serão as férias que eu esperava — por aqui o turismo (e todo o comércio) está fechado. Estou em um quarto que aluguei de uma velhinha simpática, e o que pode ser mais bacana do que se hospedar como um morador local, não é mesmo?! Vou ter que explorar Isabela sozinha, mas isso significa que serei uma especialista quando nós dois viermos para cá juntos.*

É absurdamente lindo aqui. Fico pensando que um quadro não faria justiça, porque não é possível capturar o preto das rochas que brilham ao sol, nem o turquesa da água. Tudo parece meio... rústico e inacabado. Há iguanas por todo lado, como se fossem donas do lugar. Tenho certeza de que há mais iguanas que humanos aqui.

Espero que você esteja bem. É horrível não poder ouvir a sua voz. Sim, mesmo que seja cantando desafinado no chuveiro.
Com amor,
Diana

Desde a pré-escola, com meu primeiro cavalete, ficou claro que eu tinha certo dom artístico. Meu pai era quem trabalhava com pintura — restaurando desde afrescos no teto até telas gigantescas —, mas era o primeiro a dizer que não se considerava um criador, e sim um recriador. Quando eu estava no primeiro ano na Williams e uma pintura minha foi escolhida para fazer parte de uma exposição estudantil, meu pai foi ao vernissage, todo orgulhoso, vestindo o único terno que tinha.

Minha mãe não foi. Ela estava na Somália, cobrindo a guerra civil no país.

Meu pai passou vinte minutos absorvendo minha obra. Olhava para ela como se alguém tivesse dito que o mundo estava prestes a ficar preto e branco e que aquela era sua última chance de ver cores. Várias vezes eu o vi contorcer a mão quando a estendia para a moldura, depois pousá-la de novo ao seu lado. Por fim, ele me disse: "Você tem o olhar da sua mãe".

No semestre seguinte, em vez de me matricular em mais aulas práticas de arte, preenchi meu tempo com cursos de história da arte, mídia e administração. Não queria passar a vida sendo comparada à minha mãe, porque estava decidida a não ser como ela. Se isso significava encontrar um ramo diferente para atuar no mundo da arte, que assim fosse.

Não fiquei surpresa ao ser escolhida para fazer um estágio de verão na Sotheby's no último ano da faculdade, porque havia estruturado toda a minha trajetória universitária em torno de ser aceita por eles. No primeiro dia, fui levada a uma sala grande, cheia de estagiários com olhos brilhantes como os meus. Eu me sentei ao lado de um homem negro que, ao contrário do restante de nós — todos conservadores, de blazers e calças sob medida —, estava com uma camisa de seda roxa e uma saia mídi estampada com rosas enormes. Ele me flagrou o encarando e eu virei rapidamente a cabeça para a frente, onde os diretores dos diversos departamentos faziam fila, gritando o nome dos estagiários.

— Se eu não quisesse que as pessoas olhassem — sussurrou ele —, não me vestiria assim. McQueen.

Estendi a mão.

— Diana.

— Ai, querida — disse ele. — Não. Alexander McQueen, o designer da saia. — Então estendeu a mão cheia de anéis e com esmalte prateado nas unhas. — *Eu* sou o Rodney — se apresentou e me catalogou dos pés à cabeça. — Middlebury?

— Williams.

— Humm — ele respondeu, como se talvez eu não soubesse o nome da minha própria faculdade. — Primeira vez?

— Sim. E você?

— Segunda — disse Rodney. — Estive aqui no verão passado também. Eles nos fazem trabalhar como um husky de três pernas na Iditarod, mas ouvi dizer que a Christie's é pior. — Ergueu uma sobrancelha. — Você sabe como funciona, né?

Sacudi a cabeça.

— É como o chapéu seletor do Harry Potter. Eles chamam o seu nome e dizem qual é o seu departamento. Não pode trocar. — Então se inclinou para mais perto. — Eu faço design na RISD e ano passado fui colocado em *Vinhos Finos*. Vinhos. Que diabo eu sei sobre vinhos? E não, antes que você pergunte, não pode beber.

— Impressionismo — falei. — É o que eu espero.

Rodney sorriu.

— Então você provavelmente vai acabar em Exploração Espacial.

— Instrumentos Musicais — retorqui, sorrindo.

— Bolsas.

Ele enfiou a mão em uma mochila e tirou algo embrulhado em papel-alumínio.

— Aqui — disse, partindo um pedaço de bolo —, afogue suas mágoas por antecipação.

— Com bolo, tudo fica melhor — falei, dando uma bela mordida.

— Com brownie de maconha também.

Engasguei e Rodney me deu um tapa nas costas.

— Diana O'Toole — ouvi e pulei da cadeira.

— Aqui! — gritei.

— Coleções Particulares.

Olhei para Rodney, que pôs o resto do brownie na minha mão.

— Podia ter sido Tapetes e Carpetes — murmurou. — Coma tudo.

No fim das contas, não terminei o brownie de maconha, mesmo tendo sido designada para a recepção, onde atendia o telefone e direcionava visitantes aos andares de uma empresa que ainda não conhecia. Encaminhava ligações e lia os obituários do *New York Times*, circulando com caneta vermelha os de pessoas ricas que poderiam ter peças para leiloar. Então, certa tarde, um homem quase tão largo quanto a própria altura se aproximou da minha mesa segurando um quadro embrulhado em um pedaço de tecido.

— Preciso falar com Eva St. Clerck — anunciou ele.

— Posso marcar um horário para você — ofereci.

— Acho que você não entendeu — disse ele. — Isto é um Van Gogh.

Ele começou a desembrulhar o quadro e eu prendi a respiração, já imaginando as pinceladas quebradas e os grossos blocos de cor. Mas, em vez disso, eu me vi olhando para uma aquarela.

De fato, Van Gogh pintou mais de cem aquarelas. Mas não vi a explosão de cores que poderia confirmar a origem da obra, que não estava assinada.

Claro, também não era meu departamento, nem minha função avaliar o quadro.

Mas e se?, pensei. *E se essa for a minha grande oportunidade de me destacar entre os estagiários por identificar um diamante bruto como um Van Gogh e me tornar uma lenda na Sotheby's?*

— Só um momento — falei.

Com a mão encobrindo o fone, liguei para Eva St. Clerck, que na época era especialista sênior da Imp Mod, a área de arte impressionista e modernista. Eu me apresentei e mal havia começado a explicar quando ela disse:

— Ah, pelo amor de Deus. — E desligou.

Dois minutos depois, ela saía do elevador.

— Sr. Duncan — disse Eva, com frieza total. — Como eu disse na semana passada, na semana retrasada e na semana *rerretrasada*, acreditamos que isto não é um original...

— Ela falou que é — rebateu o homem, apontando para mim.

Arregalei os olhos.

— *Não* falei.

— *Ela* — disse Eva — não é ninguém. Ela não é qualificada para avaliar nem um sanduíche de presunto, que dirá uma obra de arte.

Pisquei devagar. Essa era a mulher com quem eu esperava trabalhar naquele verão. Talvez tivesse me livrado de um enrosco.

De repente, uma mão agarrou meu braço.

— Levanta.

Eu estava tão absorta no drama que se desenrolava diante de mim que nem notei meu chefe *de verdade* se aproximando. Jeremiah era especialista sênior em Coleções Particulares e tinha a tarefa de arranjar coisas para eu fazer, como brincar de recepcionista.

— Precisamos de você agora.

— Mas a recepção...

— Não me interessa. — Ele foi me puxando e falando, me conduzindo por um labirinto de corredores. — Os Vanderbilt estão decidindo se entregam seu espólio a nós ou à Christie's. Precisamos de toda ajuda.

Jeremiah abriu a porta de uma sala de reuniões. Um grupo exausto de especialistas em vendas de espólio ergueu os olhos.

— Essa é a estagiária? — perguntou um deles, como alguém avistando a luz no fim do túnel.

Fui levada a um canto, onde havia um computador, e instruída a começar a inserir as centenas e centenas de páginas de anotações sobre obras de arte, propriedades e bens que faziam parte do espólio. Enquanto eu digitava, conferia o trabalho e fazia o inventário, o grupo sugeria propostas para convencer os Vanderbilt a escolher a Sotheby's e não a Christie's.

Durante dias, organizei pinturas a óleo dos mestres holandeses, Rolls-Royces, carruagens douradas, e ouvi Jeremiah e os outros especialistas seniores sonharem com um lance estarrecedor no leilão. Entrar naquela sala era eletrizante; era a confirmação de que eu precisava de que a excitação do mundo da arte não começava e terminava na criação das obras.

Os Vanderbilt escolheram a Sotheby's um dia antes do fim do meu estágio. Houve champanhe, discursos e uma salva de palmas para mim, a mula que tinha varado noites e fins de semana fazendo o trabalho braçal.

Não importava o que Eva St. Clerck pensasse de mim.

Surrupiei uma garrafa de Moët e bebi com Rodney no banheiro para PCDs. Ao longo do verão, fomos ficando inseparáveis. Ele havia sido designado à seção de Arte Islâmica, mas conseguira convencer seu chefe a deixá-lo trabalhar com a equipe de design que projetava as salas e exposições em que os leilões ocorriam. Vagávamos pelo Met e pelo Whitney aos fins de semana e tomamos como missão encontrar a melhor torrada de avocado da cidade. Eu o fiz tomar um porre quando o namorado terminou com ele por mensagem; ele me arrastava para os outlets e brincava de Cinderela comigo, me fazendo largar minhas calças de algodão e comprar peças em grandes liquidações da Max Mara e da Ralph Lauren.

— Um brinde a Vinhos Finos — falei, levando a garrafa aos lábios.

— Um brinde a *nós*: futuros mestrandos da Sotheby's de 2013 — rebateu Rodney.

Nosso plano era nos matricular juntos no curso de negócios nas artes visuais da empresa, ser efetivados e dominar o mundo da arte.

Eu, particularmente, também queria que Eva St. Clerck soubesse quem era Diana e do que ela era capaz.

Nove anos e várias promoções depois, Eva St. Clerck sabe quem eu sou: a protegida que conseguiu o Toulouse-Lautrec de Kitomi Ito... e o perdeu.

Na manhã seguinte, quando acordo, o sol já está inchado e tão quente que faz o ar queimar. Visto o maiô que tive o incrível pressentimento de pôr na mala de mão, pego uma toalha e vou até a beira do mar, saltitando rápido quando a sola dos meus pés começa a arder. As bolhas na minha mão se transformaram em calos.

O contraste entre o ar escaldante e as ondas frias me faz ofegar, mas respiro fundo, corro para a arrebentação e mergulho. Quando subo à superfície, meu cabelo está todo para trás; fico boiando de costas, com os olhos fechados. O sal seca em meu rosto, esticando minha pele.

Quanto tempo eu poderia ficar assim, suspensa, cega? Aonde o vento me levaria?

Deixo minhas pernas afundarem com a gravidade e estreito os olhos para olhar o horizonte. Será nessa direção que Finn está?

Parece uma enorme dissonância cognitiva estar neste paraíso tropical e saber que, a meio mundo de distância, Nova York se prepara para uma pandemia.

Quando se está cercado pelo deserto, é inconcebível pensar que há lugares que alagam.

Saio do mar, me enrolo numa toalha e torço meu rabo de cavalo. De repente, sinto um arrepio na nuca, como se estivesse sendo observada. Eu me viro, mas não há ninguém na praia. Quando vou em direção ao apartamento, vejo um borrão de algo se movendo, que desaparece antes que eu chegue perto o suficiente para enxergar.

Só quando já estou no chuveiro percebo que não tenho xampu nem **sabonete**. E, claro, nada de comida, já que comi tudo que Abuela me **deixou** ontem à noite. Com a pele e o cabelo ainda sujos, visto a calça jeans do dia anterior e uma camiseta limpa das que encontrei no armário e volto para Puerto Villamil. Espero que algo esteja aberto agora. Meu objetivo é estocar suprimentos e encontrar uma agência dos correios onde possa comprar selos e enviar o cartão-postal que escrevi para Finn. Se eu não conseguir enviar mensagens, e-mails nem ligar, pelo menos ele vai receber uma carta à moda antiga.

Mas Puerto Villamil é uma cidade fantasma. Bares, restaurantes, hostels e lojas ainda estão escuros, fechados. A agência dos correios está com o portão de metal trancado. Por um momento terrível, imagino que talvez eu estivesse dormindo durante a evacuação, que a ilha está vazia, exceto por mim. Então percebo que um dos comércios, embora com o interior ainda escuro, tem movimento.

Bato na porta, mas a mulher lá dentro sacode a cabeça.

— *Por favor* — digo em espanhol.

Ela larga a caixa que está segurando e destranca a porta.

— *No perteneces aquí. Hay toque de queda.*

Percebo que é um mercadinho. No balcão, há cestas cheias de frutas, e, em corredores estreitos, vejo alguns produtos nas prateleiras. Tiro dinheiro do bolso.

— Eu posso pagar.

— Fechado — diz ela, hesitante.

— Por favor — peço.

Seu rosto se suaviza e ela levanta a mão com os dedos abertos. Cinco itens? Cinco minutos? Aponto para uma fruta amarela que vejo em uma cesta no balcão. Goiaba, talvez. A mulher a pega.

— *Soap?* — peço em inglês, depois tento adivinhar a palavra em espanhol: — *Sopa?*

Ela pega uma lata de sopa de uma prateleira.

Bom, vou levar, mas não posso tomar banho com sopa. Finjo que esfrego o cabelo e as axilas para ela entender que *soap* é sabonete, e a mulher assente e acrescenta um sabonete Ivory à minha compra. Com meu vocabulário restrito, digo cada item em espanhol: *agua, leche, café, huevos.* Há pouca coisa fresca, o que limita minhas opções e me faz pensar como — ou se — os habitantes de Isabela vão conseguir receber produtos perecíveis, tipo leite e ovos. Para cada produto que consigo comprar, dois ela não tem; acho que os moradores sabiam que os comércios iam fechar e encheram a despensa.

— Macarrão? — digo por fim, e ela encontra três caixas de penne.

Existe coisa pior que comer só macarrão.

— Selo? — pergunto, mostrando meu cartão-postal e apontando para o canto.

Ela sacode a cabeça e aponta para o correio fechado do outro lado da rua.

No balcão, há uma pilha de jornais. Não consigo ler as manchetes em espanhol, mas a imagem é clara: um padre em uma igreja na Itália abençoando dezenas de caixões com vítimas da covid.

É isso que está indo para os Estados Unidos. É com isso que Finn vai ter que lidar.

E eu estou presa aqui.

A dona do mercadinho estende a mão, o símbolo universal de solicitação de pagamento. Ofereço um cartão de crédito e ela faz que não com a cabeça. Não tenho dinheiro equatoriano e ainda não encontrei nenhum caixa eletrônico. Em pânico, pego duas notas de vinte dólares e estendo em sua direção antes que ela possa recusar e reter minhas compras. Ela tranca a porta de novo e eu vou embora com minha sacola plástica.

Estou no meio da rua principal quando ouço uma notificação no celular. Eu o tiro do bolso e vejo uma avalanche de mensagens de Finn rolar na tela.

    Perdi você.
    Oi?
    Tentei pelo FaceTime, mas...
    Wi-fi ruim? Vou tentar de novo amanhã.

Ele enviou várias mensagens depois dessas e, por fim, parece ter percebido que eu ainda não tinha sinal. Na última mensagem, disse que ia me mandar um e-mail, para eu ler caso encontrasse um café com internet.

Olho as vitrines bem fechadas pela rua toda e bufo.

Mas, ao que parece, estou no único ponto com sinal de Puerto Villamil, porque, quando olho minha caixa de entrada, vejo um e-mail de Finn. Sento no chão com as pernas cruzadas e começo a ler, absorvendo suas palavras como se fossem um oásis no deserto.

De: FColson@nyp.org
Para: DOToole@gmail.com

Não acredito que só se passaram dois dias. As escolas, bares e restaurantes já estão fechados aqui. Temos 923 casos só na cidade de Nova York. Dez mortes. O metrô está vazio. É como se Nova York fosse uma concha e todas as pessoas estivessem escondidas.

Não que eu tenha visto, porque não saí do hospital. Acabaram com a residência cirúrgica. Lembra que eu reclamava de ser residente júnior, porque tinha que fazer consultas noturnas e de emergência, enquanto os residentes seniores faziam as cirurgias de verdade? Lembra que você dizia que um dia seria a minha vez? Só que não. Mesmo se eu fosse residente do quarto ano, não rolaria. Ninguém mais faz cirurgias. Todos os procedimentos eletivos, e até os casos emergenciais, como os de apêndice e vesícula, foram cancelados, porque a UTI cirúrgica está lotada de pacientes de covid. Acho que agora os residentes são dispensáveis, de modo que todos nós também fomos transferidos para a ala de covid.

Na verdade, é a única doença que vemos no momento. Mas eu sou cirurgião e, de repente, tenho que ser clínico-geral e tratar doenças infecciosas, e não tenho a mínima ideia do que estou fazendo.

Ninguém tem.

Estou há trinta e quatro horas no meu plantão de doze porque não há gente suficiente para cuidar dos pacientes. Eles começaram a chegar e não pararam mais. Chegam todos com falta de ar, já ferrados. Eles tentam puxar o ar, que não tem para onde ir, e acabam prejudicando ainda mais os pulmões; é um ciclo vicioso. Normalmente, em pacientes assim, colocaríamos cânulas nasais de alto fluxo, que podem fornecer dez vezes mais oxigênio, mas também espalhariam o vírus por todo lado. Então usamos máscaras não reinalantes ou cânulas nasais pequenas. Mas elas não funcionam. Nada parece resolver. As pessoas desmaiam a torto e a direito porque não conseguem puxar oxigênio suficiente, e a única coisa que nos resta fazer é entubar. E isso é o mais perigoso de tudo, porque não dá para colocar um paciente em ventilação sem literalmente espalhar o vírus.

Acho que estamos protegidos, mas não sei se é o bastante. Agora, só para atender um paciente, tenho que colocar a touca, a máscara N95, depois o escudo facial, depois o avental de TNT sobre o uniforme e dois pares de luvas. Recebemos vídeos para decorar a ordem, e temos ajudantes cuja função é garantir que não esquecemos nada antes de ir para a batalha. Parece ridículo que esse filtro no meu rosto seja a única coisa que me protege do vírus. Levo seis minutos para colocar o EPI, mas doze para tirar, porque é aí que as chances de se infectar são maiores. É quente, coça e incomoda, e fico preocupado com a impressão que isso deve passar aos pacientes: estamos agindo como se eles tivessem a peste.

Bom, talvez tenham mesmo.

Tentamos não ficar nos quartos. Não tocamos os pacientes, a menos que seja necessário. Ninguém sabe quanto tempo o vírus dura nas superfícies, por isso presumimos o pior. Quando saímos, tiramos as luvas e jogamos no lixo, em seguida lavamos as mãos. Depois jogamos a touca fora e lavamos as mãos. Colocamos o avental em uma lixeira de plástico e lavamos as mãos. Daí, tiramos o escudo facial e lavamos as mãos. As máscaras N95 temos que reutilizar, porque não estão repondo. Então tiramos a máscara e guardamos em escaninhos com o nome de cada um, e lavamos as mãos. Na Itália, os médicos usam uns trajes de proteção que parece que vão entrar em um reator nuclear, e eu limpo a minha máscara com a merda de um lenço.

Meus dedos estão rachados e sangrando.

Mas não posso reclamar.

Hoje, tive que fazer uma cricotireoidostomia de emergência em um paciente de covid. Ele estava desfalecendo, em poucos minutos teria uma parada cardíaca. Chamei imediatamente a equipe responsável pelos procedimentos respiratórios, mas o pescoço do cara era grosso demais e o anestesiologista não conseguia ver bem para entubar depressa. Estávamos só eu, o anestesiologista, a enfermeira e o paciente. Tive que intervir e fazer a crico de emergência para proteger as vias aéreas e entubá-lo antes que fosse tarde demais. Fiquei apavorado, porque, se eu errasse um detalhe sequer, poderia me infectar. Tive que apertar as mãos para pararem de tremer antes de fazer a incisão. Fiquei dizendo a mim mesmo para fazer aquilo rápido e do jeito certo, para dar o fora daquela sala e me desinfetar.

Quando acabou, o anestesiologista e eu saímos como se estivéssemos pegando fogo. Tirei todo o equipamento na ordem certa, esfreguei as mãos e usei gel antisséptico depois, e só aí percebi que a enfermeira ainda estava naquele quarto, com todos aqueles vírus no ar. Ela devia ter uns vinte e cinco anos e estava acariciando o braço do paciente, e eu a vi enxugar uma lágrima do rosto dele, mesmo ele estando adormecido. Ela conversava com o homem, que estava sedado e não podia ouvi-la.

Aqui estou eu reclamando de ter que usar um traje de papel e de ter feito um corte, enquanto ela estava lá, prestando os verdadeiros cuidados ao paciente.

E eu pensei: Ela é uma heroína.

Não sei por que estou te contando isso. Mas é bom saber que você me escuta.

Não sei quanto tempo fico sentada na rua principal de Puerto Villamil relendo o e-mail de Finn, com o sol torrando minha cabeça. A descrição que ele faz da cidade e do hospital parece irreal, distópica. Como tanta coisa pode mudar em apenas quarenta e oito horas?

De repente, eu me sinto uma adolescente mimada por ter ficado chateada de não poder me hospedar no hotel que reservei, ou por estar com fome. Não vou reclamar com Finn de jeito nenhum.

É tão lindo aqui, digito. É difícil saber para onde olhar. A água é tão transparente que dá para ver os peixes no fundo do mar, e há pedaços de rocha vulcânica e iguanas atravessando a rua.

As pessoas também são muito acolhedoras, escrevo.

Descrevo o leão-marinho no cais de Santa Cruz e o agitado trajeto de balsa, e deixo de fora a multidão de turistas frenéticos que encontrei quando cheguei a Isabela.

A única coisa ruim, acrescento, (além da falta de sinal de celular) é que você não está aqui comigo.

Odeio estar aqui e você aí, no meio disso tudo. Queria estar ao seu lado.

Não digo que, mesmo que eu decidisse voltar para casa, não tem como.

Clico em "enviar".

Fico olhando para a tela, prendendo a respiração, até que a notificação aparece: Sem conexão com a internet.

No mercado de leilões, a apresentação em vídeo não é, nem de longe, tão importante quanto o catálogo físico. É muito mais importante que os clientes se debrucem sobre fotografias impressionantes, leiam sobre a proveniência do objeto, para determinar — com base no catálogo — quanta importância a peça pode ter. Depois de concluir o mestrado em negócios nas artes visuais da Sotheby's e fazer um treinamento durante um ano, fui contratada em 2014 como catalogadora júnior da Imp Mod, a área de arte impressionista e modernista. Meu trabalho era escrever os textos que acompanhavam as fotos. Um especialista conseguia a pintura, mas a tarefa de lhe dar vida era minha.

A biblioteca da Sotheby's não é propriamente uma biblioteca, e sim um monte de prateleiras nos corredores de cada andar. Como catalogadora, eu consultava todo o material, tentando reunir as pesquisas iniciais sobre o valor de mercado de uma peça, por quanto obras semelhantes foram vendidas e toda e qualquer informação que conseguisse acrescentar. Para atrair a atenção das pessoas para uma obra de arte, é preciso encontrar um detalhe que fique gravado na memória, algo que possa personalizar o trabalho: esse quadro foi pintado um dia antes de ele conhecer o mentor que patrocinaria sua carreira; essa foi a primeira pintura a óleo que ele fez; essa imagem foi influenciada por Degas, Gauguin, Cézanne. Cada fragmento de texto era revisado, editado e organizado para atrair o interesse do comprador e fazê-lo continuar folheando o catálogo.

Na prática, isso significava que eu raramente me sentava durante o dia, a menos que fosse para digitar, depois levava provas e bonecas de um especialista para outro, para o marketing e então para o departamento de arte, que organizava o catálogo para impressão. Além disso, sempre tínhamos um prazo apertado para mandar o catálogo para a gráfica, antes do leilão.

Eu trabalhava na Sotheby's fazia três anos quando, um dia, na pressa, não peguei o elevador. Naquela época, minha chefe — Eva St. Clerck — já era diretora de vendas da Imp Mod. Eu precisava da aprovação dela para um texto e tinha um prazo curto a cumprir, e, como o elevador estava preso em outro andar, optei por usar a escada de emergência. Eu estava tão apressada que errei um degrau e rolei escada abaixo, amortecendo a queda com o braço esquerdo.

Caí toda torta no patamar, rasguei a meia-calça e esfolei o joelho. Enquanto estava esparramada ali, pensei em correr de volta para o andar de cima e vestir o par de meias reserva que eu sempre tinha na gaveta, para evitar que Eva St. Clerck olhasse para mim e erguesse a sobrancelha, decepcionada. Tentei levantar e quase desmaiei de dor.

Depois que consegui respirar de novo, tirei o celular do bolso da jaqueta e escrevi uma mensagem para Rodney com uma mão só. Socorro.

Quando ele me encontrou na escada, eu estava encostada na parede com as pernas abertas, segurando o braço esquerdo com o direito. Ele me ajudou a levantar e me levou até o elevador mais próximo.

— Vamos ao pronto-socorro — anunciou, olhando para o meu punho e estremecendo. — Esse ângulo não é natural.

— Não posso simplesmente ir embora. A Eva...

— A Eva não quer correr o risco de levar um processo porque você caiu da escada enquanto tentava satisfazer Sua Majestade.

Quando chegamos ao térreo, Rodney me levou pelo saguão até a rua. O pronto-socorro do Hospital Presbiteriano de Nova York ficava a poucos quarteirões de distância; ouvíamos as sirenes das ambulâncias o tempo todo.

A sala de espera estava meio cheia: havia mães com crianças chorosas no colo, um idoso com uma tosse intensa, um casal sussurrando furiosamente em espanhol, um homem com uniforme de construção segurando uma toalha ensanguentada sobre um corte na coxa. A enfermeira da triagem anotou minhas informações e, quarenta e cinco minutos depois, meu nome foi chamado.

— Quer que eu entre com você? — perguntou Rodney.

Embora fosse exatamente o que eu queria, decidi agir como adulta e sacudi a cabeça.

— Que bom — disse ele —, porque não consigo largar esta *People* de 2006.

Fui conduzida pelas portas duplas até um cubículo com cortinas, onde me sentei em uma maca, tentando não mover o braço. Ele parecia em chamas, e, de repente, aquilo tudo foi demais para mim: a dor, o prazo do catálogo, um osso provavelmente quebrado... Lágrimas rolavam pelo meu rosto, meu nariz começou a escorrer, e, quando tentei estender a mão não dominante para pegar um lenço de papel ao lado da maca, a caixa caiu no chão e eu comecei a chorar ainda mais.

Foi nesse momento que o médico entrou. Ele era alto, os cabelos loiros caíam sobre os olhos.

— Srta. O'Toole? Sou o dr. Colson, médico-residente — disse ele, lendo meu prontuário. — Estou vendo que você caiu... — Ele olhou para o meu rosto e ergueu as sobrancelhas. — Você está bem?

— Se eu estivesse bem — respondi, soluçando —, não estaria no pronto-socorro.

— Me conte o que aconteceu.

Fiz o que ele pediu, enquanto ele apalpava gentilmente meu cotovelo e meu punho, movendo-o devagar e parando quando eu ofegava de dor. Seus dedos eram quentes e seguros. Ele me fazia perguntas enquanto verificava se havia uma concussão, examinava o arranhão no meu joelho e um hematoma que estava se formando no quadril.

— Então você está sempre com pressa? — perguntou.

A surpresa com a pergunta foi maior que a dor.

— É o que parece.

Pela primeira vez desde que entrou no cubículo, ele me olhou nos olhos.

— Acho que isso não é ruim, quando a pessoa sabe aonde está indo — disse ele.

— Essa é a maneira atual de dizer tome um analgésico e ligue amanhã de manhã?

— Não. Você não vai sair daqui sem um raio X. — Ele deu um sorrisinho torto. — A má notícia é que eu posso apostar que o seu braço está quebrado. A boa é que, se você sabe fazer piada, provavelmente não vai morrer no meu plantão.

— Ótimo — murmurei.

— É mesmo. Eu odiaria ver a minha classificação no Yelp cair. — Ele se inclinou para fora do cubículo e falou com uma enfermeira que passava. — Vamos te levar para a radiologia e depois eu volto.

Assenti.

— Meu amigo está na sala de espera — falei. — Alguém pode avisá-lo?

Ele se endireitou.

— Eu posso falar com o seu namorado.

— É só um colega de trabalho — corrigi. — O Rodney; ele me trouxe aqui. É o único na sala de espera com uma roupa de alta-costu

O médico sorriu.

— Não tem como não amar um herói que veste Prada.

Levou uma hora para que fizessem meu raio X, o dr. Colson lesse o laudo e voltasse ao meu cubículo. A essa altura, eu já estava deitada, tentando não mexer o braço. Ele me mostrou o exame em um iPad e explicou a linha branca: meu osso fraturado.

— É uma fratura simples — disse ele.

— Não parece simples.

— Significa que você não precisa passar por um ortopedista. Posso colocar o gesso em você e vida que segue.

Ele me explicou como posicionar o braço, com o polegar para fora, enquanto colocava delicadamente em mim uma malha cirúrgica, como uma luva de festa. Pegou um rolo de algodão ortopédico e o enrolou no meu braço, mumificando-o. O tempo todo ele me fazia perguntas: há quanto tempo eu estava na Sotheby's, se eu tinha feito faculdade de arte, se preferia arte moderna ou impressionista. Disse que era residente de cirurgia, mas que era o primeiro ano e estava no rodízio de duas semanas no pronto-socorro. E confessou que era seu primeiro gesso.

— Meu também — falei.

A tela de fibra de vidro que ele usou já estava endurecendo. Para a camada final, ele me deixou escolher entre azul, laranja-cheguei, camuflado ou pink.

— Jura que eu posso *escolher*?

Ele sorriu.

— É uma vantagem que oferecemos aos nossos clientes de primeira viagem.

— Pink — respondi. — Mas o Rodney diria que vai entrar em conflito com o meu guarda-roupa.

— Escolha algo que não enjoe de olhar nas próximas seis semanas — sugeriu ele. — Se quiser algo que combine, escolha o azul. É da mesma cor dos seus olhos.

Assim que disse isso, ele corou e baixou a cabeça, olhando fixo para a última camada do procedimento.

Por fim, consegui mexer um pouco o punho para observar o trabalho manual dele.

— Nada mau para um novato — comentei. — Cinco estrelas no Yelp, com certeza.

— Ufa. — Ele riu.

— Então... — falei, olhando para ele. — É só isso?

— Tem mais uma coisa — disse ele, tirando uma caneta preta do bolso do jaleco branco. — Posso assinar seu gesso?

Assenti, sorrindo.

Ele escreveu: "FINN". E um número de celular.

— Caso você tenha alguma complicação — explicou, me olhando nos olhos.

— Isso não é antiético? — perguntei.

— Só se você fosse minha paciente. E, para a minha sorte — disse ele, me entregando os papéis da alta —, você não é mais minha paciente.

Quando voltei para a sala de espera, já tínhamos combinado de sair para jantar na noite seguinte, e eu mal notava meu braço latejar. Rodney estava deitado de costas em quatro cadeiras. Ele deu uma olhada no meu rosto e na assinatura no gesso e disse:

— *Menina.*

Depois de ler o e-mail de Finn, decido que preciso voltar aos Estados Unidos nem que seja a nado. Vou ao apartamento para pegar minha mochila e sigo para Puerto Villamil. Há poucos sinais de vida em Isabela, mas tenho mais chances de encontrar uma saída para o continente se estiver na cidade.

Espero apenas uma hora no píer antes que um barquinho se aproxime com o motor ligado. Há uma pessoa nele, mas não consigo vê-la claramente a distância. Corro para o cais, acenando, enquanto o homem pula do barco e se agacha para amarrá-lo no ancoradouro.

— *Hola* — digo meio sem jeito, imaginando como vou me comunicar além de uma simples saudação.

Quando ele se levanta e enxuga as mãos úmidas no short, vejo que é o homem do centro de criação de tartarugas, que me derrubou no dia anterior.

— *No es cierto* — ele murmura, fechando os olhos por um segundo, como se pudesse piscar e me fazer desaparecer.

Bom, pelo menos já sei que ele fala inglês.

— Oi de novo — digo, sorrindo. — Será que eu poderia alugar o seu barco?

Ele sacode a cabeça.

— Lamento, o barco não é meu. — Dá de ombros, passa por mim e vai embora.

— Mas você acabou de... — Corro atrás dele. — Escuta, eu sei que começamos com o pé esquerdo, mas é uma emergência.

Ele para e cruza os braços.

— Eu pago — tento de novo. — Pago quanto você quiser para me levar até Santa Cruz.

Não tenho muito dinheiro, mas *deve* haver caixas eletrônicos lá, pelo menos.

Ele estreita os olhos.

— O que há em Santa Cruz?

— O aeroporto — digo. — Preciso voltar para casa.

— Mesmo que você chegue em Santa Cruz, não tem nenhum voo saindo nem entrando.

— Por favor — imploro.

Seu rosto se suaviza, ou talvez seja só ilusão minha.

— Não posso te levar — diz ele. — Estamos em isolamento rigoroso, as autoridades federais estão de olho.

Luto contra as lágrimas.

— Eu sei que você me acha uma turista idiota — admito. — Eu devia ter voltado na última balsa, você tem razão. Mas não posso ficar aqui por sabe Deus quanto tempo enquanto as pessoas que eu amo estão presas em... — Minhas palavras desaparecem e eu engulo em seco. — Você nunca cometeu um erro?

Ele recua, como se eu tivesse batido nele.

— Escuta, eu não me importo muito com o que possa acontecer comigo — diz ele. — Mas, se você for presa por ir para Santa Cruz, também não vai poder voltar para casa.

Então ele me olha, do alto da cabeça até os meus tênis.

— Espero que encontre uma solução — acrescenta e, com um breve aceno de cabeça, me deixa sozinha no cais.

No fim da tarde, já não estou me perguntando só como vou sair desta ilha, mas também se sou a única pessoa aqui.

Mesmo sabendo que não pode ser verdade, eu me sinto como se fosse a última pessoa da face da Terra. Desde que fui dispensada pelo homem do centro de criação de tartarugas, não vi uma única alma. Não há luz nem movimento perto da casa de Abuela; a praia está totalmente vazia.

Mesmo não havendo turistas descendo para a ilha Isabela, mesmo as pessoas sendo cautelosas por causa do coronavírus, é como se eu tivesse caído no set de um filme distópico. Um set lindo, mas muito solitário.

Caminho na mesma direção que tomei ontem, rumo ao centro de criação de tartarugas, só que me perco e acabo em uma passarela de madeira que atravessa um mangue, onde vejo galhos de árvores de dedos longos, esbranquiçados e retorcidos, com seus nós dobrados. É desolado e estranhamente bonito; nos contos de fadas, é o lugar onde a bruxa aparece. Mas estamos só eu e uma iguana empoleirada no corrimão da passarela, e ela eriça a crista de Godzilla conforme passo.

Quando vejo a placa para Concha de Perla, minha memória desperta: marquei a página desse lugar no guia de viagem que ainda está perdido em algum lugar, com a minha bagagem, para que Finn e eu o visitássemos. É um ponto de mergulho com snorkel, com braços de lava que circundam uma pequena parte do oceano, criando uma piscina natural. Estou sem nenhum equipamento de mergulho, mas me sinto suada e com calor, e mergulhar na água fria passa a ser uma missão para mim.

Leio a placa com atenção, pensando em maçãs envenenadas, mas não há nenhum alerta. A passarela termina em um deque pequeno, de frente para a água. Dois leões-marinhos estão esparramados nas tábuas; a madeira ainda está molhada ao redor deles, como o contorno de uma cena de crime. Eles nem se mexem quando passo para me inclinar sobre a grade e olhar a água: esverdeada, mas clara, com uma família de tartarugas-marinhas nadando logo abaixo de mim.

Bem, se eu sou a última pessoa do mundo, existem lugares piores para estar.

Tiro os tênis e as meias e os escondo embaixo de um banco. É meio exibicionista me despir, mas não há mais ninguém aqui e tenho um estoque de roupas limitado demais para molhar. Começo a descer a escada, de calcinha e sutiã. Quando a água chega na altura dos meus tornozelos, dou um mergulho raso na lagoa.

Sinto a água fria na pele. Ao emergir, quase toco o fundo arenoso com os dedos dos pés. Vejo o manguezal à beira da lagoa e, através da ondulação da água, as sombras escuras das rochas de lava. Algumas são grandes, chegam à superfície, irregulares como dentes. Caminho um pouco dentro d'água e logo nado em direção às rochas vulcânicas. O sol é tão forte que parece uma coroação. Eu me jogo para trás e boio, pestanejando sob as nuvens que flutuam no céu.

Sinto algo me cutucar e levo um susto enorme; engulo água e saio tossindo. Dois pinguins estão se balançando à minha frente, parecendo tão surpresos quanto eu.

— Oi — sussurro, sorrindo.

São do tamanho do meu antebraço, formalmente vestidos de smoking, as pupilas dois pontos amarelos. Estendo a mão gentilmente, convidando-os a nadar mais perto de mim. Um deles mergulha e reaparece à minha esquerda.

O outro me dá uma bicada tão forte que poderia arrancar sangue.

— Caramba! — grito, nadando para longe do pinguim e levando a mão ao ombro. Nem chegou a arranhar, mas dói.

Penso nas histórias infantis com pinguins, que claramente prestam um desserviço ao apresentá-los como amigáveis e fofinhos. Talvez eles sejam territorialistas na vida real; talvez eu tenha cometido uma infração nadando na parte deles da lagoa. Eu me afasto dos dois e do deque e vou em direção às raízes emaranhadas do manguezal.

Remo preguiçosamente com os braços, atenta aos pinguins. Agora, tenho a sensação de que estou sendo observada.

Estou de calcinha e sutiã, o que equivaleria a um biquíni, mas não é a maneira como eu gostaria de ser encontrada. Olho duas vezes por cima do ombro, mas, mesmo a distância, percebo que não há ninguém ali.

Splash.

O som vem de trás de mim; quando viro, um jato de água me impede de ver qualquer coisa.

Eu me afasto e acontece de novo.

Mas, desta vez, quando me viro, estou a meio metro do olhar curioso de um leão-marinho.

Seus olhos são pretos e expressivos, e os bigodes balançam. Sob a água, seu corpo parece um músculo compacto e ondulante, e ele bate a cauda com força para se manter ereto.

Com uma nadadeira achatada, ele quebra a água e a espirra em mim de novo.

Então, espirro água nele.

Por um momento, ficamos só nos olhando. Ele franze o focinho, bate a nadadeira na superfície de novo e joga um jato d'água no meu rosto.

Começo a rir; ele dá um mergulho para trás e reaparece a poucos metros. Sorrindo, eu me jogo para trás também. Quando subo, tiro o cabelo do rosto e vejo que o leão-marinho está a trinta centímetros de mim. Desta vez, prendo a respiração, dou uma cambalhota embaixo d'água e, ao abrir os olhos sob a superfície, eu o vejo fazer o mesmo.

É como se estivéssemos conversando.

Encantados, brincamos juntos, imitando os movimentos um do outro. Já exausta, vou nadando de volta para o deque. Por um tempo, o leão-marinho me segue. Emergimos sob o píer de madeira, ofegantes. Ele cheira a peixe.

Estendo a mão devagar, pensando que talvez ele me deixe acariciá-lo, já que estabelecemos uma espécie de amizade. No entanto, antes que eu alcance seu pelo sedoso e molhado, uma gota de sangue se materializa no meio da palma da minha mão.

Chocada, puxo a mão para trás. Será que me cortei nas rochas? Ou foi o pinguim? Nesse exato momento, outra gota cai na água e se espalha como tinta.

Olho para cima e vejo que o sangue vem do deque.

Subo os degraus escorregadios e vejo uma garota sentada, recostada em uma coluna na extremidade do deque. É uma criança, quase uma adolescente. Está tão surpresa em me ver quanto eu a ela, e imediatamente puxa a manga do moletom para baixo. Mas consigo ver os cortes, um ainda sangrando.

— Você está bem? — pergunto, indo em sua direção. Ela dobra os joelhos e enfia as mãos nos bolsos do agasalho.

Nunca me cortei intencionalmente, mas lembro de uma menina da escola que fazia isso. A mãe dela estava morrendo de câncer de ovário e, uma vez, nós duas estávamos esperando a orientadora, sentadas no banco em frente à sala dela. Eu a vi cutucar as cicatrizes que tinha no antebraço e pensei nas marcas de altura que meu pai fazia no batente da porta do meu quarto todos os anos, no meu aniversário, para registrar meu crescimento. Ela parou quando me viu olhando. "Que foi?", disse.

A garota daqui tem cabelo preto, preso em uma trança bagunçada, e não está chorando. Na verdade, parece contrariada por seu esconderijo ter sido invadido.

— O que você está fazendo aqui? — pergunta em tom de acusação.

— Nadando — digo e sinto as bochechas queimarem quando lembro o que *não* estou vestindo. Tiro minha camiseta emprestada de baixo do banco e a visto.

— Está fechado — diz a garota.

De repente percebo por que ela me parece familiar: era a terceira passageira na balsa ontem. A que estava chorando.

— Você fez esses cortes? — pergunto.

Ela age como se eu não tivesse perguntado nada.

— A ilha inteira está fechada — diz. — Por causa do vírus, está tendo toque de recolher às duas da tarde.

Olho para o sol, que está baixo. Começo a entender por que a ilha parece uma cidade-fantasma.

— Eu não sabia — digo com sinceridade e franzo as sobrancelhas. — Se está tendo toque de recolher, o que *você* está fazendo aqui?

Ela se levanta, com as mãos ainda enterradas nos bolsos.

— Eu não ligo — diz e sai correndo pela passarela de madeira.

— Espere! — grito. Tento segui-la, mas a madeira queima meus pés descalços e, estremecendo, tenho que parar sob uma sombra. Quando volto para o deque, mancando, para vestir a calça e os tênis, o leão--marinho também desapareceu.

Estou voltando para casa quando, no meio do caminho, me dou conta de que a garota misteriosa falava inglês.

Ouço os gritos antes mesmo de chegar à casa de Abuela. Ela está na varanda da frente, tentando aplacar um homem que discute com ela. Cada vez que ela toca o braço dele, tentando acalmá-lo, ele solta uma torrente de palavras em espanhol.

— Ei! — grito, correndo mais rápido enquanto observo Abuela se curvar como um salgueiro sob a ira dele. — Deixa ela em paz!

Ambos se viram ao som da minha voz, surpresos.

É o mesmo cara... de novo.

— Você? — falo.

— Isso não é da sua conta — diz ele.

— Acho que é, sim. Você não tem o direito de gritar com uma mulher que é...

— Minha avó — ele completa.

Abuela sorri, exibindo mil rugas no rosto.

— *Mi nieto* — diz, dando um tapinha no braço dele. — Gabriel.

Sacudo a cabeça.

— Meu nome é Diana. Sua avó foi muito gentil em me oferecer um apartamento, porque o meu hotel fechou.

— O apartamento é meu — retruca ele.

Ele vai me expulsar? É por isso que estão discutindo?

— O apartamento que você invadiu — repete, como se eu fosse incapaz de entender — é *meu*.

— Eu posso pagar — digo, remexendo no bolso da calça à procura de dinheiro, de onde tiro a maior parte do que sobrou.

Abuela vê o dinheiro na minha mão e balança a cabeça, empurrando meu punho. Seu neto — Gabriel — vira o corpo ligeiramente e lhe diz baixinho:

— *Tómalo. No sabes por cuánto tiempo serán las cosas así.*

Ela assente e aperta os lábios. Pega o dinheiro da minha mão, dobra e enfia no bolso do vestido.

Abuela fala com Gabriel, os olhos faiscando, e por um momento ele tem a delicadeza de demonstrar constrangimento.

— Minha avó pediu para te dizer que eu me mudei há um mês e que ela pode ceder o espaço para quem quiser. — Ele me olha com os olhos estreitados. — E por que você não está no apartamento?

— Desculpe, não estou entendendo. Você *quer* que eu fique ou *não*?

— Estamos sob toque de recolher. — Ele olha para o meu cabelo molhado. — Você está pingando. Na *minha* camiseta.

Meu Deus, tudo é uma afronta pessoal para esse homem.

De repente, o rosto de Gabriel se suaviza.

— *Jesucristo* — diz, passa por mim e agarra os ombros de alguém na rua. Parece que não consegue decidir se abraça ou estrangula a pessoa.

Noto o alívio nele. Ele a abraça com força e, na varanda, vejo que os olhos de Abuela se enchem de lágrimas e ela faz o sinal da cruz.

Não sei o que Gabriel está dizendo, pois está falando em espanhol, mas consigo ver o rosto da pessoa que ele abraça. É a garota do deque em Concha de Perla, com o moletom ainda cobrindo os pulsos, os olhos fixos nos meus, implorando silenciosamente que eu guarde seu segredo.

TRÊS

Nos dias seguintes, acabo criando uma rotina. De manhã, saio para correr; vou pela praia, o mais longe que posso. Passo pelo centro de criação de tartarugas e por Concha de Perla, sigo caminhos que me levam ao coração de Isabela e a suas falésias. Às vezes vejo moradores da ilha, que acenam para mim, mas não falam nada. Não sei se mantêm distância por causa do vírus ou porque sou estrangeira. Observo os pescadores que deixam o píer de Puerto Villamil em pequenas *pangas*, indo buscar comida para suas famílias.

Acordo antes de o sol nascer e vou dormir perto das oito da noite, porque só posso passar metade do dia fora. Depois do toque de recolher, que é às duas da tarde, fico em casa, lendo em meu Kindle, até acabarem os livros que baixei. Então vou para o pátio de areia que margeia a praia, deito na rede e observo os caranguejos aratus-vermelhos fugirem das ondas.

Às vezes Abuela me traz uma refeição, uma boa alternativa ao macarrão, que é a principal coisa que eu como.

Não vejo o neto dela nem a menina.

Começo a falar sozinha, porque minha voz enferrujou pela falta de uso. Às vezes recito poemas que decorei no ensino médio enquanto caminho pelo deserto espinhoso do centro da ilha: *Had we but world enough, and time,/ This coyness, lady, were no crime.** Às vezes cantarolo enquanto torço minhas roupas, que lavo na pia e penduro para secar ao sol quente. E às vezes deixo o mar dar o tom, com seu rugido, enquanto canto.

E, sempre, sinto falta de Finn.

Ainda não consegui falar com ele, mas escrevo cartões-postais todas as noites. Espero arranjar selos para colocá-los no correio, e talvez encontrar uma loja de celulares na cidade para descobrir uma maneira de mandar mensagens internacionais. Também preciso de roupas, porque lavar meu estoque limitado todas as noites não é o ideal. As poucas lojas que ainda estão abertas parecem não ter horário regular, e vivo calculando errado. Nas minhas caminhadas pela cidade, já vi sinais de vida na farmácia, em uma barraca de shawarma e em uma igreja. Decido que, ainda hoje, vou tentar a sorte de novo em Puerto Villamil.

Antes do amanhecer, saio para correr, até meus pulmões queimarem. Quando chego a um monólito preto de lava, pontiagudo, sento na areia e observo as estrelas no céu, cintilando como faíscas em uma lareira. No momento em que volto para casa, a maré está subindo. Ela apaga minhas pegadas. Olho para trás, por cima do ombro, e é como se eu nunca tivesse passado por ali.

Pego outro cartão-postal em branco da caixa da G2 Tours e sento na rede, em frente ao apartamento, para terminar uma carta para Finn. Algo na beira da água me chama a atenção. Na luz azul enevoada, as rochas parecem pessoas e as pessoas parecem monstros, e me pego chegando mais perto para ver melhor. Estou quase na margem quando percebo que é a menina de Concha de Perla carregando um saco de lixo. Ela se endireita, como se sentisse minha aproximação. Tem na mão uma garrafa plástica de água com caracteres em mandarim no rótulo.

— Não basta as frotas chinesas praticarem pesca ilegal — diz ela em um inglês perfeito. — Também têm que jogar lixo no mar.

Então vira para mim e aponta com o queixo a orla, onde há outras garrafas que chegaram à praia.

---

* "Dessem-nos tempo e espaço afora/ Não fora crime essa esquivez, senhora." Do poema "To His Coy Mistress", de Andrew Marvell. Trad. Augusto de Campos. (N. do E.)

Ela recolhe o lixo como se fosse perfeitamente normal estar aqui ao raiar do dia e eu não a tivesse visto se cortar ou aguentar os gritos de Gabriel.

— Seu irmão sabe que você está aqui? — pergunto.

Ela pisca com seus grandes olhos escuros.

— Meu irmão? — diz e solta uma risada aguda. — Ele não é meu irmão, e não importa se ele sabe ou não. Isto aqui é uma ilha, não tem muito para onde ir.

Quando eu estava no ensino médio e aquela menina se cortava, eu tinha a impressão de que nossos caminhos viviam se cruzando. Provavelmente já tinham se cruzado antes, mas eu não havia percebido. Um dia, quando passávamos pelo corredor, eu a detive. "Você não devia fazer isso", falei. "Pode acabar se machucando de verdade."

Ela riu de mim. "Esse é o objetivo", retrucou.

Vejo a garota pegar mais garrafas plásticas e enfiá-las no saco de lixo.

— Você fala inglês muito bem.

Ela olha para mim.

— Eu sei.

— Eu não quis... — Hesito, tentando não dizer algo ofensivo sem querer. — É bom ter alguém com quem conversar. — Eu me abaixo, pego uma garrafa e enfio no saco de lixo. — Eu sou a Diana.

— Beatriz.

De perto, ela parece mais velha do que eu pensava. Deve ter catorze, quinze anos, mas é pequena, tem traços marcantes e olhos profundos. Ainda está com o moletom, cujas mangas cobrem além dos pulsos. No peito, do lado esquerdo, o agasalho tem o emblema da escola. Ela parece satisfeita ao me ignorar, e talvez eu devesse respeitar isso, mas estou sozinha e, há poucos dias, eu a vi se mutilar. Talvez eu não seja a única que precisa de alguém para conversar.

Também sei, pelas nossas interações anteriores, que é mais provável que ela fuja de mim. Por isso escolho as palavras com cuidado, como se oferecesse um pedaço de pão a um pássaro, sem saber se ele vai fugir ou se posso me aproximar um pouco mais.

— Você sempre recolhe o lixo aqui? — pergunto casualmente.

— Alguém tem que fazer isso.

Penso em todos os turistas, como eu, que vêm para Galápagos. Em termos de economia, tenho certeza de que é uma bênção. Mas, talvez, o fato de os barcos e passeios estarem suspensos por algumas semanas não seja tão ruim. Talvez isso dê à natureza um tempo para respirar.

— Então — digo, puxando conversa —, essa é a sua escola? — Aponto para meu peito, no mesmo lugar onde está o emblema no moletom dela.

— Tomás de Berlanga?

Ela assente.

— Fica em Santa Cruz, mas fechou por causa do vírus.

— E você mora lá?

Ela sai andando, e eu a alcanço.

— Durante o ano letivo, moro com uma família em Santa Cruz — diz baixinho. — Quer dizer, *morava*.

— Mas você nasceu aqui? — pergunto.

Beatriz vira para mim.

— Eu não pertenço a este lugar.

Nem eu, penso.

Eu a sigo pela praia.

— Então você está de férias.

Ela bufa.

— Sim, igual a você.

Sua farpa atinge o alvo; não era bem isso que eu esperava das minhas férias.

— Por que você estuda fora da ilha?

— Estou lá desde os nove anos. É tipo uma escola especializada americana. Minha mãe me matriculou lá porque era a melhor chance de me tirar de Galápagos para sempre, e porque era a última coisa que o meu pai queria.

Isso me faz pensar nos meus pais. Círculos separados que nem se sobrepunham para formar um diagrama de Venn onde eu pudesse me aninhar em ambos os espaços.

— Ah, ele é seu pai... — intuo. — Gabriel.
Beatriz olha para mim.
— Infelizmente.
Tento fazer as contas; ele parece novo demais para ser pai dela. Não deve ser muito mais velho que eu.
Ela vai se afastando.
— Por que ele estava gritando com você? — pergunto.
Ela se vira.
— Por que você está me seguindo?
— Não estou... — Mas percebo que estou, sim. — Desculpe, é que... faz dias que eu não converso com ninguém. Não falo espanhol.
— *Americana* — murmura ela em espanhol.
— Meus planos não eram vir para cá sozinha, mas meu namorado teve que ficar.
Isso desperta sua curiosidade; vejo em seus olhos.
— Por causa do trabalho — explico. — Ele é médico.
— E por que você ficou aqui — pergunta ela — quando descobriu que a ilha ia fechar?
Por que eu fiquei? Faz poucos dias, mas não consigo lembrar. Porque achei que estaria sendo aventureira, talvez?
— Se eu tivesse qualquer outro lugar para ir, eu iria — diz Beatriz.
— Por quê?
Ela solta um riso amargo.
— Eu odeio Isabela. Além disso, o meu pai quer que eu more num barraco inacabado na nossa fazenda.
— Ele é *fazendeiro*? — pergunto, deixando escapar minha surpresa.
— Era guia turístico, mas não é mais.
Provavelmente porque não era muito simpático com os clientes, penso.
— Meu avô era dono da empresa de turismo, e, quando ele morreu, meu pai a fechou. Ele morava no apartamento onde você está, mas se mudou para o meio do mato, onde não tem água, nem luz, nem internet...
— Internet? Tem internet nesta ilha? — Mostro o cartão-postal que ainda estou segurando. — Não consigo mandar e-mail nem ligar para

o meu namorado... então estava escrevendo para ele. Mas não consegui comprar selos... nem sei se o correio ainda funciona...

Beatriz estende a mão.

— Me dá o seu celular.

Eu o entrego e ela mexe nas configurações.

— O hotel tem wi-fi — diz ela, apontando com a cabeça para um edifício distante. — Coloquei a senha para você, só que mais cai do que funciona. E, como estão fechados, devem ter desligado o modem. Se não conseguir se conectar, tenta comprar um chip na cidade.

Pego meu celular de volta e Beatriz recolhe outra garrafa. Uma onda rebelde encharca seu braço e ela arregaça a manga antes de se lembrar dos vergões vermelhos deixados pela lâmina de barbear. Imediatamente dá um tapinha neles e ergue o queixo, como se me desafiasse a comentar.

— Obrigada — digo com cuidado — por conversar comigo.

Ela dá de ombros.

— Se você quiser, hum, conversar... de novo... — olho para o braço dela — não vou sair daqui tão cedo.

Seu rosto se fecha.

— Estou bem — diz, puxando para baixo a manga molhada e olhando para o cartão-postal, ainda na minha mão. — Posso mandar isso para você.

— Jura?

Ela dá de ombros mais uma vez.

— Nós temos selos. Não sei sobre o correio, mas os pescadores podem entregar fora da ilha o que pescam, então talvez levem a correspondência para Santa Cruz.

— Seria... — Sorrio para ela. — Seria incrível.

— Sem problemas. Mas tenho que ver com o carcereiro.

Quando me dou conta, vejo que caminhamos até a cidade.

— Seu pai? — arrisco.

— *Tanto monta, monta tanto* — diz ela.

Fico imaginando se o motivo de Gabriel controlar Beatriz de um jeito tão rígido é porque ele sabe que ela se corta. E penso que talvez o que ele sente não seja raiva, e sim desespero.

— Você não pode ficar com a sua mãe? — deixo escapar.

Beatriz sacode a cabeça.

— Não tenho mãe desde os dez anos.

Sinto o rosto esquentar.

— Sinto muito — murmuro.

Ela ri.

— Ela não morreu. Está num navio da Nat Geo em Baja, transando com o namorado. Já foi tarde.

Sem dizer mais nada, Beatriz joga o saco sobre o ombro e caminha pelo meio da rua, deixando para trás iguanas assustadas.

A proprietária da Sonny's Sunnies fala inglês e vende mais que cangas e óculos de sol. Ela também vende camisetas e biquínis de cores fluorescentes, cartões SD para câmeras e, *sim*, chips de celular para chamadas internacionais. Mas não tem nenhum no estoque, no momento. Não acredito nessa minha maré de azar. A loja fica bem ali, onde Beatriz disse que eu a encontraria, na rua principal de Puerto Villamil. A porta é larga e Sonny está sentada atrás da caixa registradora, se abanando com uma revista. Ela é toda roliça — rosto, braços, barriga — e me espia por cima de uma máscara bordada.

— *Tienes que usar una mascarilla* — diz, e só fico olhando para ela.

— Eu... *no habla español* — gaguejo, e os olhos dela se iluminam.

— Ah, você é a turista. Você precisa de uma máscara — diz, apontando para a sua própria.

Olho ao redor.

— Preciso de mais do que isso.

Vou formando uma pilha de coisas no balcão: camisetas com estampa de Galápagos, dois shorts, um moletom, um biquíni, uma máscara de tecido com estampa de pimentas. Acrescento um guia com um mapa de Isabela. Quando lhe mostro meu celular, ela aponta um chip que me permite fazer chamadas locais por meio de uma operadora daqui, e eu compro, mesmo sem conseguir imaginar para quem vou ligar ou enviar mensagens. E, não, ela não vende selos.

Por fim, eu lhe entrego meu cartão de crédito.

— Sabe onde tem um caixa eletrônico aqui na ilha?

— Ah — ela responde, colocando meu cartão em uma daquelas máquinas antigas, que usam papel-carbono. — Não tem caixa eletrônico.

— Nem no banco?

— Não. E não dá para sacar dinheiro com cartão de crédito.

Olho para a mísera quantia de dinheiro que me resta depois de pagar Abuela: trinta e três dólares. Menos a passagem da balsa para voltar a Santa Cruz. Enquanto faço as contas, meu coração começa a bater forte. E se o meu dinheiro não durar mais uma semana e meia?

Meu ataque de pânico é interrompido pelo tilintar da campainha na porta. Outra mulher de máscara entra, com um menino no colo. Ele se contorce nos braços dela e chama a dona da loja, até ser posto no chão, sair correndo e se agarrar à perna da moça como um molusco. Ela o pega no colo.

A mulher que carregava o menino solta uma avalanche de palavras que não consigo entender e só então me nota.

Ela me parece familiar, mas não sei por quê. Até que ela se aproxima da dona da loja e vejo sua longa trança preta. É a mulher do meu hotel, em cujo crachá estava escrito "Elena". Aquela que me disse que estavam fechados.

— Você ainda está aqui? — pergunta.

— Estou na casa da... Abuela — respondo. Sei que isso significa *avó* e sinto vergonha por não saber o nome dela.

— *La plena!* — diz Elena, levantando as mãos e saindo da loja.

— Você está na casa de Gabriel Fernandez? — pergunta a dona da loja, e, quando assinto, ela ri. — Elena ficou brava porque *ela* queria dormir na cama dele.

Sinto as bochechas esquentarem.

— Eu não estou... Eu não... — Sacudo a cabeça. — Eu tenho namorado.

— Tá — diz ela, dando de ombros.

De: FColson@nyp.org
Para: DOToole@gmail.com

Fico olhando meu celular para ver se você mandou mensagem. Sei que não é culpa sua, mas gostaria de ter certeza de que você está bem. Além disso, preciso de boas notícias.

Esse vírus é como uma tempestade que simplesmente não passa. Racionalmente, sabemos que não pode ficar assim para sempre, mas fica. E piora.

Pacientes com covid fácil de diagnosticar apresentam febre, dor no peito, tosse, perda do olfato, gosto metálico na boca, hipóxia e medo.

Os que não são tão óbvios chegam com dor abdominal e vômito.

Os que não apresentam sintomas vêm ao pronto-socorro porque cortaram a mão com uma faca. É deles que a gente pega covid.

Meu chefe disse que devemos presumir que todo mundo que chega ao hospital está com covid.

Acho que ele tem razão.

Mas, estranhamente, o pronto-socorro não anda muito lotado. Quase ninguém mais vem, todo mundo está com muito medo. Nunca se sabe se o cara com a perna quebrada sentado na sala de espera do pronto--socorro está com covid e é assintomático. Deus o livre de tossir, mesmo que esteja com um resfriado comum. Todo mundo vai olhar para ele como se fosse um terrorista.

Como ninguém quer correr o risco de vir ao hospital, a maioria dos pacientes chega de ambulância, quando já não consegue respirar.

Fui colocado em uma das UTIs de covid. É uma barulheira. Bipes e alarmes disparam sempre que algum sinal vital muda. O respirador faz barulho toda vez que respira para o paciente. Mas não há visitas. É estranho não ver esposas chorando ou familiares segurando a mão dos pacientes.

Ah, e a cada dia o tratamento muda. Hoje estamos dando hidroxicloroquina. Amanhã: opa, não, não vamos dar isso. Hoje estamos tentando o remdesivir, mas antibióticos estão fora de questão. Um médico aplica atorvastatina porque reduz a inflamação. Outro tenta furosemida, usada em pacientes com insuficiência cardíaca, para ajudar a retirar o fluido dos pulmões de pacientes com covid. Alguns médicos acham que o ibuprofeno está fazendo mais mal que bem, mas ninguém sabe por que, então dão paracetamol para a febre. Todo mundo quer saber se o plasma convalescente ajuda, mas não temos dados suficientes para saber.

Quando não estou com pacientes, fico lendo estudos para ver o que outros médicos estão fazendo em outros lugares e quais ensaios clínicos estão disponíveis. É como se estivéssemos jogando merda na parede para ver se alguma coisa gruda.

Hoje, atendi uma paciente que estava sangrando pelos pulmões. Normalmente, daríamos mil miligramas de esteroides para estancar a hemorragia, mas meu chefe hesitou, porque, com base em estudos anteriores sobre gripe, temos medo de que os esteroides piorem a covid. Fiquei observando enquanto ele decidia como proceder, e eu só conseguia pensar: De que adianta, se ela vai morrer de qualquer maneira?

Mas eu não disse nada. Saí da sala e fiz minha ronda, auscultando pulmões que não conseguiam expelir o ar e corações que mal batiam, checando sinais vitais e fluidos, torcendo para que os pacientes que eu estava examinando vencessem o vírus antes que os leitos acabem. Um navio da Marinha, com mil leitos, está sendo mandado para Nova York, mas só vai chegar em abril; e, segundo as estimativas, os leitos dos hospitais da cidade vão acabar em quarenta e cinco dias.

Faz só uma semana.

Decidi que não vou mais ouvir as notícias, porque, basicamente, eu as estou vivendo.

Meu Deus, como eu queria que você estivesse aqui.

Em 2014, uma das rosetas de gesso caiu do teto da Sala de Leitura Rose, no prédio da Biblioteca Pública de Nova York, e se espatifou no chão. Quando a prefeitura decidiu inspecioná-la, também inspecionou o teto da sala adjacente, a Sala do Catálogo Blass. O reboco ornamentado desse teto foi retocado, e seu peso e resistência testados. Mas o mural do céu, feito em *trompe l'oeil* por James Wall Finn em 1911, não pôde ser restaurado porque era muito frágil. Por isso, meu pai passou quase um ano recriando a imagem na tela que seria colocada no teto, a fim de que pudesse ser facilmente removida se precisasse de algum retoque no futuro.

Quando as telas foram instaladas, em 2016, ele estava lá comandando a operação. Por ser perfeccionista, fez questão de subir uma escada para ilustrar como a borda da tela deveria ser alinhada e nivelada com os sátiros e querubins dourados da moldura entalhada.

Nesse mesmo dia, eu estava em East Hampton, na segunda casa de uma mulher que ia leiloar um Matisse com a Sotheby's. Nosso protocolo exigia que alguém da casa de leilões estivesse presente quando uma peça fosse transportada, e, como eu havia acabado de ser promovida a especialista júnior da Imp Mod, recebi a tarefa. Era um trabalho fácil. Eu tinha que ir até o local com o carro da empresa, encontrar a transportadora lá e, antes de embalar a obra, marcar em uma cópia impressa da pintura todos os arranhões, descamações ou imperfeições. Supervisionar o empacotamento cuidadoso da peça, observar o carregamento no caminhão e depois voltar para o escritório no carro da empresa.

Mas o trabalho não estava saindo de acordo com o planejado. A cliente havia dito que a governanta estava nos esperando, mas seu marido também estava em casa. Ele não fazia ideia de que a esposa estava vendendo o Matisse e era contrário à venda. Ficou insistindo que eu mostrasse o contrato e, quando o fiz, ele disse que ligaria para o advogado. Eu sugeri que ele ligasse para a esposa.

Durante todo esse tempo, meu celular ficou vibrando no bolso.

Quando finalmente atendi, não reconheci o número.

"Diana O'Toole? Aqui é Margaret Wu, médica do Monte Sinai... Infelizmente seu pai sofreu um acidente."

Saí da casa nos Hamptons atordoada, completamente alheia ao homem que ainda falava ao celular com o advogado e aos funcionários da empresa de logística que esperavam minha aprovação para embrulhar o quadro. Entrei no carro da empresa e ordenei ao motorista que me levasse ao Hospital Monte Sinai. Liguei para Finn, que já namorava fazia meses, e ele disse que me encontraria lá.

Meu pai havia caído de uma escada e batido a cabeça. Teve uma hemorragia cerebral e foi levado diretamente para cirurgia. Eu queria estar ali segurando a mão dele, queria lhe dizer que ia dar tudo certo. Queria que meu rosto fosse a primeira coisa que ele visse na sala de recuperação.

Como sempre, o trânsito de Long Island estava um caos. Enquanto chorava no banco de trás da limusine, eu barganhava com um poder superior. *Eu dou qualquer coisa se me fizer chegar ao hospital antes de o meu pai acordar*, jurei.

Finn se levantou assim que entrei pelas portas de vidro, e eu *soube*. Soube pelo olhar dele e pela rapidez com que me abraçou. "Não havia nada que você pudesse fazer", sussurrou.

Foi assim que aprendi que o mundo muda entre as batidas do coração; que a vida nunca é um absoluto, é sempre uma aposta.

Tive permissão para ver o corpo do meu pai. Alguma alma bondosa havia enfaixado sua cabeça com gaze. Ele parecia estar dormindo, mas, quando peguei sua mão, estava gelada, como um banco de mármore no inverno no qual a pessoa não quer se demorar, mesmo que esteja exausta. Pensei em seu coração palpitando quando ele perdeu o equilíbrio. E imaginei se a última coisa que viu foi o céu que ele criou.

Finn segurou minha mão com força enquanto eu assinava a papelada, pestanejava diante de perguntas sobre funerárias e respondia em um estado de transe. Por fim, uma enfermeira me deu uma sacola com o logotipo do hospital, dentro da qual estavam a carteira do meu pai, seus óculos de leitura e sua aliança. Identidade, entendimento, coração: as únicas coisas que deixamos para trás.

No táxi a caminho de casa, Finn ficou abraçado a mim enquanto eu segurava a sacola contra o peito. Tirei meu celular da bolsa e rolei a tela até a última mensagem que meu pai tinha me enviado, dois dias antes.

Está ocupada?

Eu não havia respondido. Porque *estava* ocupada. Porque eu ia jantar na casa dele naquele fim de semana. Porque muitas vezes ele decidia que queria conversar no meio do expediente, quando eu não podia. Porque havia uma série de itens na minha lista de tarefas que tinham precedência.

Porque nunca pensei que ia acabar o tempo para responder. A história da nossa vida sempre havia sido uma frase contínua, não um parêntese.
Está ocupada?
Não, digitei e, quando apertei "enviar", comecei a chorar.
Finn enfiou a mão no bolso da jaqueta à procura de um lenço, mas não tinha nenhum. Procurei no bolso do meu casaco e encontrei a impressão retangular do quadro que eu havia mandado empacotar naquela manhã, mil anos atrás. Olhei os círculos vermelhos e as setas que identificavam as marcas e lascas na moldura, a fenda na tela, como se significassem alguma coisa.
Como se todos nós não tivéssemos cicatrizes que não podem ser vistas.

Querido Finn,
Ainda é lindo aqui, e ainda sou a única turista nesta ilha. De manhã, saio para correr ou caminhar, mas à tarde está tudo fechado. O que é meio redundante quando se está tão isolado.
Às vezes, eu me vejo cara a cara com um leão-marinho ou dividindo um banco com uma iguana e fico maravilhada com o fato de estar tão perto deles, sem muro ou cerca entre nós, e não me sentir ameaçada. A fauna chegou aqui primeiro e, de certa forma, ainda domina os humanos que agora dividem o espaço com ela. Fico pensando como seria se eu não fosse a única a me maravilhar com eles. Afinal os moradores já estão acostumados, e eu sou uma plateia de uma mulher só.
A bisneta da mulher que me alugou o quarto fala inglês. É uma adolescente, e conversar com ela me faz sentir menos sozinha. Espero fazer o mesmo por ela.
De vez em quando, meu celular dá um soluço e um e-mail seu chega à minha caixa de entrada. É como se fosse Natal.
Você está recebendo meus cartões-postais?
Com amor,
Diana

Na manhã seguinte, quando Beatriz vira a esquina com seu saco de lixo — uma equipe de reciclagem formada por uma única garota —, estou sentada à beira d'água fazendo um castelo de areia.

Eu a vejo de canto de olho, mas não me viro. Sinto que ela está me observando quando pego um punhado de areia molhada e a deixo escorrer por entre os dedos, criando uma torre escarpada.

— O que está fazendo? — pergunta ela.

— O que parece que estou fazendo?

— Nem parece um castelo — ela debocha.

Eu me inclino para trás.

— Tem razão. — Estendo a mão para sua sacola de plástico. — Posso?

Ela a entrega a mim. Misturados com as garrafas plásticas das frotas pesqueiras chinesas há amarrilhos, folhas enroscadas em algas marinhas e pedaços de papel-alumínio. Um chinelo quebrado, garrafas de refrigerante de plástico verde, copos descartáveis vermelhos. A rede azul de um saco de laranjas e um pedaço de pneu. Pego tudo isso e uso para fazer bandeiras na torre do meu castelo, um fosso e uma ponte levadiça.

— Isso é lixo — diz Beatriz, sentando de pernas cruzadas ao meu lado.

Dou de ombros.

— O lixo de uns é a arte de outros. Tem um artista coreano, Choi Jeong Hwa, que usa lixo reciclável para fazer instalações. Ele fez um peixe enorme com sacolas plásticas e um edifício inteiro com portas descartadas. E um alemão, HA Schult, faz pessoas em tamanho real com lixo.

— Nunca ouvi falar de nenhum deles — diz Beatriz.

Arranco a tira do chinelo e crio um arco.

— E Joan Miró? — pergunto. — Ele passou o fim da vida em Maiorca e caminhava pela praia todas as manhãs, como você, mas transformava o lixo que recolhia em esculturas.

— Como você sabe disso?

— É meu trabalho — digo. — Arte.

— Quer dizer que você pinta?

— Não mais — admito. — Trabalho numa casa de leilões. Ajudo as pessoas a venderem suas coleções de arte.

Seu rosto se ilumina.

— Você é aquela pessoa que diz *Dou-lhe uma, dou-lhe duas, dou-lhe três?* Sorrio; ela imita bem um leiloeiro.

— Fico mais nos bastidores. Os leiloeiros são os astros. — Vejo Beatriz pegar um punhado de conchinhas e cobrir o fosso com elas. — Havia um leiloeiro britânico por quem todos nós tínhamos uma queda: Niles Barclay. Durante os leilões, geralmente eu ficava falando pelo celular com um colecionador que não estava presente e fazia lances em nome dele. Mas uma vez fui escolhida para ser assistente do Niles Barclay. Eu tinha que subir no pódio com ele e anotar o preço de venda da peça no folheto de informações, quando o leilão terminasse, depois entregar o próximo folheto para ele ler em voz alta. Uma vez nossas mãos se tocaram quando eu estava passando o papel para ele. — Rio. — Ele disse: "Obrigado, Donna", com aquele sotaque britânico incrível, e, mesmo ele tendo errado o meu nome, pensei: *Ai, meu Deus!*

— Você disse que tinha namorado — comenta Beatriz.

— Eu disse. E tenho — confirmo. — Cada um de nós tinha um alvará para alguém especial. O meu era para Niles Barclay; o dele, para Jessica Alba. Mas nenhum dos dois usou o alvará. — Olho para ela. — E você?

— Eu o quê?

— Tem namorado?

Ela cora, sacode a cabeça e dá batidinhas na areia.

— Mandei seu cartão-postal — diz.

— Obrigada.

— Posso passar por lá, se você quiser — oferece Beatriz. — Posso ir até a sua casa de vez em quando e pegar os cartões, se quiser enviar mais.

Eu a analiso, imaginando se isso é uma oferta de ajuda ou uma necessidade dela.

— Seria ótimo — digo com cuidado.

Por um tempo, trabalhamos em um silêncio agradável, formando passarelas com ameias, contrafortes e outras dependências. Quando Beatriz vai colocar a mão no saco de lixo, sua manga sobe alguns centímetros. Já faz dias que a vi se cortando. As finas linhas vermelhas estão desaparecendo, como marcas da maré alta que recuou.

— Por que você faz isso? — pergunto baixinho.

Imagino que ela vai se levantar e sair correndo de novo. Mas ela cava um sulco na areia com o polegar.

— Porque é o tipo de dor que faz sentido — responde, inclinando o corpo para longe de mim e conectando amarrilhos.

— Beatriz, se você quiser...

— Se eu fosse fazer coisas com lixo — ela interrompe o rumo da conversa —, faria algo útil.

Olho para ela. *Ainda não terminamos de falar sobre os cortes*, digo com os olhos e, em voz alta, resolvo perguntar:

— Tipo o quê?

— Uma jangada. — Ela coloca uma folha na água do fosso, que desaparece, absorvida pela areia, até que uma de nós o enche de novo.

— Para onde você navegaria?

— Para qualquer lugar — diz ela.

— Voltaria à escola?

Ela dá de ombros.

— A maioria dos adolescentes iria adorar férias inesperadas — digo.

— Eu não sou como os outros adolescentes — responde Beatriz. Ela acrescenta um pouco de cabelo de plástico amarelo à sua criação com amarrilhos, que é um boneco com braços e pernas. — Estar aqui... é como andar para trás.

Eu conheço esse sentimento, e o odeio. Mas são circunstâncias que estão além do controle normal.

— Talvez... se você tentar aceitar...

Ela olha para mim.

— Quanto tempo você vai ficar?

— Até ter permissão para sair.

— Exatamente — responde Beatriz.

Quando ela diz isso, percebo como é importante ter uma *saída*, saber que isso é uma fase e que vou voltar para casa, para Finn, para o meu trabalho, para aquele plano que tracei quando tinha a idade dela. Há uma profunda diferença entre saber que a situação é temporária e não saber o que o futuro reserva.

É tudo uma questão de controle, ou pelo menos a ilusão dele.

O tipo de dor que faz sentido.

Beatriz ajeita seu bonequinho no topo do castelo: uma pessoa em um edifício sem portas, janelas ou escadas, uma estrutura cercada por um fosso profundo.

— Princesa na torre? — arrisco. — Esperando ser resgatada?

Ela sacode a cabeça.

— Contos de fadas são bobagens. Ela é literalmente feita de lixo e está presa aí sozinha.

Com a unha, delineio uma porta nos fundos do castelo. A seguir, enrolo uma alga em uma colher de plástico, envolvo-a em um papel de bala e ponho minha boneca ao lado da dela: uma visita, uma cúmplice, uma amiga. Olho para Beatriz e digo:

— Agora não está mais.

De: FColson@nyp.org
Para: DOToole@gmail.com

Os mais atingidos são os latinos e os negros. São os trabalhadores essenciais, que trabalham nos mercados, nos correios e tal, inclusive limpando os quartos do hospital que estamos usando. Pegam transporte público e estão expostos ao vírus com mais frequência, e muitas vezes várias gerações vivem sob o mesmo teto, portanto, mesmo que um adolescente motorista do Uber Eats contraia covid e não apresente sintomas, pode ser que ele mate o avô. Mas o pior é que só atendemos esses pacientes quando já é tarde demais. Eles não vêm ao hospital porque temem que a Imigração esteja aqui, esperando para deportá-los, e, quando não conseguem mais respirar e chamam uma ambulância, não há mais nada que possamos fazer.

Hoje eu vi uma latina da equipe de limpeza do hospital limpar um quarto. Fiquei pensando se alguém havia se preocupado em dizer a ela para tirar a roupa antes de entrar em casa e tomar banho antes de deixar os filhos a abraçarem.

Finalmente recebemos EPIs. Só que, em vez de máscaras N95, que é o que realmente precisamos, mandaram luvas. Milhares e milhares de luvas. O cara que recebeu o pacote é chefe da cirurgia, e todo residente que eu conheço tem pavor dele, porque ele é muito intimidador, mas hoje eu vi esse cara desmoronar e chorar como um bebê.

Temos um novo truque: pronar o paciente, colocá-lo de bruços. O benefício dessa posição na redução da mortalidade se encontra em estudos desde 2013, mas nunca foi tão usada quanto agora. Deixamos o paciente de bruços por horas, se ele aguentar. Pelo modo como os pulmões funcionam, quando a pessoa está de bruços, eles têm mais espaço para se expandir, e o fluxo de sangue e de ar ficam equilibrados, evitando a entubação por um tempo. Descobrimos que os pacientes parecem tolerar uma grande diminuição na troca de ar, então agora, em vez de só observar os números da troca de gases, vemos quais pacientes estão cansados de respirar e os entubamos. Esse é o lado bom. O ruim é que, se alguém descompensar e precisar de entubação depois de uma tentativa dessas, com certeza vai morrer, porque, quando os pulmões já estão prejudicados pela respiração acelerada e a pessoa é entubada, já é tarde demais. Estamos basicamente jogando roleta-russa com a vida das pessoas.

Um dos meus três pacientes que morreram hoje era uma freira. Ela queria a extrema-unção, mas não conseguimos encontrar um padre disposto a entrar no quarto para fazer isso.

Desculpe qualquer erro de digitação, meu celular fica dentro de um Ziploc quando estou no hospital. Eu desinfeto os boletos que chegam pelo correio. Uma enfermeira me disse que lavou os brócolis com sabão e água quente. Não me lembro da última vez que comi comida de verdade.

Queria muito ter certeza de que as minhas mensagens estão chegando até você.

E queria muito que você respondesse.

Querido Finn,
Queria poder te dizer quão desesperadamente estou tentando falar com você, mas o fato de não conseguir já explica. Lembra

que achávamos que seria romântico ficar isolados do mundo exterior? Não é isso que eu penso agora que estou aqui sozinha, do lado de fora, batendo na porta para poder voltar.

Isso tem me levado a uma autorreflexão bastante estranha. É como se eu estivesse em um universo paralelo, sabendo que outras coisas estão acontecendo, mas não posso responder, nem comentar, nem sequer ser afetada por elas. Será que o mundo continua girando se eu não faço parte dele? Haha.

A menina de quem falei disse que estar aqui é como andar para trás. Eu sei que deveria ser grata por estar segura e com saúde, num lugar lindo. Sei que foi o momento perfeito para isso acontecer, com meu trabalho no limbo e você preso no hospital. Também sei que, na correria do dia a dia, muitas vezes não conseguimos fazer uma pausa e refletir. Só que é muito difícil viver o presente sem se preocupar que essa pausa se transforme numa parada total.

Nossa, não sei ficar sem fazer nada. Preciso encontrar uma maneira de me manter ocupada.

Ou preciso encontrar um avião. Um avião também seria bom.
Com amor,
Diana

Depois de pouco mais de uma semana na ilha, Abuela me convida para almoçar.

Nunca tinha entrado na casa dela. É clara e aconchegante, tem um emaranhado de plantas no peitoril da janela, paredes amarelas e uma manta de crochê no sofá. Há uma cruz de cerâmica pendurada acima da televisão, e o espaço todo tem um cheiro delicioso. Há uma panela no fogão; ela vai até lá e mexe o conteúdo com uma espátula, então, com o mesmo utensílio, aponta para a mesa da cozinha para eu me sentar.

— *Tigrillo* — diz um momento depois, quando coloca um prato à minha frente.

Banana-da-terra, queijo, pimentão-verde, cebola e ovos. Ela faz sinal para eu experimentar — é delicioso —, e então, satisfeita, volta para o fogão e serve outro prato. Penso que vai se sentar comigo, mas ela grita:

— Beatriz!

Beatriz está aqui? Não a vejo há quatro dias, desde que construímos o castelo de areia juntas.

Fico pensando se ela fugiu da fazenda do pai de novo.

De trás de uma porta fechada, do outro lado da sala de estar, vem uma rajada de respostas furiosas que não consigo entender. Abuela murmura algo, deixa o prato na mesa e leva as mãos aos quadris, frustrada.

— Deixa que eu levo — digo.

Pego o prato e vou até a porta; bato. A resposta é outro fluxo abafado em espanhol.

— Beatriz? — chamo, chegando mais perto da porta. — É a Diana.

Como ela não responde, giro a maçaneta. Beatriz está deitada na cama sobre uma manta de algodão branca. Está olhando para o ventilador de teto enquanto lágrimas escorrem do canto dos olhos até seus cabelos. É como se ela não percebesse que está chorando. Deixo o prato em cima da cômoda e me sento ao lado dela.

— Conversa comigo — imploro. — Deixa eu te ajudar.

Ela vira de lado, de costas para mim.

— Me deixa em paz — retruca, chorando ainda mais.

Depois de um tempo, saio e fecho a porta. Abuela olha para mim, com aflição nos olhos.

— Acho que ela precisa de ajuda — digo baixinho. Mas Abuela apenas inclina a cabeça, e minha preocupação se perde na tradução.

De repente, a porta da frente se abre e o pai de Beatriz entra.

— *Ella no puede seguir haciendo esto* — diz.

Abuela dá um passo à frente e pousa a mão no braço dele, mas Gabriel vai direto para a porta do quarto. Sem pensar duas vezes, intercepto seu caminho.

— Deixe a menina em paz — peço.

Ele se assusta, e percebo que estava furioso e obstinado demais para notar minha presença.

— *Por qué está ella aquí?* — pergunta a Abuela e olha para mim. — O que você está fazendo aqui?

— Podemos conversar? — digo. — Em particular?
Ele me encara.
— Estou ocupado — resmunga, tentando desviar de mim para chegar até a porta.
Percebo que não vou conseguir impedi-lo, então baixo o tom de voz, presumindo que Abuela não entende inglês melhor do que eu entendo espanhol.
— Você sabe que a sua filha se corta? — murmuro.
Seus olhos, já quase pretos, escurecem ainda mais.
— Isso não é da sua conta — retruca ele.
— Eu só quero ajudar. Ela está tão... triste. Perdida. Ela sente falta da escola, dos amigos. Acha que não há nada para ela aqui.
— *Eu* estou aqui — diz Gabriel.
Não respondo, porque... e se o problema for justamente esse?
Ele cerra o maxilar, um sinal de que está tentando não perder a paciência.
— O que te faz pensar que eu daria ouvidos a uma *Colorada*?
Não faço ideia do que seja isso, mas não pode ser um elogio.
Porque eu já tive treze anos, penso. *Porque também tive uma mãe que me abandonou.*
Mas apenas digo:
— Por acaso você é especialista em meninas adolescentes?
Minhas palavras fazem exatamente o que minha interceptação física não fez: toda a raiva se esvai dele. A luz abandona seus olhos, seus punhos caem ao lado do corpo.
— Não sou especialista em nada — admite.
Enquanto ainda processo essa confissão, ele passa por mim e pega a maçaneta.
Não sei o que eu estava esperando que Gabriel fizesse, mas não é o que ele faz: ele entra no quarto e se senta com cuidado na cama. Afasta o cabelo de Beatriz do rosto até ela rolar e olhar para ele com os olhos vermelhos e inchados.

Sinto uma sombra atrás de mim. É Abuela, que entra no quarto. Ela fica atrás de Gabriel, com a mão em seu ombro, completando o círculo familiar.

Sinto como se estivesse no meio de uma peça, mas ninguém me deu o roteiro. Saio em silêncio pela porta da frente.

Isolamento é a pior coisa do mundo, penso.

De: FColson@nyp.org
Para: DOToole@gmail.com

Antes de o prefeito fechar todos os serviços não essenciais da cidade hoje, entrei no Starbucks a caminho do trabalho. Estava com roupa de hospital e máscara, claro. Não vou a lugar nenhum sem máscara. A atendente disse, brincando: "Espero que você não trabalhe com pacientes de covid". Eu disse que trabalhava. Ela literalmente deu um passo para trás. Simplesmente se afastou. Se é assim que me tratam, e eu nem estou doente, imagine como é ser um desses pacientes, sozinho em um quarto sem nada além do estigma para lhe fazer companhia. Não é mais uma pessoa, é uma estatística.

A UTI de covid, que antes era a UTI cirúrgica, é apenas uma longa fila de pacientes em respiradores. Quando entramos na enfermaria, parece um filme de ficção científica, como se aqueles corpos imóveis fossem apenas casulos incubando algo aterrorizante. O que é meio que a verdade.

Estamos tentando ter mais cuidado com a entubação porque, com base na nossa experiência, uma vez que a pessoa fica no respirador, é menos provável que saia dele. A esta altura, consigo identificar até dormindo os pulmões de um paciente de covid (e, em alguns dias, parece que é isso mesmo que estou fazendo). É um ciclo vicioso: quando a pessoa não consegue respirar fundo, respira rápido. Mas ela só consegue respirar trinta vezes por minuto por um tempo, antes de se exaurir. Se não consegue respirar, não consegue ficar consciente. Se não consegue ficar consciente, não pode proteger as vias aéreas, e aí pode aspirar. E é assim que a pessoa acaba sendo entubada.

Administramos etomidato e succinilcolina antes de colocar o laringoscópio na garganta e ventilar o paciente, porque há um pequeno intervalo até ele ser conectado ao respirador. O ideal é manter o paciente confortável, mas deixá-lo consciente para abrir os olhos e seguir comandos básicos. O problema é que os pacientes com covid têm níveis de oxigênio tão baixos que deliram, e precisamos sedá-los mais profundamente para controlar a respiração e garantir que não briguem com o respirador. Isso significa doses de propofol, dexmedetomidina ou midazolam, algum tipo de cetamina para sedação, mais analgésicos como hidromorfona ou fentanil para a dor. E ainda por cima, se estiverem agitados, precisamos paralisá-los com rocurônio ou cisatracúrio para que não tentem respirar entubados e se machuquem sem querer. Eles tomam um coquetel de drogas... e nenhuma realmente trata a covid.

Cara, o que eu não daria para saber como foi o seu dia... O que você está pensando... Se sente a minha falta tanto quanto eu sinto a sua.

Espero que não. Espero que, onde quer que você esteja agora, seja melhor que isso aqui.

Na manhã seguinte, abro a porta de vidro para fazer minha corrida matinal na praia e quase trombo com Gabriel. Ele está carregando uma grande caixa de papelão cheia de legumes e frutas, algumas que eu nem conheço. Tenho certeza de que é um sonho, até que ele estende uma das mãos, me firmando para não colidirmos.

— São para você — fala.

Não sei o que dizer, mas pego a caixa.

Ele passa a mão pelos cabelos, deixando-os em pé.

— Estou *tentando* pedir desculpa — diz.

— E está conseguindo?

Duas manchas vermelhas surgem em suas faces.

— Eu não devia ter... tratado você daquele jeito ontem.

— Eu só queria ajudar a Beatriz.

— Não sei o que fazer por ela — diz ele, baixinho. — Eu não sabia que ela se cortava... até você me contar. Não sei o que é pior: ela se cortar ou eu não ter percebido.

— Ela esconde — digo. — Não quer que ninguém saiba.

— Mas... você sabe.

— Não sou psicóloga. Tem alguém aqui com quem ela possa conversar?

Ele sacode a cabeça.

— No continente, talvez. Não temos nem hospital na ilha.

— Então você poderia conversar com ela.

Ele engole em seco e me dá as costas.

— E se falar sobre isso levar a minha filha a fazer mais do que... se cortar?

— Acho que não é assim que funciona. Quando eu era mais nova, conheci uma menina que fazia isso — conto. — Eu queria ajudar. Uma orientadora da escola disse que, se eu falasse com a menina, isso não a levaria a se cortar mais ou a fazer algo mais... permanente... mas talvez ela tentasse tomar medidas para parar.

— A Beatriz não conversa comigo — diz Gabriel. — Tudo que eu falo a deixa furiosa.

— Não creio que ela esteja com raiva de você. Acho que ela está com raiva... de tudo, das circunstâncias.

Ele inclina a cabeça.

— Ela me contou sobre o castelo de areia. Sobre pessoas que fazem arte... com lixo. — Gabriel limpa a garganta. — Desde que voltou para a ilha, há uma semana, ela não trocou mais que duas ou três palavras comigo. Mas ontem à noite ela não parava de te defender. — Ele me olha nos olhos. — Eu estava sentindo falta de ouvir a voz da minha filha.

Até que ele se sai bem pedindo desculpa. Ele me olha fixamente, como se tivesse algo mais a dizer, mas não soubesse como. Desvio o olhar, fitando a caixa em meus braços.

— É muita coisa — digo.

— São da minha fazenda — explica ele, e acrescenta, com um esboço de sorriso: — Já que não consegui um caixa eletrônico para você.

Isso me faz gargalhar.

— Todo mundo sabe da vida de todo mundo aqui?

— Basicamente. — Ele dá de ombros. — É melhor tirar isso do calor.

Então abre a porta de correr para que eu possa levar a caixa para dentro. Eu a deixo na mesa da cozinha com cuidado, imaginando se devia abordar o assunto de Beatriz de novo. Ontem à noite, achei que talvez a garota estivesse fugindo do pai autoritário; agora, não tenho tanta certeza. Ou Gabriel é o melhor ator do mundo, ou está tão perdido quanto a filha.

Ele vê a caixa de cartões-postais em branco sobre a mesa da cozinha.

— O que está fazendo com isso?

— É meu suprimento de papel. Ando escrevendo para o meu namorado.

Gabriel assente.

— Que bom. Pelo menos ainda servem para alguma coisa.

— Ah... Espera! — Corro para o quarto e volto com a pilha cuidadosamente dobrada de camisetas macias que eu havia pegado emprestadas. — Eu não teria usado se soubesse que eram suas.

— Não são. — Ele não faz nenhum movimento para pegá-las. — Pode queimar, se quiser. — Ele me olha e suspira. — Minha mulher dormia com elas. Não fiquei chateado por você usar. É que... foi como ter um fantasma andando sobre o meu túmulo.

Ele diz a palavra *mulher* como se fosse uma lâmina.

De repente, ele se abaixa e mexe na perna bamba da mesa.

— Eu devia ter consertado isso antes de você vir para cá.

— Você não sabia que eu viria — respondo. — E nem ficou muito empolgado com a ideia, pelo que me lembro.

— É possível que eu tenha julgado... como se diz? O livro pela tampa.

Sorrio.

— Pela capa.

Penso no fato de ele me desprezar por ser turista, por ser americana. Sinto a indignação se infiltrando em mim, mas recordo que, toda vez que nossos caminhos se cruzaram, eu também fiz suposições ruins sobre ele.

Ele arranca um pedaço da caixa de papelão, dobra e usa para equilibrar a mesa.

— À tarde eu volto para consertar direito — diz.

— A Beatriz pode vir junto — sugiro. — Se ela quiser, claro.

Ele assente.

— Vou convidar.

Algo delicado e desconcertante floresce entre nós, um recomeço silente, uma vontade de dar o benefício da dúvida, em vez de esperar o pior.

Gabriel inclina a cabeça.

— Aproveite a sua manhã, então — diz e dá meia-volta.

— Espera — chamo. — Se você é guia turístico, por que odeia tanto os turistas?

Lentamente, ele vira para mim.

— Não sou mais guia turístico.

— Bom, já que a ilha está fechada, tecnicamente... eu não sou turista — respondo.

Ele sorri, e é transformador. É como ver pela primeira vez uma estrela cadente. Todas as noites, a pessoa se pega procurando de novo e, se não vê nenhuma, fica decepcionada.

— Nesse caso, talvez um dia eu possa te mostrar minha ilha — diz Gabriel.

Eu me inclino contra a mesa. Pela primeira vez em uma semana, ela resiste.

— Seria bom — digo.

QUATRO

Muitas pessoas diriam que passar férias sozinha sem nada para fazer é o paraíso.

Eu não sou uma dessas pessoas.

Não vou ao cinema sozinha. Se vou passear no Central Park, geralmente é na companhia de Finn ou Rodney. Se viajo a trabalho e durmo em um hotel, sempre peço serviço de quarto em vez de comer sozinha em um restaurante.

Estar sozinha em uma ilha deserta tem um quê de romântico, mas a realidade é menos atraente. Espero ansiosamente minhas manhãs na praia, porque Beatriz me encontra lá quase todos os dias, depois me acompanha até a casa da avó para pegar meu cartão-postal diário para Finn. Arranjo motivos para ficar rondando a porta da casa de Abuela, para conversarmos daquele jeito meio confuso, e porque quase sempre ela acaba me convidando para jantar. Converso com Gabriel sobre quando será que a ilha vai reabrir, quando será que a balsa vai voltar para me levar de volta ao continente.

Duas vezes encontrei sinal de celular e liguei para Finn, mas ele não atendeu. Certa vez, chegou uma enxurrada de mensagens e e-mails, mas eram ilegíveis: símbolos em vez de frases. Quando posso, envio respostas sem saber se elas vão chegar ao destino. *Eu não devia ter vindo. Estou com saudades. Te amo.* Aqui, se eu gritasse à beira de um abismo, só ouviria o eco.

Há dias em que não falo uma única palavra em voz alta e vou incansavelmente do apartamento até a praia, ou saio para correr só para não pensar em Finn, em quanto tempo faz que não ouço sua voz, no meu trabalho, no meu futuro. A cada hora que passa, tudo fica mais nebuloso, como se a pandemia fosse uma névoa que surgiu de repente, e nada mais fosse como antes.

Quando não tenho saída, fico sozinha e me pergunto até que ponto fui desviada do curso.

> *Querido Finn,*
> *Tenho pensado em como deixei as coisas no trabalho. Se a situação aí está muito ruim, talvez Kitomi tenha agido bem adiando o leilão. Por outro lado, se a coisa está muito ruim, a Sotheby's precisa dessa venda mais do que nunca.*
> *Quando eu voltar, talvez nem tenha mais emprego.*
> *É estranho... Desde muito cedo eu sabia o que queria fazer e quem queria ser quando crescesse, e não consigo imaginar ser outra coisa que não uma especialista em arte. Não é como se eu sempre tivesse sonhado em ser astronauta e agora fosse a minha grande oportunidade de seguir outra direção. Eu gostava da direção que estava tomando.*
> *Mas tenho que dizer... às vezes, vejo os aratus-vermelhos pontilhando a lava preta, ou as manchas na parte de baixo de uma arraia na água, e penso: A arte está em todo lugar, para quem sabe olhar.*
> *Caramba, que saudade de você.*
> *Com amor,*
> *Diana*

Eu não esperava gostar de Kitomi Ito.

Como todo mundo, eu a via como ela tinha sido pintada: a vilã na história dos Nightjars, a psicóloga discreta que se transformou em sereia, enfeitiçou Sam Pride e levou à dissolução da — indiscutivelmente — melhor banda da história do rock. O que ela fez da vida desde então — incluindo abrir um ashram e escrever três best-sellers sobre como expandir a consciência — se tornava pequeno em comparação com a maneira como ela havia afetado Sam Pride. Fãs obstinados dos Nightjars a culpavam pelo assassinato dele, porque ela era a razão de Sam ter deixado o Reino Unido e ido para Nova York.

Para ser sincera, eu também não esperava que minha chefe me levasse ao apartamento de Kitomi Ito quando estava tentando convencê-la a fechar negócio com a Sotheby's. Mas Eva andava insinuando fazia algum tempo que, como eu era especialista associada da área Imp Mod, tinha que receber mais responsabilidades. Ela começou a me levar às reuniões com colecionadores de arte e seus gestores, não porque gostasse do prazer da minha companhia, mas para me preparar para um cargo mais sênior.

Eu me senti lisonjeada e fiquei eufórica. Se eu fosse promovida a especialista sênior antes dos trinta, estaria à frente do meu plano de carreira ideal.

Já fazia várias semanas que Eva andava cortejando Kitomi como cliente em potencial; ela a levava para almoçar no Jean-Georges e no The Modern. Considerando o que Kitomi poderia leiloar — um Toulouse-Lautrec original, com uma história incomparável —, eu me perguntava se alguma vez ela já havia precisado cozinhar. Eu tinha certeza de que a Phillips e a Christie's também a levavam para comer e beber; isso faz parte do processo de construção de um relacionamento com um possível vendedor, na esperança de que a primeira peça que ele coloque à venda não seja a última. Chamava-se jogar a longo prazo, e todo mundo no ramo jogava dessa forma.

Mas só o fato de Eva ter me levado junto não significava que ela tivesse de repente desenvolvido um carinho por mim. Ela ainda era a mesma chefe assustadoramente eficiente e intocável que (quem eu estava tentando enganar?) eu queria ser um dia. Como Eva, eu queria andar pelos corredores da Sotheby's e ouvir os estagiários cochichando. Queria meu nome inextricavelmente ligado a grandes obras de arte. Queria fazer parte da lista da *Forbes* 40 Under 40.

— Quando chegarmos lá — Eva me instruiu, no banco de trás do carro que nos levava para o Ansonia —, você fique muda. Entendeu?

— Entendi.

— Não fale nem oi, Diana. Apenas acene com a cabeça.

— E se ela...

— Ela não vai — disse Eva.

O Ansonia ocupava um quarteirão inteiro, como uma dama em um baile observando o frenesi do qual ela nunca se dignaria a participar. O apartamento de Kitomi Ito era a cobertura e, para a minha surpresa, quando as portas do elevador se abriram, ela mesma nos esperava. Eva apertou a mão dela, sorriu e disse:

— Esta é Diana O'Toole, especialista associada da nossa equipe.

Kitomi era muito menor do que eu imaginava, um pouquinho além de um metro e meio. Estava com um longo robe bordado sobre calça jeans e camiseta branca, e seus óculos roxos.

— Muito prazer — disse, com um leve sotaque.

Naquele instante, eu me dei conta de que, apesar de todas as fotos e videoclipes granulados em que eu a vira com Sam Pride e os Nightjars, nunca tinha ouvido a voz dela. Ela fazia parte de uma lenda da música, mas não tinha som próprio.

Abri a boca para falar oi, mas a fechei e apenas sorri.

Kitomi havia preparado uma mesa, na sala de estar, com um serviço de chá japonês — xícaras sem alça e bules atarracados com delicadas flores pintadas. Ela nos conduziu por um corredor até onde estava o quadro. Eu não conseguia tirar os olhos dele e senti o mesmo frio na barriga que sempre sentia quando via pela primeira vez uma obra de arte lendária. As cores das bordas iam ficando mais vivas no centro, onde os amantes estavam retratados. O mais nítido de tudo eram os olhos, fixos nos do outro. De repente eu me senti *lá*, porque a arte pode nos fazer viajar no tempo — eu podia imaginar o pintor mesclando a tinta na paleta, podia sentir o perfume das rosas nos lençóis, podia ouvir o som das prostitutas entretendo seus clientes nos quartos de ambos os lados.

Parte do meu trabalho nessa possível aquisição era aprender o máximo possível sobre Henri de Toulouse-Lautrec e sua obra, para poder avaliar como se encaixava no cânone impressionista. Nas semanas anteriores, eu havia feito pesquisas no escritório, na Biblioteca de Nova York, na Universidade Columbia e na NYU. Nascido na França, filho de um conde e uma condessa que eram primos de primeiro grau, Toulouse-Lautrec tinha uma displasia esquelética que o deixou com apenas um metro e meio de altura, com o torso de tamanho adulto e pernas de tamanho infantil — e, supostamente, genitais grandes demais. Seu pai ficou envergonhado por sua escolha de se tornar artista; sua mãe se preocupava com as companhias dele. Ele tinha a reputação de ser mulherengo. Seu primeiro relacionamento foi com Marie Charlet, uma modelo de dezessete anos. Outra amante, Suzanne Valadon, tentou se matar quando o relacionamento acabou. Provavelmente foi a modelo ruiva Rosa la Rouge, uma prostituta, que lhe transmitiu a sífilis que o levou à morte.

Como outros artistas, ele se sentia atraído por Montmartre, a parte boêmia de Paris, cheia de cabarés e prostitutas. O Moulin Rouge lhe encomendava cartazes e sempre reservava um lugar para ele. Durante semanas a fio ele morou em bordéis, pintando a realidade da vida das profissionais do sexo — do tédio aos exames de saúde e aos relacionamentos que não eram transações comerciais. Ele estava muito mais interessado na diferença entre o comportamento delas em determinado ambiente e quando estavam sozinhas — o espaço entre a pessoa pública e o eu; a lacuna entre o privado e o profissional.

Seu trabalho foi descrito como pictórico, de pinceladas longas e não misturadas. Sua arte era mais um borrão que um instantâneo, como examinar uma multidão e ter o olhar preso em algo — o rosto verde e imponente de uma mulher, as meias vermelhas de uma dançarina. Ele estava muito mais interessado nos indivíduos que em seus arredores, de modo que, normalmente, acentuava certa característica que considerasse distinta, deixando o restante do campo flutuar. Seu olhar não era romantizado, e sim prático e desapaixonado.

Por volta de 1890, ele pintou uma série — a qual incluía o quadro *Le lit* — que mostrava prostitutas na cama em momentos tranquilos de intimidade. As mulheres eram pintadas em tons pastel, porque costumavam se empoar para parecer mais brancas, jovens e saudáveis, mas os arredores eram comparativamente mais vivos, para fazer um contraste entre onde estavam e quem eram. Era como se Toulouse-Lautrec dissesse: "O que você vê não é o que você realmente recebe".

Não havia dúvida de que a pintura de Kitomi Ito se encaixava nessa série, com uma diferença surpreendente: naquela obra, Toulouse-Lautrec pintara a si mesmo.

Ao meu lado, ouvi Eva prender a respiração e lembrei que também era a primeira vez que ela via o quadro pessoalmente.

Ela pigarreou e eu saí do meu devaneio. Tinha trabalho a fazer. Era minha responsabilidade avaliar o estado da pintura: A tinta estava descascando? A moldura era firme? E a assinatura? Era como suas outras assinaturas: *T-Lautrec*, com o *T* e o hífen quase formando um *F*, o ângulo agudo do *L*, o lacinho do *t* ao ser cortado? Enquanto eu fazia isso, Eva tinha que convencer Kitomi Ito de que a Sotheby's era a casa de leilões certa para vender a obra.

Sabíamos que, no passado, Kitomi tinha vendido obras por intermédio da Christie's. Mas, agora, ela convidara outras casas de leilões para fazer propostas.

— É de tirar o fôlego — disse Eva.

Nesse momento, não olhei para a arte, e sim para o rosto de Kitomi Ito. Ela parecia uma mãe que tomou a decisão de entregar o bebê para adoção e se dava conta de que isso era mais difícil do que ela imaginava.

— O Sam dizia que, quando fizesse oitenta anos, nunca mais daria entrevistas, nunca mais se sentaria diante de uma câmera. Ele queria ir para Montana criar ovelhas.

— De verdade? — disse Eva.

Kitomi deu de ombros.

— Acho que nunca vamos saber.

Porque, trinta e cinco anos atrás, seu marido havia sido assassinado. Ela deu meia-volta e nos levou até a mesa do chá.

— Tem algum motivo específico para ter decidido vender o quadro? — perguntou Eva.

Kitomi a fitou.

— Vou me mudar.

Eu podia ver Eva fazendo cálculos. Se Kitomi fosse sair de Nova York, haveria outras coisas no apartamento que poderia querer vender.

O chá fumegava à minha frente. Cheirava a grama verde.

— É sencha — disse Kitomi. — E também tem shortbread escocês. Foi o Sam quem me viciou nisso.

Fiquei sentada com as mãos cruzadas no colo, ouvindo sem prestar muita atenção o interrogatório de Eva: *Já mandou avaliar o quadro? A peça alguma vez foi retirada daqui? Já foi feito algum restauro nela? Com quem mais você trabalha no campo da arte? Alguém administra sua coleção? O que espera conseguir com o leilão?*

— O que eu quero — disse Kitomi — é que esse quadro feche um capítulo, para eu poder abrir o próximo.

Suas palavras eram como um osso quebrado: afiadas e sem volta.

Eva começou a apresentar a campanha de marketing que ela e outros associados seniores haviam criado desde a primeira ligação de Kitomi. O plano era incluir o nome de Sam Pride no leilão, para agregar valor à peça pela fama do antigo dono. Um dos motivos de o espólio dos Vanderbilt ter sido vendido tão bem, anos antes, foi simplesmente a presença do nome Vanderbilt nas descrições.

— Na Sotheby's, nós conhecemos arte. Por isso, naturalmente, vamos descrever a época em que Toulouse-Lautrec viveu e apresentar tudo aos cinco maiores colecionadores de arte impressionista e modernista do mundo, e o quadro vai sair na capa do catálogo. Mas também sabemos que essa obra é especial. Essa peça é diferente de tudo que já leiloamos, porque é um elo entre dois ícones, cada um em seu tempo. Não só Toulouse-Lautrec deve estar em destaque, mas Sam Pride também. No leilão, vamos nos debruçar sobre o momento em que esta pintura cruza a vida de Sam.

O rosto de Kitomi era ilegível.

— Foi em 1982 — prosseguiu Eva — que o álbum saiu com essa obra na capa. Também pretendemos reunir os demais Nightjars em um evento precursor do leilão: arte gerando arte.

Eva pegou uma pasta de couro para apresentar a Kitomi a redação formal da proposta: a estimativa multimilionária do valor da pintura que seria apresentado ao público, que considerávamos ser realmente o valor de mercado, e a reserva, a quantia secreta que a Sotheby's manteria como preço abaixo do qual não venderíamos.

Eu me levantei e ia perguntar onde ficava o banheiro, quando lembrei que não deveria falar. Kitomi ergueu os olhos, que eram como botões pretos.

— No fim do corredor — disse ela —, à esquerda.

Assenti e fui. Mas, em vez de entrar no banheiro, encontrei-me diante do quadro.

Grande parte do trabalho de Toulouse-Lautrec era dedicada ao movimento. Suas obras mais antigas registravam cavalos, depois ele focou em dançarinos, circos e corridas de bicicleta. Mas as pinturas posteriores também eram cinéticas. *Baile no Moulin Rouge* — uma de suas pinturas mais famosas — mostra o chão em perspectiva inclinada para fazer o espectador se sentir desequilibrado e meio bêbado, enquanto seu olhar é atraído para o vermelho das meias da dançarina e o rosa de um lindo vestido, e depois para o cavalheiro que ela está observando, e depois para a agitação da anágua de outra dançarina atrás dele. Todos esses ângulos fazem o espectador se sentir girando, como se estivesse naquela sala barulhenta, se movendo, captando pequenos detalhes.

Por outro lado, a pintura de Kitomi Ito era plena quietude.

Era o momento após a intimidade, quando a pessoa não está mais unida a seu amante, mas ainda o sente pulsando como sangue dentro de si.

Era o momento em que a pessoa tem que se lembrar de como respirar de novo.

Era o momento em que nada importa mais que o momento anterior.

A modelo tinha cabelos ruivos, uma das únicas cores no fundo, que fora isso era bege, como papelão. O chão era branco com partes pastel. A mulher — Rosa la Rouge — estava seminua. Atrás dela havia um espelho, refletindo o olhar direto do homem que a encarava do canto inferior direito da tela: o próprio Lautrec, virado para o lado, para que se visse seu ombro nu e seu perfil, sua barba e o aro de metal de seus óculos. O ombro do artista — de um verde pálido — era o único outro sangramento de cor na pintura. Eu me perguntava se era para sinalizar uma doença, assim como suas pernas dobradas sob as cobertas, ou o ciúme daquela mulher que acabaria por ser o fim dele.

Ou talvez tenha sido um lampejo do coração oculto de um homem frequentemente descrito como indiferente.

Eu me afastei do quadro e segui pelo corredor até o banheiro, passando por uma porta aberta. O quarto era familiar para quem conhecesse o último álbum dos Nightjars, com Kitomi e Sam Pride naquela mesma cama. A única coisa que faltava, claro, era a pintura, que, para a capa do álbum, havia sido pendurada atrás de Kitomi.

Mas havia coisas no quarto que não faziam parte daquela foto. De um lado da cama, havia uma mesa de cabeceira com uma pilha de livros, um copo com água pela metade, um par de óculos de leitura roxos e creme para as mãos. Do outro, mais uma mesa de cabeceira com apenas um item: a aliança de um homem. Bem alinhado no chão, estava um surrado par de chinelos masculinos de couro.

Recuei, me sentindo ainda mais voyeurista do que me sentira ao ver Kitomi seminua na capa do disco, e fui ao banheiro. Quando saí, a própria Kitomi estava parada em frente à tela.

— O primo dele fazia medicina — disse ela. — Ele deixava Henri entrar para retratar as cirurgias. — Ela se voltou, com um sorriso no olhar. — Sempre penso nele pelo primeiro nome, não como Toulouse-Lautrec. Afinal ele ficou pendurado na cabeceira da minha cama durante anos.

Dei alguns passos em direção a ela, imaginando se deveria lhe dizer que sabia de tudo isso. Mas Eva havia me alertado para ficar calada.

— Ele foi internado em um sanatório por causa do alcoolismo e da sífilis e, para provar aos médicos que estava saudável o suficiente para sair, pintou imagens do circo de memória. Mas morreu aos trinta e seis anos. — Kitomi contorceu os lábios. — Algumas pessoas brilham demais para durar muito.

Sua voz era tão baixinha que tive que me esforçar para ouvi-la.

— Vender esse quadro parece uma amputação. Mas também não parece certo tê-lo em Montana.

Montana.

Pensei que Kitomi havia dito que queria virar a página.

Notei que aquela não era uma mulher que queria um recomeço, uma vida nova. Era uma mulher que estava tão ligada ao marido morto que viveria o sonho que ele não vivera.

Pensei: *A Eva vai me matar*. Mas me virei para ela e disse:

— Tive uma ideia.

No caminho para El Muro de las Lágrimas, Beatriz e eu passamos pelos restos mortais de uma sereia. Ontem, ela se espreguiçava na beira do mar, onde a areia seca encontra a molhada. Escamas de conchas formavam sua cauda, e seu cabelo era um emaranhado de algas marinhas. Mas, hoje, nossa arte foi quase toda engolida pelo mar.

— Aposto que já passou do toque de recolher — diz Beatriz.

— Os monges tibetanos passam meses fazendo mandalas de areia, depois varrem tudo e jogam no rio.

Ela se vira, aflita.

— *Por quê?*

— Porque nada é permanente.

Beatriz olha o que sobrou da nossa escultura.

— Essa é a coisa mais imbecil que eu já ouvi — diz, pega sua garrafa de água e sai andando. — Você vem?

Hoje ela está me levando a El Muro de las Lágrimas, parte de uma ex-colônia penal. É uma caminhada de duas horas por um terreno árido, que passa por arbustos e cactos e, sim, maçãs venenosas. Saímos cedo, mas o sol está muito forte e faz minha blusa grudar de suor nas costas. Sinto o couro cabeludo queimar na risca do cabelo.

Beatriz ainda é cautelosa comigo, mas há momentos em que baixa a guarda. Uma ou duas vezes eu a fiz rir. Pode ser tolice pensar que ela fica menos triste em minha companhia, mas pelo menos estou de olho nela. E, pelo que percebi, não há cortes recentes em seus braços.

— Eu achava que a arte devia ser algo que o artista deixa pra trás para todos se lembrarem dele — diz Beatriz.

— As coisas não precisam estar prontas e penduradas na parede para lembrarmos quem fez — comento. — Já ouviu falar de Banksy? É um artista de rua e ativista britânico. Uma das pinturas dele, *Menina com balão*, foi leiloada pela minha empresa em 2018. Uma pessoa comprou por um milhão e quatrocentos mil dólares, e, assim que o martelo foi batido, a tela começou a se autodestruir. No Instagram, ele postou "Going, going, gone", algo como "Indo, indo, foi", e disse que colocou um triturador na moldura de propósito, caso a obra fosse vendida em leilão.

— Você estava lá?

— Não, isso aconteceu na Inglaterra.

— Que desperdício de dinheiro.

— Bom, na verdade o valor da obra aumentou quando ela foi picotada. Porque a verdadeira arte não era a pintura, e sim o ato de destruí-la.

Beatriz olha para mim.

— Quando você soube que queria vender obras de arte?

— Na faculdade — afirmo. — Antes disso, eu achava que seria uma *artista*.

— Jura?

— Sim. Meu pai era restaurador. Restaurava pinturas e afrescos que precisavam de reparos.

— Como a do Banksy?

— Mais ou menos, mas a dele não foi colada de volta. Os restauradores geralmente trabalham com arte bem antiga, que está literalmente se desmanchando. Quando eu era pequena, ele me levava aos locais de trabalho dele e me deixava pintar um pouquinho, num ponto onde não estragasse nada. Tenho certeza que ele não contava isso para os chefes. Os melhores dias da minha vida eram os que eu ia trabalhar com o meu pai, e ele me perguntava coisas como se minhas respostas realmente importassem: "O que você acha, Diana, devemos usar violeta ou índigo? Consegue ver quantas garras há neste casco?"

Sinto a mesma sombra que sempre surge logo após recordar meu pai: a fumaça acre da injustiça, a consciência de que esse homem, que eu gostaria que ainda estivesse aqui, se foi.

— Seu pai ainda te deixa pintar com ele?

— Ele morreu — digo. — Faz uns quatro anos.

Ela me fita.

— Sinto muito.

— Eu também.

Caminhamos um pouco mais em silêncio, até que Beatriz diz:

— Por que você não pinta mais?

— Não tenho tempo.

Mas não é verdade. Não arrumei tempo porque não quis.

Lembro o dia exato em que guardei meus materiais de pintura, a caixa de sapatos com os tubos artríticos de tinta acrílica e a paleta com camadas e camadas de momentos de inspiração secos, como os anéis de uma árvore. Foi depois da exposição estudantil na Williams, quando meu pai disse que minha pintura o fazia lembrar o trabalho da minha mãe. Mas não consegui jogar fora as ferramentas do ofício. Quando me mudei para Nova York, levei a caixa de sapatos comigo, ainda fechada. Eu a guardei na prateleira mais alta do meu armário, atrás dos moletons da faculdade que eu não usava mais, mas que não suportaria doar, e das botas de caminhada de inverno que comprei mas nunca usei, e de uma caixa de registros fiscais antigos.

Beatriz me olha com empatia.

— Você parou de pintar porque não era muito boa? — pergunta.

Dou risada.

— Eu poderia argumentar que, sempre que alguém deixa uma marca intencional, é arte. Mesmo que não seja bonito.

Ela puxa as mangas para baixo, cobrindo os pulsos. Mesmo com esse calor, ela preferiu caminhar de moletom, para não me mostrar as cicatrizes dos braços.

— Nem sempre — murmura.

Paro de andar.

— Beatriz...

— Às vezes eu não consigo lembrar dela. Da minha mãe.

— Tenho certeza que o seu pai podia...

— Eu *não quero* lembrar dela. Mas aí eu penso... — Sua voz falha. — Penso que talvez eu seja uma pessoa fácil de esquecer.

Pego seu braço e ergo a manga do agasalho com cuidado. Ficamos olhando a escadinha de cicatrizes, algumas prateadas, por serem antigas, outras ainda de um vermelho furioso.

— É por isso que você se corta? — pergunto baixinho.

A princípio acho que ela vai se afastar, mas depois começa a falar, rápido e baixo.

— Da primeira vez, acho que foi isso. Aí eu parei por um tempo. Na escola era mais fácil me distrair. Mas então, pouco antes de eu voltar pra cá... — Ela sacode a cabeça e engole em seco. — Como pode as pessoas que nem percebem que você existe serem aquelas em quem você não consegue parar de pensar?

— Minha mãe nunca foi presente quando eu era criança. Na verdade, eu achava que ela *procurava* motivos para viajar e poder fugir de mim.

Minhas palavras saem como uma lufada de ar, um balão estourado cheio de raiva. Acho que eu nunca disse isso a ninguém, nem a Finn.

Beatriz me encara como se meu rosto assumisse outra feição.

— Ela fugiu com o fotógrafo de um navio da Nat Geo? — pergunta ela com secura.

— Não. Ela simplesmente decidiu que tudo no mundo, literalmente, era mais importante do que eu. E agora ela tem Alzheimer e não faz ideia de quem eu sou.

— Que droga...

Dou de ombros.

— As coisas são como são. A questão é que, quando uma pessoa te abandona, talvez tenha mais a ver com ela mesma do que com você.

Paro de falar quando nos deparamos com uma parede que se ergue da terra arrasada. É de rocha vulcânica e se avulta sobre nós uns vinte metros, estendendo-se além do que meus olhos podem ver. Percebo que é um muro que não tem nada atrás.

— Os presidiários construíram nos anos 40 e 50 — diz Beatriz. — Não tinha nenhum propósito, só servir de trabalho forçado, de punição. Um monte de prisioneiros morreram enquanto o construíam.

— Que coisa sombria — murmuro.

Há duas maneiras de ver os muros. Ou eles são construídos para manter as pessoas que você teme fora, ou para manter as pessoas que você ama dentro.

De qualquer maneira, criam uma divisão.

— Só chegava um navio com mantimentos por ano, os prisioneiros e os guardas morriam de fome. Para sobreviver, eles caçavam tartarugas terrestres pra comer. Há boatos de que este lugar está cheio de fantasmas e de que à noite eles não param de chorar — diz Beatriz.

— É muito assustador.

Vou caminhando ao longo do muro. Em algumas pedras há símbolos gravados: letras, datas, desenhos, riscos para contar a passagem do tempo.

Se definirmos arte como algo feito pelas mãos humanas, que nos faz lembrar do artista muito tempo depois de ele partir, esse muro se qualifica assim. O fato de estar inacabado ou meio destruído não o torna menos impressionante.

Quando meu celular começa a vibrar no bolso, dou um pulo. Faz tanto tempo. Eu o pego e dou um grito de surpresa ao ver o nome de Finn.

— Meu Deus — digo ao atender. — É você. É você mesmo!

— Diana! Não acredito que consegui. — A voz de Finn é áspera, cortada pela estática, e tão, tão querida.

Lágrimas brotam em meus olhos enquanto me esforço para ouvi-lo.

— Me conta... e cada... você... andado...

Não entendo metade do que ele diz, por isso protejo o celular com uma das mãos e vou andando ao longo do muro, procurando um sinal melhor.

— Está me ouvindo? — pergunto. — Finn?

— Sim, sim — responde ele, e sinto o alívio em suas palavras. — Nossa, como é bom falar com você.

— Recebi seus e-mails...

— Não sabia se eles estavam chegando...

— A internet aqui é péssima — explico. — Escrevi cartões-postais para você.

— Não recebi nada ainda. Não acredito que não tem internet aí.

— Pois é — digo, mas não é sobre isso que quero falar, e não sei quanto tempo esse sinal mágico e evasivo vai durar. — Como você está? Parece...

— Não tenho nem palavras para descrever, Di — diz ele. — Não acaba nunca.

— Mas você está seguro — afirmo, como se não houvesse alternativa.

— Quem sabe? Li que Guaiaquil entrou em colapso, que estão empilhando corpos nas ruas.

Sinto o estômago revirar.

— Não vi ninguém doente aqui — conto. — Todo mundo usa máscara e tem toque de recolher.

— Eu gostaria de poder dizer o mesmo. — Finn suspira. — O dia inteiro parece que estou jogando areia numa onda para evitar que ela nos atinja. Mas, quando saio, percebo que é um maldito tsunami e que não temos nenhuma chance — completa, com a voz trêmula.

Observo o turbilhão de nuvens no céu, o sol brilhando sobre o oceano ao longe. Como um cartão-postal vivo. A algumas centenas de quilômetros de distância, esse vírus está matando pessoas tão rápido que não há espaço para corpos, mas, onde estou, ninguém sabe disso. Penso nas prateleiras vazias do mercadinho, nas pessoas como Gabriel, que plantam a própria comida nas montanhas, nos pescadores que levam a correspondência para o continente, no turismo que acabou da noite para o dia. A maldição de estar em uma ilha é a inacessibilidade, mas talvez isso também seja uma bênção.

A voz de Finn falha, some e volta o tempo todo.

— Mulheres grávidas... trabalho de parto sozinhas... UTI, a única vez que a família pode... vai morrer na hora seguinte.

— Está cortando... Finn...

— Nada muda e...

— Finn?

— ... todos mortos — diz ele, de repente com palavras claras e nítidas. — Sempre que chego e você não está em casa, é outro tapa na cara. Você não sabe como é difícil estar sozinho agora.

Ah, eu sei, sim.

— Mas você me convenceu a vir — digo baixinho.

Silêncio.

— É — responde Finn. — Acho que eu pensei que... você não ia se deixar convencer.

Então você não devia ter falado para eu vir, penso, de um jeito frio, mas estou morrendo de culpa, frustração e raiva, e meus olhos ardem. *Não sei ler pensamentos.*

De repente, isso parece um problema muito maior, uma semente de dúvida que brota no instante em que é plantada.

— D...na? Vo... ainda...

Eu não saí do lugar, mas a ligação cai mesmo assim. A linha fica muda e fico sobrando com o celular na mão. Por fim, eu o guardo no bolso e vou até Beatriz, que está sentada à sombra, raspando um pedaço pontiagudo de basalto em outro.

— Era o seu namorado? — pergunta ela.

— Sim.

— Ele está sentindo a sua falta?

Eu me sento ao lado dela.

— Está.

Eu a vejo desenhar o símbolo de hashtag em uma pedra e colorir os vãos alternadamente, como um tabuleiro de xadrez.

— O que está fazendo?

Ela me olha.

— Arte — responde.

Apoio as costas nas pedras afiadas do muro. Existem inúmeras maneiras de uma pessoa deixar sua marca no mundo: cortes, entalhes, arte... Talvez todas exijam pagamento na forma de um pedaço de você: sua carne, sua força, sua alma.

Com uma pedra, começo a entalhar meu nome em outra. Quando termino, escrevo BEATRIZ em uma terceira. Depois eu me levanto e abro espaço, escavando uma parte do muro, para encaixar as pedras com os nomes.

— E você, o que está fazendo? — pergunta Beatriz.

Limpo as mãos nas coxas.

— Arte — respondo.

Eu me afasto do muro; ela se levanta e me acompanha. As rochas que esculpi são cinza-claro, completamente diferentes das do muro escuro. De onde estou, são imperceptíveis, mas, quando me aproximo, não há como não ver. Basta dar poucos passos para a frente.

A primeira vez que vi uma obra impressionista, estava com meu pai no Museu do Brooklyn. Ele cobriu meus olhos com as mãos e me levou bem perto do quadro *As casas do Parlamento*, de Monet. "O que está vendo?", ele perguntou, destampando meus olhos quando eu estava a poucos centímetros da tela.

Eu via manchas. Manchas e pinceladas rosa e roxas.

Ele cobriu meus olhos de novo e me afastou da tela. "Abracadabra", sussurrou e me deixou olhar de novo.

Vi edifícios, fumaça, o crepúsculo. Uma cidade. Tudo estava lá antes, mas eu estava perto demais para ver.

Olhando de relance para as pedras cinza com nosso nome penso que a arte funciona nos dois sentidos. Às vezes, precisamos da perspectiva da distância. E, às vezes, só conseguimos saber o que estamos olhando quando o objeto está bem debaixo do nosso nariz.

Eu me viro e vejo Beatriz com o rosto erguido para o céu. Ela está de olhos fechados, com o pescoço exposto, como em um sacrifício.

— Este seria um bom lugar para morrer — diz.

Querido Finn,
Quando receber este cartão-postal, provavelmente você nem vai se lembrar do que disse quando enfim conseguimos nos falar, mesmo que só por um minuto.
Eu nunca escolhi ir a lugar nenhum sem você.
Se não queria que eu viesse para Galápagos sozinha, por que me disse para vir?
Não posso deixar de pensar o que mais você disse que não queria realmente dizer.
Diana

Toulouse-Lautrec raramente pintava a si mesmo e, quando o fazia, escondia a deficiência da parte inferior de seu corpo. Na tela *No Moulin Rouge*, ele se colocou em segundo plano, ao lado de seu primo, muito mais alto, mas escondeu as pernas deformadas atrás de um grupo de pessoas em volta de uma mesa. Em um autorretrato, ele se mostrou da cintura para cima. Há uma fotografia famosa dele vestido de palhaço, como se quisesse enfatizar que as pessoas que focavam em sua deficiência formavam uma ideia imprecisa dele.

Tudo isso tornava a pintura de Kitomi Ito ainda mais rara. Era o único quadro de Toulouse-Lautrec em que ele se mostrava despido, literal e figurativamente, como se dissesse que o amor o deixava nu e vulnerável. Havia outras diferenças também. Ao contrário da maior parte de sua obra, que fora exposta após sua morte em Albi, a cidade natal do pintor, em um museu fundado por sua mãe, a tela de Kitomi ficara fora dos olhos do público até 1908, guardada com um amigo de Toulouse-Lautrec, um marchand chamado Maurice Joyant. Com o quadro, ele recebera a diretriz expressa do artista: venda-o apenas a quem estiver disposto a abrir mão de tudo por amor.

A primeira dona da pintura foi Coco Chanel, que a ganhou de presente de Boy Capel, um rico aristocrata que comprara a tela para afastar Chanel do primeiro amante dela, Etienne Balsan. Chanel se apaixonou loucamente por Capel, que financiou sua incursão no design de roupas e suas butiques em Biarritz e Deauville. Eles tinham um relacionamento intenso, escaldante, apesar de Capel nunca ter sido fiel — ele se casou com uma aristocrata e manteve outra como amante. Quando ele morreu, no Natal de 1919, Chanel cobriu as janelas com crepe preto e estendeu lençóis pretos na cama. "Perdi tudo quando perdi Capel", disse ela certa vez. "Ele deixou um vazio em mim que os anos não preencheram."

Anos mais tarde, Chanel teve um caso com o duque de Westminster, que a levou a bordo de seu iate, o *Flying Cloud*. Muito tempo depois, o duque ofereceu o iate a um amigo que precisava de um lugar para um encontro amoroso. Era Eduardo VIII, rei da Inglaterra por um curto período, obcecado pela americana divorciada Wallis Simpson. Acabaram não usando o iate, mas tiveram um caso que o levou a abdicar do trono. Meses depois, em 1937, Eduardo VIII comprou o quadro de Toulouse-Lautrec para Simpson, negociando com Chanel por meio de um amigo em comum: o duque. Chanel queria a obra fora de sua casa porque, como dizia, ela partia seu coração.

Em 1956, Wallis Simpson declarou que invejava Marilyn Monroe porque esta a afastara das primeiras páginas dos jornais. Optando por manter seus inimigos por perto, ela convidou a atriz para tomar um chá. Na casa de Simpson, Monroe ficou maravilhada com a pintura de Toulouse-Lautrec. Em 1962, quando Joe DiMaggio tentava convencer Monroe a se casar com ele de novo, o jogador conseguiu que Simpson lhe vendesse o quadro. E o deu de presente a Marilyn Monroe três dias antes de ela morrer.

Ninguém sabe como os caminhos de Sam Pride e Joe DiMaggio se cruzaram, mas, em 1972, Pride comprou a tela de DiMaggio e a deu a Kitomi Ito como presente de casamento. A obra ficou pendurada acima da cabeceira da cama deles até o dia em que ele foi assassinado, quando ela a transferiu para o corredor do apartamento.

Há uma manchinha fosca na moldura do quadro, no ponto que Kitomi Ito sempre toca ao passar, como se fosse um amuleto ou uma estátua que se esfrega para dar sorte.

Proveniência, em arte, é uma palavra chique para a origem de uma obra. É o rastro de documentos, a cadeia de evidências, a conexão entre o passado e o presente. É o elo ininterrupto entre o artista e o atual colecionador. A proveniência da pintura de Kitomi Ito é uma devoção tão feroz que queima a terra com a tragédia e devasta aqueles que a experimentam. Começando, é claro, com o homem que pegou sífilis de sua amante, mas que olhava para ela, obstinado, de um dos cantos da pintura, como se dissesse: "Por você, meu amor, eu faria tudo de novo".

De: FColson@nyp.org
Para: DOToole@gmail.com

Seis pacientes meus morreram hoje.

Suas famílias tiveram permissão para vir e se despedir uma hora antes de morrerem — e isso é um avanço em relação à semana passada, quando tinham que se despedir pelo FaceTime.

A última paciente estava em ECMO. Todo mundo está falando sobre respiradores, que estão em falta, mas ninguém fala sobre a ECMO, que é quando os pulmões estão tão ruins que nem o respirador funciona mais. Então, temos que colocar uma cânula gigante no pescoço e outra na virilha do paciente, e o sangue é bombeado por uma máquina que age como o coração e os pulmões dele. Inserimos também uma sonda de Foley, um tubo retal e um nasogástrico para nutrição. Estamos, literalmente, terceirizando o corpo dos pacientes.

A mulher tinha vinte anos. VINTE. Quem está dizendo essa bobagem de que o vírus só mata gente idosa não trabalha em UTI. Dos meus seis pacientes que morreram, nenhum tinha mais de trinta e cinco anos. Duas eram mulheres latinas na casa dos vinte anos que desenvolveram necrose intestinal por covid, o que demandou uma ressecção cirúrgica. Passaram pela cirurgia, mas morreram devido a complicações. Um era um homem de vinte e oito anos acima do peso — acima do peso, não obeso. Outro, um paramédico que teve hemorragia pulmonar. Esse eu achei que ia sobreviver, até que suas pupilas começaram a sangrar — a heparina que lhe demos para que a ECMO pudesse fazer seu trabalho sem coagular provocou uma hemorragia cerebral.

Por que estou te contando tudo isso? Porque preciso contar para *alguém*. E porque é mais fácil falar isso do que o que eu *deveria* falar de verdade.

Que é: me desculpe pelo que eu disse. Sei que você está onde está agora por minha causa. É que no momento nada é como deveria ser, caramba!

Às vezes eu fico sentado, ouvindo o zumbido da ECMO, e penso: O coração dessa pessoa está fora do corpo, e eu sei como é isso.

Porque o meu também está.

Na noite anterior a completar duas semanas que estou em Isabela, Abuela me oferece um jantar de despedida. Gabriel vem com Beatriz, que se agarra a mim antes de eu descer para o apartamento. Eu dei a ela meu número de celular, e também meu endereço, para mantermos contato. Gabriel me acompanha até a porta.

— O que vai fazer lá onde mora? — pergunta.

Dou de ombros.

— Seguir com a vida.

Mas não sei mais o que é isso. Não sei se ainda vou ter emprego e estou ansiosa para ver Finn de novo, depois da nossa conversa estranha pelo telefone.

— Bom — diz ele —, espero que ela seja boa então. Sua vida.

— O plano é esse — digo, e nos despedimos.

Não demoro muito para fazer as malas, afinal não tenho quase nada. Limpo a bancada da cozinha, dobro as toalhas que lavei e adormeço sonhando com meu reencontro com Finn. Normalmente eu faria o check-in do voo pelo celular, mas, sem internet, só posso torcer para que dê tudo certo.

Na manhã seguinte, quando abro a porta de correr com a mochila no ombro, pronta para caminhar até o cais da balsa, na cidade, Gabriel e Beatriz estão me esperando. A menina parece mais feliz do que nunca. Ela joga os braços em volta de mim e diz:

— Você vai ter que ficar.

Olho para o pai por cima da cabeça dela e a seguro pelos ombros.

— Beatriz, você sabe que eu não posso, mas prometo que...

— Ela tem razão — diz Gabriel.

Algo no fundo do meu peito vibra como um diapasão. Olho para o relógio.

— Não quero perder a balsa...

— Não tem balsa — Gabriel interrompe. — A ilha não vai abrir.

— O quê? — Pisco devagar. — Por quanto tempo?

— Não sei — admite ele. — Mas nenhum voo está partindo de Santa Cruz ainda; aliás, nem de Guaiaquil. O governo também não está deixando nenhum avião pousar na ilha.

Deixo a mochila escorregar pelo ombro até o cotovelo.

— Então eu não posso ir para casa... — digo, como se as palavras fossem arrancadas da minha garganta.

— Não pode ir para casa *agora* — corrige Gabriel.

— Isso não está acontecendo... — murmuro. — Tem que haver uma maneira.

— Só se você for nadando — diz Beatriz, animada.

— Eu preciso voltar para Nova York — solto. — E o meu trabalho? E o *Finn*. Ah, meu Deus, não posso nem explicar para ele o que está acontecendo.

— Sua chefe não pode brigar com você se não tem como voltar — argumenta Beatriz. — E você pode ligar para o seu namorado do telefone fixo da minha avó.

Abuela tem telefone fixo? E só agora eles me dizem isso?

Minha vida é marcada por fileiras de postes telefônicos, um após o outro — marcos de progresso. Sem um roteiro, não sei o que fazer. Não pertenço a este lugar e não consigo deixar de sentir que, em Nova York, o mundo segue em frente sem mim. Se eu não voltar logo, talvez nunca mais o alcance.

Estou nesta ilha há duas semanas, mas é a primeira vez que me sinto à deriva.

Gabriel me olha e diz algo para Beatriz em espanhol. Ela tira a mochila do meu braço e leva para o apartamento, enquanto ele me conduz escada acima, para a casa de Abuela. A senhora está sentada no sofá assistindo a uma novela quando entramos. Gabriel lhe explica por que estou aqui, de novo em uma língua que não entendo.

Ai, Deus. Estou presa em um país onde nem consigo me comunicar.

Ele me leva para o quarto, onde há uma mesa de cabeceira com um telefone fixo. Fico olhando.

— Que foi?

— Não sei como ligar para casa — admito.

Gabriel pega o fone e aperta alguns botões.

— Qual é o número dele?

Digo o número e ele me passa o fone. Três toques. *Aqui é o Finn; você sabe o que fazer.*

Quando ergo os olhos, vejo Gabriel fechando a porta atrás de si.

— Oi, sou eu — digo. — Meu voo foi cancelado. Na verdade, todos os voos foram cancelados. Não posso voltar para casa agora e não sei quando vou poder. Desculpa. Desculpa mesmo... — Um soluço sobe como uma videira por entre minhas palavras. — Você tem razão, eu não devia ter vindo.

Estou furiosa. Com Finn, por me convencer a vir; comigo mesma, por não ter mandado Finn à merda quando ele disse para eu vir. E daí que íamos perder dinheiro? No grande esquema da vida, perder dinheiro não é nada comparado a perder tempo.

Sei que não estou sendo racional, que Finn não é o único culpado. Eu poderia ter dito que, se as coisas estavam ruins, eu preferia ficar ao lado dele, lhe dando apoio, a estar em um lugar mais seguro sem ele. Eu poderia ter sido esperta e voltado para a balsa que me deixou em Isabela quando soube que a ilha estava fechando.

O que me deixa mais furiosa é que, quando Finn me disse para vir, ele queria o contrário. E, quando eu disse que viria, eu queria ficar. E, apesar de estarmos juntos há anos, nenhum dos dois leu isso nas entrelinhas.

Não tenho mais nada a dizer, o que me surpreende, porque faz muito tempo que não conversamos de verdade. Mas Finn está se afogando na realidade, e eu estou à espera no paraíso. *Cuidado com o que você deseja*, penso. Quando a pessoa está presa no paraíso, pode se sentir no inferno.

— Assim que souber de algo mais, eu te aviso. Só não sei como vou fazer isso — murmuro. — Toda essa situação é uma loucura. Vou continuar mandando postais, de qualquer maneira. Achei que você gostaria de saber.

Olho para o telefone por mais um momento e, depois que desligo, percebo que não disse que o amo.

Quando volto para a sala de Abuela, Gabriel está sentado ao lado dela no sofá. Ele se levanta ao me ver.

— Tudo certo?

— Caixa postal — digo.

— Você vai continuar no apartamento, é óbvio — diz ele, como se tentasse compensar sua reação quando me encontrou aqui pela primeira vez.

— Eu não tenho dinheiro...

Isso desperta uma nova preocupação em mim. Por mais cansada de macarrão que eu esteja, não tenho dinheiro nem para comprar comida.

— E vamos providenciar comida para você — continua Gabriel, lendo meus pensamentos.

Ele se abaixa e dá um beijo no rosto de Abuela.

— Não quero deixar a Beatriz muito tempo sozinha — diz.

Eu o acompanho até a varanda. Quando o vejo descer correndo os degraus em direção ao apartamento, nos fundos, eu o chamo. Ele se vira e me fita, impaciente.

— Por que está fazendo isso? — pergunto.

— Fazendo o quê?

— Sendo legal comigo.

Ele sorri, e é como um raio de luz.

— Vou tentar ser mais *cabrón* então — responde de um jeito que percebo que é uma piada, e, quando hesito, ele traduz: — Canalha.

— Mas... falando sério — insisto.

Gabriel dá de ombros.

— Antes você era uma turista — diz ele simplesmente. — Agora é uma de nós.

O que eu quero fazer é me enfiar embaixo das cobertas e, quando acordar, descobrir que foi tudo um pesadelo. Descer para o cais, embarcar em uma balsa e começar a primeira etapa da minha viagem de volta a Nova York.

Mas o que faço é acompanhar Gabriel e Beatriz a um lago. Beatriz disse que, se eu ficar sozinha, vou me afundar na tristeza, e não posso contradizê-la, porque foi por isso que a arrastei para sair várias vezes na semana passada, quando era *ela* quem precisava de distração. Ela está com um snorkel e uma máscara pendurada no braço, que bate em seu quadril enquanto caminhamos.

— Aonde vamos? — pergunto.

— Se te contarmos — diz Beatriz —, vamos ter que te matar.

— Ela não está totalmente errada — acrescenta Gabriel. — A maior parte da ilha está fechada por causa da pandemia. Se os guardas nos encontrarem, vamos ser multados.

— Ou você vai perder sua licença de guia turístico — diz Beatriz por cima do ombro.

Gabriel fica tenso, mas logo relaxa de novo.

— Que eu não uso, de qualquer maneira.

Ela vira e continua andando, mas para trás.

— Vamos ou não àquele lugar secreto aonde você costumava levar seus clientes?

— Vamos ao lugar secreto que eu frequentava quando era pequeno — corrige ele.

Por fim, chegamos a uma lagoa salobra, com água cor de ferrugem, cercada de arbustos e moitas de galhos caídos e retorcidos. Pelo padrão de Isabela, está longe de ser a mais bonita das paisagens. Beatriz tira a roupa, ficando só de maiô e blusa de mergulho, e deixa as peças no chão. Coloca o snorkel e a máscara e mergulha na lagoa lamacenta.

— Acho que vou esperar aqui — digo.

Gabriel se volta para mim enquanto tira a camiseta e sorri.

— Agora quem é que está julgando o livro pela capa?

Ele tira os sapatos e pula na água; relutante, fico de maiô e entro. O fundo desce de forma abrupta e inesperada, e me vejo engolida pela água. Antes que eu possa entrar em pânico, uma mão forte pega meu braço e me segura enquanto tento respirar.

— Tudo bem? — pergunta Gabriel.

Assinto com a cabeça, ainda engasgando um pouco. Cravo os dedos em seu ombro. Assim de perto, vejo que ele tem uma sarda no lóbulo da orelha esquerda. Reparo em seus cílios.

Com um forte impulso, saio nadando em direção a Beatriz.

Gabriel me alcança depressa; ele nada melhor que eu. Vai direto para uma parede de raízes emaranhadas de mangue — pelo menos é isso que parece —, perto da qual se vê o snorkel de Beatriz. Ela ergue o rosto quando nos aproximamos, com os olhos arregalados atrás do plástico da máscara. O snorkel cai de sua boca enquanto ela sobe uma escada improvisada de raízes e desaparece no meio do mato. Depois de um instante, projeta a cabeça para fora de novo.

— E aí? — diz. — Vamos?

Tento segui-la, mas meu pé escorrega nos galhos debaixo d'água. Gabriel apoia as mãos no meu traseiro e me empurra; eu me viro depressa, em choque. Ele ergue as sobrancelhas, todo inocente.

— Que foi? — pergunta. — Funcionou, não é?

Ele tem razão, eu consegui subir. Bato o joelho e sinto um arranhão na coxa nua, mas logo estou do outro lado do mangue, olhando para uma lagoa gêmea. Nessa, a água é quase magenta, e, no centro, um banco de areia se ergue como um oásis. Vejo uma dúzia de flamingos dobrados como origami, mergulhando a cabeça na lagoa para se alimentar.

— Era *isso* que eu queria que você visse — diz Gabriel atrás de mim.

— É incrível — respondo. — Nunca vi uma água dessa cor.

— *Artemia salina* — explica Beatriz. — É um crustáceo, um camarãozinho pequeno, e é o que os flamingos comem para ficar cor-de-rosa. A concentração deles na água faz ela ficar rosada assim. Aprendi isso na escola.

Ao mencionar a escola, sua expressão muda e a leveza de seus ombros parece evaporar.

Assim como eu não posso sair desta ilha para voltar para casa, ela também não pode voltar para a escola.

Ela enrosca os dedos nas mangas da blusa e as puxa com mais firmeza para baixo.

Como se o desconforto fosse contagioso, a expressão de Gabriel também se fecha.

— *Mijita* — diz ele, baixinho.

Beatriz o ignora. Coloca o snorkel, mergulha na lagoa rosa e nada para o mais longe possível de nós, emergindo do outro lado do oásis.

— Não leve para o lado pessoal — digo.

Gabriel suspira e passa a mão no cabelo molhado.

— Eu nunca sei a coisa certa a dizer.

— Não sei se há a *coisa certa* a dizer — admito.

— Definitivamente, há a *errada* — responde Gabriel —, e em geral é o que sai da minha boca.

— Não vi nenhum corte novo — comento.

— Eu sei que ela conversa com você, e que são conversas particulares.

Assinto com a cabeça, pensando no que Beatriz me contou sobre sua mãe, o que não parece uma confidência que eu deva expor.

Gabriel respira fundo, como se estivesse se armando de coragem.

— Mas você me contaria se ela falasse em suicídio, não é?

— Meu Deus, claro que sim — digo depressa. — Mas... não creio que seja por isso que ela se corta. Acho que é exatamente o oposto de um ato suicida. É para lembrá-la de que ela está aqui.

Ele me olha como se tentasse decifrar meu inglês, então inclina a cabeça.

— Estou feliz por você ter ficado — diz Gabriel suavemente —, mesmo sendo egoísta da minha parte.

Eu sei que ele está falando do frágil vínculo que teci entre mim e Beatriz, visto que ela precisa de uma confidente. Mas há mais coisa nessas palavras, uma sombra que cruza meus sentidos. Sinto o rosto esquentar e me volto depressa para os flamingos.

— Que pássaros são aqueles? — pergunto, apontando para os passarinhos cinza e brancos que pulam na areia, entre as patas dos flamingos. — Tentilhões?

Se Gabriel percebe que estou tentando mudar de assunto com a sutileza de um elefante, não comenta.

— São tordos.

— Ah... E eu aqui, me sentindo darwinista — digo, arriscando fazer uma piada, então sorrio.

Galápagos é famosa por seus tentilhões, claro, e por Charles Darwin. Li sobre ele em todos os guias turísticos que estavam na minha mala extraviada. Em 1835, ele chegou ao arquipélago no HMS *Beagle*, com apenas vinte e seis anos; surpreendentemente, era um criacionista que acreditava que todas as espécies haviam sido projetadas por Deus. Em Galápagos, Darwin começou a repensar como a vida havia surgido nesse lugar, uma terra de rochas vulcânicas. Imaginou que aquelas criaturas provinham da América do Sul. Mas logo começou a perceber que uma ilha era muito diferente, geograficamente, da outra, que as condições eram bastante inóspitas e que novas espécies surgiam em diferentes ilhas. Ao estudar as variações nos tentilhões, ele desenvolveu sua teoria da seleção natural, que diz que as espécies mudam para se adaptar às circunstâncias, e que as adaptações que tornam a vida mais fácil são as que permanecem.

— Todo mundo pensa que Darwin baseou seu trabalho nos tentilhões — diz Gabriel —, mas isso é um erro.

Eu me viro.

— Não diga isso ao meu professor de AP Bio.

— Seu o quê?

— Coisa de americano, deixa pra lá. Enfim, eu aprendi que os tentilhões são diferentes em ilhas diferentes. Uns têm bico longo porque, em uma ilha, as larvas estão no fundo das árvores; e, em outra, suas asas são mais fortes porque eles precisam voar para encontrar comida.

— Tem razão sobre tudo isso — diz ele —, mas Darwin era um naturalista de meia-tigela. Colecionava tentilhões, mas não rotulava todos corretamente. Mas, talvez por acaso, rotulou todos os tordos corretamente. — Ele joga uma pedra e um tordo voa. — Existem quatro tipos de *sinsontes* em Galápagos. Darwin os coletou e mediu seus bicos e tamanhos. Quando voltou para a Inglaterra, um ornitólogo notou que os tordos eram significativamente diferentes de uma ilha para a outra. As mudanças que os ajudavam a se adaptar ao clima ou ao relevo de determinada ilha haviam sido replicadas, pois os tordos que as possuíam eram os que viviam o suficiente para se reproduzir.

— Sobrevivência do mais apto — confirmo.

Estamos sentados à beira do oásis de areia, observando os flamingos caminharem pela água. Beatriz se diverte no fundo da lagoa, mergulhando e voltando à tona. Gabriel mexe os lábios em silêncio, e percebo que ele está contando os segundos que ela fica debaixo d'água.

— Já imaginou quantos animais nunca vamos conhecer? — pergunto.

— Os que não sobreviveram...

Gabriel mantém os olhos na superfície da água, até Beatriz reaparecer.

— A história é escrita pelos vencedores — diz.

CINCO

Um dia depois de saber que a ilha não vai reabrir, vou até o banco, na cidade, na esperança de descobrir uma maneira de transferir dinheiro da minha conta de Nova York para cá. Está fechado. Mas, perto das docas, foram montadas várias mesas debaixo de uma tenda. Usando máscara por segurança, os moradores andam de um lado para o outro, pegando mercadorias e conversando. O movimento todo parece de uma feira.

Ouço meu nome e me volto, e vejo Abuela acenando para mim.

Abuela e eu não falamos o mesmo idioma, mas aprendi algumas frases em espanhol, e o restante da nossa comunicação ainda é feito por gestos, acenos e sorrisos. Agora sei que ela trabalhava no hotel onde eu ia ficar, limpando os quartos dos hóspedes. Com o hotel fechado, ela está feliz só cozinhando, assistindo a suas novelas, em férias não programadas.

Está atrás de uma mesa de jogo coberta com um pano bordado. Sobre ele, vejo aventais dobrados, uma caixa com roupas masculinas e dois pares de sapato. Há também uma forma de bolo e uma caixa de legumes e frutas, como a que Gabriel me deu. Tem uma revista de caça-palavras aberta diante dela, com um bloquinho de cartões-postais da G2 Tours dentro (todo mundo tem isso?), que serve como marcador de página.

Abuela abre um largo sorriso e aponta para uma cadeira dobrável que posicionou atrás da mesa.

— Não, senta você! — digo.

No entanto, antes que ela possa responder, outra mulher se aproxima. Pega um par de sapatos, confere o tamanho e, por trás da máscara, pergunta algo para Abuela. As duas trocam mais algumas frases, então a mulher pousa uma grande sacola sobre a mesa. Dentro há potes de conserva, como de alho, pimentão-vermelho e outras coisas. Abuela pega um pote de geleia e outro de pimentão. A mulher enfia os sapatos na sacola e vai para a mesa ao lado.

Olho em volta e percebo que, embora transações estejam acontecendo sob essa tenda, ninguém está usando dinheiro. Os habitantes da ilha desenvolveram um sistema de troca para combater a limitação de suprimentos vindos do continente. Abuela dá um tapinha no meu braço, aponta para a cadeira e sai para ver as mercadorias de outros moradores.

Vejo duas araras com roupas usadas, botas para barro alinhadas por ordem de tamanho, utensílios de cozinha e guardanapos e artigos descartáveis. Há mesas cheias de pães e doces caseiros, potes de beterraba e pimenta-banana em conserva. Cortes frescos de cordeiro e frango depenado. Sonny, da Sonny's Sunnies, está expondo uma coleção de roupas de banho, baterias, revistas e livros. Um pescador, com um isopor cheio da pesca do dia, embrulha um peixe em jornal para uma mulher que lhe entrega, em troca, um buquê de ervas frescas.

Eu também poderia fazer trocas, mas não tenho estoque de roupas, nem alimentos que plantei, nem a capacidade de fazer qualquer coisa na cozinha que valha a pena negociar.

Passo a mão no cabelo, aliso meu rabo de cavalo e imagino o que eu poderia conseguir em troca de uma xuxinha.

Nesse momento, um bando de meninos passa ventando entre as fileiras de mesas, com um menorzinho atrás, como um rabo de pipa. Está com o rosto vermelho tentando alcançar os maiores, cujo líder acena com um gibi surrado. Vejo outro menino esticar o pé e fazer o menor tropeçar; ele sai voando e cai de cabeça embaixo de uma das mesas. O acidente interrompe a perseguição. Ele rola de costas, senta e grita com o menino que ainda está com a revistinha. Mesmo em espanhol, fica claro que ele tem a língua presa, e o maior caçoa dele. O valentão rasga o gibi ao meio, joga no peito do menino menor e vai embora.

O menino caído olha em volta para ver quem presenciou sua humilhação. Quando seu olhar encontra o meu, aceno para ele se aproximar.

Devagar, ele caminha na minha direção. Sua pele é marrom-escura e seus cabelos, tão pretos que refletem o sol. A máscara dele tem o símbolo do Lanterna Verde. Ele aperta nas mãos o gibi rasgado.

Impulsivamente, pego um dos cartões-postais da G2 Tours da revista de Abuela e procuro o lápis que ela estava usando para fazer caça-palavras. Viro o cartão-postal para o lado em branco e, com traços rápidos e econômicos, começo a esboçar o menino.

No verão entre o ensino médio e a faculdade, passei um mês em Halifax, no Canadá, fazendo retratos de turistas no centro histórico. Ganhei dinheiro suficiente para ficar em um albergue com meus amigos e passar as noites em bares. Percebo que essa foi a última vez que negociei arte que eu mesma criei. Depois disso, passei todas as férias ganhando experiência que pudesse engrossar meu currículo para a vaga de estágio na Sotheby's.

Todo artista tem um ponto de partida, e o meu sempre foram os olhos. Se eu conseguir capturá-los, o restante se encaixa. Procuro os pontos de luz em suas pupilas, desenho a agitação de seus cílios e as curvas de suas sobrancelhas. A seguir, puxo a alça da minha máscara para tirá-la do rosto e faço um sinal para ele fazer o mesmo.

Ele está sem os quatro dentes da frente, de modo que, claro, desenho esse sorriso. E, como a confiança é um superpoder, desenho nele uma capa, como o herói de seu gibi rasgado.

Aquilo que parece enferrujado, a princípio, começa a fluir. Quando termino, entrego o cartão-postal a ele: um espelho feito de arte.

Encantado, ele corre pela tenda e o entrega a uma mulher que deve ser sua mãe. Vejo alguns dos garotos que o intimidavam se aproximarem, olhando para o que está em suas mãos.

Então eu me sento, satisfeita, e me recosto na cadeira de jardim.

Um instante depois, o menino volta. Está segurando uma fruta que nunca vi antes, do tamanho do meu punho e blindada com espinhos pequenos. Timidamente, ele a deixa na mesa à minha frente, acena em agradecimento e volta para a mesa de sua mãe.

Olho pela tenda à procura de Abuela e, de repente, ouço uma vozinha:
— *Hola.*

A garota à minha frente é magra como um bambu, tem os pés descalços cheios de terra e tranças no cabelo. Ela estende a mão com uma laranja verde de Galápagos.

— Ah, não tenho nada para trocar — digo.

Ela franze a testa e pega outro cartão-postal da revista de Abuela. Estende-o para mim e joga as tranças sobre os ombros, fazendo pose.

Bem, talvez eu *tenha*.

Quando Abuela e eu deixamos a feira, duas horas depois, não estou mais rica em dinheiro, mas tenho um chapéu de palha, um short e um par de chinelos. Abuela faz almoço para mim: costeletas de cordeiro, batata-roxa e geleia de hortelã que recebi em troca dos meus retratos. A sobremesa é a fruta espinhosa que o menino me deu: *guanabana*, ou graviola.

Depois, de barriga cheia, saio da casa de Abuela e vou tirar uma soneca em casa.

É a primeira vez que penso nela como "minha casa".

De: FColson@nyp.org
Para: DOToole@gmail.com

Que loucura, está *tudo* fechado. Voos não chegam nem partem, e ninguém sabe quando isso vai mudar. Acho que é mais seguro assim. Mesmo que você conseguisse voltar aos EUA, seria uma merda. Provavelmente teria que ficar de quarentena em algum lugar por umas duas semanas, porque não temos testes de covid suficientes nem para as pessoas que chegam ao hospital com sintomas.

A verdade é que, mesmo que você estivesse em casa, eu não estaria. A maioria dos residentes que têm família está ficando em hotéis, para não infectar ninguém por acidente. Mesmo estando sozinho no apartamento, depois de tirar a roupa do hospital na entrada e enfiá-la em um saco de roupa suja, a primeira coisa que faço é tomar banho até minha pele arder.

Sabe a sra. Riccio, do 3C? Quando voltei para casa, ontem à noite, vi pessoas que não conhecia entrando e saindo do apartamento dela. Ela morreu de covid. A última vez que conversei com ela foi há cinco dias, quando fui pegar a correspondência. Ela trabalhava com assistência domiciliar de saúde e tinha pavor de se contaminar. A última coisa que eu disse a ela foi: "Tome cuidado".

Uma das minhas pacientes — ela foi extubada com sucesso, mas estava com falência múltipla de órgãos e eu sabia que não passaria daquele dia — teve um breve momento de lucidez quando fui vê-la. Eu estava com o EPI completo e ela não podia ver bem o meu rosto, e pensou que eu era o filho dela. Ela pegou minha mão e disse que tinha orgulho de mim. Me pediu um abraço de despedida, e eu dei.

Ela estava sozinha no quarto e ia morrer assim. Chorei por trás da máscara e pensei: *Se eu tiver que pegar, que seja.*

Sei que fiz um juramento de não fazer o mal e etcétera, mas não me lembro de ter dito que me mataria para isso.

Uma vez vimos um filme, não lembro o nome, sobre um soldado de vinte anos na Primeira Guerra Mundial, em uma trincheira com um recruta de dezoito. Entravam balas por todos os lados e o cara de vinte anos fumava calmamente, enquanto o mais novo tremia como vara verde. Ele perguntou ao mais velho: "Como pode você não ter medo?" E o outro respondeu: "Você não precisa ter medo de morrer quando já está morto".

O que tiver que ser, será, eu acho.

Li que o Empire State Building vai ser iluminado de vermelho e branco esta semana em homenagem aos profissionais de saúde. Não damos a mínima para o Empire State Building, nem para as pessoas que batem panelas e frigideiras às sete da noite. A maioria de nós nunca vai ver nem ouvir isso, porque estamos no hospital tentando salvar pessoas que não têm salvação. O que queremos é simplesmente que todo mundo use máscara. Mas tem gente que diz que exigir máscara é uma violação dos direitos sobre o próprio corpo. Não sei como deixar mais claro: a pessoa não tem nenhum direito sobre o corpo quando está morta.

Desculpe, você não tem que aguentar meus desabafos. Mas acho que isso nem está chegando até você...

Caso esteja: a clínica onde sua mãe está internada ligou várias vezes.

Uns dias depois, enquanto Beatriz faz tortilhas com a avó, peço o telefone de Abuela emprestado para deixar outra mensagem para Finn. Gabriel me ensinou a fazer ligações internacionais, mas são caras e não quero que Abuela arque com os custos, por isso falo brevemente, só para dizer a Finn que estou bem e pensando nele. Guardo tudo para os postais que Beatriz envia por mim.

Depois, ligo para a clínica da minha mãe. Não recebi nenhum e-mail ou mensagem deles, mas pode ser por causa da internet daqui, visto que Finn disse que eles deixaram mensagens no nosso telefone fixo. Da última vez que a The Greens entrou em contato com tanta obstinação, foi porque houve um problema com o pagamento automático da mensalidade referente ao quarto e à alimentação da minha mãe. Não me deixaram em paz enquanto não corrigi o erro para eles poderem receber o dinheiro. Não vai ser fácil resolver outro erro bancário estando numa ilha em isolamento.

Disco o número e uma recepcionista atende.

— Aqui é Diana O'Toole — digo —, filha de Hannah O'Toole. Vocês estão tentando falar comigo?

— Só um minuto, por favor.

— Srta. O'Toole — diz outra voz um momento depois. — É Janice Fleisch, diretora da clínica. Obrigada por finalmente retornar a ligação.

Isso é meio ofensivo, mas tento não me irritar.

Olho para o balcão, onde Abuela mostra a uma Beatriz nada contente como sovar a farinha com a banha para fazer massa de pão. Eu me viro, enrolando o fio do telefone ao meu redor, e curvo os ombros, para ter mais privacidade.

— Algum problema com a minha conta? Porque não estou em Nova York no...

— Não, não, problema nenhum com isso. É que tivemos um surto de covid nas nossas instalações e sua mãe está doente.

Fico em alerta. Minha mãe já esteve doente antes, mas nunca mereceu uma ligação.

— Ela está... precisando ir para o hospital?

Será que estavam me ligando para obter minha permissão?

— Sua mãe tem uma ordem de não ressuscitação — ela me lembra.

Essa é uma maneira delicada de dizer que, independentemente de quão mal ela fique, não receberá massagem cardíaca, nem choque com desfibrilador, nem será levada ao hospital para medidas de suporte à vida.

— Vários residentes contraíram o vírus, mas garanto que estamos fazendo todo o possível para mantê-los confortáveis. Em nome da transparência, achamos que você...

— Posso vê-la?

Não sei o que poderia fazer daqui, mas algo me diz que, se minha mãe estiver muito, muito doente, vou saber só de vê-la.

Penso na sra. Riccio, do apartamento 3C.

— Não estamos permitindo visitas no momento.

Ao ouvir isso, solto uma risada louca. Como se eu pudesse ir.

— Estou presa fora do país — explico. — Quase não há sinal de celular aqui. Deve ter algo que você possa fazer. *Por favor.*

Ouço uma troca de palavras abafadas que não entendo.

— Ligue para o número que vou lhe dar. Vamos chamar uma das nossas auxiliares para fazer um FaceTime com você.

Procuro uma caneta. Abuela tem uma presa a um quadro branco na porta da geladeira; eu a pego e anoto o número nas costas da mão.

Quando desligo, minhas mãos estão tremendo. Sei que quem pega o vírus nem sempre morre, mas também sei que muitos não sobrevivem.

Se minha mãe me vir por vídeo, talvez nem me reconheça. Pode até ficar agitada, só de ser forçada a falar com alguém que não consegue identificar.

Mas também sei que preciso vê-la com meus próprios olhos.

Estou tão focada nisso que esqueço que estou em um lugar que carece de tecnologia para tornar isso possível.

Desligo o telefone fixo e digito o novo número em meu celular, mas não há sinal.

— Merda — resmungo, e Abuela e Beatriz me olham. — Desculpem — murmuro.

Corro para a varanda e ergo o celular em várias direções, como se pudesse atrair o sinal feito um ímã.

Nada.

Bato o celular no quadril e cubro os olhos com as mãos.

Ela foi uma mãe ausente e agora eu sou uma filha ausente. Seria um toma lá, dá cá? Uma pessoa deve a alguém apenas o cuidado que recebeu? Ou acreditar nisso a torna tão culpada quanto a outra?

Se ela morrer e eu não estiver lá...

Bom, aí você não será mais responsável por ela.

Esse pensamento, vergonhoso e insidioso, vibra em minha mente.

— Diana.

Ergo os olhos e encontro Gabriel parado à minha frente, com um martelo na mão. Ele estava aqui o tempo todo?

— Minha mãe está doente — deixo escapar.

— Que pena...

— Ela está com covid.

Ele dá um passo para trás involuntariamente e esfrega a nuca com a mão livre.

— Ela mora em uma clínica, eu queria fazer uma chamada de vídeo com ela, mas o meu maldito celular não funciona aqui e... — Enxugo os olhos, frustrada e envergonhada. — Que bosta. Que merda.

— Tente com o meu — sugere ele.

Ele pega seu celular, mas o problema não é o aparelho. É toda esta maldita ilha. Parece haver sinal, mas qualquer coisa que exija mais dados não rola.

Gabriel digita algo em seu telefone e diz:

— Vem comigo.

Ele sai andando tão rápido que tenho que correr para acompanhá-lo. Para no hotel em que eu deveria ficar. Eu tentei roubar o wi-fi deles, como Beatriz sugeriu, mas a rede não apareceu, provavelmente porque o hotel está fechado. Mas, desta vez, Elena está do lado de fora, esperando com um molho de chaves.

— Elena — diz Gabriel —, *gracias por venir*.

Ela dá um sorriso cheio de covinhas e alisa sua longa trança.

— *Cualquier cosa por ti, papi* — diz.

Eu me inclino mais perto dele e murmuro:

— Será que eu quero saber...

— Não — Gabriel me interrompe.

Elena enrosca o braço no dele. Olha para mim por cima do ombro e vira a cabeça de volta para Gabriel tão rápido que sua trança bate no meu braço.

Um hotel sem hóspedes continua sendo um hotel? O saguão é pequeno e ultrapassado; Elena acende as luzes e aciona o ventilador de teto. Liga o modem atrás da recepção e fica conversando com Gabriel em espanhol enquanto esperamos. Parece falar sobre o bronzeado dela, o sutiã ou algo assim, porque puxa a gola do vestido para o lado e olha para seu ombro nu, depois lança um sorriso ardente para ele.

— Hmm — digo. — Pronto?

Ela olha para mim como se tivesse esquecido que estou ali. Assente com a cabeça, e eu procuro a rede no meu celular. Conecto e digito o número da clínica que me deram. Então vou para uma salinha cheia de mesas cobertas com toalhas de algodão.

Quando um rosto aparece na tela, eu pisco devagar. A pessoa do outro lado nada mais é que um par de olhos acima de uma máscara, tudo isso atrás de um escudo facial de plástico. Ela também usa uma touca no cabelo.

— Sou a Verna — diz a mulher, e acena.

Reconheço o nome dela; é uma das assistentes que cuida dos residentes de lá.

— Estávamos estranhando a demora.

— Dificuldades técnicas — digo.

— Bom, sua mãe está cansada e com febre, mas está se aguentando.

Ela vira o aparelho e a visão muda; de longe, vejo minha mãe sentada no sofá, com a televisão ligada, como de costume. Meu coração, que estava acelerado, desacelera um pouco.

Eu havia me permitido imaginar, pela primeira vez, aquilo que tinha tanto medo de ver. Talvez vulnerabilidade. Minha mãe sempre foi um vendaval que entrava e saía da minha vida antes que eu conseguisse me reorientar. Se ela estivesse jogada em uma cama, eu saberia que algo estaria terrivelmente errado.

— Oi, Hannah — diz a assistente. — Pode olhar para cá? Dê um aceno.

Minha mãe se volta, mas não acena.

— Você pegou minha câmera? — acusa.

— Vamos encontrar mais tarde — diz Verna, para acalmá-la. Eu sei que minha mãe não tem nenhuma câmera na clínica. — Estou com a sua filha aqui. Pode dizer "oi"?

— Não tenho tempo. Precisamos pegar o comboio da imprensa e ir para a aldeia curda — diz minha mãe. — Se partirem sem nós... — Ela tosse. — Sem...

Ela começa a tossir e o celular cai vertiginosamente, até parar em uma superfície plana. A imagem fica preta; ainda ouço minha mãe tossindo. Então o rosto mascarado de Verna reaparece.

— Preciso acalmá-la — diz. — Estamos cuidando bem dela, não se preocupe.

A linha fica muda.

Fico olhando para a tela em branco. Não há como saber se minha mãe está delirando de febre ou se é apenas a demência.

Tudo bem. Se ela piorar, vão ligar de novo para o nosso apartamento. E, se isso acontecer, Finn vai dar um jeito de me avisar.

Finn.

Imediatamente, tento chamá-lo por vídeo também, aproveitando ao máximo o sinal de internet. Mas chama, chama e ele não atende. Eu o imagino debruçado sobre um paciente, sentindo a vibração no bolso sem poder atender.

Digito uma mensagem:

> Minha mãe está com covid. Por enquanto está estável.
> Tentei te ligar enquanto ainda tinha wi-fi, mas acho que você estava trabalhando.
> Queria que você estivesse aqui comigo.

Guardo o celular no bolso e volto para a recepção. A linguagem corporal de Elena sugere que ela está tentando encurralar Gabriel contra a parede. Mas a linguagem corporal de Gabriel mostra resistência. Quando ele me vê, o alívio toma conta de suas feições.

— *Gracias, Elena* — diz.

Ele se inclina para lhe dar um beijo rápido no rosto, mas ela o vira no último segundo e cola a boca na dele.

— *Hasta luego, Gabriel* — diz.

Assim que saímos pela porta, ele pergunta:

— E a sua mãe?

— Está doente — digo. — Está com tosse.

Ele franze a testa, mas logo a suaviza.

— Então não é tão ruim, certo? Aposto que ela ficou feliz em te ver.

Ela não faz ideia de quem eu seja. As palavras estão na ponta da língua, mas, em vez de deixá-las sair, pergunto:

— Elena é sua ex?

— Passei a noite com ela uma vez, uma péssima decisão da minha parte — responde Gabriel. — Não tenho muita sorte com relacionamentos.

— E eu, que tinha noventa e nove por cento de certeza de que o meu namorado ia me pedir em casamento aqui na ilha?

Ele estremece.

— Você ganhou.

— Acho que nós dois perdemos — corrijo.

Gabriel não vira em direção à casa de Abuela; em vez disso, segue para as docas.

— Longe de mim dizer que você está indo na direção errada, mas... — arrisco.

— Eu sei. É que pensei que talvez você não quisesse passar o dia de hoje preocupada com a sua mãe.

Paramos no cais, perto de uma fileira de pangas, os barquinhos de metal que os pescadores usam.

— E a Beatriz?

— Já mandei uma mensagem. Minha avó está com ela. — Ele protege os olhos do sol e me olha. — E eu prometi que ia te mostrar a minha ilha.

Ele entra em um dos barcos e estende a mão para mim.

— Aonde vamos?

— Aos *túneles* de lava — diz Gabriel. — Ficam no lado oeste da ilha, a uns quarenta e cinco minutos.

— Vamos violar o toque de recolher.

Ele pega uma chave sob o assento de madeira e liga o motor. Em seguida, olha para cima com um sorriso torto.

— Não só isso. O lugar aonde vamos é fechado até para os habitantes da ilha — diz. — Como vocês, americanos, costumam dizer: "Vá com tudo ou vá pra casa".

Dou risada. Mas penso: *Quem me dera.*

Gabriel me diz que é perigoso pescar aqui.

Habilmente, ele conduz a panga — que pegou emprestada de um amigo — sob delicados arcos formados de lava dos vulcões. Ziguezagueamos pelas formações como linha através de agulhas; a maré nos precipita para bem perto das estreitas paredes de rocha. Colunas se erguem da água, cobertas por pontes de terra cheias de cactos e arbustos. Algumas partes delas já se desfizeram no mar.

— Aqui os pescadores podem pescar atum-rabilho, *blanquillo*, bacalhau, espadarte... Mas tive amigos que nunca mais voltaram — diz ele.

— A maré é imprevisível. Se o motor falhar por algum motivo, o barco pode ser pego por uma corrente que se desloca a três metros por segundo.

— Quer dizer que... eles morreram? — pergunto.

Ele assente.

— Como eu disse, é perigoso.

Ele navega por esse labirinto de rochas que parece ficção científica.

— Olhe ali, na lava *aa*.

— Lava o quê?

Ele aponta.

— Naquela rocha pontiaguda — explica ele. — A lava *pahoehoe*, aquela coisa que parece que está derretendo, é de outro tipo.

Sigo seu dedo e vejo dois atobás-de-pés-azuis. Eles se encaram, curvando-se formalmente para a esquerda e a direita, e vice-versa, como metrônomos gêmeos. De repente se atacam a bicadas, em um frenesi de beliscões e estalos.

— Eles vão se matar! — digo.

— Na verdade, vão acasalar — me informa Gabriel.

— Não se ele continuar desse jeito — murmuro.

Ele ri.

— Ele é profissional. Quanto mais velha é a ave, mais azuis são seus pés. Esse não é o primeiro embate dele.

— Nós dizemos cortejo — corrijo, sorrindo.

Ele pula do barco e o arrasta para a praia.

— Sei que a Beatriz aprendeu na escola, mas e você, como fala inglês tão bem? — pergunto.

— Tive que aprender, por causa do meu trabalho.

Ele enfia a mão embaixo do assento de novo, pega um snorkel e uma máscara e joga para mim.

— Sabe usar isso, não é?

Assinto.

— Mas não trouxe maiô — digo.

Gabriel dá de ombros, tira os chinelos e entra no mar completamente vestido. A água envolve seus quadris, sua cintura, então ele mergulha para a frente e logo emerge, com o cabelo desgrenhado. Ajeita o snorkel e a máscara na testa.

— Covarde — diz e me joga água.

O oceano é um estonteante espelho do céu, a areia, como açúcar sob meus pés. É estranho ficar com o short flutuando em volta das pernas e a camiseta colada no corpo, mas me acostumo com a sensação enquanto caminho pela água. Gabriel mergulha a alguns metros de distância e, um instante depois, eu o sinto puxar meu tornozelo.

— *Vamos* — diz.

E, dessa vez, quando ele mergulha, eu o sigo.

O mundo submarino explode em cores e texturas — anêmonas brilhantes que parecem pedras preciosas, fileiras de corais, folhas finas de vegetação marinha. Por um instante, seguimos um leão-marinho que, de brincadeira, fica batendo o rabo em Gabriel. Ele aperta minha mão, apontando para uma tartaruga-marinha que nada em um ritmo constante. Um segundo depois, diante da minha máscara, um cavalo-marinho rosa brilhante flutua, parecendo um ponto de interrogação, com o nariz de trombeta e a pele translúcida.

Gabriel sobe e me puxa.

— Prenda a respiração — diz ele, e me arrasta com força para o fundo do mar, onde uma formação rochosa se projeta, pontilhada de estrelas--do-mar e um polvo ondulante.

Gabriel me conduz, até pairarmos diante de uma fenda na rocha. Dentro, vejo dois pequenos triângulos prateados. Olhos? Nado mais perto para ver melhor. Nesse momento, um deles se move e percebo que estou olhando para a ponta branca das barbatanas de tubarões-das-galápagos adormecidos.

Nado para trás tão rápido que crio uma parede de bolhas. Sem olhar para ver se Gabriel me segue, nado o mais forte e mais rápido que consigo de volta à praia. Quando me arrasto na areia e arranco o snorkel, vejo que ele está bem atrás de mim.

— Aquilo era... — ofego — ... um *tubarão*, porra!

— Não do tipo que te mataria. — Ele ri. — Talvez só uma boa mordida.

— Jesus — digo e caio de costas na areia.

Um instante depois, Gabriel senta ao meu lado. Ele também está ofegante. Tira a camiseta encharcada e a joga para o lado. Quando se deita, o sol reflete no medalhão que ele usa.

— Que colar é esse? — pergunto.

— Tesouro pirata.

Quando o olho com cara de dúvida, ele dá de ombros.

— Nos séculos XVI e XVII, os piratas usavam o canal entre a ilha Isabela e a ilha Fernandina para se esconder dos espanhóis depois de invadir os galeões deles. Naquela época, aqui era um bom lugar para desaparecer.

Ainda é, penso.

— Os piratas sabiam que os galeões iam do Peru ao Panamá e, depois de roubar o ouro, eles o escondiam em Isabela. — Ele ergue uma sobrancelha. — Eles também caçavam tartarugas terrestres até quase exterminarem com elas e deixaram para trás burros, cabras e ratos. Mas isso não era tão interessante para um menino de sete anos que vivia escavando para achar um tesouro enterrado.

Eu me apoio em um cotovelo, interessada.

— Foi em 1995, na praia de Estero, perto de El Muro de las Lágrimas. Apareceram dois veleiros cheios de franceses que vieram explorar Isabela em busca de tesouros. Eu ajudei esse pessoal durante alguns dias. Bom, eu achava que ajudava, mas provavelmente mais atrapalhava. Eles encontraram um baú, e eu ajudei a desenterrá-lo.

Olho para o medalhão dele.

— E isso estava dentro do baú?

— Não faço ideia do que havia lá dentro. — Ele ri. — Eles o levaram embora ainda trancado. Mas me deram isso como agradecimento. Deve ter vindo de brinde em uma caixa de cereal.

Bato no ombro dele. Ele segura minha mão para me impedir de bater de novo e não solta. Estreita os olhos e me fita.

— Falando em agradecimento, a Beatriz...

— É uma ótima menina — interrompo.

Ele me larga; parece escolher cuidadosamente as palavras.

— Quando ela voltava da escola, sempre tinha um muro entre nós. Toda vez que eu pensava em derrubá-lo, toda vez que eu chegava perto, sentia tanto calor do outro lado... como um incêndio, sabe? Quando tem um incêndio do outro lado de uma porta, você não pode se precipitar, porque, se entrar mais oxigênio, as chamas vão consumir tudo. — Ele desenha uma linha na areia entre nós. — Semana passada, já não senti tanto esse calor.

— Ela está com raiva — admito suavemente. — Foi arrancada da zona de conforto dela; não é justo e ela não tem culpa. Quando a gente não consegue ver a luz no fim do túnel, é difícil continuar em frente.

— Eu sei — diz Gabriel. — Tentei fazer coisas assim com ela, distraí-la, levá-la para passear pela ilha, mas ela ficava só me seguindo, como se fosse um sacrifício. — Ele esfrega a testa. — Durante anos ela morou com a mãe, e sabe Deus o que a Luz falava de mim. Depois ela entrou na escola. E, quando o vírus apareceu, ela me ligou, implorando para voltar para casa.

Acho que entendi mal.

— Pensei que ela tinha sido obrigada a voltar para casa — digo.

— Ela já passou férias escolares com a família anfitriã antes, quase todas — diz Gabriel. — Não sei, talvez ela estivesse preocupada com o vírus. Seja o que for, foi uma dádiva para mim. Fiquei feliz por ela querer voltar. Eu achava que, se passássemos mais tempo juntos, ela ia descobrir que eu não sou um monstro. — Ele dá um leve sorriso. — Queria conseguir fazer o que você faz com tanta facilidade.

— Conversar com ela?

— Fazê-la gostar de mim. — Ele faz uma careta. — Que patético.

Sacudo a cabeça.

— A gente sofre quando perde algo de que gosta — digo com cuidado. — Neste momento, a Beatriz pensa que perdeu a mãe, os amigos, o futuro. — Hesito. — E também, talvez haja uma razão para ela manter distância de você. Não dá para sentir a perda de algo que nunca foi próximo.

Ele me olha. Essa semente de dúvida é a absolvição que posso oferecer: a chance de pensar que a indiferença de Beatriz pode não ser porque ela o odeia, mas o contrário.

De repente, uma iguana-marinha passa correndo entre nós, me fazendo gritar e me arrastar para trás. Gabriel ri de mim enquanto o grande lagarto rasteja com uma velocidade surpreendente até a água, balançando o corpo algumas vezes antes de mergulhar.

— Por que essas coisas não têm tanto medo de mim quanto eu delas? — murmuro.

— Elas dominam a ilha há mais tempo que os humanos.

— Não me surpreende; parecem dinossauros em miniatura.

— Você precisa ver as iguanas-terrestres de San Cristóbal. Ficam turquesa e vermelhas na época do acasalamento; nós as chamamos de iguanas de Natal. É assim que os machos ganham as fêmeas. — Ele aponta para a água. — Mas as iguanas-marinhas são as minhas favoritas.

Eu me deito na areia, olhando para o céu.

— Não consigo imaginar por quê.

— As que chegaram por acidente há dez milhões de anos, junto com detritos provenientes da América do Sul, eram terrestres. Mas, quando chegaram aqui, não tinha vegetação. O único alimento estava no oceano. Então, o corpo delas foi mudando lentamente, para facilitar o mergulho. Elas têm glândulas em volta das narinas para expelir o sal quando mergulham. Seus pulmões ficaram maiores para respirar mais fundo e afundar mais.

Gabriel vira de lado e se apoia no cotovelo. Bem devagar, passa o dedo pelo meu pescoço.

— Evoluir é correr riscos — diz baixinho. — Quando os humanos evoluíram e passaram a estar aptos para falar, nossa garganta ficou mais comprida para dar espaço para a língua, e com isso vieram os riscos. A comida tinha que viajar mais para chegar ao esôfago, mas sem passar pela laringe.

Ele descansa o polegar no ponto onde minha pulsação vibra, na base do meu pescoço, e eu engulo em seco.

— Então, ao contrário dos animais, agora podemos cantar, falar e gritar, mas também, ao contrário dos animais, podemos sufocar até a morte se a comida entrar pelo buraco errado.

Ele me olha como se estivesse tão atordoado quanto eu por estar me tocando.

— Não dá pra andar para a frente sem perder alguma coisa — diz.

Pigarreio e me sento depressa.

Imediatamente, ele também, e o momento se rompe como uma bolha de sabão.

Antes que eu possa processar o que acabou de acontecer, Gabriel se levanta. Um barco se aproxima da costa e para onde as ondas quebram. Protejo os olhos com a mão e vejo um homem de uniforme cáqui e chapéu. Conforme ele se aproxima, estreito os olhos para ler o emblema em seu ombro, que parece oficial.

— Gabriel — diz o homem. — *¿Qué haces aquí?*

— Este é Javier. — A voz de Gabriel é perfeitamente uniforme, mas posso senti-lo enrijecer. — Ele é guarda-florestal.

Lembro o que Beatriz disse na lagoa onde havia os tordos: se a guarda-florestal descobrir que alguém invadiu um local fechado por causa da covid, a pessoa pode ser multada. E, se for um guia turístico, pode perder a licença.

Gabriel derrama um rio de palavras em espanhol. Não sei se ele está tentando apaziguar o guarda, se fingindo de bobo ou justificando nossa presença ali.

Abro um largo sorriso para Javier e os interrompo.

— *Hola* — digo. — A culpa é minha. Eu implorei ao Gabriel para me trazer aqui...

Não sei se o guarda-florestal fala inglês, mas espero divagar o suficiente para desviar a atenção dele de Gabriel. E parece funcionar, porque Javier se volta para mim.

— Você — diz ele. — Você estava na feira.

Sinto o suor brotar entre as omoplatas. Era proibido fazer negócios naquele mercado? Os guardas-florestais vão atrás dos habitantes também, ou só dos turistas? E se eu não puder pagar a multa, o que vai acontecer?

Sei que não há hospital na ilha, nem caixa eletrônico. Mas, com a sorte que tenho, com certeza há uma cela bem funcional.

— Você fez uns desenhos — prossegue o guarda.

— Hmm... sim — digo.

Posso sentir os olhos de Gabriel em mim, como uma pincelada.

— Meu filho te deu uma graviola.

O menino, aquele que estava sendo importunado.

— Você é talentosa — prossegue Javier, sorrindo de leve. — E o mais importante... é gentil.

Sinto as bochechas esquentarem diante dos dois elogios.

O guarda se volta para Gabriel.

— Sabe, Gabriel, se eu te visse aqui, teria que te denunciar. Mas, se eu desse meia-volta e você desaparecesse, poderia ter sido apenas uma pegadinha da luz, *no*?

— *Por supuesto* — murmura Gabriel.

Ele pega a camiseta, dura por causa do sal seco, e a veste. Recolho o equipamento de mergulho e o sigo até a panga. As ondas sussurram em torno dos meus tornozelos enquanto ele segura o barco firme para eu subir. Em seguida o afasta da costa e sobe também, acelerando o motor em marcha à ré.

Não digo nada até sairmos da enseada e atravessarmos os túneis, saltando sobre as ondas.

— Foi por pouco — comento.

Gabriel dá de ombros.

— Eu sabia que isso poderia acontecer quando te levei lá.

— Então por que fez isso? Ele poderia ter tirado a sua licença de guia turístico.

— Porque aqui é Isabela — responde. — E você tinha que ver.

No caminho de volta para Puerto Villamil, não falamos sobre o que aconteceu um momento antes de Javier nos interromper. Eu me pego pensando nos ossos ocos dos pássaros, nos longos pescoços das girafas, na pele mutável das rãs, nos insetos que se disfarçam de gravetos. Penso em garotas que são arrastadas de portos seguros para o desconhecido, em homens com segredos profundos como o oceano e em aviões que não podem voar.

Não são só os animais que precisam se adaptar para sobreviver.

Querido Finn,
    Beatriz, a menina sobre quem te escrevi, disse que, antes de ter um correio de verdade em Galápagos, os marinheiros colocavam suas cartas em um barril na baía dos Correios, na ilha Floreana. Quando outros baleeiros apareciam, checavam a correspondência, encontravam as cartas endereçadas ao porto de origem deles e as entregavam em mãos. Às vezes, a correspondência demorava anos para ser entregue, mas era a única forma que os marinheiros tinham de se comunicar com as pessoas que deixavam para trás.
    Ela disse que, agora, os barcos de passeio vão para Floreana. Os turistas deixam cartões-postais no barril e pegam os que outros deixaram, para entregar quando voltarem para casa.
    O barril é pequeno, eu não caberia nele. Caso contrário, eu poderia entrar e esperar que alguém me levasse de volta até você.
    Com amor,
    Diana

No dia em que conheci Kitomi Ito e me vi sozinha com ela na frente de seu quadro, percebi o que havia de errado com a proposta da Sotheby's e por que provavelmente perderíamos a oportunidade para a Christie's ou a Phillips. Todos estavam focados em Sam Pride, que havia comprado a tela. Mas ninguém tinha parado para pensar em quem a ganhara de presente, e por quê.

Comecei a falar rápido. Eu não sabia se Eva iria nos interromper, mas sabia que, se minha chefe me ouvisse subvertendo seus planos para a pintura de Toulouse-Lautrec, eu estaria desempregada antes que o elevador chegasse ao saguão.

— E se o leilão não focasse na fama — sugeri —, e sim na privacidade? Tenho a impressão de que tudo foi um grande espetáculo para o seu marido, até, desculpe, a morte dele. Mas este quadro não fazia parte daquele circo. Era só de vocês dois.

Kitomi não respondeu, então respirei fundo e mergulhei.

— Se dependesse de mim, eu não usaria essa tela para encabeçar a venda da Imp Mod. Não reuniria os Nightjars. Não tornaria isso público de jeito nenhum. Eu organizaria uma venda privada, em uma sala com decoração simples, boa iluminação e uma namoradeira. E então enviaria um convite confidencial a George e Amal, Beyoncé e Jay-Z, Meghan e Harry, e outros casais que você sugerisse. Seria um privilégio receber um convite, uma sugestão de que esses casais também têm um caso de amor atemporal.

Eu me volto para a tela, vejo a vulnerabilidade nos olhos do casal, a crença sólida de que estavam seguros compartilhando-a um com o outro.

— Em vez de o maior lance levar a obra, sra. Ito — prossigo —, você escolheria o casal que daria continuidade à história de amor. É você quem está entregando essa pintura para adoção, então você deveria escolher os novos cuidadores dela, não a casa de leilões.

Por um longo momento, Kitomi ficou olhando para mim.

— Ora — disse, um sorriso lento surgindo em seus lábios —, ela fala.

Nesse instante, a voz de Eva nos cortou como um machado.

— O que está acontecendo aqui?

— Sua colega estava me apresentando uma abordagem alternativa — disse Kitomi.

— Minha *especialista associada* não tem autoridade para apresentar nada — respondeu Eva, me lançando um olhar capaz de cortar até vidro. — Encontro você no carro.

O motorista nem havia fechado a porta de Eva quando ela começou a me atacar.

— Que parte do "não fale" você não entendeu, Diana? De todas as coisas idiotas e irresponsáveis que poderia dizer, você conseguiu encontrar algo tão... tão... — Ela se interrompeu, vermelha, arfando. — Você se dá conta de que recebe um salário porque a nossa empresa sobrevive de grandes leilões públicos, que atraem uma quantia obscena de dinheiro? E a cartinha de amor romântica que você propôs vai nos fazer parecer crianças do jardim de infância, em comparação com o espetáculo que a Christie's deve estar oferecendo... Pelo amor de Deus, eles devem ter dito que vão dar um jeito de oferecer um Prêmio Kennedy ao Sam Pride como homenagem póstuma!

Ela foi interrompida pelo toque de seu celular. Estreitou os olhos, me alertando para ficar calada, sob pena de morte, enquanto atendia.

— Kitomi — disse, toda calorosa. — Estávamos falando sobre... — Ergueu as sobrancelhas. — Ora, sim! É uma honra para a Sotheby's saber que você confia em nós para levar a sua pintura a leilão... — Então se interrompeu, ouvindo Kitomi falar. — É claro — disse depois de um momento. — Sem problemas.

Eva desligou e ficou olhando para o celular de cenho franzido.

— Conseguimos — disse.

Hesitei.

— Isso não é... uma coisa boa?

— Kitomi impôs duas condições. Ela quer um leilão privado só para casais, e insiste que seja você a especialista responsável.

Fiquei atordoada. Essa era minha virada, o momento sobre o qual eu falaria anos mais tarde, quando fosse entrevistada para contar como havia progredido em minha carreira. Vi a Beyoncé me abraçando depois de dar o lance vencedor. E eu em um escritório cheio de janelas, onde Rodney e eu fecharíamos a porta na hora do almoço e dividiríamos comida do Halal Guys enquanto fofocávamos.

Senti o calor subir pelo pescoço e olhei para Eva, que me encarava como se me visse pela primeira vez.

De: FColson@nyp.org
Para: DOToole@gmail.com

Antes que eu me esqueça: a The Greens ligou de novo e deixou recado em casa.

Mas isso já faz setenta e duas horas, porque é o tempo que estou no hospital.

Claro que um plantão tão longo é contra as regras, mas não há mais regras. É como *Feitiço do tempo*, repetidamente. Já virou rotina. Sou eu, uma residente júnior e quatro enfermeiras. Meu trabalho é colocar acessos centrais e arteriais e cuidar das comorbidades do paciente. Introduzo drenos torácicos quando eles fazem pneumotórax, por causa das incisões. Ligo para as famílias, que pedem informações sobre níveis de oxigenação, pressão arterial, ventilação, coisas que não entendem. "Espero que ela esteja melhorando", dizem, mas não posso responder porque sei que ela está muito longe de melhorar. Ela está morrendo. Tudo que espero é que ela saia do respirador ou da ECMO, e que não haja uma tempestade de citocinas que a mande de volta à estaca zero. As famílias não podem visitar seus parentes, não podem ver os pacientes ligados a fios e máquinas. Não podem ver com seus próprios olhos como estão doentes. Para eles, o paciente é alguém que estava perfeitamente saudável há uma semana, sem nenhuma doença crônica. Ficam ouvindo notícias que dizem que a taxa de sobrevivência é de 99%, que não é pior que a gripe.

Uma paciente tem me assombrado ultimamente. Ela e o marido entraram juntos; ele morreu e ela não. Quando ela foi extubada, seus filhos, que são adultos, não lhe contaram que o marido havia morrido. Ficaram com medo de que ela entrasse em pânico, chorasse demais e seus pulmões não aguentassem. Então ela foi para a reabilitação, acreditando que o marido ainda estava isolado no hospital. Penso nela o tempo todo. Ela achava que a separação entre eles seria temporária, e me pergunto se já sabe que é para sempre.

Pelo amor de Deus, Diana, volta.

Às vezes, eu me deito na cama à noite e penso: *O que eu estava tentando provar? Por que não dei meia-volta, entrei naquela balsa e voltei para o aeroporto?*

Às vezes, eu me deito na cama e penso: *Que tipo de namorada eu era, então, se não pensei em Finn quando estava dividida entre ficar e partir?*

Por falar nisso, que tipo de namorada eu sou agora, se há momentos em que não penso nele? Se ele está vivendo o inferno e eu estou em outro hemisfério?

Meu avô paterno lutou na Segunda Guerra Mundial; quando voltou, não ficou bem. Ele bebia muito e vagava pela casa no meio da noite, e uma vez, quando o escapamento de um carro deu um estouro, ele se jogou no chão e começou a chorar. Quando eu era menina, sempre me diziam que a guerra havia feito isso com ele, que criara uma cicatriz invisível que nunca sumiria. Uma vez, perguntei à minha avó o que ela recordava da guerra. Ela pensou por um longo tempo e, finalmente, disse: "Era difícil achar meia-calça".

Uma parte de mim pensa que era exatamente isso o que meu avô queria: arriscar a vida todos os dias para que a vida da minha avó continuasse tranquila. Mas outra parte reconhece como é superficial, como é um privilégio ser aquela que está a um oceano de distância.

Hoje em dia, quando estou nadando em lagos claros como gim, escalando montanhas de veludo verde ou fritando uma tortilha na frigideira de ferro fundido na cozinha de Abuela, às vezes esqueço que o resto do mundo está sofrendo.

Não sei se isso é uma bênção ou se devo ser amaldiçoada.

Os *trillizos* são três túneis de lava em ruínas no centro da ilha. Beatriz e eu começamos nossa caminhada até lá antes do amanhecer, o que significa que podemos observar a arte estonteante que é o nascer do sol enquanto subimos. Estou na ilha há pouco mais de três semanas e ela continua me surpreendendo com sua beleza.

— Quantos anos você tem? — pergunta Beatriz, quando o último traço rosa se torna um hematoma no céu azul.

— Faço trinta em 19 de abril. E você?

— Catorze — diz ela. — Mas, emocionalmente, sou mais velha.

Isso me faz rir.

— Você é uma verdadeira anciã.

Caminhamos mais um pouco e então, com cuidado, pergunto se ela teve notícias dos amigos da escola.

Seus ombros ficam tensos.

— Não dá para entrar nas redes sociais com essa merda de internet.

— É mesmo. Deve ser difícil.

Beatriz não olha para mim.

— O lado positivo é que não preciso ver o que as pessoas estão dizendo de mim.

Paro de andar.

— Você se preocupa com isso de verdade?

E se o fato de ela se cortar estiver ligado a bullying? Ainda não sei muito mais sobre Beatriz do que quando a vi pela primeira vez na balsa. Ela guarda segredos como se sua vida dependesse disso. Se bem que, para uma adolescente, depende mesmo.

Tenho pensado se devo me meter na relação entre Beatriz e Gabriel. Do meu ponto de vista, tudo que vejo é um mal-entendido. Mas concluo que não tenho o direito de me envolver no relacionamento dos outros se o meu está um caos.

Os e-mails de Finn agora são mais curtos e desesperados.

Nas últimas duas noites, acordei no meio da madrugada, certa de ter ouvido a voz da minha mãe.

— Quando foi a última vez que você falou com a sua mãe? — pergunta Beatriz, como se tivesse lido meus pensamentos.

— Antes de vir para cá. Fui visitá-la. Mas não posso dizer que foi uma conversa. Na verdade, ela fala e eu tento acompanhar.

— Minha mãe tinha o costume de me mandar cartões de aniversário com dinheiro. Mas parou ano passado. — Ela aperta os lábios. — Ela não queria ter uma filha.

— Mas teve.

— Quando a menina engravida aos dezessete anos e o cara diz que vai se casar com ela, acho que ela aceita — reflete Beatriz.

Guardo essa informação sobre Gabriel.

— Para mim, amor incondicional não existe — diz Beatriz. — Sempre tem uma condição.

— Não acho. Meu pai me amava incondicionalmente.

Mas isso é verdade?, eu me pergunto. Eu adorava as mesmas coisas que ele: artes visuais e pintura. Se eu fosse obcecada por geologia ou rock emo, teríamos nos dado bem da mesma maneira? Se minha mãe não fosse ausente, ele teria sido tão atencioso?

— E o Finn — diz Beatriz. — Não se esqueça dele. Como você soube que ele era *a pessoa certa*?

— Eu não sei — respondo —, não sou casada com ele.

— Mas, se ele te pedisse em casamento aqui, você não aceitaria?

Assinto.

— Acho que eu acreditava que o amor deveria ser como uma tempestade, superdramático, com raios, trovões e arrepios. Tive namorados assim na faculdade. Mas o Finn... ele é o oposto disso. É estável como... um ruído branco.

— Ele te dá sono?

— Não. Ele torna tudo... mais fácil.

Ao dizer isso, sinto um amor tão intenso por Finn que meus joelhos fraquejam.

— Ele foi a primeira pessoa que te fez sentir isso? — pergunta Beatriz, curiosa.

Ela não me olha, mas vejo suas bochechas vermelhas e percebo que não está perguntando sobre mim. Se não fosse a pandemia, Beatriz estaria na escola, provavelmente contando a uma amiga da sua idade sobre um paquera.

Penso no que ela disse sobre ser criticada nas redes sociais. E lembro que Gabriel me contou que Beatriz havia implorado para voltar para Isabela.

De repente, ela sai correndo e para na beira de um buraco enorme, que parece levar ao centro da Terra. Deve ter uns vinte metros de largura e há uma escada na borda, com várias cordas grossas entrelaçadas. Samambaias e musgo crescem nas paredes, que se estreitam cada vez mais dentro do buraco. Espio o abismo, mas só vejo uma escuridão sem fim.

— O pessoal faz rapel até o fundo — conta Beatriz.

Sinto as paredes do túnel me pressionando, e nem estou dentro dele.

— Eu *não* vou fazer rapel até o fundo.

— Você pode ir só até o meio do caminho — diz ela. — Vamos.

Ela desce os escorregadios degraus de madeira, enrolando as cordas em volta do braço por segurança. Eu a sigo com mais cautela. O túnel se estreita ao nosso redor. A vegetação tem um cheiro maduro e exuberante. Eu me concentro para pisar com firmeza, descendo cada vez mais e mais.

Beatriz desce pela boca do túnel e eu a perco de vista.

— Beatriz! — chamo.

— Vem, Diana, é mágico! — Sua voz flutua até mim.

Quanto mais descemos, mais quente fica, como se o túnel se estreitasse em direção ao inferno. Não há mais vegetação, apenas rocha vulcânica, que é leve e porosa e brilha à luz fraca que vem de cima. Desço com cuidado e quase grito quando sinto a mão de Beatriz se fechar no meu tornozelo.

— Mais três degraus — diz ela — e a escada acaba.

Ela se afasta um pouco para ficarmos no mesmo degrau, lado a lado.

— Olha pra cima — pede.

Olho: o céu é uma manchinha de esperança. Quando olho para baixo e inspiro, é como se puxasse o ar da boca de outra pessoa. A princípio, não consigo enxergar na escuridão do túnel, até que, de repente, vejo só o brilho das pupilas de Beatriz. É como se nosso coração batesse em uníssono.

— Por que estamos aqui mesmo? — sussurro.

— Estamos no ventre de um vulcão. Podíamos nos esconder aqui para sempre.

Por alguns momentos, ouço o gemido do vento que vem de uns trinta metros acima. Algo molhado pinga em minha testa. É assustador, mas também quase sagrado. É como voltar no tempo, como se preparar para renascer.

Parece o lugar certo para contar segredos.

— Verdade ou desafio — sussurro e prendo a respiração, à espera.

— Verdade — diz Beatriz.

— Seu pai me disse que você quis voltar pra cá, mas você não quer ficar aqui.

— Qual é a pergunta?

Não respondo.

Ela suspira.

— Nada disso é mentira.

Fico esperando nesse casulo de escuridão que ela se explique, mas ela vira o jogo contra mim.

— Verdade ou desafio — diz.

— Verdade.

— Se você pudesse voltar no tempo e pegar a balsa para retornar pra casa, você pegaria?

— Não sei — eu me ouço responder. Dói fisicamente dizer isso em voz alta; a verdade, às vezes, corta como uma faca.

Durante todo o tempo que estou aqui, venho dizendo a mim mesma que ficar presa em Isabela foi um erro. Mas também há uma partezinha de mim, nova, que se pergunta se não era para ser. Se fiquei porque o universo decidiu que Beatriz precisava de alguém em quem confiar; porque eu precisava me distanciar de Finn para enxergar nosso relacionamento com mais clareza, suas forças e falhas.

Amor incondicional não existe.

— Verdade ou desafio. Tem alguém na escola com quem você gostaria de ficar?

Ando me perguntado se, quando eu for embora, Beatriz vai voltar para Santa Cruz, para a família anfitriã e, quem sabe, para esse paquera. E se isso vai fazê-la parar de se cortar. Se vai fazê-la feliz.

— Sim. — A palavra não é mais que um suspiro. — Mas ela não quer ficar comigo.

Ela.

Ouço a respiração ofegante de Beatriz. Ela está chorando e finjo não notar — desconfio de que ela prefere assim.

— Me fale dela — peço baixinho.

— Ana María é a filha da família que me hospeda em Santa Cruz — sussurra Beatriz. — É dois anos mais velha que eu. Acho que eu sempre soube o que sentia, mas nunca falei nada, até que surgiram rumores de que a escola iria fechar por causa do vírus. Quando eu pensei que não iria mais vê-la, nem que fosse só no café da manhã ou na volta da escola, não consegui respirar. Então eu dei um beijo nela.

Ela se enrosca mais na escada.

— E não deu muito certo — digo.

— A princípio deu. Ela correspondeu. Durante três dias foi... perfeito. — Beatriz sacode a cabeça. — Mas aí ela disse que não podia, que os pais iriam matá-la se descobrissem. Que me amava, mas não desse jeito. — Ela engole em seco. — Disse que tinha sido... um erro.

— Ah, Beatriz...

— Os pais dela queriam que eu ficasse durante o lockdown, mas eu disse que o meu pai não ia deixar. Como eu poderia continuar morando na mesma casa que ela e fingir que estava tudo bem?

— O que você vai fazer quando a escola reabrir?

— Não sei — diz Beatriz. — Eu estraguei tudo, não posso voltar pra lá. E não tem nada pra mim aqui.

Tem algo para você aqui, penso. *Você é que não consegue ver.*

— Você vai contar para o meu pai? — pergunta ela no escuro.

— Não — prometo. — Mas espero que um dia você conte.

Ficamos agarradas à escada na garganta ardente do mundo. Sua respiração se acalma de novo, ao contrário da minha.

— Verdade ou desafio — diz ela, tão baixinho que mal consigo ouvir.

— Você já quis refazer parte da sua vida?

A verdade é que sim.

Mas... não essas últimas três semanas. E sim tudo que me trouxe até elas. Quanto mais tempo passo nesta ilha, mais clareza tenho sobre o que aconteceu até aqui. De um jeito estranho, ao ser despojada de tudo — meu trabalho, meu parceiro, até minhas roupas e meu idioma —, fiquei só com a parte essencial de mim mesma, o que me parece mais real do que tudo que tentei ser durante anos. É como se eu tivesse que parar de correr para me ver com clareza, e o que vejo é uma pessoa que está perseguindo um objetivo há tanto tempo que não consegue lembrar por que o estabeleceu.

E isso me assusta pra cacete.

— Desafio — respondo.

Uma pulsação.

— Solta a escada — diz Beatriz.

— De jeito nenhum — respondo.

— Então eu solto.

Percebo que ela solta os dedos do degrau de cima e sinto a mudança no ar quando ela cai para trás.

— Não! — grito e, não sei como, consigo segurá-la pela camiseta. Com as cordas apertadas em volta do meu braço livre, sinto seu peso morto pendurado.

Não solta não solta não solta.

— Bia — digo calmamente —, você precisa se segurar em mim. Pode fazer isso? Pode fazer isso por mim?

Mil anos depois, sinto seus dedos apertando meu braço. Eu a agarro também, formando um elo mais firme, até que ela consegue se segurar na escada de novo. Um segundo depois, soluçando, ela se joga em meus braços.

— Está tudo bem — digo, tentando acalmá-la, passando o braço livre ao redor dela. — Vai ficar tudo bem.

— Eu queria saber como seria — ela chora — simplesmente me largar.

Acaricio seu cabelo e penso: *Não se pode confiar na percepção. Cair, a princípio, parece voar.*

SEIS

Quatro semanas depois de chegar a Isabela, recebo um presente de aniversário antecipado: uma estranha e improvável enxurrada de e-mails antigos. Não sei por que alguns já tinham chegado e outros não, mas há vários de Finn e dois da clínica onde minha mãe está, falando sobre a saúde dela (nenhuma mudança significativa, o que considero uma boa notícia). Há também um da Sotheby's informando que estou de licença não remunerada, assim como duzentos outros funcionários, por causa de uma enorme recessão no setor de vendas de obras de arte. Fico olhando para esse e-mail por um tempo, imaginando se Kitomi não foi a única a adiar seu leilão, tentando racionalizar e me convencer de que estar de licença não remunerada é melhor que ser demitida. Há também um e-mail de Rodney mandando a Sotheby's se foder e dizendo que as únicas pessoas que não foram afastadas são as do suporte técnico, porque estão focando em vendas pela internet. Ele nunca imaginou que teria que voltar para a casa da irmã em New Orleans, mas quem pode pagar aluguel em Nova York sem ter salário?

A última linha do e-mail dele é: *Amiga, se eu fosse você, ficaria nesse paraíso o máximo que pudesse.*

No dia do meu aniversário, uma semana depois, sou convidada para ir à fazenda de Gabriel. São vinte minutos de carro até as montanhas; ele vem buscar a mim e Abuela em um jipe enferrujado sem portas.

— Você nem parece ter passado dos quarenta — diz, impassível, quando me vê.

Eu o empurro e ele começa a rir.

— As mulheres são muito sensíveis em relação à idade — brinca.

No caminho, vemos mais moradores circulando que nas últimas semanas. No começo, quando a ilha fechou, eu podia caminhar pela praia ou pelas montanhas sem ver ninguém. Mas agora, na quinta semana de lockdown, sem nenhum caso de covid em Isabela e ninguém chegando para espalhar o vírus, as pessoas começaram a sair de casa e a violar o toque de recolher.

À medida que avançamos para o centro da ilha, a paisagem desértica, com sua vegetação litorânea rasteira, vai dando lugar a uma vegetação densa e exuberante. As remessas de alimentos e suprimentos enviadas para a ilha têm sido extremamente limitadas; sei que Gabriel não é a única pessoa aqui que conta com as terras agrícolas da família para complementá-las durante a pandemia. Passamos por ovelhas sujas em currais, cabras, uma vaca mugindo com o úbere cheio como a lua. Vejo bananeiras, com frutos verdes que desafiam a gravidade crescendo para cima, e meninas agachadas nos campos arrancando ervas daninhas. Por fim, Gabriel pega um caminho empoeirado que serpeia em direção a uma casinha. Beatriz me levou a crer que não passava de um barracão, mas só metade dela está em construção. Gabriel a está ampliando.

Para Beatriz, aposto.

Tenho pensado sem parar na confissão que ela me fez nos *trillizos*. Eu disse a Gabriel que, se Beatriz falasse comigo sobre suicídio, eu lhe contaria, e a imprudência dela no túnel me preocupou de verdade. Mas eu não poderia contar a ele o que aconteceu sem explicar por que, e isso significaria falar sobre Ana María, que não retribui o afeto de Beatriz. Não posso contar, é um segredo dela. Gabriel não me parece o tipo de pai que ficaria chateado se sua filha se assumisse, mas não o conheço direito. Os avanços da comunidade LGBTQIA+ nos Estados Unidos, sejam quais forem, não são universais; além disso, o Equador é um país predominantemente católico, e os direitos dos homossexuais não são bem o esteio desse dogma. Penso na casa de Abuela, onde cruzes pintadas decoram todas as paredes. Na ausência dos cultos da igreja, suspensos por causa da covid, ela criou um altar, onde reza e acende velas.

Enfim, encontrei maneiras de ver Beatriz todos os dias, para medir sua temperatura emocional, e espero não ter que trair sua confiança para protegê-la.

Ela sai saltitando da casa enquanto Gabriel puxa o freio de mão do jipe.

— *Felicidades!* — diz em espanhol, sorrindo para mim.

— Obrigada.

Percebo que algo está me puxando e me volto. Encontro uma cabra branca com orelhas marrons mastigando a bainha da minha camiseta.

— Ownn — digo, me ajoelhando para acariciar seus chifres nodosos. — Quem é esta aqui?

— Eu não ponho nome na minha comida — diz Gabriel.

— Você não vai comer esta coisinha fofa — digo. — E ela tem que ter um nome.

— Tudo bem. — Ele sorri. — Ensopado.

— Ah, não. — Cruzo os braços. — Me promete, como meu presente de aniversário.

Gabriel ri.

— Só porque "Ensopado" é um péssimo nome para uma cabra. Enquanto pudermos ordenhá-la, ela estará segura. Trocamos o leite por ovos com o vizinho.

Ele ajuda Abuela a subir os degraus da casa. A área habitável tem dois cômodos: um com uma cozinha pequena, uma mesinha, duas cadeiras de madeira descombinadas e um pufe; o outro é um quarto. Não vejo banheiro, só uma casinha ao longe.

Enquanto Gabriel e sua avó desempacotam a comida que ela trouxe para cozinhar e conversam em espanhol, Beatriz me puxa para o quarto.

Vejo um colchão no chão e uma cômoda arranhada, mas também um espelho com mosaico de vidro ao redor, uma colcha com flores bordadas e um fio de luzinhas pendurado em uma série de pregos na parede. Devia ser o quarto de Gabriel antes. Imagino que ele o transformou neste pequeno oásis para Beatriz, esperando o melhor quando ela voltou. E me pergunto onde ele dorme agora.

— Ah — digo, tirando vários cartões-postais da mochila. — Eu trouxe mais.

— Legal. — Beatriz os pega e deixa diante do espelho.

Desde aquele dia nos *trillizos*, não falamos mais sobre a menina que ela deixou em Santa Cruz, nem se ela ainda sente vontade de se cortar. Só uma vez nas últimas duas semanas ela mencionou o que aconteceu. Estávamos em Puerto Villamil, observando os atobás entrarem na água para pegar peixes, com as pernas penduradas no píer, deixando a tarde se acomodar à nossa volta como uma manta de algodão.

Do nada, ela disse:

— Diana, obrigada. Por me segurar.

Minha vontade era abraçá-la forte, mas apenas bati o ombro no dela.

— Não foi nada — respondi, desejando dizer exatamente o contrário. Foi *tudo*.

Acho que Beatriz vai me contar o que precisa contar quando estiver pronta. E Deus sabe que o que eu mais tenho agora é tempo.

Há uma batida na porta e a cabeça de Gabriel aparece.

— Está pronta para fazer por merecer seu jantar? Preciso de ajuda para colher frutas.

— É meu aniversário! — protesto.

— *No problema.* — Ele dá de ombros. — Vamos comer a cabra, então.

— Engraçadinho — digo e viro para Beatriz. — Vem me ajudar, estou velha demais para fazer trabalho braçal.

Ela sacode a cabeça.

— Tenho outras coisas pra fazer. Coisas *secretas*.

Gabriel se inclina para ela e, em um sussurro exagerado, pergunta:

— Fui bem?

— Perfeito — diz Beatriz. Ela passa por nós e vai até a mesinha onde Abuela está medindo a farinha. — Vamos, saiam logo.

Sigo Gabriel porta afora.

— Ela está fazendo um bolo para mim, não é?

— Eu não contei nada — responde ele.
— Que fofa.

Fico sentada em um toco perto da porta enquanto Gabriel desembaraça algo do meio de umas ferramentas. Em seguida me entrega uma cesta de arame presa a uma vara e pega um balde de plástico de uns vinte litros.

— *Vamos* — diz em espanhol.

— Quer dizer que vamos mesmo colher frutas? Achei que era só uma desculpa para me tirar de casa.

— E era. Mas isto aqui é uma fazenda.

Eu o acompanho até os campos que se estendem atrás da casa; ele me mostra inhame, milho, alface, cenoura. Há uma área com abacaxis que ainda não estão maduros para colher. Chegamos a um pequeno grupo de árvores.

— Papaia — diz Gabriel.

Ele pega a vara, estreita os olhos em direção às folhas e mexe a ferramenta. Com um movimento do pulso, deixa cair a fruta pesada em minha mão.

— Eu não sabia que papaia dava em árvore — digo, maravilhada.

Trabalhamos em silêncio enquanto ele despoja a árvore de seus frutos maduros. Depois, eu me ajoelho ao lado dele para desenterrar inhames. Quando voltamos para casa, estou imunda. Gabriel me leva a uma bomba d'água e aciona a alavanca para que eu tenha um riacho para lavar as mãos e o rosto. Quando retribuo o favor, ele tira a camisa e enfia a cabeça e o tronco na água, se sacudindo como um cão e me fazendo gritar.

O barulho atrai Beatriz, que fica parada na porta.

— Bem na hora — diz e bate palmas.

Abuela surge atrás dela, segurando um prato com um bolo de chocolate.

— *Cumpleaños feliz* — eles cantam —, *te deseamos a ti...*

Beatriz corre na frente e sussurra algo para Gabriel, que pega um isqueiro e o acende.

— Não temos vela — explica.

Abuela coloca o bolo em uma mesa de piquenique, do lado de fora, que foi decorada com flores.

— Faz um pedido — ordena Beatriz.

Obediente, fecho os olhos.

E peço...

Estar em Nova York com Finn.

Que minha mãe melhore.

Que isto acabe logo.

Isso tudo é o que eu deveria desejar. Mas o que me passa pela cabeça é que é difícil desejar alguma coisa quando parece que, naquele momento, você já tem tudo de que precisa.

Abro os olhos de novo e, gentilmente, sopro a chama do isqueiro na mão de Gabriel.

Ele dá uma piscadinha e fecha a tampa do isqueiro para que a chama desapareça.

— Isso significa que o seu pedido vai se tornar realidade — diz.

Quando acabamos de comer o bolo, Gabriel acende uma fogueira em um círculo de rochas vulcânicas no quintal. Liga um rádio portátil e ficamos sentados em cadeiras dobráveis. Para a minha surpresa, eles me dão presentes. Beatriz me dá uma caixinha que decorou com conchas; Abuela me dá um colar com uma medalha de Nossa Senhora e insiste em colocá-lo no meu pescoço. Até Gabriel diz que tem um presente, mas que é uma experiência, não um objeto, e que vai me levar a um lugar daqui a alguns dias. Depois, Beatriz me traz um caderno em branco e pede para eu fazer um retrato dela, como os que fiz na feira. Quando a última faixa de luz deixa o céu, fica decidido que Beatriz vai dividir a cama com Abuela, e Gabriel e eu vamos acampar sob as estrelas.

No momento em que estamos sozinhos, olho para a medalha aninhada entre meus seios.

— Acabei de ser batizada ou algo assim? — pergunto.

Gabriel sorri.

— Dizem que é uma medalha milagrosa, que traz bênçãos às pessoas que a usam com fé.

Olho para ele.

— Quer dizer que, se eu não sou católica, um raio pode cair a qualquer momento na minha cabeça?

— Se isso acontecer, provavelmente vai me atingir primeiro, portanto você está segura.

Ele remexe as brasas com um pedaço de pau, depois pega o caderno com o desenho que fiz de Beatriz.

— Você é muito talentosa — diz, fechando o caderno com cuidado e deixando-o na mesa de piquenique.

Dou de ombros.

— Atração de festa — digo.

Ele entra na casa por um instante. Quando volta, com dois sacos de dormir enrolados, está tocando uma música dos Nightjars no rádio.

— O primeiro disco de vinil que eu comprei foi do Sam Pride.

Olho para ele.

— Aquele com a Kitomi Ito nua na capa?

Gabriel pisca devagar.

— É, esse mesmo.

— Eu conheço a Kitomi — digo.

— *Todo mundo* conhece a Kitomi.

Ele deixa um dos sacos de dormir a meus pés e sacode o outro, no lado oposto do fogo.

— Mas eu a conheço *pessoalmente* — conto. — Antes de vir pra cá, eu estava trabalhando a venda do quadro dela. O mesmo que aparece na capa do disco.

Gabriel puxa seu saco de dormir para perto da fogueira. Os reflexos das chamas dançam em seus braços enquanto ele serve em dois copos algo que parece água.

— Deve ser uma história interessante — diz e me passa um dos copos.

— *Salud* — brinda e bate o copo no meu.

Seguindo seu exemplo, esvazio o conteúdo num gole só e quase engasgo, porque, definitivamente, não era água.

— Puta *merda* — ofego. — O que é isso?

— *Caña*. — Ele ri. — Álcool de cana-de-açúcar. Teor alcoólico 50%. — Ele se inclina para trás e se apoia nos cotovelos. — Agora me conta de onde você conhece a mulher do Sam Pride.

Conto, omitindo o fato de que minha última conversa com ela pode ter me custado uma promoção, se não o meu emprego. Quando termino, vejo Gabriel me olhando, confuso.

— Então o seu trabalho é vender as obras de arte de outras pessoas? — pergunta, e eu assinto. — Mas e as suas?

Surpresa, sacudo a cabeça.

— Ah, não, eu não sou artista. Só fiz faculdade de história da arte.

— O que é isso?

— Conhecimento arcano inútil — respondo.

— Duvido...

— Bom, na Williams, eu escrevi uma tese sobre as pinturas de santos e como eles morreram.

Ele ri.

— Talvez essa medalha milagrosa não seja tão inapropriada, afinal.

Estendo meu copo, pedindo outra dose.

— Sabia que santa Margarida de Antioquia foi comida por um dragão, mas geralmente é pintada com o bicho ao lado dela? Nos retratos de são Pedro Mártir, o machado aparece em seu crânio. Santa Luzia, protetora dos olhos, sempre foi retratada segurando um pratinho com dois globos oculares. Ah, e são Nicolau...

— O Papai Noel? — diz Gabriel, me servindo mais *caña*.

— Ele mesmo. Normalmente ele é pintado segurando três bolas de ouro que parecem doces, mas na verdade são dotes que ele ia dar a virgens pobres.

Ele arqueia as sobrancelhas e ergue o copo.

— Feliz Natal.

Brindamos e eu bebo; dessa vez, estou preparada para a queimação.

— Então, como pode ver — digo —, minha estimada formação acadêmica me tornou muito boa para contar curiosidades em festas. E me ajudou a conseguir o emprego dos meus sonhos.

Ele se recosta no saco de dormir, com os pés cruzados.

— As pessoas sonham em fazer arte. Ninguém sonha em vender arte.

Isso me faz pensar em minha mãe, vagando pelo mundo todo para tirar fotos que ganharam prêmios, estamparam capas de revistas, narraram lutas, guerras e fome. No fato de que suas fotos estiveram em museus e foram inclusive presenteadas à Casa Branca, mas nunca tinham sido vendidas ao público, até que eu leiloei algumas para pagar a estadia dela na clínica.

Sacudo a cabeça.

— Você não está entendendo. Essas obras de arte valem milhões. A Sotheby's é sinônimo de prestígio.

— E isso é importante para você?

Fico olhando o fogo. Chamas são a única coisa que nunca dá para replicar na arte. No momento em que se tornam estáticas na pintura, perdem a magia.

— Sim — respondo. — Eu e o meu melhor amigo, o Rodney, planejamos a nossa ascensão meteórica na empresa desde que nos conhecemos, há nove anos.

— Rodney — repete Gabriel. — Seu namorado não se importa de o seu melhor amigo ser um homem?

— Não, Gabriel — digo bruscamente —, porque o meu namorado e eu não vivemos na Idade das Trevas. Além disso, o Rodney é... bom, é o Rodney. Ele é negro, gay e do sul, ou, como ele mesmo diz, uma trifeta premiada.

Olho com atenção para Gabriel enquanto digo a palavra *gay*, avaliando sua reação. Não posso contar as confidências de Beatriz, mas fico imaginando qual seria a reação dele se ela tivesse coragem de lhe confiar esse segredo. Gabriel nem pestaneja.

— Tem muita gente LGBTQIA+ aqui? — pergunto, descontraída.

— Não sei. O que as pessoas fazem na vida particular é da conta delas. — Ele dá de ombros, com um leve sorriso. — Mas, quando eu era guia turístico, os casais gays sempre davam as melhores gorjetas.

Abraço os joelhos.

— Como você virou guia turístico?

Não imagino que ele vá responder, visto que mantém essa parte de sua vida — e a subsequente saída dela — para si. Mas Gabriel não parece se importar.

— Quando meus pais passaram a lua de mel em Isabela, nos anos 80, a ilha tinha uns duzentos habitantes, e eles quiseram ficar. Trouxeram minha avó do continente. Meu pai adorava este lugar. As pessoas o chamavam de *El Alcalde*, o prefeito, porque ele não parava de falar que Isabela era incrível a todos que desembarcavam em Puerto Villamil. Ele não tinha formação para ser guarda-florestal, então virou guia turístico.

Gabriel olha para mim através do fogo.

— Quando eu era adolescente, esperava-se que eu entrasse nos negócios da família. Eu participava das atividades com ele fazia anos, mas não de um jeito oficial. É preciso fazer um curso de sete meses para ser um guia certificado pelo governo do Equador. Tem que estudar biologia, história, história natural, genética, línguas. Professores do mundo todo vêm para cá, das universidades de Viena, da Carolina do Norte, de Miami, e pedem aos guias que deem continuidade às pesquisas deles quando estão fora da ilha. Às vezes, por exemplo, acabamos tirando fotos de tartarugas-verdes e mandamos para um cientista pra que ele possa rastreá-las pela ilha para a pesquisa dele. Às vezes eles nos pedem para documentar comportamentos aparentemente únicos de pinguins.

— Eu fui mordida por um — digo, esfregando o braço. — Quando cheguei aqui.

— Isso é um comportamento único — diz Gabriel, rindo. — Geralmente eles são muito tímidos, mas, com o isolamento, parece que querem se aproximar mais dos humanos. Mesmo que seja para machucá-los. — Ele cutuca o fogo com um pedaço de pau. — Houve um tempo, acredite, em que eu pensei que seria o biólogo marinho, não o guia turístico que faz o trabalho braçal.

— E o que aconteceu?

— A Beatriz — diz ele, com um leve sorriso. — Minha ex, a Luz, engravidou quando tínhamos dezessete anos. E nos casamos.

— E aí você não virou biólogo marinho.

Ele sacode a cabeça.

— Os planos mudam. Merdas acontecem.

— A Beatriz me contou que a mãe dela... foi embora.

— É uma maneira educada de dizer — diz Gabriel. — A verdade é que não ficamos juntos porque não pertencíamos um ao outro. Nem tendo uma filha. Eu aprendi da maneira mais difícil que não devemos ficar com alguém só por causa do passado que temos juntos. O mais importante é se ambos desejam as mesmas coisas para o futuro. A Luz achava que era nova demais para ser mãe e estava sempre procurando a saída de emergência. Só não imaginei que essa saída seria um fotógrafo da *National Geographic*. — Ele me olha. — Bem diferente de você e seu namorado, tenho certeza.

Fico grata pela escuridão, porque assim ele não pode ver o rubor nas minhas bochechas. Finn e eu somos o casal que nossos amigos marcam com #*casalmodelo*. Sempre que Rodney chorava por causa de mais um fim de namoro, eu me enroscava nos braços de Finn na cama e, em silêncio, agradecia por termos nos encontrado. Eu confio nele e ele confia em mim. Nosso relacionamento é constante e estável, e sei exatamente o que esperar. Vou conseguir minha promoção; ele vai receber uma bolsa de pesquisa. Vamos nos casar em um vinhedo no interior (tudo de bom gosto, não mais que cem convidados, com banda, não DJ, e um juiz de paz para oficializar a união); passar a lua de mel na Costa Amalfitana; comprar uma casa nos arredores da cidade durante o primeiro ano da bolsa de pesquisa dele; ter nosso primeiro filho no segundo ano e o irmãozinho dois anos depois. Sinceramente, o único ponto de discórdia é se teríamos um bernese ou um springer spaniel inglês. Sempre acreditei que Finn e eu estávamos tão sintonizados que mesmo uma separação forçada como esta não abalaria nossa solidez. Mas levei apenas três semanas para me sentir desconectada; para que a dúvida crescesse como erva daninha, de um modo tão insidioso que é até difícil ver o que antes florescia naquele canteiro.

Ainda por cima, há o pensamento mesquinho de que Finn sugeriu que eu viajasse sem ele esperando que eu *não* viajasse, como se fosse um teste de relacionamento no qual fui reprovada. E talvez eu seja igualmente culpada por não insistir em ficar. Mas também sei que focar nesse único momento de falha de comunicação me impede de examinar uma verdade mais dolorosa e assustadora: aqui em Isabela, às vezes eu esqueço de sentir falta dele.

Posso explicar. No começo, fiquei distraída tentando descobrir como arranjar teto e comida. Eu pensava em Beatriz e em como evitar que ela se cortasse. Fiquei literalmente desconectada por falta de tecnologia.

Mas, se a pessoa tem que se *lembrar* de sentir falta do amor de sua vida... isso significa que aquele não é o amor de sua vida?

Colo um sorriso no rosto e concordo com a cabeça.

— Sou uma mulher de sorte — digo. — Quando Finn e eu estamos juntos, é perfeito.

E quando não estamos?

— Finn — repete ele, lentamente. — Sabe o que é *finning*?

— É algo relacionado a sexo?

Seus dentes brilham.

— É quando frotas chinesas enormes pescam toneladas de tubarões. Eles cortam as barbatanas para fazer sopa e remédios tradicionais, depois deixam os tubarões para morrer no oceano.

— Que coisa *horrível* — digo, pensando que, agora, sempre vou associar isso ao nome de Finn.

Talvez fosse isso que Gabriel pretendesse.

— Essa é a parte do paraíso que as pessoas não veem — diz ele.

— Você acha que sou uma pessoa horrível por estar aqui? — pergunto baixinho.

— Como assim?

— Faz semanas. Talvez eu devesse ter me esforçado mais para voltar pra Nova York.

Ele olha para mim.

— A não ser que você crie asas, não sei como isso poderia acontecer.

Levanto o olhar.

— A seleção natural favorece quem tem asas.

Ele sorri.

— Acho que tudo é possível. Mas talvez leve milhares de anos para você evoluir.

Esfrego o rosto com as mãos.

— Se você lesse os e-mails dele, Gabriel... Está tudo tão ruim. Ver todos aqueles pacientes morrerem lentamente está acabando com ele, e não posso fazer nada para ajudar.

— Mesmo que você estivesse lá, talvez não pudesse fazer nada. Algumas merdas as pessoas têm que resolver sozinhas.

— Eu sei. Mas me sinto tão... impotente.

— Imagino que você deve se sentir enjaulada, sem poder chegar até ele. Mas talvez só você esteja vendo isto como uma jaula.

— Como assim?

— Se fosse comigo — diz ele, olhando para o fogo — e você fosse a pessoa que eu amo... eu ia querer você o mais longe possível, para poder lutar contra os monstros sem ter que me preocupar com a sua segurança.

— Um relacionamento não é isso — argumento. — Isso é... é como uma linda obra de arte que você não mostra porque tem medo que estrague. Então você a encaixota e guarda, e ela não te dá nenhuma alegria ou beleza.

— Quanto a isso, eu não sei — diz Gabriel suavemente. — Mas e se for uma coisa que, para proteger, você lutaria até com o diabo, para um dia poder estar com ela de novo?

Suas palavras me provocam um arrepio na espinha. Abro meu saco de dormir e entro nele. Cheira a sabão e sal, como Gabriel. Deito, com a cabeça ainda girando um pouco por causa da bebida, e fico olhando o céu noturno. Gabriel faz o mesmo, mas deita em cima do saco de dormir, com os braços cruzados sobre a barriga. Minha cabeça e a dele quase se tocam.

— Quando eu era pequeno, meu pai me ensinou a me orientar pelas estrelas — murmura ele.

Noto sua voz embargada e percebo que, de tudo que ele me disse esta noite, a única coisa que não revelou foi por que é fazendeiro e não guia turístico. *Os planos mudam*, disse. *Merdas acontecem.*

— Seu senso de direção era muito ruim? — pergunto, tentando quebrar a tensão, inutilmente.

O fogo sibila no silêncio entre nós.

— Tudo que vemos no céu noturno aconteceu há milhares de anos, porque a luz demora muito para chegar até nós — diz Gabriel. — Sempre achei estranho o fato de os marinheiros se guiarem por um mapa do passado para saber aonde irão no futuro.

— É por isso que eu amo arte — comento. — Quando estudamos a proveniência de uma obra, vemos a história. Descobrimos o que as pessoas queriam que as gerações futuras lembrassem.

O céu parece uma tigela de purpurina virada. Não me lembro de já ter visto tantas estrelas. Penso no teto do Grand Central Terminal, que restaurei com meu pai. É difícil identificar as constelações aqui, e percebo que é porque, no equador, é possível ver as constelações dos hemisférios norte e sul. Encontro a Ursa Maior, e também o Cruzeiro do Sul, que normalmente fica escondido para mim.

É como se eu estivesse bisbilhotando.

— Normalmente eu não consigo ver o Cruzeiro do Sul — digo baixinho. Eu me sinto meio desorientada, como se o planeta inteiro tivesse saído do curso.

Fico imaginando se eu tinha que vir para esta metade do mundo, só para vê-lo de uma maneira totalmente diferente.

Depois de um tempo, Gabriel pergunta:

— Foi bom o seu aniversário?

Olho de relance para ele. Está deitado de lado. Percebo que, enquanto eu olhava o céu, ele olhava para mim.

— O melhor — digo.

De: FColson@nyp.org
Para: DOToole@gmail.com

Às vezes eu me pergunto se um dia vou fazer uma cirurgia de apêndice de novo. Sou cirurgião, eu conserto as coisas. Infecção de vesícula? Deixa comigo. Reparação de hérnia? É comigo mesmo. Quando tenho um paciente na UTI, é temporário, uma complicação da cirurgia que eu sei como resolver. Mas, com a covid, não consigo consertar nada. Fico só monitorando a situação, isso se eu tiver sorte.

Além disso, sou residente, o que significa que eu deveria estar aprendendo, mas não estou aprendendo nada.

Sou bom no que faço. Só não sei se o que faço ainda é bom para mim.

Há três dias, quando saí do hospital, 98% dos leitos da UTI estavam ocupados e todos os meus pacientes estavam no oxigênio, morrendo. A caminho de casa, liguei para o meu pai. Ele votou no Trump, você sabe, por isso eu não devia ter ficado surpreso quando ele disse que os números dos casos de covid estão sendo aumentados de propósito e que o lockdown é pior que a doença.

Eu entendo que nem todo mundo está lidando pessoalmente com o vírus. Mas negá-lo já é demais.

Desliguei na cara dele.

Merda. Acabei de lembrar do seu aniversário.

Sempre perguntavam para a minha mãe como ela "dava conta" — fazia malabarismo com os papéis de esposa, mãe e uma das mais renomadas fotógrafas de tragédias do século. Na vida real, a resposta era simples: ela *não* dava conta. Meu pai fazia a maior parte, e, se a maternidade e a carreira fossem postas na balança, o prato penderia para a última. Nas entrevistas, ela sempre contava a mesma história, sobre a primeira vez que me levou ao pediatra. Vestiu em mim meu macacão de neve, pegou a bolsa, colocou o carrinho dobrável e a bolsa de fraldas no carro e foi embora, me deixando na cadeirinha de bebê, no chão da cozinha. Foi só no estacionamento do médico que ela percebeu que havia esquecido a filha.

Minha mãe nunca me contou essa história diretamente, mas eu tinha visto tantos vídeos das entrevistas dela na internet que sabia em que momento ela fazia uma pausa para dar um efeito dramático, a parte em que sorria com ironia, a parte em que revirava os olhos, assumindo a própria distração. Era uma representação, mas minha mãe nunca saiu da personagem. Ela e o entrevistador sempre riam, com charme, como se dissessem: *O que se há de fazer?*

E o bebê?, eu pensava, como se não fosse eu, como se eu fosse uma mera observadora. *O que há de remotamente engraçado nisso?*

> *Finn...*
> *Ontem à noite eu tive um sonho muito vívido com você. Alguém tinha me sequestrado e me dopado, e eu estava em um porão sem portas nem janelas, sem ter como escapar. Eu estava amarrada a alguma coisa, um poste ou uma cadeira, e de repente você estava lá, vestindo uma fantasia. Não consegui ver a metade de baixo do seu rosto, mas sabia que era você pelos olhos e porque senti o cheiro do seu xampu. Você me dizia para ficar acordada que você ia me tirar de lá, mas eu não conseguia manter os olhos abertos. Aí percebi que não estávamos sozinhos. Tinha outra mulher com você, e ela também estava fantasiada.*
> *Eu era a única que não tinha sido convidada para a festa.*

Por volta da quarta hora de uma caminhada de sete até o vulcão Sierra Negra, eu me pergunto por que, exatamente, Gabriel achou que esse seria um bom presente de aniversário para alguém. Estou com calor, suada e queimada de sol quando chegamos a uma árvore pequena com uma pedra preta na forquilha de seus galhos.

— Aqui é onde os turistas deixam as mochilas para passar a noite — diz Gabriel, sacudindo os ombros para se desfazer do peso do equipamento. — Alguns pernoitam antes de descer até a cratera. Ninguém pode subir aqui sem um guia ou guarda-florestal.

Estamos violando o toque de recolher, Gabriel não é mais guia e o vulcão está ativo. O que poderia dar errado?

Até aqui, subimos por caminhos de terra, entre uma vegetação densa e luxuriante. A trilha começa oitocentos metros acima do nível do mar, conta Gabriel, e, quando se chega ao vulcão, a altura é de mil metros. Da mochila, ele tira o almoço que Abuela preparou: potes de plástico com arroz e frango e uma barra de chocolate — que dividimos — já amolecida pelo calor. Estico as pernas e olho meus tênis sujos de terra.

— Quanto falta? — pergunto.

Ele sorri, seus olhos ensombrados por um boné.

— Está parecendo a Beatriz quando era pequena.

Tento imaginar Beatriz, esperta e exigente, como uma menininha.

— Aposto que ela dava trabalho.

Gabriel pensa por um instante.

— Na medida certa.

— Não pense que eu não percebi que você ignorou a minha pergunta.

— Você vai saber — diz ele. — Confie em mim.

E eu confio, percebo.

Recolhemos nosso lixo e guardamos na mochila de Gabriel. Seguimos num ritmo tranquilo até o topo da cratera.

— Quais são as chances de isso aqui bancar o Etna pra cima da gente? — pergunto.

— Quase zero — afirma Gabriel. — Doze sistemas geológicos monitoram os tremores, e ele dá muitas dicas antes de entrar em erupção, o que acontece a cada quinze anos ou mais. Eu estava aqui da última vez. Meu pai e eu caminhamos e dormimos no chão quente, como se tivesse canos aquecidos embaixo da gente. Ele me ensinou a analisar o vento e a inclinação, para não acabarmos no caminho da lava. Tiramos fotos quando aconteceu. Lembro que dava pra ver a lava laranja nas rachaduras do solo, uns trinta centímetros abaixo da terra. Meus sapatos grudaram nas pedras, porque as solas derreteram.

— Quando foi isso?

— Em 2005. Eu era adolescente.

Faço as contas.

— Então... este vulcão está *prestes* a explodir?!

— Se isso faz você se sentir melhor, a placa tectônica das Galápagos está se deslocando para o leste. Por isso, embora o vulcão esteja no mesmo lugar, a lava flui principalmente para oeste agora, o que significa que as erupções não são mais tão perigosas para as pessoas que vivem aqui.

Isso não me faz sentir melhor, mas, antes que eu possa dizer algo, surge a cratera.

Ela se destaca em contraste com o verde exuberante que a embala. É preta, quase dez quilômetros, esparramada sob uma névoa. Parece desolada e estéril, de outro mundo. Andamos ao longo do precipício, e vejo o oceano e a rica cor de esmeralda das montanhas à direita, mas também as espirais escuras da cratera à esquerda. É como estar na linha entre a vida e a morte.

Temos que descer até a cratera, atravessá-la e depois andar até a fumarola — a parte ativa do vulcão. Enquanto caminhamos pelo ventre queimado da cratera, com seus remoinhos de lava carbonizada, é como se estivéssemos atravessando um planeta distante. Sigo atrás de Gabriel, pisando onde ele pisa, como se um movimento errado pudesse me lançar no centro da Terra.

— Sabe — diz ele por cima do ombro. — Você está diferente de quando te vi pela primeira vez.

Olho para mim mesma. Eu sei, porque me olho no espelho do banheiro, que meu cabelo está mais claro por causa do sol. Meu short está folgado, provavelmente porque não estou comendo todos os dias no Sant Ambroeus, o café no prédio da Sotheby's, e porque tenho corrido e caminhado bastante, não só me apressado para o trabalho. Gabriel diminuiu a velocidade e agora estamos ombro a ombro, e ele me vê fazendo uma autoavaliação.

— Não fisicamente. *Aqui dentro* — diz ele, levando a mão ao coração.

Ele retoma a caminhada e eu acompanho seu ritmo.

— Você chegou como qualquer outro turista. Toda organizada, com a lista de fotos para tirar e postar no Instagram: das tartarugas, dos leões-marinhos, dos atobás...

— Eu não vim com uma *lista* — rebato.

Ele ergue uma sobrancelha.

— Não?

Talvez não literalmente, mas, claro, havia coisas que eu queria fazer em Isabela. Coisas turísticas, porque de que adianta riscar algo da lista de desejos se...

Merda. Eu tinha uma lista.

— Os turistas vêm pra cá dizendo que querem ver Galápagos, mas não querem. Querem ver o que já viram nos guias ou na internet. A verdadeira Isabela é feita de coisas para as quais a maioria das pessoas não liga. Como a feira, onde se pode trocar um par de botas de borracha por uma lagosta fresca. Ou a maneira como as pessoas que vivem aqui marcam um caminho: não com uma placa de madeira, mas com uma rocha vulcânica fixada no entalhe de uma árvore. Ou o gosto da comida que você mesmo planta. — Ele olha para mim. — Os turistas vêm com um roteiro. Os moradores só... vivem.

— Gabriel Fernandez — digo —, isso foi um elogio?

Ele ri.

— Isso *foi* o seu presente de aniversário.

— Você deve ter visto muitos americanos feios — comento. — Não fisicamente feios, mas mimados e arrogantes.

— Nem tantos. Muitos turistas veem como a natureza é quando está selvagem, quando não é contida e confinada em doze quarteirões da cidade ou no zoológico, e ficam... sensibilizados. Dá pra ver que ficam pensando: *O que podemos fazer para garantir que essas maravilhas continuem aqui, para que outras pessoas vejam? Como posso manter o meu canto do planeta vivo, como ajudar?* A melhor coisa de ser guia turístico sempre foi plantar uma sementinha na cabeça das pessoas e saber que, mesmo que eu não estivesse lá para ver, ela cresceria.

Considerando como ele me desprezou por ser uma turista quando nos conhecemos, fico me perguntando o que foi que mudou.

Sinto o nariz coçar — a primeira pista de que chegamos à fumarola. O chão preto vai clareando até ficar meio amarelado. Só o que sinto é cheiro de enxofre. Em vez dos remoinhos de lava resfriada, há infinitas pedrinhas que se deslocam sob meus tênis com um leve tilintar e vapores que saem de aberturas termais.

— Ali — diz Gabriel, apontando para um poro na terra, de onde sai uma fumaça verde-limão.

Estou a dois metros de distância de um vulcão ativo.

— Por que você parou? — pergunto.

Ele vira para mim.

— Porque nadar em magma não é muito interessante.

— Não — digo. — Por que você parou de ser guia turístico?

Ele não responde, e presumo que vai me ignorar, como antes. Mas parece que há algo nesta paisagem primitiva e em nossa proximidade com o coração pulsante do planeta, porque Gabriel afunda no solo ictérico e começa do começo.

— Estávamos guiando um passeio, íamos mergulhar em Gordon Rocks — diz ele enquanto me acomodo à sua frente, nossos joelhos quase se tocando. — Eram doze mergulhadores, e já tínhamos feito isso centenas de vezes. Meu pai e eu saímos cedo para verificar as condições, que é o que o guia deve fazer. Eu entrei na água e ele ficou no barco. Havia uma leve correnteza perto da superfície, nada de mais. — Ele olha para mim. — Gordon Rocks é um penhasco submerso, só um pequeno triângulo de rocha fica acima da superfície. Voltamos ao barco dos clientes e passamos as informações de segurança. Como eram muitos mergulhadores, pegamos duas pangas. Todos receberam as mesmas instruções: descer seis metros o mais rápido possível e virar à direita. Só que aí, quando estávamos embaixo d'água, ficou claro que as condições tinham mudado. A correnteza se tornou rápida e profunda.

Gabriel olha para o horizonte, mas sei que ele não está vendo a paisagem à nossa frente.

— Um grupo de mergulhadores se espalhou à direita do penhasco, e um deles, que não era tão experiente, foi sugado pela correnteza à esquerda e arrastado para o fundo. Meu pai apontou para os outros e fez um sinal — Gabriel junta os dedos indicadores —, que era para eu ficar perto deles. Eu sabia que ele iria atrás do outro mergulhador. Eu o vi nadar para dentro da correnteza e, quando não pude mais vê-lo, fui atrás dos outros.

Ele sacode a cabeça.

— Os mergulhadores estavam agarrados à face da rocha. Fui até eles, comecei a levá-los para a superfície e coloquei uma boia para o condutor da panga recolher os caras. O barco já estava uns oitocentos metros ao norte, pegando outros que tinham emergido a certa distância. Isso durou um tempo: eu vasculhando a água, tentando ver a cabeça dos mergulhadores e me certificando de que a panga apanhasse todos eles. Quando terminou, contei onze mergulhadores e eu, mas meu pai e o último mergulhador ainda não tinham subido. Corremos para a esquerda da rocha. Eu estava com os binóculos do condutor da panga e olhava fixamente para a superfície, procurando qualquer coisa que se mexesse. Mas o oceano...

A voz de Gabriel falha.

— O oceano é tão grande, caramba.

Ele se cala; pego sua mão e a aperto, descansando nossos punhos no meu joelho.

— Depois de uma hora, eu já sabia que ele não podia estar vivo. Na profundeza em que estava, ele podia ter sido arrastado pela corrente uns trinta metros ou mais. A porcentagem de oxigênio nos tanques era para mergulho raso, e ele sabia que ir mais fundo ia mexer com seu cérebro e com sua capacidade de agir. Ele só teria ar suficiente para dez ou quinze minutos, no máximo. Entre nadar para alcançar o mergulhador perdido, inflar o colete do homem e soltar o cinto de lastro, meu pai teria levado muito mais tempo que isso.

Penso na morte do meu pai. Eu não estava com ele e foi muito rápido, mas pude ver seu corpo no hospital. Lembro que segurei sua mão fria e não queria soltar, porque sabia que seria a última vez que o tocaria.

— Seu pai já... — começo. — Ele já foi... — Mas não consigo terminar.

Gabriel sacode a cabeça.

— O corpo de quem se afoga no mar não volta à superfície — diz ele, baixinho.

— Sinto muito. Que acidente horrível.

Ele ergue o olhar.

— Acidente? Foi tudo culpa minha.

Atônita, olho para ele.

— Como?

— Eu verifiquei as condições. É evidente que entendi errado...

— Ou elas mudaram...

— Nesse caso, eu devia ter ido atrás do mergulhador — insiste Gabriel. — E meu pai ainda estaria vivo.

E você não, penso.

Ele vira a cabeça para não me olhar.

— Não consigo mais guiar grupos sem pensar na merda que eu fiz. Não consigo mergulhar sem pensar que o corpo dele vai aparecer boiando à minha frente. Estou construindo aquela casa e plantando porque tenho que estar exausto no fim do dia, para poder dormir sem ter pesadelos com o que ele deve ter pensado naqueles últimos minutos.

Fico um tempo calada.

— Ele deve ter pensado que o filho estava seguro — digo por fim.

Gabriel passa a palma da mão nos olhos, e eu finjo não perceber. Ele fica em pé e usa seu peso para me levantar.

— É melhor a gente voltar — diz. — A viagem de volta não é mais curta.

Ao nosso redor, a fumaça sobe de pequenos bolsões no solo, como se estivéssemos dentro de um cadinho. É pré-histórico e distópico, mas, olhando de perto aqui e ali, se veem brotinhos e caules verdes. Coisas crescendo no meio do nada.

Durante todo o trajeto de volta, enquanto passamos pelas fumarolas e pelo bocejo escuro da cratera, Gabriel não solta minha mão.

Uma hora depois, o sol já está baixo no céu e chegamos à árvore torta com a rocha vulcânica preta onde Gabriel deixou a mochila mais pesada. Vemos o vulto dela encostado na árvore, mas também há outra sombra. À medida que nos aproximamos, vai ficando claro que é uma pessoa. Procuro no bolso a máscara que não estava usando quando estávamos só eu e Gabriel, mas então percebo que é Beatriz. Ela corre para nós assim que nos vê.

— Você precisa voltar *agora* — diz ela, e coloca um papel na minha mão.

É um e-mail, impresso no papel timbrado do hotel.

De: The Greens
Para: Casa del Cielo

Para entrega imediata à hóspede Diana O'Toole.

stamos tentamos falar com você. Entre em contato o mais rápido possível. Sua mãe está morrendo.

Corremos pelo caminho de volta à casa de Gabriel, mas a distância parece ainda maior que de manhã. Ao longe, ouço Beatriz explicar ao pai como a mensagem chegou — algo sobre Elena e um curto-circuito que causou um pequeno incêndio na despensa do hotel; ela foi até lá com o primo para ele religar e consertar os circuitos e, para se certificar de que tudo estava funcionando direitinho, ligou os computadores da recepção e viu uma série de e-mails, um mais urgente que o outro, tentando entrar em contato comigo. Ouço Gabriel pedir a Beatriz que telefone para Elena, para que o wi-fi esteja ligado quando chegarmos lá.

Mesmo assim, são duas horas para deixar Beatriz na fazenda e seguir no jipe enferrujado de Gabriel até o hotel em Puerto Villamil. Dessa vez, Elena não flerta. Ela nos encontra na porta, com os olhos escuros e preocupados.

Meu celular vibra, conectando-se automaticamente à rede. Ignoro a enxurrada de e-mails e mensagens que irrompem por essa pequena fenda na barragem de silêncio de Isabela. Abro o FaceTime, na última chamada que fiz para a clínica, e chamo.

Outra enfermeira, que não conheço, atende desta vez. Está de máscara e com um protetor facial.

— Sou a filha de Hannah O'Toole — digo, sem conseguir respirar. — Minha mãe...?

Os olhos dela se suavizam.

— Vou levá-la até ela — diz a enfermeira.

O cenário gira quando ela se desloca com o aparelho na mão. Fecho os olhos ao sentir vertigem pela expectativa de ver o apartamento familiar da minha mãe. Mas é o rosto da enfermeira que aparece de novo.

— É melhor se preparar, ela descompensou muito rápido. Está com pneumonia por causa da covid — diz a enfermeira. — Mas não são só os pulmões dela que estão falhando. Os rins, o coração...

Engulo em seco. Já se passaram duas semanas desde que a vi na chamada de vídeo. Eu usei o telefone de Abuela para ligar para a clínica duas vezes, e, há poucos dias, me disseram que o estado dela era estável. Como tanta coisa pode ter dado errado nesse meio-tempo?

— Ela está... acordada?

— Não — responde a enfermeira. — Está fortemente sedada. Mas você pode falar com ela; a audição é o último sentido a desaparecer. — Ela faz uma pausa. — É hora de dizer adeus.

Um instante depois, estou olhando para um espectro deitado em uma cama de hospital, com as cobertas puxadas até o queixo. Seu rosto está encovado, desbotado, e ela suga o ar em pequenos goles. Tento associar essa imagem da minha mãe com a mulher que se escondia em bunkers em zonas de guerra para poder registrar as coisas terríveis que os humanos fazem uns com os outros.

A raiva toma conta de mim. Por que ninguém está fazendo *nada* para ajudá-la? Se ela não consegue respirar, existem máquinas para isso. Se o coração dela parar...

Se o coração dela parar, eles não vão fazer nada, porque eu assinei uma ordem de não ressuscitação quando ela foi internada na The Greens. Com demência, não fazia sentido prolongar a vida dela com medidas atenuantes.

Estou desconfortavelmente ciente de que a enfermeira está segurando o iPad ou o celular, esperando que eu fale. Mas o que devo dizer a uma mulher que não se lembra de mim agora e se esqueceu de mim no passado?

Quando ela reapareceu na minha vida, já com Alzheimer, eu me convenci de que colocá-la em uma clínica era um ato de consideração maior do que ela jamais havia tido por mim. Ela não podia morar comigo no meu apartamento minúsculo, nem ia querer, visto que éramos pouco mais que estranhas. Então, encontrei uma maneira de usar o trabalho dela para financiar suas despesas, pesquisei e encontrei a melhor clínica para pessoas com demência, acomodei-a lá e me congratulei por minha boa ação. Estava tão ocupada me parabenizando por ser mais filha para ela do que ela jamais foi mãe para mim que não percebi que havia acabado de acentuar a distância entre nós. Não usei esse tempo para conhecê-la melhor nem para me tornar alguém em quem ela confiasse. Para não me decepcionar de novo, eu me protegi não cultivando nosso relacionamento

Assim como Beatriz fez, penso.

Limpo a garganta.

— Mãe... sou eu, Diana. — Hesito e acrescento: — Sua filha.

Espero, mas não há absolutamente nenhuma indicação de que ela me ouve.

— Queria estar aí...

Queria mesmo?

— Eu queria que você soubesse...

Engulo a dor e as lembranças que rugem dentro de mim. Vejo meu pai pendurando um mapa gigante na parede do meu quarto, me ajudando a pregar percevejos em cada país onde minha mãe estava quando não estava conosco. Lembro que, quando o retorno dela era inevitavelmente adiado, ele me distraía, me deixando escolher uma cor, depois fazia uma refeição inteira monocromática. Penso no calor do meu constrangimento aos treze anos, quando tinha que explicar ao meu pai que estava menstruada. Nas ligações telefônicas instáveis em que eu fingia que minha mãe estava dizendo algo diferente de: "Você sabe que eu estaria aí no seu aniversário/recital/Natal, se pudesse". Nas noites em que eu ficava deitada na cama, envergonhada por querer que ela fosse simplesmente minha mãe, sendo que o que ela fazia era muito mais importante.

Me sentindo esquecida.

E, neste segundo, olhando através de uma tela para alguém que nunca conheci, não confio em minhas palavras, porque tenho medo do que posso dizer.

Você também não estava comigo quando eu precisava.

Estamos quites.

E então a ligação cai.

Elena tenta reiniciar o modem três vezes. Em uma delas, a chamada de vídeo é atendida, mas a imagem congela e fica preta. Quando Gabriel e eu estamos voltando em seu jipe, passando pela rua principal de Puerto Villamil, com um vislumbre de sinal de celular, chega a mensagem.

> Sua mãe faleceu hoje às 18h35. Nossas mais profundas condolências por sua perda.

Gabriel olha para mim.
— Ela...
Assinto.
— Posso fazer alguma coisa? — pergunta ele.
Sacudo a cabeça.
— Só quero ir para casa.

Ele me acompanha até a porta do apartamento; noto que está tentando encontrar as palavras para perguntar se deve ficar. Antes que ele fale algo, agradeço e digo que só quero me deitar. Espero até ouvir seus passos no andar de cima e o imagino contando a Abuela e Beatriz que minha mãe morreu.

Prendo a respiração, esperando que essas palavras entrem no meu sangue.

Pego o celular e olho a mensagem da The Greens, então a apago.

É fácil assim remover alguém da sua vida.

Mas, ao mesmo tempo que penso isso, percebo que não é necessariamente verdade.

A morte da minha mãe não é nada comparada à do meu pai. Naquela época, foi como um rasgo no tecido do meu mundo, e, por mais que eu tentasse, não conseguia fechar o buraco. Mesmo agora, quatro anos depois, enquanto vivo meu dia, às vezes roço nessa costura e dói demais.

Encontro uma garrafa de aguardente no armário — Gabriel me deu uma depois do acampamento, com uma caixa cheia de vegetais frescos para as refeições desta semana. Como não tenho copo de shot, sirvo um pouco em um copo de suco. Dou de ombros e encho até a boca. Tomo um belo gole, deixando o fogo me atravessar.

Agora, só quero encher a cara.

Tiro a roupa, a mesma com que fiz a caminhada até o vulcão (foi hoje?), e abro o chuveiro. Embaixo da água corrente, como se agulhas perfurassem minha pele, digo a palavra em voz alta: *Órfã*. Não sou filha de mais ninguém agora. Sou uma ilha, igual a esta em que estou presa.

Há uma logística para resolver: enterro, funeral, a conta do apartamento dela na clínica. Neste momento, pensar nisso é exaustivo.

Visto uma calcinha limpa e uma das velhas camisetas de Gabriel, que chega até minhas coxas. Tranço o cabelo para tirá-lo do rosto. Então sento à mesa com a garrafa de aguardente e encho meu segundo copo.

— Mãe — digo, sentindo na boca o amargor desse título. — A você.
— E tomo outro gole.

Amanhã, a imprensa do mundo todo terá anunciado sua morte. Os obituários serão retrospectivas de sua carreira, desde sua primeira participação em uma zona de guerra até o Pulitzer que ela ganhou em 2008 por fotos de uma manifestação de rua em Mianmar que acabou ficando violenta.

A cerimônia de premiação foi realizada com um almoço chique em Nova York no fim de maio. Minha mãe compareceu. Meu pai não.

Ele estava na arquibancada, na minha formatura do ensino médio, aplaudindo quando atravessei o palco para pegar meu diploma.

Descanso a cabeça sobre os braços cruzados e vasculho a memória em busca de uma única pérola de lembrança da minha mãe. Com certeza, deve haver uma.

Descarto uma após a outra. Elas começam de maneira positiva — uma viagem de trabalho na qual a acompanhei; ela abrindo um presente de Dia das Mães que eu fiz na pré-escola; ela diante de uma pintura minha em uma exposição estudantil, inclinando a cabeça, absorvendo-a. Mas cada uma dessas lembranças logo se revela, picada por um espinho de interesse próprio: uma promessa de passeio quebrada quando algo surgiu na viagem de trabalho; um telefonema de seu agente interrompendo a entrega do presente; uma crítica contundente e brutal à minha pintura, em vez de um mínimo elogio.

Você me odiava tanto assim?, pergunto.

Mas eu já sei a resposta: *Não*. Para odiar uma pessoa, é preciso, primeiro, considerá-la digna de nota.

Então, algo assoma em minha consciência.

Eu, pequena, e minha mãe colocando filme na câmera. É uma caixa preta mágica, sei que não devo encostar nela, bem como não devo entrar naquela câmara escura dela, que tem brilho de pesadelo e cheiro de produto químico. Ela equilibra a maquininha sobre os joelhos e enrola delicadamente o filme escorregadio até que os dentes se prendam. Faz uns cliques suaves.

"Quer ajudar?", pergunta ela.

Minhas mãos são miúdas e desajeitadas, então ela cobre meus dedos com os dela, circundando a alavanquinha até o filme ficar esticado. Ela fecha o corpo da câmera, levanta-a e foca meu rosto. E tira uma foto.

"Pronto", diz. "Agora você."

Ela me ajuda a erguer a câmera e posiciona meu dedo no obturador. Eu a vi fazer isso milhares de vezes. Mas não sei enquadrar a foto pelo visor. Realmente não sei o que olhar, de jeito nenhum.

Minha mãe ri quando aperto o obturador com tanta força que a máquina tira uma enxurrada de fotos; o som é como de um coração batendo forte.

Me ocorre, agora, que nunca vi essas fotos. Talvez ela tenha revelado e feito uma colagem maluca de parede, teto e tapete embaçados. Talvez eu não tenha batido uma foto dela.

Mas talvez isso não importe. Por um segundo, foi a *minha* vez.

Lembranças novas podem ser afiadas, e imagino que essa vá tirar sangue. Mas... nada acontece. Na verdade, é ainda mais deprimente estar sentada aqui, a meio mundo de distância, agarrada a cinco segundos de maternidade e desejando que tivessem sido mais.

— Diana?

Ergo a cabeça e vejo Gabriel parado à minha frente. Pestanejo quando ele acende a luz. Nem notei que tinha escurecido.

— Eu ia voltar para casa — diz ele —, mas quis ver como você estava.

— Ainda sóbria, é assim que eu estou. — Empurro a garrafa sobre a mesa. — Bebe comigo. — Ele não se senta, e eu encho meu copo mais uma vez. — Acho que você vai me dizer que eu não devia encher a cara.

Gabriel pega um copo de suco do armário e se serve. Então senta à minha frente.

— Se existe um momento bom para encher a cara, é quando perdemos alguém que amamos. Sinto muito, Diana.

— Eu não — sussurro.

Ele me encara.

— Pronto — digo —, agora você sabe o meu segredo. Eu sou uma pessoa horrível e perturbada. Minha mãe morreu e eu não sinto nada. — Ergo o copo na direção dele. — É por isso que estou bebendo.

Viro a bebida, mas desce errado. Tossindo e cuspindo, eu me inclino para a frente, tentando recuperar o fôlego. É como aspirar fogo.

Quando começo a ver estrelas, sinto uma mão nas minhas costas, se movendo em círculos.

— Respira — diz Gabriel. — Calma.

Minha garganta queima e meus olhos lacrimejam, e não sei se é porque eu estava sufocando ou porque estou chorando, mas também não sei se faz diferença.

Gabriel está agachado ao meu lado. Ele tira um lenço do bolso e me estende para eu enxugar o rosto, mas as lágrimas não param. Um instante depois, ele prageja baixinho e me abraça. Fico soluçando, com o rosto escondido em seu pescoço.

Não sei quando o ar volta a entrar e sair dos meus pulmões nem quando paro de chorar. Mas começo a notar o movimento rítmico da mão de Gabriel do alto da minha cabeça até a ponta da trança. Seus lábios na minha têmpora. Sua respiração acompanhando o ritmo da minha.

— Você não é perturbada — diz ele. — Você sente.

Quando ele me beija, parece a coisa mais natural do mundo. Enrosco os dedos em seus cabelos, desejando me aproximar mais. Estou respirando com dificuldade de novo, mas agora é porque eu quero.

Gabriel ainda está ajoelhado ao meu lado. Em um único movimento, ele me pega, me põe em cima da mesa e fica entre minhas pernas.

— Que bom que consertei esta maldita mesa — murmura contra meus lábios, e começamos a rir.

Deslizo as mãos por seus braços e cruzo os tornozelos atrás de seus joelhos. Ele me beija como se estivesse se derramando em mim. Como se este fosse seu último instante de vida na Terra e ele precisasse deixar sua marca.

Suas mãos se movem dos meus joelhos às minhas coxas, erguendo a camiseta macia. O tempo todo nos beijamos. Nos beijamos. Quando seus dedos tocam o elástico da minha calcinha, ele para e olha para mim, com olhos tão escuros que não consigo ver a profundidade deles. Assinto com a cabeça e ele tira minha camiseta. Sinto seus dentes arranharem meu pescoço, na corrente da medalha milagrosa, e ele começa a pintar palavras em mim com a língua, entre meus seios, descendo pela barriga, descendo...

— *Pienso en ti todo el tiempo* — diz.

Ele me puxa para a beirada da mesa e se ajoelha de novo. Sinto sua boca úmida e quente através do algodão. Ele se deleita.

Sou uma tempestade de raios acumulando energia. Puxo Gabriel para cima pelo cabelo, grudando nele como uma segunda pele. A cozinha gira quando ele me pega no colo e me leva para o quarto, e caímos na cama emaranhados. Ele rola imediatamente para o lado para não pesar sobre mim, e, sem ele me cobrindo, tremo sob o ventilador de teto. Minha trança já era; ele afasta meu cabelo do rosto e espera.

— Sim? — pergunta.

— Sim — digo. E desta vez eu fico por cima, puxando as roupas de Gabriel até elas desaparecerem, até eu poder me afundar nele e me perder.

Só depois, quando ele adormece me abraçando com força, penso que talvez eu tenha sido encontrada.

Quando acordo, Gabriel está olhando para mim. Sinto sua mão firme no meu ombro, como se eu fosse de areia e pudesse escapar de seus dedos.

Minha cabeça dói e minha boca está seca, mas sei que não posso culpar a aguardente pela noite passada. Fiz o que fiz com a mente clara, apesar do coração dolorido.

Agora, ele pesa como uma âncora.

Só mais um segundo, penso.

Pouso a mão no peito quente de Gabriel e abro a boca para falar.

— Não — ele implora. — Ainda não.

Porque nós dois sabemos o que nos espera. O desembaraçar lento, a extração. Os pretextos e os pedidos de desculpas e o verniz de amizade com que vamos cobrir isso, sem nunca mais olhar o que ficou embaixo.

Ele me beija docemente, como uma música em outro idioma. Depois que ele se afasta, ainda estou cantarolando.

— Antes que você diga alguma coisa — ele começa.

Mas não termina. Porque nenhum dos dois ouviu a batida ou a porta se abrindo, mas não podemos deixar de ouvir o barulho de vidro e louça quebrando quando Beatriz nos encontra enroscados, deixa cair o café da manhã que preparou gentilmente para mim e sai correndo.

Quando terminamos de nos vestir e corremos para a casa de Abuela, Beatriz não está lá.

Em um acordo tácito, subo no jipe com Gabriel. Ele dirige em silêncio pela cidade, procurando a filha pelas ruas vazias. No cais, ele inverte a direção e segue para as montanhas.

— Ela pode ter voltado para a fazenda — diz, e eu assinto, porque pensar na alternativa é assustador demais.

Mas sei que, assim como eu, ele viu a cara de Beatriz. Não foi só o constrangimento de nos flagrar. Foi... um sentimento de traição. Era a expressão de alguém que percebeu que estava realmente sozinha no mundo.

Eu não via essa expressão no rosto dela desde a primeira vez que a encontrei no deque em Concha de Perla, assistindo ao próprio sangue escorrer da ponta dos dedos.

Nesse tempo todo que estou em Isabela, vi Beatriz passar do desespero à resignação. Se ela não estava exatamente feliz por ter voltado para casa, pelo menos já parecia menos atormentada. Ela não estava mais se cortando, e suas antigas feridas haviam se transformado em cicatrizes prateadas.

E agora nós as abrimos de novo.

Sei que o hábito de se cortar nem sempre precede uma tentativa de suicídio. Mas também sei que, às vezes, é assim que acontece. Beatriz baixou a guarda comigo; ela confiou em mim, e eu me entreguei a outra pessoa.

Sinto um buraco se abrir dentro de mim, carregado de culpa. *Finn. Minha mãe.*

Quantas coisas erradas eu fiz ontem à noite. Mas afasto tudo isso da cabeça, porque agora a única coisa que importa é encontrar Beatriz e convencê-la a descer de seu precipício.

Ouço um sussurro em meus ossos: *Covarde.*

— A ilha é pequena — diz Gabriel, tenso —, até não ser mais.

Entendo o que ele quer dizer. Há inúmeras trilhas e sulcos por Isabela, que não são acessíveis de carro; há plantas venenosas e cactos espinhosos em alguns lugares, e vegetação densa em outros, que não permite enxergar direito. Há diversas maneiras de alguém se machucar — por acidente ou de propósito.

— Vamos encontrá-la — digo. Ergo a mão, com a intenção de pousá-la sobre a dele no câmbio manual, mas, pensando melhor, eu a coloco de volta no colo.

Olho pela janela, observando cada movimento que possa sugerir uma garota fugindo. Ela não pode ter nos ultrapassado a pé. Mas talvez tenha pegado uma bicicleta na casa de Abuela. Talvez tenha tomado a dianteira quando viramos em direção à cidade.

No momento em que finalmente chegamos à fazenda, abro a porta do jipe antes mesmo de ele parar. Entro correndo na casa de Gabriel, gritando por Beatriz. Ele vem logo atrás, olhando freneticamente ao redor. Escancara a porta do quarto dela, mas está vazio.

Já estou na porta quando ele afunda no colchão.

— Merda — murmura.

— Talvez ela só precise ficar um pouco sozinha — digo baixinho, esperançosa. — Talvez já esteja voltando.

Seu olhar assombrado encontra o meu, e percebo que esta não é a primeira vez que ele procura alguém que ama e que desapareceu.

De repente, ele pega a mochila de Beatriz ao lado da cama e joga o conteúdo no colchão.

— O que está procurando? — pergunto.

— Algo que ela levou. Ou que não levou. — Ele abre um bolso interno e enfia a mão dentro. — Não sei.

Uma pista. Uma dica de onde ela poderia estar nesta ilha.

Abro a gaveta de cima da cômoda e vasculho entre calcinhas e sutiãs, até que meus dedos roçam algo que parece um diário.

Cavo mais fundo na gaveta. Não é um diário, nem um livro. É uma pilha de cartões-postais, presos com um elástico de cabelo.

São todos os postais que escrevi para Finn. Aqueles que Beatriz me disse que tinha enviado pelo correio.

Sinto como se tivesse sido atravessada por uma espada. Tiro o elástico e observo os postais; todos têm "G2 TOURS" de um lado e minha caligrafia do outro. Essa era a única conexão que eu tinha com Finn. Mesmo não podendo falar com ele de um jeito confiável ou receber seus e-mails, eu tinha esperança de que ele recebesse notícias minhas de vez em quando.

Mas... não.

Finn está a milhares de quilômetros de distância, sem notícias minhas. Pelo nosso último telefonema abortado, deve achar que estou chateada com ele. No mínimo, vai pensar que o esqueci.

Olho para Gabriel e percebo que, ontem à noite, isso foi verdade.

O conteúdo da mochila de Beatriz — livros escolares, um carregador de celular, fones de ouvido e algumas barrinhas de cereal — está espalhado ao redor dele. Mas Gabriel está segurando uma polaroide e franzindo ligeiramente a testa. Uma fita adesiva passa pelo meio da foto, juntando com cuidado algo que antes estava rasgado.

De um lado da fotografia está uma menina bonita, de cabelo loiro cacheado. Ela está com o braço em volta de Beatriz e a outra mão estendida para tirar a foto. As duas estão de olhos fechados, se beijando.

Ana María.

A expressão no rosto de Beatriz é uma que eu nunca vi: pura alegria.

— Quem é essa menina? — pergunta Gabriel.

Fico imaginando o que ele pode estar pensando.

— A filha da família anfitriã dela. Uma amiga de Santa Cruz.

— Uma *amiga* — murmura ele.

A princípio, acho que ele está reagindo ao fato de Beatriz beijar uma garota. Mas, quando toca com a ponta do dedo a fita adesiva no meio da fotografia, percebo que ele está com raiva da pessoa que partiu o coração de sua filha, de tal forma que ela rasgaria a foto e depois, arrependida, a remendaria.

— Quando a escola da Beatriz fechou, ela implorou para voltar pra cá. Foi por isso?

Fico feliz ao ver Gabriel deixar de lado os detalhes sem importância. O fato de a filha ter se apaixonado por uma menina é irrelevante; o que importa é que ela foi machucada. Que *ainda* está machucada. Que somos apenas as últimas de uma sucessão de pessoas que ela ama e que a decepcionaram.

Penso no que Beatriz me disse quando estávamos nos *trillizos*.

Verdade ou desafio. Amor incondicional não existe. Ela me amava, mas não desse jeito.

Eu queria saber como seria simplesmente me largar.

— Gabriel — ofego —, acho que eu sei onde ela está.

Os três túneis vulcânicos não ficam muito longe da fazenda de Gabriel. Chegamos o mais perto possível de carro. Gabriel joga uma corda e um arnês de rapel no ombro. Enquanto atravessamos a densa cobertura do solo, vou chamando Beatriz. Mas ninguém responde.

Penso na profundidade a que chega a escada no poço, como é escuro lá embaixo. E me pergunto quanto mais ela teria que cair.

Aperto a medalha milagrosa que ganhei de Abuela e rezo.

— Beatriz! — grito de novo.

O vento sussurra por entre as plantas e joga meu cabelo no rosto. Gabriel encontra uma árvore robusta e prende uma ponta da corda nela, com uma série de nós impossíveis. O dia está injustamente bonito: nuvens brancas e fofas dançam no céu e o canto dos pássaros parece uma sinfonia. Estou diante dos três túneis vulcânicos. Se ela tiver vindo para cá, pode estar em qualquer um deles.

No fundo de qualquer um deles.

— Vou descer — digo a Gabriel.

— O quê? — Ele ergue a cabeça no meio da amarração da corda. — Diana, espera...

Mas não posso. Começo a descer a escada do túnel ao lado daquele em que Beatriz e eu entramos, esperando que meus olhos se acostumem à escuridão. O sol distante reflete nos minérios das paredes rochosas e as faz cintilar. Desço mais fundo e sou engolida pela garganta de pedra.

O único som é o da água pingando ritmadamente na rocha. *Plink. Plink.*

E então um soluço abafado.

— Beatriz? — chamo e desço mais rápido. — Gabriel! — grito. — Aqui! — Com a pressa, perco o equilíbrio na escada escorregadia. — Segura firme, estou chegando.

Um segundo depois, ouço a voz dela.

— Vai embora — diz Beatriz, soluçando.

Suas palavras flutuam como fantasmas, desencarnadas. Não consigo vê-la.

— Eu sei que você ficou chateada pelo que viu — digo, descendo mais, até chegar ao final da escada.

Ainda não a encontro. Aflita, olho entre meus pés, imaginando se verei seu corpo destroçado abaixo de mim.

— Eu nunca devia ter falado com você — diz Beatriz.

Não a vejo; fico imóvel, só ouvindo as variações do som. Sigo seu choro e... ali, uma sombra entre as sombras. Ela está agarrada a outra escada, do outro lado do túnel de lava. Há cordas perdidas, deixadas por outras pessoas.

— Eu pensei... que você se importasse comigo. Achei que você estava sendo sincera. Mas você é como todo mundo que diz que gosta de mim e depois vai embora.

— Você *é* importante pra mim, Beatriz — digo com delicadeza. — Mas eu já ia embora antes.

— Você disse isso para o meu pai antes ou depois de transar com ele?

Estremeço.

— Eu não pretendia que isso acontecesse.

— Ah, claro. Continue cavando esse buraco.

— A questão aqui não é ele, é *você* — digo. — E eu gosto de você, Bia. De verdade.

Seus soluços ficam mais altos.

— Para de mentir. Para de falar isso, porra.

A escada estremece quando botas batem na parede ao meu lado.

— Ela não está mentindo, Beatriz — diz Gabriel, que surge no espaço entre mim e sua filha.

Ele está com a corda de rapel enrolada na cintura, ligando-o ao mundo acima. A corda está esticada e parece fina demais para suportar seu peso. Se arrebentar, ele está longe demais para se agarrar a uma das escadas.

— Quando você gosta de alguém, simplesmente... acontece — diz ele baixinho. — Ninguém escolhe quem vai amar.

Prendo a respiração. Ele está falando de nós dois? Da Beatriz e da Ana María? Da ex dele?

Enquanto fala, ele desliza os pés na parede lisa. Aos poucos, tenta chegar até Beatriz sem assustá-la, para que ela não faça nada precipitado.

— Você estaria melhor sem mim — diz Beatriz, soluçando, como se a frase fosse arrancada de sua garganta. — Todo mundo estaria.

Gabriel sacode a cabeça.

— Você não está sozinha, mesmo que sinta que está. E eu *não quero* ficar sozinho. — Sua voz treme. — Não posso perder você também.

Ele estende a mão para ela.

Beatriz não se mexe.

— Você nem sabe quem eu realmente sou — diz ela, com a voz abafada de vergonha.

A respiração deles ecoa, pesada.

— Sei, sim — diz Gabriel. — Você é minha filhinha. Não me importa o que mais você é... ou deixa de ser. Essa é a única coisa que importa.

Ele estende mais os dedos em direção ao vazio.

Beatriz o encontra no meio do caminho. Em um instante, Gabriel a envolve nos braços e a amarra firmemente contra si. Então sussurra algo para ela em espanhol; ela se agarra aos ombros dele, respirando com dificuldade.

Lentamente, nós três voltamos à luz.

As próximas horas passam num borrão. Levamos Beatriz para a casa de Abuela, porque Gabriel não quer deixá-la sozinha na fazenda enquanto me traz de volta ao apartamento. Abuela começa a chorar ao ver a menina, tentando verificar se ela está bem. Beatriz continua chorosa, calada e constrangida, e Gabriel concentra nela toda a sua atenção e energia, como tem que ser.

Em algum momento, saio da casa de Abuela e desço até o apartamento. Fico sentada na mureta de contenção que o separa da praia. Toda a cura que precisa acontecer nessa família não me diz respeito. Esse lugar não é meu.

Mas.

Estou começando a me perguntar *qual é* o meu lugar.

Penso nos postais na gaveta de Beatriz, que não foram enviados. Nas coisas que eu queria que Finn soubesse. Nas coisas que nunca vou contar a ele.

Não sei quanto tempo fico sentada na mureta, mas o sol vai descendo no céu e a maré baixa, deixando uma longa linha de tesouros na areia: estrelas-do-mar, conchas peroladas e algas marinhas emaranhadas como cabelos de sereia.

Sinto Gabriel andando atrás de mim antes mesmo de ele falar qualquer coisa. O espaço é diferente quando ele está. É carregado, elétrico. Ele para um pouco antes do ponto onde estou sentada, fica olhando para a linha alaranjada do horizonte. Viro o rosto e pergunto:

— Como ela está?

— Dormindo — diz ele, e dá um passo à frente. Seu cabelo está despenteado pela brisa, como se ela também suspirasse ao vê-lo.

Ele se senta ao meu lado, com uma perna erguida e o braço apoiado no joelho.

— Achei que você ia querer saber que ela está bem.

— Eu queria — digo. — Quero.

— Andamos conversando — diz Gabriel, hesitante.

— Sobre... a escola?

Sobre Ana María?

— Sobre tudo. — Ele olha para mim. — Vou ficar com ela esta noite. — Um leve rubor toma seu rosto. — Não queria que você pensasse que...

— Eu não esperava que você...

— Não é que eu não...

Nós dois paramos de falar.

— Você é um bom pai, Gabriel — digo baixinho. — Você protege *sim* as pessoas que ama. Não tenha dúvidas disso.

Ele aceita o elogio, meio envergonhado, desviando o olhar do meu.

— Eu que escolhi o nome dela. A Luz queria um nome que viu numa novela pela qual estava obcecada na época, mas eu insisti em Beatriz. Talvez eu soubesse o que estava por vir.

— Como assim?

— Foi Beatriz quem manteve Dante vivo quando ele andou pelo inferno. E, toda vez que estou sofrendo, é minha Beatriz quem me puxa de volta.

Isso mexe em algo muito sensível e dolorido dentro de mim e, em vez de analisar essa reação, tento minimizá-la.

— Estou chocada.

— Por eu ter escolhido o nome Beatriz?

— Por você ter lido *A divina comédia*.

Ele sorri de leve.

— Tem tanta coisa sobre mim que você ainda tem que aprender — diz, mas com um fio de tristeza, porque nós dois sabemos que isso nunca vai acontecer.

Ele se levanta, bloqueando minha visão do oceano. Segura meu rosto entre as mãos e beija minha testa.

— Boa noite, Diana — diz e me deixa sozinha com as estrelas e as ondas.

Puxo a noite à minha volta como se vestisse um casaco. Penso em Nova York, em Finn, na minha mãe. Nos tênis que uso no trajeto para o trabalho e no brunch de domingo no nosso café favorito quando Finn não está de plantão e na caixinha azul da Tiffany escondida no fundo de sua gaveta de cuecas. Penso no alívio que sinto quando consigo chegar ao metrô antes que ele saia da estação e no sabor do cheesecake que às vezes peço de gula no meio da madrugada e nas horas que passei no site da imobiliária sonhando com casas em Westchester que não podemos pagar. Penso no cheiro das castanhas dos vendedores ambulantes no inverno e no asfalto que afunda sob meus sapatos de salto no verão. Penso em Manhattan — uma ilha cheia de pessoas diversas e determinadas que buscam algo melhor; uma população que não anda como se estivesse sonâmbula. Mas tudo isso parece estar a uma vida inteira de distância.

Então, penso *nesta* ilha, onde não há nada além do tempo. Onde a mudança chega lenta e inevitavelmente.

Aqui, não posso me perder em coisas do trabalho, não posso desaparecer no meio da multidão. Sou forçada a andar em vez de correr e, por isso, já vi coisas pelas quais teria passado batido antes: o alvoroço de um caranguejo trocando de concha, o milagre do nascer do sol, a explosão extravagante de uma flor de cacto.

Ocupada é apenas um eufemismo para estar tão focada naquilo que você *não tem* que nunca percebe o que *tem*.

É um mecanismo de defesa. Porque se parar de se apressar — se der um tempo — você vai começar a se perguntar por que achava que queria todas aquelas coisas.

Já não consigo distinguir o céu do mar, mas ouço as ondas. Perco em visão, mas ganho em percepção.

Quando Finn e eu compramos a viagem para Galápagos, a moça da agência nos disse que iria mudar a nossa vida.

Mal sabia ela.

> De: FColson@nyp.org
> Para: DOToole@gmail.com
>
> Sempre que alguém é extubado na UTI de covid, "Here Comes the Sun" toca nos alto-falantes. É como no filme *Jogos vorazes*, quando alguém morre, mas ao contrário. Todo mundo olha para cima e interrompe o que está fazendo. Mas também se passam dias sem escutarmos nada.
>
> Hoje, quando saí do hospital pela primeira vez em trinta e seis horas, havia um caminhão refrigerado estacionado na frente, para os corpos que não conseguimos acomodar no necrotério.
>
> Aposto que cada uma dessas pessoas entrou no pronto-socorro pensando: *Vão ser só um ou dois dias*.

Faz cinco dias que não vejo Beatriz nem Gabriel. Até Abuela parece que desapareceu, e presumo que estejam todos juntos na fazenda. Eu me convenço muito facilmente de que o motivo do meu alívio tem tudo a ver com Beatriz ter conseguido ajuda e nada a ver com o fato de eu evitar Gabriel. A verdade é que não sei o que dizer a ele. *Foi um erro* é o que está, amargo, na minha língua, mas não sei bem a que isso se refere: se à noite com Gabriel ou a todos os anos que levaram a isso.

Assim, toda vez que saio do apartamento e não o encontro, é um alívio. Se não o vejo, posso fingir que não aconteceu e adiar as consequências.

Um dia, fui até o Muro de las Lágrimas, esperando encontrar outro milagre de sinal de celular. Quando o sinal apareceu, liguei primeiro para a The Greens, para providenciar a cremação da minha mãe e explicar que ainda estava presa fora do país. Depois liguei para Finn, mas caiu na caixa postal. "Sou eu", falei. "Eu te escrevi vários cartões-postais, mas eles... não chegaram aí. Só queria que você soubesse que estou pensando em você." E não quis correr o risco de dizer mais nada.

Em mais um dia ensolarado e perfeito em Isabela, visto meu maiô, pego o snorkel e a máscara no apartamento e caminho pelas ruas de Puerto Villamil rumo a Concha de Perla mais uma vez. Alguns comerciantes — que, como todo mundo, já estão mais flexíveis em relação ao toque de recolher — me reconhecem e acenam, ou gritam "Hola" por trás da máscara. Alguns me procuraram na feira para trocar protetor solar, cereais e tortilhas frescas por retratos, que penduraram em seus estabelecimentos.

Quando chego ao deque de Concha de Perla, vejo um enorme leão-marinho descansando em um dos bancos. Ele levanta a cabeça quando me aproximo, contrai os bigodes e volta a dormir. Tiro a roupa e desço a escada até a água. Ajusto a máscara no rosto e nado com braçadas fortes até o coração da lagoa.

Uma forma enorme e escura surge em minha visão periférica. Quando viro, vejo uma arraia-mármore gigante nadando comigo. Suas nadadeiras passam como a bainha de um vestido varrendo a pista de dança. Ela roça meus dedos suavemente, de forma deliberada, como se quisesse me convencer de que não é uma ameaça. É como acariciar a pele de veludo macia e úmida de um cogumelo.

Seis semanas atrás, isso teria me feito surtar. Agora, é apenas mais uma criatura viva que divide o espaço comigo. Sorrio e a observo enquanto ela mergulha e se afasta, até se tornar só um pontinho no vasto azul profundo, então desaparece.

Fico boiando um tempo, sentindo o sol aquecer meu rosto, e então, preguiçosamente, nado de peito de volta ao deque.

Mais uma vez, Beatriz está sentada ali.

Não está com o moletom onipresente. Seus braços estão nus, atravessados por linhas prateadas. Ela abraça os joelhos contra o peito. Subo as escadas, largo a máscara e o snorkel e torço meu rabo de cavalo para tirar a água. Em seguida sento ao lado dela.

— Você está bem? — pergunto baixinho, usando as mesmas palavras de quando falei com ela pela primeira vez em Isabela.

— Sim — ela responde e olha para o colo.

Caímos em um silêncio tenso. Durante todo o tempo que passei com Beatriz antes, nunca ficamos sem assunto.

— O que você viu... seu pai e eu... — Sacudo a cabeça. — Você sabe que eu tenho alguém me esperando em casa. Não devia ter acontecido. Desculpa.

Beatriz esfrega a unha do polegar em um sulco da madeira.

— Também peço desculpas. Por não ter enviado seus cartões-postais.

Pensei muito no que pode ter feito Beatriz mentir para mim sobre os cartões-postais. Concluí que não foi por maldade... foi por querer me manter só para si, visto que ela me tornou sua confidente. Mais uma razão, claro, para ter ficado chocada ao me encontrar na cama com seu pai.

Ela confiou em mim. Assim como Finn confia.

De repente sinto um enjoo. Porque, se não quero enfrentar Gabriel para discutir o que aconteceu entre nós, quero menos ainda confessar a Finn.

Beatriz me olha.

— Eu conversei com o meu pai sobre a Ana María.

— Como foi?

— Não foi tão ruim quanto eu tinha imaginado — diz ela, melancólica.

— A mente é uma coisa incrível — respondo.

Ela fica pensando.

— É, só que eu tinha um bom motivo para me preocupar — acrescenta. — Muita gente no mundo me odiaria porque eu... gosto de meninas. Mas o meu pai não é assim. — Beatriz abaixa o queixo. — Eu meio que me sinto mal pela Ana María. Ela não tem pais como o meu, por isso tem que viver fingindo. Até para ela mesma.

Não sei o que dizer. Ela tem razão. Às vezes o mundo é uma merda, e nunca somos jovens demais para aprender isso.

— Não vou voltar pra escola — diz Beatriz. — Meu pai falou que vai me deixar fazer aulas online aqui. Mas em troca tive que prometer fazer terapia. Comecei ontem, pelo Zoom. — Ela faz uma careta. — Outra coisa que não foi tão ruim quanto eu imaginava.

— Aulas *online*? — repito. — *Zoom?*
— Meu pai pagou pra Elena abrir aquele hotel idiota e ligar o wi-fi para eu ter um sinal decente — explica Beatriz.
Arqueio a sobrancelha.
— Pagou com quê?
Beatriz abre um sorriso, e eu também, e nós duas caímos na risada. Passo o braço em volta dela, e ela deita a cabeça no meu ombro. Ficamos vendo um leão-marinho brincar ao longe.
— Sabe — diz Beatriz —, você podia ficar. Com a gente.
Eu me sinto amolecer.
— Um dia eu vou ter que voltar à vida real.
Ela se afasta, com uma expressão melancólica no rosto.
— Por um tempo, isso aqui não te pareceu real?

Querido Finn,
Pode ser que você não receba este cartão-postal até eu voltar para casa e entregá-lo pessoalmente. Mas preciso dizer algumas coisas que não podem esperar.
Ando pensando muito sobre coisas que fazemos que são simplesmente imperdoáveis. Como eu não estar com a minha mãe quando ela morreu, ou a minha mãe não estar ao meu lado durante a minha infância. Eu ter deixado você sozinho durante a pandemia. Você ter me incentivado a vir.
Pensei muito sobre essa última coisa. Quando me disse que queria me manter segura... talvez você só quisesse se convencer de que essa era a saída mais inteligente. Você achava mesmo que eu não conseguiria me manter saudável? Você realmente acreditava que, quando o mundo está desmoronando, é melhor estar longe da pessoa que você ama, em vez de estar junto?
Ando pensando demais nisso, claro, mas, hoje em dia, tenho muito tempo para pensar. E não posso nem culpar você. Eu também disse e fiz coisas que não deveria.
Sei que todo mundo comete erros, mas, até recentemente, eu achava que quem cometia erros era fraco. Inclusive eu — nunca

me dei ao luxo de pisar na bola e tentar fazer melhor da próxima vez. É exaustivo tentar nunca desviar do caminho, com medo de que, se eu desviar, jamais consiga retomá-lo.

Pois bem, eis o que eu aprendi: se a pessoa percebe que errou — fez o imperdoável —, isso não significa que essa coisa terrível não era para acontecer. Claro que podemos desejar o contrário, mas, quando as coisas não acontecem de acordo com o planejado, pode ser porque o plano não era tão perfeito assim. Não estou sendo clara; vou explicar melhor. Por exemplo, minha mala extraviada: será que a pessoa que a encontrou precisava mais de roupas do que eu? Fico imaginando o que teria acontecido com a Beatriz se eu nunca tivesse vindo para Isabela. Imagino Kitomi tendo seu quadro como companhia durante todo esse tempo, em vez de encaixotado em um depósito. Imagino todas as pessoas que você salvou no hospital e as que não conseguiu salvar, com quem caminhou até a beira da morte. E é aí que eu percebo: talvez as coisas não tenham dado errado. Talvez eu estivesse errada o tempo todo, e é aqui que eu sempre fui destinada a estar.

Diana

De: FColson@nyp.org
Para: DOToole@gmail.com

Estou cansado demais para relembrar tudo que aconteceu no hospital hoje.

Espero que você esteja bem.

Um de nós precisa estar.

Duas semanas e meia depois que Gabriel e eu passamos a noite juntos, volto para casa após uma corrida e encontro um bilhete debaixo da porta do apartamento. Ele está me convidando para ir até um lugar chamado Playa Barahona. Diz que vai me esperar amanhã às nove horas, em frente ao apartamento, caso eu decida ir.

Seria mais fácil eu me esconder para sempre, mas sei que não posso. É 9 de maio; estou aqui há quase dois meses. Um dia, aquela balsa vai voltar a funcionar. Não posso evitar Gabriel em uma ilha tão pequena. E devo a ele pelo menos uma conversa.

Na manhã seguinte, saio pelas portas de vidro e o encontro esperando com duas bicicletas enferrujadas e uma garrafa térmica com café.

— Oi — digo.

Seus olhos me absorvem.

— Oi.

Como posso ficar tão tímida com alguém que senti se mexer dentro de mim?

Fico vermelha ao pensar nisso e disfarço, puxando conversa.

— Bicicleta? Até onde vamos?

Ele esfrega a nuca.

— Mais longe que o Muro de las Lágrimas, mais perto que Sierra Negra. É um local secreto, fechado para turistas *e* moradores locais. Não vou lá desde que era criança.

— Quebrando mais leis, é? Você é uma má influência.

Ele fixa os olhos nos meus.

Eu me viro, pego uma das bicicletas, limpo a garganta e digo:

— Eu vi a Beatriz. Ela disse que as coisas estão... boas.

Gabriel me olha por um longo instante antes de pegar o guidão da segunda bicicleta.

— Tudo bem — diz baixinho, assentindo para si mesmo, como se aceitasse que estou sinalizando sobre o que vamos e não vamos falar.

Ele vai levando a bicicleta em direção à estrada principal, contando que Beatriz lhe falou sobre os cento e vinte e três filhotes de tartaruga que foram roubados do centro de criação em 2018, e que ele está travando uma batalha perdida tentando explicar a Abuela que ela não pode ir jogar bingo na igreja, mesmo de máscara. Enquanto pedalamos por caminhos de terra, ele me conta que está quase terminando de construir o segundo quarto de sua casa — o que é bom, porque Beatriz vai ficar com ele mesmo depois que a escola em Santa Cruz reabrir.

Por mais ou menos meia hora, pedalamos em silêncio.

— A primeira garota por quem eu me apaixonei foi a Luz — diz Gabriel de repente. — Ela sentava na minha frente na sala de aula; era em ordem alfabética. Fiquei olhando as três sardas no pescoço dela durante meses até ter coragem de falar com ela. — Ele olha para mim. — Você lembra da sua primeira paixão?

— Claro. O nome dele era Jared e ele era vegetariano. Eu passei um mês sem comer carne só para ele me notar.

Gabriel ri.

— Mas lembra de *antes* disso, quando tomou a decisão de gostar de meninos?

Lanço a ele um olhar interrogativo.

— Não...

— Exatamente — diz ele, cerrando o maxilar. — Ninguém vai partir o coração dela de novo.

Ah, esse homem.

— Quem ousaria, com você ao lado dela?

Ele me fita e não consigo desviar o olhar, quase bato em uma árvore. Mas Gabriel pula da bicicleta e quebra o encanto.

— Temos que esconder as bikes — diz. — Se os guardas virem, vão vir atrás de nós.

Ele leva a bicicleta até uns arbustos emaranhados e reorganiza as folhas para cobrir o metal enferrujado. Em seguida, pega a minha e faz o mesmo.

— E agora?

— Agora, vamos fazer o resto do caminho a pé — diz ele. — São mais quarenta e cinco minutos.

Enquanto caminhamos, ele se retira para um espaço seguro, me contando sobre sua infância. O pai lia *Moby Dick* para ele antes de dormir, porque Melville havia aprendido sobre caça às baleias enquanto estava em um navio nas ilhas Galápagos. Diz que Melville chamava Galápagos de "As Ilhas Encantadas". Ele menciona que a última vez que esteve em Barahona foi com um grupo chamado Amigos de las Tortugas, um bando de crianças que tinham ido com a Estação de Pesquisa Charles Darwin para contar os ninhos de tartarugas-marinhas que havia lá. Voluntários do mundo todo foram ajudar, e um turista dos Estados Unidos ensinou Gabriel a surfar.

Quando finalmente chegamos ao topo de uma duna e vemos a praia se espalhar abaixo de nós, ofego. É linda, como só as coisas selvagens podem ser: o mar agitado e a areia bruta, cercada de cactos e arbustos. Gabriel me oferece a mão, e, depois de um breve instante de hesitação, eu a pego e ele me ajuda a abrir caminho pela colina para descer até a praia.

— Cuidado — diz e me puxa para a esquerda, para eu não pisar em um buraquinho na areia, como uma bolha presa no subsolo. — Isso é um ninho de tartaruga-marinha.

Olho em volta e, com olhos atentos, espio outras vinte pequenas reentrâncias na areia.

— Jura?

— Sim. E, mesmo que estejam muito longe no oceano, as tartarugas voltam para a mesma praia para desovar.

— E como a encontram?

— Campo magnético. Cada parte da costa tem uma "impressão digital" especial e própria. Os bebês aprendem isso e usam a memória como bússola.

— Maravilhoso — digo.

— Mas não era por isso que eu queria que você viesse aqui. — Ele aponta para uma linha ondulante na areia, que segue até a água. — Depois que as fêmeas botam os ovos, uns cem de cada vez, elas vão embora. — Ele olha para mim. — E nunca mais voltam para cuidar dos filhotes.

Penso na lembrança mais forte que tenho da minha mãe: vê-la puxando uma mala de mão, saindo de casa.

— O mais incrível é que, dois meses depois, os filhotes nascem, à noite. Eles precisam chegar ao mar antes que falcões, caranguejos e fragatas os alcancem. O único guia que eles têm é o reflexo da lua na água. — Eu o sinto parado atrás de mim, um muro de calor. — Nem todos conseguem. Mas, Diana... os mais fortes, sim.

Meus olhos ardem com as lágrimas; viro e saio tropeçando para a frente, mas Gabriel me puxa pelo braço.

— *Cuidado* — diz.

Sigo seu olhar até a árvore em que quase bati: uma mancenilheira carregada de maçãs envenenadas.

Rio, mas talvez tenha sido só um soluço.

Gabriel acaricia meu braço.

— Nunca vamos falar sobre o que aconteceu?

— Não posso — respondo e deixo que ele disseque todos os significados possíveis disso.

Ele assente e me solta. Fica raspando o pé na areia com cuidado, evitando os ninhos de tartarugas-marinhas.

— Então falo eu — diz calmamente. — Poucas vezes na minha vida eu senti que todas as estrelas estavam alinhadas e que eu estava exatamente onde deveria estar. Uma vez foi quando a Beatriz nasceu. Outra, quando eu estava mergulhando perto de Kicker Rock, em San Cristóbal, e vi uns cinquenta tubarões-martelo. Outra, quando o vulcão ganhou vida sob os meus pés. — Ele olha para mim. — E uma vez, com você.

Se ao menos estes fossem tempos normais. Se ao menos eu fosse uma turista comum. Se ao menos eu não tivesse uma vida e um amor me esperando em casa.

Suspiro.

— Gabriel...

Mas ele sacode a cabeça.

— Não precisa dizer nada.

Pego sua mão. Fico olhando para os meus dedos, enroscados nos dele.

— Dá um mergulho comigo? — pergunto.

Ele assente e voltamos para a praia. Tiro a camiseta e o short e entro de maiô na arrebentação. Gabriel passa correndo por mim, espirrando água de propósito e me fazendo rir. Ele mergulha e sai sacudindo o cabelo, e joga um jato d'água na minha direção, para me molhar.

— Você vai se arrepender disso — digo e mergulho.

É um batismo, nós dois sabemos disso. Uma maneira de apagar a lousa e começar de novo, como amigos, porque esse é o único caminho aberto para nós.

A água é fria, refrescante. Meus olhos ardem por causa do sal e meu cabelo cai emaranhado pelas costas. De quando em quando, Gabriel mergulha fundo e traz uma estrela-do-mar ou um pedaço de coral para eu admirar, e logo o devolve a seu lugar.

Não sei bem quando percebo que perdi Gabriel de vista. Em um momento, vejo sua cabeça balançando, como de uma foca, e no outro ele sumiu. Giro o corpo e tento nadar para perto da costa, mas percebo que não estou saindo do lugar. Por mais que eu mexa os braços, o mar me puxa.

— Gabriel? — chamo e engulo água. — *Gabriel!*

— Diana?

Eu o ouço antes de vê-lo; é como a cabeça de um alfinete, tão distante que não consigo imaginar como ele chegou tão longe. Ou talvez eu tenha me afastado.

— Não consigo voltar! — grito.

Ele fecha as mãos em concha diante da boca para que sua voz chegue até mim.

— Nade a favor da corrente, na diagonal — grita. — Não tente lutar contra ela.

Em algum lugar da minha consciência, percebo que deve ser uma correnteza que está me levando rapidamente para longe da costa. Penso nos amigos de Gabriel, os pescadores que nunca mais voltaram. Penso no pai dele, arrastado por uma correnteza submarina. Meu coração começa a bater mais forte.

Respiro fundo e começo a mexer os braços em um forte movimento de crawl, mas, quando levanto a cabeça, vejo que não estou mais perto da praia. A única diferença é que Gabriel está vindo na minha direção, nadando com a correnteza, aparentemente se aproximando a uma velocidade sobre-humana.

Ele está tentando me salvar.

Parece uma eternidade, mas em minutos ele me alcança. Ele me segura e enrosca o dedo na correntinha da medalha milagrosa, mas ela arrebenta e eu me afasto ainda mais dele.

— Gabriel! — grito, me debatendo, enquanto ele se aproxima.

Quando o alcanço, eu me agarro a ele e o escalo como uma videira, em pânico. Ele me empurra para baixo d'água e me puxa de volta para cima.

Engasgo, pestanejo. Mas agora ele tem minha atenção e agarra meus ombros.

— Aguenta firme. Olha pra mim — ordena. — Você vai conseguir.

Ele passa um braço em volta de mim e nada por nós dois, mas sinto seus movimentos mais lentos e seu corpo mais pesado.

Meu Deus. Isso não pode acontecer com ele de novo.

Ele aperta minha cintura, tentando me aproximar dele, mas noto que está perdendo a força. Sozinho, ele conseguiria sair dessa correnteza infernal, mas meu peso está minando sua energia. Se ele continuar tentando me salvar, nós dois vamos nos afogar. Então, faço a única coisa que posso.

Escapo da mão dele.

A correnteza imediatamente me puxa para longe dele, tão rápido que me deixa tonta. Ele fica chamando meu nome, desesperado.

As ondas são tão grandes que quebram sobre minha cabeça. Toda vez que tento responder, engulo água.

Penso no que ele disse quando tocou meu pescoço. Sobre as vias aéreas que evoluíram nos humanos, sobre as promessas que podemos falar uns aos outros, sobre as coisas de que temos que abrir mão por isso.

Ouvi dizer que a parte mais difícil de se afogar é o momento imediatamente antes, quando os pulmões travam, prestes a explodir; quando a pessoa tenta puxar oxigênio, mas só encontra água.

O corpo tenta lutar contra o inevitável.

Ouvi dizer que só o que a pessoa precisa fazer para ficar em paz é se entregar.

SETE

Socorro

OITO

Aguenta firme. Olha pra mim. Você vai conseguir, Diana.

NOVE

Você sabe onde está?
Cadê minha voz.

DEZ

Consegue apertar minha mão? Mexer os dedos dos pés?
Você sabe onde está?
Cadê o Gabriel.

ONZE

— Pisque uma vez para sim — ouço —, duas vezes para não. Procure não falar.

Está tudo tão claro que tenho que fechar os olhos.

— Você sabe onde está agora?

Sinto algo na garganta, como um tubo. Ouço um zumbido e o bipe de máquinas. É um hospital. Pisco uma vez.

— Muito bem, Diana, tussa para mim.

Quando tento tossir, o tubo desliza para cima e para fora, e minha garganta fica áspera e tão, tão seca...

Tusso e tusso e lembro que eu não conseguia respirar. Foco o olhar em algo que está escrito na janela de vidro do quarto. As letras estão invertidas para mim, mas na ordem certa para quem lê do lado de fora, e tenho que decifrá-las.

COVID +

Alguém está segurando minha mão, apertando forte. Preciso de todas as minhas forças para virar o rosto.

Ele está vestido como um astronauta, de luvas, com uma máscara branca grossa, que cobre o nariz e a boca. Por trás do escudo de plástico, lágrimas correm pelo seu rosto.

— Você vai ficar bem — diz Finn, chorando.

Ele não deveria estar aqui.

Ele me conta que implorou a uma enfermeira para deixá-lo entrar, porque, embora eu esteja no hospital dele, não sou sua paciente, e no momento não são permitidas visitas na UTI. Ele diz que eu dei um baita susto em todo mundo. Fiquei no respirador por cinco dias. Diz que ontem, quando desligaram o respirador para testar a respiração espontânea, meus números estavam bons o bastante para me extubar.

Nenhuma dessas informações cabe no meu cérebro.

Uma enfermeira enfia a cabeça pela porta do quarto e bate no pulso — o tempo acabou. Finn faz um carinho na minha testa.

— Preciso ir agora, antes que alguém se complique — diz.

— Espera. — Minha voz sai parecendo um coaxar. Tenho tantas perguntas, mas a mais importante floresce: — Gabriel...

Finn franze as sobrancelhas.

— Quem?

— Na água, comigo — forço. — Ele... sobreviveu?

Puxo ar para os meus pulmões enfraquecidos; é como respirar estilhaços de vidro.

— Muitos pacientes de covid experimentam delírios quando são retirados do respirador — diz Finn gentilmente.

Muitos *o quê*?

— É normal ficar confusa, você ficou sedada por muito tempo — explica ele.

Não estou confusa. Eu me lembro de tudo: a correnteza que me arrastou para alto-mar, o sal queimando minha garganta, o momento em que eu me soltei de Gabriel.

Agarro a manga branca do jaleco de Finn, e até esse pequeno movimento é exaustivo.

— Como eu cheguei aqui?

Seus olhos ficam enevoados.

— De ambulância — murmura ele. — Quando você desmaiou escovando os dentes, achei que eu...

— Não — interrompo. — Como eu voltei de Galápagos?

Finn pisca devagar.

— Diana, você não foi para Galápagos.

DOIS

DOIS

DOZE

Mais tarde, eu descobriria que, para tirar alguém de um respirador, é preciso avaliar a prontidão segundo alguns critérios, condensados no acrônimo MOVE em inglês: estado mental, oxigenação, ventilação e expectoração. Os vasos sanguíneos do cérebro precisam receber e injetar o oxigênio, para que o paciente possa processar informações e responder. O nível de oxigênio precisa chegar a 90%, e o paciente deve ser capaz de respirar mais que o respirador. Ele tem que conseguir tossir, para não engasgar com a própria saliva quando o tubo for retirado.

Para determinar isso, é feito um teste de respiração espontânea. Primeiro, o paciente passa para o modo de pressão de suporte, para ver quanto ele é capaz de respirar. A seguir, vem um teste de despertar espontâneo, para ver se o paciente consegue acordar quando a quantidade de sedativos bombeados em suas veias diminui. Por fim, a pressão de suporte é desligada para fazer o teste de respiração espontânea. Se o paciente conseguir manter baixos níveis de dióxido de carbono, estará pronto para a extubação.

Fico sozinha a maior parte do tempo, mas parece que sempre há alguém passando em frente à porta, espiando. Quando Syreta, minha enfermeira, entra de novo, pergunto por que, e ela me diz que eu sou um caso de sucesso — e a equipe viu poucos casos assim, preciosos.

Syreta diz que é normal eu me sentir exausta. Não consigo sentar sozinha. Não tenho permissão para comer nem beber — tenho um tubo de alimentação enfiado no nariz, que vai ficar até eu passar em um tal teste de deglutição. Estou de fralda. Mas nada disso é tão perturbador quanto o fato de todo mundo ficar me dizendo que *isto aqui é real*: a equipe médica com trajes lunares, a instabilidade do meu corpo, as reportagens na televisão dizendo que as escolas e empresas estão fechadas e que milhares de pessoas estão mortas.

Ontem, eu estava na ilha Isabela e quase me afoguei.

Mas sou a única pessoa que acredita nisso.

Syreta nem pisca quando lhe conto sobre Galápagos.

— Tive uma paciente que tinha certeza de que havia dois bichos de pelúcia no peitoril da janela e que, toda vez que eu saía do quarto, eles acenavam para ela. — Ela ergue uma sobrancelha. — Não havia bichos de pelúcia no peitoril da janela. Não havia nem *janela*!

— Você não entende... Eu *vivi* lá. Conheci pessoas, fiz amigos e... desci em um vulcão... fui nadar... Ah!

Tento pegar meu celular, que está na mesinha à minha frente, mas é tão pesado que escorrega da minha mão. Syreta o resgata dentre as cobertas e entrega para mim.

— Tenho fotos de leões-marinhos e atobás-de-pés-azuis que queria mostrar pro Finn...

Com o polegar, rolo a tela, mas a última foto em meu celular é do quadro de Kitomi Ito, de semanas atrás.

É quando percebo a data na tela.

— Hoje não pode ser 24 de março — digo, com o pensamento enevoado. — Eu fiquei dois meses fora. Comemorei meu aniversário lá.

— Acho que você vai comemorar de novo.

— Não foi uma alucinação — protesto. — Era muito mais real que tudo isso.

— Sinceramente — pondera Syreta —, isso é uma bênção.

A UTI de covid é como uma enfermaria da peste. As únicas pessoas autorizadas a entrar no meu quarto são minha médica, Syreta e a enfermeira noturna, Betty — até os residentes que fazem as rondas falam comigo através da parede de vidro. São muitos pacientes e poucos profissionais de saúde. Noventa e nove por cento do tempo estou sozinha, presa em um corpo que não faz o que eu preciso que faça.

Fico olhando pela janela; sou o inseto preso dentro de um pote de vidro, espiado ocasionalmente por pessoas que, na maioria das vezes, estão gratas por eu não estar mais no mesmo espaço que elas.

Estou com muita sede e ninguém me dá água. Parece que estou em um túnel de vento há dias, incapaz de fechar a boca. Meus lábios estão rachados e minha garganta é um deserto.

Ainda recebo oxigênio por um tubo no nariz.

Não me lembro de ter ficado doente.

O que me lembro, viva e visceralmente, é do brilho das paredes rochosas dos *trillizos*, do cheiro de peixe e sal do cais de Puerto Villamil, do sabor do mamão-papaia quente ao sol e do tom melodioso e suave da voz de Abuela, arredondando palavras em espanhol.

Eu me lembro de Beatriz sentada na praia, com areia molhada escorrendo do punho.

Eu me lembro de Gabriel no mar, sorrindo enquanto jogava água em mim.

Sempre que penso neles, começo a chorar. Choro a perda de pessoas que, segundo todos aqui, nunca existiram.

A única explicação é que, além de pegar esse vírus, eu enlouqueci.

Quando tento inspirar e não consigo, quando sinto o peso do meu corpo tão debilitado, percebo que tenho que acreditar em todas essas pessoas que dizem que eu fiquei muito doente. Mas não parece que eu estava doente. Parece que minha realidade... mudou.

Já li sobre pessoas que são sedadas e acordam fluentes em mandarim, sem nenhum histórico familiar chinês e sem nunca terem ido à China. Também li sobre um homem que saiu do coma, pediu um violino e virou um virtuose, chegando a dar concertos de enorme sucesso. Sempre considerei esses relatos meio exagerados, porque, sinceramente, são loucos demais para ser verdade. Posso não ter adquirido uma nova habilidade linguística ou musical, mas aposto a minha vida que as lembranças que tenho dos últimos dois meses não são delírios. Eu *sei* que estive lá.

Seja onde for esse *lá*.

Começo a ficar tão agitada que minha pulsação dispara, e Betty entra no quarto. Fico grata por ver outro ser humano no mesmo cômodo que eu e começo a imaginar que, se eu agir como se estivesse passando mal, não vou ficar tão sozinha.

— O que acontece quando a pessoa não recebe oxigênio suficiente? — pergunto.

Ela olha imediatamente para o monitor; os números estão estáveis.

— Você está bem — insiste Betty.

— *Agora* — esclareço. — Mas devo ter ficado muito mal para precisar do respirador, certo? E se isso mexesse com o meu cérebro... de forma permanente?

Betty suaviza o olhar.

— Essa névoa mental pós-covid de fato acontece — diz ela. — Ter dificuldade para concatenar pensamentos ou lembrar o final de uma frase antes de acabar de falar não é por causa de algum dano cerebral. É só... um efeito colateral.

— O problema não é *não* lembrar — digo. — É o que eu *lembro*. Todo mundo diz que estou no hospital faz tempo com covid, mas não tenho lembrança disso. Todas as minhas lembranças são de outro país, de pessoas que vocês estão me dizendo que são imaginárias.

Minha voz está grossa de lágrimas. Não quero a cara de dó de Betty, não quero ser considerada uma paciente que perdeu o contato com a realidade. O que eu quero é que alguém acredite em mim, merda.

— Escute — diz Betty —, vou chamar o médico de plantão, tudo bem? É para isso que servem os intensivistas. Uma pessoa que passou pelo tipo de experiência que você passou pode sofrer de estresse pós--traumático. Posso conseguir um remédio para aliviar o estresse...

— Não — interrompo. — Chega de remédios. Não quero perder essas lembranças por causa de um remédio que me transforme num zumbi. Não quero que a minha mente seja apagada.

Se bem que parece que *já* foi.

Como me recuso a deixar Betty chamar o médico, ela sugere tentarmos falar com Finn. Ela usa meu celular para chamá-lo pelo FaceTime, mas ele não atende. No entanto, dez minutos depois, ele bate no vidro do meu quarto. Ao vê-lo ali — ao ver alguém que se preocupa comigo —, me sinto inundada pelo alívio. Aceno para ele entrar, mas ele sacode a cabeça. Faz um gesto como se estivesse segurando um celular na orelha e acena para Betty, que está no corredor. Ela entra e segura o celular para mim, porque meus braços estão muito fracos.

— Oi — diz Finn suavemente. — Ouvi dizer que a paciente está agitada.

— Agitada não — corrijo —, só... frustrada. E muito, muito sozinha.

— Se serve de consolo, o isolamento deve estar fazendo maravilhas, porque você já parece melhor.

— Seu mentiroso — murmuro, e, por trás do vidro, ele me dá uma piscadinha.

Isto é real, digo a mim mesma. *Finn é real.*

Mas também sinto o que essa afirmação representa: que Gabriel não é.

— Finn... e se eu não conseguir mais distinguir o que foi um sonho e o que não foi?

Ele fica em silêncio por um momento.

— Você teve mais... episódios?

Ele não quer dizer a palavra *alucinação*, dá para ver.

— Não — respondo.

O que não digo é que, todas as vezes que fechei os olhos hoje, torci para que, ao abri-los, estivesse de novo onde estava ontem.

Eu quero uma segunda chance, mesmo que minha consciência me alerte de que *estou tendo* uma segunda chance.

— A enfermeira disse que você estava meio nervosa — diz Finn.

Lágrimas brotam dos meus olhos.

— Ninguém me explica nada.

— Eu vou explicar — promete ele. — Vou te dizer tudo que você quiser saber, Diana.

— Não lembro de ter ficado doente — começo.

— Você acordou no meio da noite com dor de cabeça — diz Finn. — Na manhã seguinte, estava com 39,4 graus de febre. Sua respiração era tão superficial que você estava ofegante. Chamei uma ambulância para te trazer pra cá.

— E as ilhas Galápagos? — pergunto.

— O que tem? Nós decidimos não ir.

Essas quatro palavras calam todo o ruído da minha mente. Nós decidimos?

— Sua saturação estava em 76 e você testou positivo — prossegue Finn. — Te levaram para a enfermaria de covid. Eu não conseguia acreditar. Você, tão jovem e saudável, não devia nem pegar esse vírus. Mas o que mais sabemos sobre a covid é que não sabemos nada sobre ela. Eu li tudo que pude, tentei te colocar em estudos sobre medicamentos, tentei descobrir por que nem seis litros de ar soprados por uma cânula dentro de você conseguiam aumentar sua saturação. Enquanto isso, ao meu redor, eu tinha pacientes que nunca iam sair do respirador. — Ele engole em seco e percebo que está chorando. — Não conseguimos te manter lúcida. Eles me ligaram para dizer que precisavam te entubar *imediatamente*. E eu autorizei.

Meu coração dói só de pensar como deve ter sido difícil para ele.

— Eu vinha sempre que podia, sentava ao lado da cama e conversava com você sobre os meus pacientes, sobre esse vírus assustador pra caralho, sobre me sentir atirando no escuro na esperança de acertar um alvo.

Aqueles e-mails esporádicos dele, então, não eram e-mails.

— Pressionei a equipe médica para pronar você, te colocar de bruços, mesmo no respirador. Li que um médico na costa Oeste estava tendo sucesso com pacientes de covid fazendo isso. Seus médicos acharam que eu estava louco, mas agora alguns dos pneumologistas estão fazendo isso, porque funcionou com você.

Penso em todo o tempo que passei em Concha de Perla, boiando de barriga para baixo com máscara e snorkel, observando o mundo submarino.

— Eu estava trabalhando, cuidando dos meus próprios pacientes, e ouvia anunciarem os códigos, e toda vez, toda *maldita* vez, ficava paralisado e pensava: *Por favor, meu Deus, do quarto dela não.*

— Eu... estou aqui há dez dias? — pergunto.

— Pra mim, parece um ano. Tentamos retirar a sedação algumas vezes, mas você não estava conseguindo.

De repente, lembro do sonho vívido que tive quando estava em Galápagos: Finn, não fantasiado como eu havia imaginado, mas com uma máscara N95, como todos aqui, me dizendo para ficar acordada, para que ele pudesse me salvar. A mulher que vi ao lado dele, percebo agora, era Syreta.

Noto que partes das duas realidades se sobrepõem.

— Eu quase morri — sussurro.

Finn olha para mim por um longo tempo, engolindo o choro.

— Foi no segundo dia de entubação. O pneumologista disse que achava que você não ia passar daquela noite. A ventilação estava no máximo e seus níveis de oxigênio estavam uma merda. Sua pressão arterial caiu demais e não conseguiam estabilizar você. — Ele dá um suspiro trêmulo. — Ele disse que eu devia me despedir.

Finn esfrega o rosto com a mão, revivendo algo de que nem me lembro.

— Aí eu sentei do seu lado, segurei sua mão — diz Finn suavemente — e disse que te amava.

Uma lágrima rola pelo meu rosto e molha minha orelha.

— Mas você lutou — diz ele. — Se estabilizou. Você deu a volta por cima. Sinceramente, foi um milagre, Diana.

Sinto a garganta apertar.

— A minha mãe...

— Estou cuidando de tudo. Você só precisa descansar e melhorar. — Ele engole em seco. — Para poder voltar pra casa.

De repente, o chamado de um código azul explode pelos alto-falantes e Finn franze a testa.

— Preciso ir. Te amo.

Ele sai correndo, provavelmente para o quarto onde um de seus pacientes está morrendo. Alguém que não teve a mesma sorte que eu.

Betty afasta o celular da minha orelha e o deixa na mesa de cabeceira. Um instante depois, encosta suavemente um lenço no canto dos meus olhos para enxugar as lágrimas que não param de cair.

— Querida, você já passou pelo pior — diz ela. — Agora tem uma segunda chance.

Ela acha que eu estou chorando porque quase perdi a vida.

Você não entende, quero dizer a ela. Eu *perdi* mesmo.

Todo mundo fica me dizendo que tenho que focar em recuperar meu corpo, mas tudo que quero fazer é desvendar esse emaranhado que tenho na cabeça. Quero falar sobre Gabriel, Beatriz, Galápagos, mas, primeiro, não tenho ninguém para me ouvir — as enfermeiras passam rapidamente no meu quarto, só para me trocar e me dar remédios, e saem depressa para se higienizar e tirar o equipamento de proteção. E, segundo, ninguém acredita em mim.

Lembro como me senti isolada quando pensei que estava presa em Isabela e me pergunto se isso não foi alguma destilação do meu cérebro medicado filtrando o que é ser um paciente de covid em isolamento. Eu estava sozinha em Galápagos, mas não me sentia sozinha como me sinto aqui.

Faz um dia inteiro que não vejo Finn.

Não consigo ler, porque as palavras começam a dançar no papel, e até uma revista é pesada demais para eu segurar. O celular também. Não posso ligar para amigos porque minha voz ainda está rouca. Assisto à televisão, mas parece que todos os canais só mostram o presidente dizendo que esse vírus não é pior que uma gripe, que o distanciamento social deve ser suspenso na Páscoa.

Durante horas intermináveis, fico olhando para a porta, desejando que alguém entre. Às vezes, passa tanto tempo entre as visitas das enfermeiras que, quando Syreta ou Betty chegam, eu me pego falando sobre qualquer coisa, na esperança de que elas fiquem comigo por mais alguns minutos.

Quando digo a Syreta que quero tentar usar o banheiro, ela ergue uma sobrancelha.

— Devagar com o andor — diz. — Um passo de cada vez.

Então, imploro por água e recebo um cotonete úmido e esponjoso que ela passa dentro da minha boca. Sugo com avidez, mas Syreta o tira e me deixa com sede.

Se eu estiver bem, ela promete, farei um teste de deglutição amanhã e talvez tire o tubo de alimentação.

Se eu estiver bem, a fisioterapeuta virá hoje para me avaliar.

Resolvo ficar bem.

Enquanto não melhoro, fico deitada de lado, ouvindo o bipe e o zumbido das máquinas que provam que estou viva.

Mesmo estando sozinha, quando sujo a fralda, minhas bochechas queimam de humilhação. Procuro logo o botão para chamar a enfermeira. Da última vez que precisei ser trocada (meu Deus, até pensar nisso me envergonha), Syreta demorou quarenta minutos para chegar. Não perguntei por que a demora, estava escrito em seu rosto: decepção, exaustão, resignação. Ficar com a bunda suja não se compara com outro paciente que está entrando em colapso.

Para meu alívio, desta vez a porta se abre quase imediatamente. Mas, em vez da minha enfermeira diurna, o homem mais bonito que já vi entra no quarto. Ele é jovem — vinte e poucos anos —, de cabelos pretos e olhos tão azuis que é como olhar para o céu. Sob a máscara, seu maxilar é quadrado, os ombros são largos e os bíceps esticam as mangas do uniforme.

— Precisa de algo? — pergunta.

Quero engolir a língua.

— Eu... hmmm. Você não é a Syreta.

— Com certeza não — ele concorda.

Sei que está sorrindo pelas ruguinhas em volta dos olhos, e aposto que por baixo da máscara e do escudo ele tem dentes perfeitos.

— Sou o Chris, auxiliar de enfermagem.

— Por quê? — As palavras brotam da minha boca antes que eu possa detê-las. Esse homem poderia ser um astro de cinema, um modelo. Por que ele escolheria trabalhar em uma enfermaria de covid, cuidando de pessoas contagiosas que não conseguem limpar a própria bunda?

Ele ri.

— Eu gosto do meu trabalho. Bom, gostava, antes de virar uma potencial sentença de morte. — Suas bochechas escurecem acima da máscara, com um rubor intenso. — Desculpa — diz rapidamente —, não queria dizer isso em voz alta.

Imagino que, em outros tempos ou lugares, os pacientes pediriam por ele quando quisessem ser tirados da cama ou sentados na cadeira de rodas.

Esses braços.

De repente, estou tão corada quanto ele, quando lembro por que apertei o botão.

— Diga, o que posso fazer por você? — pergunta Chris.

Minha voz não sai. Peso a ideia de ficar com esta fralda nojenta contra a vergonha de dizer a ele de que tipo de ajuda preciso.

Parece que ele também é vidente, ou acostumado com mulheres que viram idiotas perto dele, porque simplesmente assente com a cabeça, como se tivéssemos conversado sobre minha necessidade, e vai até o armário para pegar uma fralda limpa. Com gentileza, afasta a roupa de cama, rasga as laterais elásticas da fralda e me limpa, esteriliza e veste de novo. O tempo todo, fico de olhos fechados, como se pudesse ignorar toda essa experiência.

Ouço o som de algo sendo jogado na lixeira, água correndo e luvas limpas estalando.

— Prontinho — diz Chris, com leveza. — Algo mais?

Antes que eu possa responder, outra pessoa entra. Não vejo dois seres humanos no mesmo ambiente que eu desde que fui extubada e Finn veio. É uma mulher pequena, toda coberta de EPI, como todo mundo.

— Chega de monopolizar a paciente — diz ela. — É minha vez.

Chris pisca para mim e diz:

— Até mais.

A mulher o observa enquanto ele sai.
— O auxiliar gostoso — comenta. — Sexy demais.
— O nome dele é Chris — digo.
Ela ergue uma sobrancelha.
— Ah, eu sei. — Então se aproxima da cama. — Sou a Prisha, fisioterapeuta.
— Prazer.
— Já meio que nos conhecemos. Quando você estava sedada, eu movimentava seus membros para suas articulações e músculos continuarem saudáveis. — Ela dá de ombros. — De nada.
— Quero usar o banheiro — digo. — Não agora, mas quando precisar.
Ela assente com a cabeça.
— É um grande objetivo. Mas você ficou entubada por cinco dias, temos que ver como está se movimentando e como vai reagir quando ficar em pé pela primeira vez.
Prisha coloca um dos meus braços acima da minha cabeça e me manda respirar. A seguir, faz o mesmo com o outro braço. Sinto minha caixa torácica se expandir. Ela me passa uns exercícios respiratórios e eu os faço, até tossir.
— Podemos tentar sair da cama, mas, para isso, vamos precisar de outro par de mãos e de um esfigmomanômetro — diz Prisha.
— Por favor — imploro —, o banheiro.
Ela estreita os olhos, como se me avaliasse. Então chama Chris, o auxiliar, de novo. Ela me ajuda a rolar e ajeita minhas pernas fora da cama. Com a ajuda de Chris, me põe sentada. Passa um braço em volta de mim e quase sufoco com esse abraço. Todos os outros, inclusive Finn naquela primeira noite, hesitam em se aproximar de mim, como se minha pele estivesse contaminada. Ter alguém me tocando, com tanta vontade e sem medo, quase me leva às lágrimas.
Tudo dói quando me mexo, mas estou decidida. Não quero Chris limpando minha bunda de novo.
— Por que é tão difícil? — resmungo.
— Você tem sorte — diz Chris, do meu outro lado. — Os outros pacientes de covid pós-entubação, e não são muitos, têm um monte de complicações. Insuficiência renal, cardíaca, encefalopatia, escaras…

Prisha o interrompe quando começo a entrar em pânico ao ouvir essas complicações que nem previa.

— Tudo bem — diz ela —, vamos tentar deixar você sentada sozinha por alguns segundos.

Sentada? Não sou uma inválida; foram só alguns dias.

— Eu só preciso de ajuda para ficar em pé. Não estou no hospital há tanto tempo...

— Tente, por mim — diz Prisha, retirando o braço e me forçando a sustentar o tronco na vertical.

Por cerca de quinze segundos, eu consigo.

E então tudo gira ao meu redor e dentro de mim. Ficar na vertical é como voar pelo espaço. Vejo estrelas e começo a cair para a frente, e os braços fortes de Chris me seguram e me deitam de volta na cama.

Prisha me fita.

— Você ficou totalmente paralisada por quase uma semana. Quando senta, todo o sangue desce da sua cabeça, porque os músculos ao redor dos vasos sanguíneos estiveram em um hiato e precisam relembrar como a gravidade funciona. Um passo de cada vez, Diana. Você quase morreu, dê um tempo ao seu corpo.

Estou exausta, como se tivesse corrido dois quilômetros. Penso em Isabela, onde eu nadava, corria ou mergulhava durante horas, sem me cansar.

Mas... isso foi falso.

Prisha me cobre.

— Tenho pacientes que não conseguem nem cinco segundos — diz, dando um tapinha no meu ombro. — Quinze segundos hoje. Amanhã vai ser melhor.

Quando Prisha e Chris saem, eu os vejo pela janela de vidro, tirando o EPI e jogando-o em lixeiras especiais para equipamentos expostos à covid.

O som do meu fracasso lateja como uma dor de cabeça. Consigo pegar a ponta de plástico liso do controle remoto da TV e puxar. Ele escorrega da minha mão duas vezes antes de eu conseguir arrastá-lo para minha barriga e ligar a TV.

Está na CNN.

— Pelo menos 215 milhões de americanos estão em isolamento, em casa — diz o âncora. — Os Estados Unidos já ultrapassaram a China e a Itália em número de casos conhecidos, com mais de 85 mil casos e 1.300 mortes.

Minha mãe é uma delas.

— Um dos locais mais atingidos é a cidade de Nova York. O funcionário de um hospital no Queens disse que eles têm apenas três respiradores vagos e que, se essa situação continuar em abril, o atendimento aos pacientes poderá ser racionado. Os corpos estão sendo armazenados em caminhões refrigerados...

Bato no controle remoto até, por sorte, apertar o botão que desliga a TV.

Duas vezes, vejo um fantasma.

Ela entra no meu quarto tão silenciosa que, a princípio, não sei o que foi que me acordou. O espectro se move entre as sombras e desaparece sem fazer barulho, antes que eu possa piscar para focar a visão.

Então, na terceira vez, estou esperando. Ela é um borrão escuro deslizando nos cantos do quarto; eu viro e estreito os olhos. É uma senhora de cabelos escuros e pele mais ainda, segurando sua própria sombra na mão.

— Oi — sussurro, e ela se volta, assustada. — Você é real? — pergunto.

Como todo mundo, ela está usando máscara e luvas. Aponta para a lata de lixo. Percebo, então, que o que ela está segurando é apenas um saco plástico preto. É uma trabalhadora essencial, que veio limpar o quarto.

— Qual é o seu nome? — pergunto.

Ela diz, hesitante:

— Não falo inglês.

Encosto no meu peito e digo:

— Diana. — Em seguida aponto para ela.

— Cosima — responde e inclina a cabeça.

Tenho a impressão de que ninguém quer fazer contato com nenhuma de nós duas. Com Cosima, porque a equipe médica nem a nota; comigo, porque sou uma potencial sentença de morte ambulante.

— Não sei mais o que é real e o que não é — confesso a Cosima enquanto ela limpa as torneiras e a pia. — Eu perdi tempo — digo. — E pessoas. E talvez a cabeça.

Ela tira o saco da lata de lixo e dá um nó no gargalo. Assente e o leva embora.

Não há relógios nos quartos de hospital; nosso sono é perturbado toda hora e as luzes nunca se apagam completamente, por isso é difícil ter noção do tempo. Às vezes, não sei se passaram horas ou dias.

Começo a contar os espaços entre os acessos de tosse que me deixam exausta. Meus pulmões se recuperaram o suficiente para me tirar do respirador, mas não estão nem perto de ser saudáveis de novo. Quando começo a tossir, não consigo parar; quando não consigo parar, fico sem ar; quando fico sem ar, minha visão periférica vai ficando escura e estrelada.

Foi exatamente assim que me senti quando achei que estava me afogando.

Está acontecendo de novo, então aperto o botão, e Chris, o auxiliar gostoso, entra. Ele vê que não estou conseguindo respirar e ergue o encosto da cama. Pega um tubo de sucção, daqueles de dentista, e enfia na minha boca. O que sai me faz pensar em gelo; são cacos de cristal que tossi para fora do peito. Não é de admirar que eu não consiga respirar, com isso dentro de mim.

— Tudo bem — diz Chris, para me acalmar. — Agora, tente normalizar a respiração.

Tusso de novo, o que pressiona minhas costelas e faz meus olhos lacrimejarem.

— Inspire... expire. Inspire... expire — ele me orienta, segurando minha mão com firmeza e me olhando nos olhos.

Nem pisco. Sustento seu olhar como se fosse uma tábua de salvação.

Minha respiração se acalma. Chris aperta meus dedos. Mas ainda não consigo evitar a comichão na garganta, a vontade de tossir.

— Siga meu ritmo — ele instrui, exagerando sua respiração para que eu possa acompanhar.

Demora um pouco, mas acabo conseguindo respirar junto com ele.

Mais um pouco e consigo falar. Sei que, agora que estou respirando, ele vai embora. E não quero ficar sozinha de novo.

— Você é solteiro?

— Está me paquerando? — Ele ri.

Sacudo a cabeça.

— Eu tenho namorado. Mas um dia você vai ser um parceiro incrível para alguém.

Ele sorri e pousa a outra mão sobre as nossas. Nesse momento a porta se abre e, como se eu o tivesse conjurado, Finn entra com seu EPI.

— Já que você acabou de se iluminar como uma árvore de Natal, acho que esse é seu namorado — diz Chris.

— Dr. Colson — corrige Finn, estreitando os olhos.

Sem graça, Chris solta minha mão.

— Claro — diz e me olha. — Respire, tudo bem? — Pisca para mim e sai do quarto.

Finn se senta na cadeira que Chris desocupou.

— Devo ficar com ciúme? — pergunta.

Reviro os olhos.

— Claro, porque a primeira coisa que eu pensei depois de quase morrer foi em trair você.

A frase nem saiu da minha boca e já sinto o rosto corar.

Com exceção de quando Finn e eu nos conhecemos, nunca tive oportunidade de vê-lo no modo profissional. É impressionante vê-lo abrir caminho pelo hospital, mas a maneira como ele acabou de usar seu título para intimidar Chris me faz estremecer um pouco… Ou talvez eu deva ficar lisonjeada por ele ser possessivo.

Mas o que ele disse ou fez perde total importância só por ele estar *aqui*. Ele está no meu quarto, não do outro lado do vidro. Não estou sozinha. Fico até tonta.

— Por onde você andou?

— Trabalhando para pagar nosso aluguel — diz ele. — Mas fiquei com saudade.

Estendo a mão para tocá-lo, já que posso.

— Também fiquei com saudade.

Quero que ele tire a máscara; quero ver seu rosto todo, como se tudo entre nós fosse normal. Mas sei que ele já está se arriscando neste quarto comigo, mesmo com todo o equipamento de segurança.

Percebo que a covid não é a única coisa que pode roubar o nosso fôlego.

Lembro a primeira vez que vi Finn de terno, e não de roupa de hospital. Foi em um encontro oficial, ele estava esperando por mim sentado a uma mesa em um restaurante italiano no Village. Quando entrei, atrasada por causa do metrô, ele se levantou e a sala ficou pequena. Esqueci até de respirar.

Uma semana depois, no meio de um beijo acalorado, seus dedos encontraram um pouco de pele entre minha blusa e a calça. Foi como ser marcada com ferro em brasa; todo o ar saiu do meu peito em um suspiro.

Já com meses de relacionamento, lembro que eu o procurava no escuro e pensava que era maravilhoso ter um corpo que eu conhecia tão bem quanto o meu. Lembro que ele ofegou quando o toquei do jeito que ele gosta; e que *eu* ofeguei pelo milagre de saber exatamente como era.

De repente, percebo como tive sorte por Finn estar comigo quando fiquei mal. Se ele não tivesse percebido que eu desmaiei por falta de oxigênio; se ele não tivesse me trazido ao hospital... bom, eu poderia não estar aqui agora.

— Obrigada — digo, com a voz ainda grossa. — Por me salvar.

Ele sacode a cabeça.

— O mérito é todo seu.

— Eu não lembro de nada. Nem de ter sido internada.

— É normal — diz Finn. — E é para isso que eu estou aqui.

Os cantos de seus olhos se enrugam, e penso que, de todas as coisas horríveis no fato de todo mundo ter que usar máscara, o pior é não saber quando alguém está sorrindo para nós.

— Vou ser sua memória — ele promete.

Uma parte de mim questiona como a memória dele pode ser menos falha que a minha. Afinal ele não estava aqui o tempo todo. E, na minha cabeça, nem eu.

Nosso cérebro esquece algumas experiências de propósito, para não termos que sofrer com elas de novo. Mas outras ele lembra e servem como um alerta, um aviso: *Não toque na chama do fogão. Não coma essa comida estragada.*

Não abandone o seu namorado no meio de uma pandemia.

— A última coisa que eu lembro é de você dizendo que eu devia viajar sozinha — digo baixinho.

Ele fecha os olhos por um instante.

— Ah, que bom. Justo essa parte, que eu esperava que você esquecesse — admite. — Você ficou muito brava comigo por isso.

— Fiquei?

— Ficou. Você perguntou como eu podia sequer sugerir uma coisa dessas, se eu realmente acreditava que as coisas iam ficar tão ruins aqui.

Ou seja, tudo que eu senti em Galápagos.

— Você disse que tínhamos interpretações muito diferentes do que é um relacionamento. Ficou falando sobre *Romeu e Julieta*, que, se Romeu tivesse ficado em Verona, toda aquela merda não teria acontecido. — Ele me olha, confuso. — Eu não fazia ideia do que você estava falando. Nunca li esse livro.

— Você *nunca* leu *Romeu e Julieta*?

Finn estremece.

— Você disse isso também. E me acusou de me importar mais com o dinheiro que íamos perder do que com você. E que, se eu realmente te amasse, não te deixaria longe da minha vista quando o inferno começasse. Eu sei que errei, falei sem pensar. Eu estava cansado, Di. E com medo de vir trabalhar e cuidar de pacientes contaminados e... — Sua voz falha e ele abaixa a cabeça. Para a minha surpresa, vejo que está chorando.

— Finn? — sussurro.

Aqueles lindos olhos azuis, da cor de seu avental, da cor do mar de um país aonde eu nunca fui, encontram os meus.

— Provavelmente fui eu que levei o vírus pra casa. Você ficou doente por minha culpa.

— Não — digo. — Isso não é verdade.

— É sim. Não sabemos muita coisa, mas está bem claro que algumas pessoas se contaminam e nunca apresentam sintomas. Eu trabalho em um *hospital*. — Ele cospe a última palavra, e percebo que está quase curvado de culpa. — Eu quase matei você — sussurra.

— Você não tem como saber isso — digo, apertando sua mão. — Eu posso ter pegado no trabalho ou no metrô...

Ele sacode a cabeça, ainda cheio de remorso.

— Eu estava tão cansado naquela noite, não queria mais brigar. Não tentei te impedir quando você foi para a cama mais cedo, e você já estava dormindo quando fui deitar. Você acordou no meio da noite para pegar um analgésico, eu ouvi e fingi que estava dormindo, porque estava com medo de continuar de onde paramos. E na manhã seguinte, quando eu quis me desculpar, mal consegui te acordar. — Ele enxuga os olhos na manga do jaleco.

Outra coisa que nos impede de respirar: um amor tão grande que nos derruba como uma onda.

— Eu quase perdi você. Se tem algo que aprendi, é que dizer adeus não é uma coisa que se faz casualmente. — Finn leva a palma da minha mão ao rosto e se entrega ao meu toque. — Nunca mais vou pedir para você ir a nenhum lugar sem mim — diz baixinho. — Se você prometer que nunca vai embora.

Fecho os olhos e vejo dois atobás-de-pés-azuis balançando e ziguezagueando em uma dança ancestral, mordendo o bico um do outro.

Eles vão se matar.

Na verdade, vão acasalar.

Abro os olhos e fixo o olhar em Finn.

— Prometo — digo.

O intensivista vem me ver. O nome dele é dr. Sturgis, e Finn não o conhece muito bem; ele começou na UTI do Hospital Presbiteriano no Natal. Ele analisa os medicamentos que estou tomando, diz que meus níveis de oxigenação estão melhores e pergunta se tenho alguma dúvida.

Tomo cuidado para não falar com Betty ou Syreta sobre minhas lembranças de Galápagos, porque a resposta sempre acaba com a prescrição de algum tipo de ansiolítico ou calmante, e não quero mais nenhuma interferência farmacológica em minha mente. No entanto, ao contrário do que elas disseram meio por alto — que as alucinações que os pacientes têm quando estão entubados acabam desaparecendo —, as minhas não desapareceram. Na verdade, ficaram mais nítidas, mais brilhantes, porque eu as revisito quando estou sozinha neste quarto, por horas a fio.

— Os... sonhos — digo ao intensivista. — Esses que eu tive quando estava no respirador. Eles não eram como os outros sonhos que eu já tive. — Eu me obrigo a continuar; ele é médico, não pode descartar minhas preocupações como se fossem coisas tolas. — Estou com dificuldade de acreditar que não eram reais.

Ele assente, como se já tivesse ouvido isso antes.

— Você está preocupada com seu estado mental.

— Sim — admito.

— O que posso dizer é que há uma explicação física para essas coisas que não fazem sentido. Quando o cérebro não oxigena direito, nosso estado mental muda. Fica mais difícil interpretar o que realmente está acontecendo. Isso, somado aos analgésicos e a uma sedação profunda, é a combinação certa para todos os tipos de delírio. Há cientistas que acham que a glândula pineal, sob estresse, produz DMT e...

— Não sei o que é isso.

— É o principal componente da ayahuasca — diz o dr. Sturgis —, que é uma droga psicodélica. Mas isso ainda é só uma teoria. Na verdade, não sabemos o que acontece quando uma pessoa é colocada em coma induzido e como a mente dela sincroniza a realidade com o inconsciente. Por exemplo, em algum momento você deve ter sido contida; a maioria dos pacientes de covid entubados tenta arrancar a cânula. Sob o efeito da medicação, seu cérebro tentou dar sentido ao que não fazia sentido para ele, e talvez você tenha alucinado com um cenário em que estava amarrada.

Minhas alucinações não tiveram nada a ver com confinamento, e sim com liberdade. Agora estou sob contenção, e isso me irrita. Quero passear por Sierra Negra. Ainda sinto o cheiro de enxofre. Ainda sinto a mão de Gabriel na minha pele nua.

— Os neurônios disparam e se reconectam durante uma experiência de quase morte — diz o médico. — Mas eu garanto que foi só um sonho. Particularmente tridimensional, mas apenas um sonho. — Ele olha meu prontuário. — A enfermeira anotou que você está com dificuldade para dormir.

Fico pensando por que a resposta de todo mundo é prescrever mais medicamentos. Vão me dar um analgésico extraforte, ou um sedativo, ou algo que me deixe inconsciente. Mas não é isso que eu quero. Não é que eu não consiga dormir; eu não *quero* dormir.

— Essa dificuldade é porque está com medo de ter mais alucinações? — pergunta o dr. Sturgis.

Depois de um instante, assinto. Não posso admitir a verdade: não tenho medo de voltar àquele outro mundo.

Tenho medo é de voltar lá e não querer mais sair.

Tive alta da UTI. Fui transferida, o que significa que não tenho mais Syreta, Betty nem o auxiliar gostoso cuidando de mim. Agora estou na enfermaria em que fiquei quando me trouxeram para cá, coisa que não lembro. O pessoal da enfermagem aqui está esgotado, são muitos pacientes para atender. É impossível Finn entrar aqui escondido para me visitar, porque ele fica na UTI de covid e não tem permissão para ir a outro lugar, em razão dos protocolos de segurança.

Na verdade, aqui eu me sinto ainda mais isolada.

Há *muitos* códigos neste andar.

Percebo que a maioria esmagadora dos pacientes que saem daqui para a UTI não volta. Sou a exceção.

Quando uma fonoaudióloga vem me ver, fico tão grata por interagir com alguém que não quero que ela saiba que já consigo falar, apesar da voz rouca. Mas Sara lê minha mente e diz:

— Fonoaudiologia não tem a ver só com falar. Você vai fazer um teste de deglutição. Vamos testar alimentos de várias consistências para garantir que você não aspire. Se passar, vai poder retirar o tubo nasogástrico.

— Já gostei — respondo.

A esta altura, consigo ficar sentada por quase meia hora sem me sentir tonta, o que me habilita para o teste de deglutição. Obediente, sento com as pernas para fora da cama. Sara dispõe lascas de gelo em uma colher e leva à minha língua.

— Você só precisa engolir — diz.

É difícil fazer isso sob comando, mas não importa, porque o gelo derrete no calor da minha boca e escorre, saciando minha garganta ferida. Enquanto isso, Sara ausculta minha garganta com um estetoscópio.

— Pode me dar mais? — pergunto.

— Calma, jovem gafanhoto — diz Sara, e lhe ofereço um olhar vazio. — Vocês, millennials... — Ela suspira e leva um copo com canudo aos meus lábios. Bebo um gole d'água, o que é igualmente satisfatório.

Quando passamos para o purê de maçã, estou nas nuvens. Assim que Sara faz menção de tirar o pratinho de mim, eu o puxo e enfio depressa outra colherada na boca.

Passo na prova do biscoito, que exige mastigação — e músculos que minha mandíbula precisa relembrar como usar. Sara observa enquanto minha garganta trabalha.

— Muito bom — diz.

Espero até ter certeza de que não restou nenhum farelo.

— É muito estranho esquecer como se come — comento.

Ela recoloca a cânula de oxigênio em minhas narinas e eu me recosto na cama de novo.

— Você vai treinar bastante. Vou autorizar a retirada da sonda de alimentação. Amanhã você vai comer uma refeição completa enquanto eu observo.

Meia hora depois, um enfermeiro que não conheço entra para retirar a sonda nasogástrica.

— Você nem imagina como estou feliz por te ver de novo — diz, agindo com rapidez e eficiência.

Tento ler o nome no crachá preso em um cordão.

— Zach? — pergunto. — Você já cuidou de mim?

Ele leva a mão ao coração.

— Você não lembra de mim? Estou arrasado.

Eu o encaro, e seus olhos sorriem, divertidos.

— Estou brincando. Mas vou ter que melhorar minhas habilidades de sedução.

Esfrego a ponta do nariz, que coça depois que o esparadrapo que segurava o tubo de alimentação é retirado.

— Eu não... não lembro de já ter ficado nesta enfermaria.

— Totalmente normal — afirma Zach. — Seus níveis de oxigênio estavam tão baixos que você ficava desmaiando. Seria uma surpresa se você lembrasse.

Eu o observo lavar rapidamente as mãos e secá-las com uma toalha, antes de vestir luvas novas. Ele parece competente e gentil, e conhece uma parte da minha história que talvez eu nunca recupere.

— Zach — pergunto baixinho —, seria uma surpresa se eu lembrasse de coisas que... que não aconteceram?

Ele suaviza o olhar.

— Alucinações não são incomuns em pacientes de UTI — diz ele. — Pelo que ouvi dizer, pacientes com covid são ainda mais propensos a elas, por causa da falta de oxigênio, da sedação profunda e do isolamento.

— O que você ouviu? O que mais você ouviu? — repito.

Ele hesita.

— Vou ser sincero: você é a segunda paciente que eu tive que foi parar na UTI e sobreviveu para contar. O outro era um homem que estava convencido de que o telhado do hospital se abria como o Superdome duas vezes por dia e emitia uma luz, e um sortudo era escolhido para ser levado por uma grua até essa coluna de luz e ficava saudável na hora.

Vasculho minha mente em busca de alucinações hospitalares como essa, mas não encontro nenhuma.

— Eu estava nas ilhas Galápagos — digo baixinho. — Morava na praia e fiz amizade com os moradores de lá, nadei com leões-marinhos e colhi frutas no pé.

— Parece um sonho incrível.

— Foi mesmo — digo. — Mas não parecia um sonho. Foi diferente de tudo que eu já sonhei enquanto estava dormindo. Era tão detalhado e tão real que, se você me largasse naquela ilha, aposto que eu conseguiria me orientar. — Hesito. — Eu vejo as pessoas que conheci lá como se estivessem na minha frente.

Algo muda em seus olhos, e ele assume sua postura profissional.

— Você está vendo essas pessoas agora? — pergunta Zach, sem nenhuma entonação na voz.

— Você não acredita que era real — digo, desapontada.

— Eu acredito que *você* acredita que era real — diz ele.

Mas isso não é uma resposta.

Embora eu ainda teste positivo para covid — o que Finn me garante que é normal —, ele está mexendo os pauzinhos para me tirar dessa ala o mais rápido possível, porque, quando alguém fica no hospital por muito tempo, acaba adoecendo de outra coisa: pneumonia, colite etc. Eu me sinto ridícula por estar em uma unidade de reabilitação sem ter nem trinta anos, mas também percebo que ainda não estou pronta para ir para casa. Ainda não consegui fazer mais que sentar ereta em uma cadeira, e mesmo assim precisei da ajuda de Prisha e de um guincho de transferência. Não consigo nem ir ao banheiro.

Para poder começar a reabilitação, o paciente precisa aguentar três horas de terapia por dia. Uma parte é fisioterapia, outra é ocupacional e, para quem precisa, fonoterapia. O lado positivo é que vou ver gente de novo. Os profissionais estão todos cobertos de EPI, por segurança, mas pelo menos três vezes ao dia terei companhia.

E, quanto mais tempo passo ao lado de pessoas, menos tempo passo revivendo minhas lembranças de Isabela.

Sou transferida para um quarto particular na unidade de reabilitação, e em menos de meia hora a porta se abre e entra um minúsculo furacão de cabelos ruivos e olhos azuis penetrantes.

— Sou a Maggie — ela anuncia. — Sua fisioterapeuta.

— O que aconteceu com a Prisha? — pergunto.

— Ela não sai do hospital e eu não saio da unidade de reabilitação. Teoricamente é o mesmo prédio, mas é como se tivesse um campo de força especial entre nós. — Ela sorri, mostrando o espaço entre os dentes da frente. — Sou muito fã de *Star Wars*. Já viu *The Mandalorian*?

— Hmm, não.

— Aquele cara fica muito gostoso de capacete. — Ela já se aproximou da cama e já tirou as cobertas; suas mãos firmes e fortes estão em meus pés e ela gira meus calcanhares. — Comecei a assistir por causa dos meus filhos. Tenho três. Um está na faculdade, mas voltou para casa por causa da covid. Nem acreditei. Está no primeiro ano, achei que tinha me livrado dele.

Ela diz isso com um sorriso no rosto e passa para os meus braços, puxando-os acima da minha cabeça.

— Você tem filhos? — pergunta.

— Eu? Não.

— Alguém no coração?

Assinto.

— Meu namorado é cirurgião aqui no hospital.

Ela ergue as sobrancelhas.

— Opa! É melhor eu trabalhar direitinho — diz e dá risada. — Estou brincando. Vou te colocar no ritmo exatamente como faço com os outros.

Enquanto ela mexe meus membros como se eu fosse uma boneca de pano (coisa que, na verdade, é o que pareço ser), descubro que ela mora em Staten Island com o marido, o qual é policial em Manhattan, com o filho que voltou da faculdade, uma menina que está no sétimo ano e queria ser freira na semana passada, mas na terça decidiu se converter ao budismo, e um menino de dez anos que será o próximo Elon Musk ou o Unabomber. Maggie diz que já teve covid, que tem certeza de que pegou quando se ofereceu para fazer as fantasias para a peça da escola de seu filho, sobre um T. Rex com medo de dizer aos pais que é vegano. É o que se ganha quando se pega todo o fundo da previdência e aplica em uma escola particular para superdotados, diz ela. Ela fala sobre o prédio onde mora e a constante alternância de idiotas no apartamento de baixo. Um começou a alimentar um gambá na escada de incêndio. Ele foi despejado, e uma mulher se mudou para o apartamento e deixou um bilhete embaixo da porta de Maggie perguntando se eles teriam alguma objeção a que ela colocasse uma claraboia no teto — que, é claro, seria o chão do apartamento de Maggie. Ela me faz rir tanto que só percebo que extrapolei minha capacidade física quando cada músculo do meu corpo já está gritando.

Finalmente, ela para de esticar meus braços e pernas. Eu desabo na cama, imaginando como posso estar tão exausta se outra pessoa fez todos os movimentos por mim.

— Muito bem, lindona, é hora de você sentar — diz ela.

Eu me esforço para pôr as pernas para fora da cama. Isso requer muito esforço e concentração, por isso, a princípio, não percebo que Maggie aproxima de mim uma cadeira de rodas reclinável. Ela tira um braço da cadeira, trava as rodas e coloca uma tábua na cama, formando uma ponte até o assento. Olho para ela e para o meu corpo, agora um desconhecido.

— Meu Deus, não — digo.

— Se conseguir, vou buscar um picolé para você. Sei onde ficam escondidos.

— Nem se fosse um quilo de sorvete — murmuro.

Maggie cruza os braços.

— Se você não consegue se transferir para uma cadeira, não pode ir ao banheiro. E, se não consegue ir ao banheiro, não pode encerrar a reabilitação.

— Não consigo sentar nessa cadeira — digo.

— Não consegue *sozinha* — corrige Maggie.

Ela se inclina de frente para mim e usa todo o seu corpo compacto para me apoiar. Em seguida puxa minha bunda para a borda da prancha. Ajeita minhas pernas e se inclina para a frente de novo, para me ajudar a reunir forças para me arrastar de lado na prancha. Fazemos isso mais algumas vezes, até que estou sentada na cadeira. E então ela coloca o braço de volta.

Estou suando, com o rosto vermelho, tremendo.

— Laranja — resmungo.

— Laranja o quê?

— O picolé.

Ela ri.

— O dobro ou nada. Consegue chutar com esta perna? Isso, assim. Dez vezes.

Mas dez vezes com a perna esquerda leva a dez vezes com a direita. E, a seguir, tocar nos dedos dos pés e levantar os braços. Quando Maggie me pede para me apoiar nos braços da cadeira e tentar erguer o peso do corpo, não consigo mexer um dedo sequer.

— Vamos lá, Diana — insiste ela. — Você consegue.

Não consigo nem levantar a cabeça do encosto da cadeira. Eu seria capaz de dormir por uma semana.

— Reabilitação — digo — é coisa de sádico.

— Verdade. Mas, para uma dominatrix, é o paraíso.

Com isso, começo a chorar de soluçar.

Imediatamente, o comportamento dela muda.

— Desculpa, eu passei dos limites. Minha boca não sabe quando ficar fechada...

— Eu fiquei entubada por cinco dias — digo. — Cinco *dias*, porra! Como pude ficar tão mal tão rápido?

Maggie se agacha à minha frente.

— Primeiro, você não está tão mal em comparação com outros pacientes. Tem pessoas que estão num respirador há meses, que sofreram amputações. Pode parecer ridículo sentar numa cadeira e tocar os dedos dos pés, mas é fazendo isso que você vai sair daqui. Eu garanto, são coisas pequenas, mas trazem enormes benefícios. — Ela me olha firme nos olhos. — Você pode ficar furiosa com seu corpo ou pode celebrá-lo. Eu sei, é uma merda você ter pegado covid. É uma merda ter sido entubada. Mas muitas pessoas que passaram pela mesma coisa não vão para casa, e você vai. Você pode encarar sua situação com amargura ou optar por ser otimista. A maioria dos adultos não tem muitas oportunidades de fazer algo pela primeira vez, mas você pode ter essa experiência. — Ela respira fundo. — Me dê duas semanas e você será dona do seu corpo de novo.

Estreito os olhos, olho para meu colo e aperto os dentes. Então me agarro nas laterais da cadeira, aperto e começo a me levantar.

— É isso aí, menina — diz Maggie.

Depois de uma sessão de terapia ocupacional — na qual tenho que tirar e vestir roupas, e durante a qual concluo que meias são obra do diabo —, vejo a notícia: um agente funerário do Queens falando que é favorável à cremação, que as pessoas podem ir buscar as cinzas de seus entes queridos sem nenhum tipo de contato.

Isso me faz pensar, de novo, que ficar dolorida por conta de tanta fisioterapia não é o pior que poderia acontecer, e sim o melhor. A maioria das pessoas na UTI de covid vai sair de lá dentro de um saco preto.

Em vez de pedir ajuda, ergo o corpo para poder pegar meu celular, que está em cima da mesinha de refeições. Depois de ter que carregar meu peso corporal, o celular parece leve como uma pena — um avanço desde ontem.

Não quero fazer essa ligação, mas sei que preciso.

Ligo para a The Greens.

— Oi — digo, quando me passam para a administração. — Aqui é Diana O'Toole. Minha mãe, Hannah, era residente aí. Estou hospitalizada, mas queria avisar que, assim que tiver alta, vou buscar as coisas dela. Se precisarem colocar outra pessoa no quarto, poderiam guardar...

— Srta. O'Toole — interrompe a diretora —, está dizendo que quer tirar sua mãe da nossa clínica?

— Eu... O quê?

— Posso garantir que ela está sendo bem cuidada. Sei que muitas clínicas andaram saindo nos noticiários ultimamente por causa da covid, mas não tivemos nenhum caso aqui e estamos mantendo um alto nível de vigilância...

Meu coração começa a galopar dentro do peito.

— Nenhum caso — repito.

— Nenhum.

— Minha mãe está viva.

A diretora hesita.

— Srta. O'Toole — diz gentilmente —, por que você pensaria que ela não está?

O celular cai da minha mão, e eu cubro o rosto e começo a chorar.

O que mais não aconteceu?

Se minha mãe está viva, se eu nunca estive em Galápagos, há outras coisas que eu julguei como fatos e não são necessariamente verdade?

Tipo... eu ainda tenho emprego?

Eu me pego acessando meu e-mail, coisa que tenho evitado, porque meus olhos ainda têm dificuldade para focar em uma tela minúscula, e a quantidade de mensagens não lidas é tão grande que me dá a sensação de que vou ter uma crise de urticária.

No entanto, antes que eu comece a filtrar os e-mails de trabalho, recebo uma mensagem de Finn, com um link do Zoom e um emoji de coração. Já faz dois longos e intermináveis dias que não nos vemos nem falamos, porque ele está trabalhando, então clico no link imediatamente. É a primeira vez que o vejo sem máscara; ele está com hematomas na ponte do nariz. Seu cabelo está molhado, acabou de sair do banho. Seu rosto se ilumina quando entro na chamada.

— Por que você não me disse que a minha mãe está viva? — solto sem pensar.

Ele pisca, confuso.

— Por que ela *não* estaria?

— Porque quando eu estava... sedada pensei que ela tivesse morrido.

Ele suspira.

— Ah, meu Deus, Diana...

— Eu a vi pelo FaceTime, ela não conseguia respirar — explico. — E então... — Não consigo dizer as palavras; é como se fosse gorar essa inesperada ressurreição. — Eu perguntei sobre ela quando despertei e você disse que estava cuidando de tudo. Eu presumi que você *sabia* o que tinha acontecido, que estava falando com a clínica, a funerária e tal.

— Bom — diz ele, hesitante —, vamos ver pelo lado bom.

— Quando eu pensei que ela tinha morrido, não senti nada. Achei que eu era um monstro.

— Talvez você não tenha sentido nada porque, inconscientemente, sabia que não era real...

— *Parecia real* — retruco e enxugo os olhos. — Quero visitá-la.

— Tudo bem. A gente vai.

— Acho que eu preciso ir sozinha.

— Mais um incentivo para melhorar — responde Finn, suavizando a voz. — Como está a reabilitação?

— É uma tortura — digo, ainda fungando. — Cada centímetro do meu corpo dói e tem um plástico embaixo dos meus lençóis, por isso transpiro muito.

— Você não vai ficar aí muito tempo — diz ele com confiança. — Geralmente, depois da entubação, leva três vezes mais tempo para voltar ao ponto em que você estava. Para você, vão ser quinze dias.

— A fisioterapeuta disse duas semanas.

— Você sempre foi uma ótima aluna — diz ele.

Pela tela, observo seu rosto.

— Alguém te deu um soco? — pergunto, passando o dedo pelos ossos orbitais do meu rosto, para mostrar onde o dele está machucado.

— É da máscara N95 — diz Finn. — Precisa ficar bem justa para proteger. Eu nem percebo mais. Deve ser porque estou sempre usando aquela maldita máscara.

De repente, eu me sinto envergonhada. Estourei com Finn no instante em que iniciamos a chamada, praticamente o acusando de não ter me dito que minha mãe estava bem. Claro que ele não poderia saber que eu achava o contrário. Além disso, como eu nunca dei muito espaço para a minha mãe na minha vida, ela não seria, nem de longe, o primeiro, o quinto, nem mesmo o quinquagésimo assunto da nossa conversa depois de eu acordar de um coma induzido.

— Não perguntei sobre o seu dia — digo. — Como foi?

Algo em Finn muda, como uma cortina que se fecha — não para me manter fora, mas para protegê-lo, para que ele não tenha que reviver o que quer esquecer.

— Acabou. É o melhor que posso dizer sobre o meu dia. — Ele sorri para mim, e seus olhos voltam a brilhar. — Pensei que talvez a gente possa fazer umas coisas gostosas agora.

Eu me aconchego mais na cama, de lado, para o celular ficar apoiado no travesseiro.

— Tomar banho de banheira? Por favor, diga que sim.

Ele ri.

— Eu estava pensando mais em... pornografia.

Fico chocada.

— O quê? Não! Alguém pode entrar aqui a qualquer momento.

Finn começa a digitar, compartilha sua tela e, um instante depois, abre o site da imobiliária.

— Eu não especifiquei que tipo de pornografia — diz.

Não posso deixar de sorrir. Finn e eu passamos muitas manhãs preguiçosas de domingo na cama, com café, bagels e o notebook equilibrado entre nós, vendo os imóveis dos nossos sonhos. A maioria das casas estava fora da nossa faixa de preço, mas era divertido fantasiar. Algumas eram simplesmente ridículas — mansões enormes nos Hamptons, uma fazenda funcional em Wyoming, uma verdadeira casa na árvore na Carolina do Norte. Nós olhávamos as fotos enquanto planejávamos nosso futuro: nessa varanda telada, no nosso primeiro aniversário de casamento, vamos comer o pedaço de bolo da festa que guardamos. Esse é o quarto que vamos pintar de amarelo quando descobrirmos que vamos ter um bebê. Esse é o quintal onde vamos construir o balanço quando ela tiver idade para brincar nele. O tapete dessa sala vai ter que sair, porque nosso bernese vai fazer xixi nele.

Finn abre as fotos de uma modesta casa vitoriana, com uma torre de verdade.

— Uma graça — digo. — Onde é?

— White Plains. Não é longe.

A casa é rosa com acabamento violeta.

— É meio João e Maria.

— Exatamente. Perfeito para um final feliz de conto de fadas.

Ele está muito entusiasmado, eu nem tanto. Mas entro na brincadeira. Quando Finn clica nas fotos do interior da casa, digo:

— Vai levar meses para aprendermos a mexer nesse fogão sueco. Talvez a gente morra de fome.

— Tudo bem, porque olha só, tem uma despensa do tamanho de Rhode Island. Podemos enchê-la de miojo. — Ele clica de novo. — Três quartos... um pra gente, um pra nossa filha... mas e os gêmeos?

— Se você quer gêmeos, *você* vai ter que engravidar — digo.

— Dá uma olhada nessa banheira vitoriana! Você sempre quis uma.

Assinto com a cabeça, mas só consigo pensar que não sou capaz nem de ficar em pé no chuveiro, como diabo vou conseguir entrar em uma banheira dessas?

Animado, Finn me guia por um tour virtual pela casa: a sala de estar com um aquecedor a lenha, um quarto que ele pode transformar em escritório, um aparador pequeno e bonito que pode ser adaptado para armário de bebidas. Então ele clica no porão, que tem um chão sujo e parece desconfortavelmente ameaçador. A última sala tem uma porta de ferro e barras de metal, como uma cela de prisão.

— Parece que o estilo mudou... — murmuro.

Finn rola as fotos de novo e estamos dentro dessa sala, que é forrada de veludo vermelho, tem piso acolchoado e paredes com chicotes e algemas de ferro.

— Olha isso, nossa própria masmorra do sexo! — exclama ele e, ao ver meu rosto, cai na gargalhada. — Espera, sabe qual é a melhor parte? Na descrição, essa sala consta como estúdio. Estúdio de *perversidades*, talvez.

Noto que, algumas semanas atrás, essa casa teria me feito rir por uns quinze minutos. Eu teria mandado prints de tela para Finn no meio do dia só para fazê-lo rir. Mas agora não vejo graça. Só consigo pensar que quem está vendendo essa casa tinha uma vida oculta, secreta.

— Finn — digo, forçando um sorriso —, acho que a fisioterapia começou a fazer efeito. Não consigo ficar de olhos abertos.

De imediato, Finn encerra o compartilhamento de tela e me olha com um olhar de médico.

— Tudo bem — diz, aparentemente encontrando em meu rosto a resposta de que precisava. Então, abre um sorrisinho. — Mas, se não formos rápidos, alguém pode comprá-la antes de nós.

Olho para seu rosto bonito e familiar. Os cabelos loiros que estão sempre sobre seus olhos, a covinha que flerta em uma bochecha só.

— Obrigada por tentar fazer tudo parecer normal — digo baixinho.

— E vai ficar normal — ele promete. — Sei que deve ser difícil ter que reaprender tudo, sei que você deve pensar que perdeu muito tempo, mas um dia mal vai se lembrar disso.

Assinto. E penso: *É disso que eu tenho medo.*

Na manhã seguinte, depois que Maggie me obriga a ficar em pé com um andador, apesar das minhas pernas gelatinosas, ligo para meu melhor amigo. Rodney atende no primeiro toque.

— Minha terapeuta disse pra eu não falar com pessoas que me ignoram — diz ele.

— Estou no hospital — explico. — Bom, na reabilitação. Mas fiquei internada. Com covid. Entubada.

Rodney fica em silêncio por um instante.

— *Caralho* — sussurra. — Você está oficialmente perdoada por não responder nenhuma das minhas mensagens, e ignore a parte em que eu te chamei de vadia desleal. Caramba, Diana, como você pegou?

— Não sei. Eu nem lembro de ter ficado doente.

Conto a ele todos os detalhes que Finn me deu, mas é como experimentar roupas que não me servem muito bem. Então, hesitante, pergunto:

— Rodney, estamos de licença não remunerada mesmo?

Ele bufa.

— Sim. Você precisava ver, foi um banho de sangue. A Eva e todos os outros seniores barganhando pra salvar o próprio salário. Ninguém nem questionou que o restante de nós não era dispensável. Sabia que um apartamento em Dumbo não é barato? Nem todo mundo tem um cirurgião sexy para dividir o aluguel.

— O que eu vou fazer sem emprego? — pergunto.

— A mesma coisa que todo mundo nos Estados Unidos está fazendo. Dar entrada no seguro-desemprego, fazer pão de banana e esperar que o Congresso se organize para aprovar um plano de incentivo.

— Mas... o que a Sotheby's disse? Vamos ter nosso emprego de volta um dia? Ou é melhor começar a procurar outro?

— Eles não disseram merda nenhuma — responde Rodney. — Só *circunstâncias além do nosso controle* e *continuamos comprometidos com a área de venda de arte*, blá-blá-blá. Não viu o e-mail?

Está em algum lugar, tenho certeza, misturado aos 2.685 outros que ainda não li. Fico imaginando por que justo *esse* detalhe do meu sonho induzido por drogas tinha que ser verdadeiro.

— Não tinha internet em Isabela — respondo automaticamente.

— Quem é Isabela?

— Rodney — digo baixinho —, quero te contar uma coisa. Mas vai ser difícil você acreditar.

— Muito difícil? Quanto, numa escala de bermudas e blazers na Fashion Week até o vestido de carne da Lady Gaga?

— Só ouve — peço.

E eu lhe conto sobre minha outra vida: minha chegada a Isabela e o hotel fechado, a automutilação de Beatriz e seu pai taciturno. A morte da minha mãe. A noite ardente e inconsequente que Gabriel e eu passamos juntos. As ondas se fechando sobre a minha cabeça.

Quando termino, Rodney está em silêncio.

— E então?

— Não sei o que dizer, Di.

Reviro os olhos.

— Rodney, já vi você julgar a mochila de unicórnio de uma criança de cinco anos. Você sempre tem algo a dizer sobre as coisas.

— Hmm, isso me lembra uma coisa... Sabe o cara que dorme em frente à Sephora na East 86th? Aquele de macacão de arco-íris que prega o fim dos tempos?

Meu rosto está pegando fogo.

— Você é um idiota. Eu não inventei nada disso, Rodney.

— Eu sei — diz ele. — Porque, ao que parece, a ilha Isabela, em Galápagos, realmente fechou por duas semanas, começando em 15 de março.

— O quê? — ofego. — Como você sabe disso?

— Goooogle — responde Rodney, lentamente.

— Foi nesse dia que eu cheguei lá, de balsa. Ou sonhei que cheguei. Sei lá.

— Ora, se você estava com febre alta no hospital nesse dia, acho que não estava fazendo pesquisas na internet.

— Talvez estivessem falando na televisão, ao fundo.

— Ou talvez não — diz Rodney.

Quando ouço essas palavras, meus olhos se enchem de lágrimas. Acho que eu não tinha percebido como precisava que alguém acreditasse em mim.

— Escuta, minha linda, tenho muitos parentes que se interessam por ocultismo, tenho que te dar o benefício da dúvida. Vai saber se você não foi parar numa quarta dimensão?

— Nossa, isso parece mais loucura ainda — murmuro.

— Mais loucura que ter um caso com um produto da sua imaginação?

— *Cala a boca!* — sibilo, mesmo sabendo que ninguém além de mim o ouviu.

— Então, a pergunta de um milhão de dólares é: você contou ao Finn sobre as suas, digamos, atividades extracurriculares?

— Ele acha que é um sintoma da covid, por causa do coma induzido.

Rodney pensa por um instante.

— Se foi real, mesmo que só para *você* — diz ele —, vai ter que contar.

Aperto a palma da mão entre as sobrancelhas, onde começo a sentir uma dor surda.

— Não consigo nem ver meu namorado. Ele está trabalhando dia e noite, e não posso receber visitas. Parece que eu sou uma leprosa. Mal consigo ficar em pé, não tomo banho há tanto tempo que nem sei quando foi a última vez e, com base na minha experiência tentando me vestir, talvez sutiã seja coisa do passado para mim. Quando estou cansada demais para fazer terapia, minha cabeça começa a girar e não consigo lembrar o que é real e o que não é, então entro ainda mais em pânico. — Solto um suspiro trêmulo. — Preciso de uma distração.

— Amiga, tenho duas palavras para você: *Tiger King* — diz ele.

Outras coisas que acontecem no meu segundo dia de reabilitação:
1. Consigo calçar sapatos e meias.
2. Ouço na CNN que 80% das pessoas que são entubadas morrem.

Estou lutando contra meu próprio corpo. Minha mente é superfocada, grita coisas como "levante, equilibre!", mas meus músculos não falam essa língua. Como qualquer outro tipo de dissonância, é cansativo. A única coisa boa de fazer tanto esforço durante o dia é que, à noite, estou tão exausta que não resisto ao sono. Ele me derruba com força e estou cansada demais para sonhar.

Fico imaginando, também, se o motivo de eu conseguir dormir aqui, como não dormia na enfermaria, é porque sei que todas as manhãs Maggie vai aparecer com um novo instrumento de tortura. Talvez eu ainda não confie em meu progresso físico nas mãos dela, mas confio que ela vai me trazer de volta ao mundo real.

No terceiro dia, a terapeuta ocupacional, Vee, entra e me observa quando tento pôr pasta de dente na escova. Sempre fiz isso sem pensar, mas, agora, isso demanda concentração zen. Acabo de escovar os dentes assim que Maggie entra. Ela chega empurrando uma caixa esquisita, atarracada, que deixa na lateral do quarto.

— Hora de ficar em pé — diz.

Ela procura ao redor e pousa o olhar no andador que usamos ontem. Então o posiciona ao lado da cama.

— Venha se familiarizar com o Paul — diz.

— Alice — corrijo.

Andamos discutindo sobre o melhor nome para um andador — que já não é um nome apropriado, visto que o estou usando para ficar em pé, não para andar. Mas jogo as pernas para fora da cama e, desta vez, nem tenho que pensar para fazer acontecer. Maggie passa um cinto à minha volta, espera até ter certeza de que não estou tonta e me ajuda a deslizar para a beirada da cama. Fico em pé por trinta segundos e minhas pernas não tremem.

Olho para ela com um sorriso no rosto.

— Traga esse negócio — digo, desafiadora.

— O que você me disse que queria fazer quando chegasse até aqui?

— Ir embora — respondo.

— E o que eu disse que você precisava fazer primeiro?

Noto que Vee não saiu do quarto — ela empurrou a caixa esquisita que Maggie trouxe aqui e a deixou perto de Alice, a Andarilha.

Ela abre a tampa da caixa e vejo que é um vaso sanitário portátil.

— Tchã-nã! — diz Maggie.

Quarto dia de reabilitação:
1. Sento na cadeira de rodas sozinha.
2. Vou com ela ao banheiro e escovo os dentes.
3. Fico tão cansada no meio do caminho que apoio a cabeça na bancada e adormeço.
4. É assim que uma enfermeira me encontra para me dizer que, finalmente, testei negativo para covid.

Agora que não estou mais com covid, Maggie diz que vou fazer fisioterapia na academia. Ela me leva até lá; é grande e há muitos pacientes com vários fisioterapeutas. É quase chocante ver tanta gente em um só lugar, depois de tanto tempo isolada. Fico imaginando quantas dessas pessoas tiveram covid.

Ela me deita em um tapete de ioga e começa a mexer meus braços e pernas, avaliando a força das articulações e dos meus deltoides e bíceps. Durante todo o tempo, fica me fazendo perguntas sobre o meu apartamento: "Você mora com alguém que fica lá o dia todo? Tem elevador? Quantos passos do elevador até o apartamento? Tem tapete ou carpete? Escada?"

Quando ela me leva às barras paralelas, fico contente por poder focar em algo que não seja um interrogatório. Minha mente ainda está meio enevoada; começo uma frase e logo esqueço o que ia dizer.

Maggie e eu estamos frente a frente, e há uma cadeira de rodas atrás de mim.

— Levante a perna esquerda — diz ela.

Sinto uma gota de suor brotar na testa.

— Se eu cair — observo —, você vai comigo.

— Vou correr o risco — responde Maggie, desafiadora.

Estou tonta e com medo de perder o equilíbrio, mas levanto a perna a um centímetro do chão.

— Agora a direita — pede ela.

Aperto os dentes e tento, mas meu joelho dobra e eu caio na cadeira de rodas, que recua alguns centímetros.

— Tudo bem — diz Maggie. — Roma não foi construída em um dia.

Olho firme para ela.

— De novo — exijo.

Ela estreita os olhos e assente com a cabeça.

— Tudo bem. — E me puxa para me levantar. — Vamos começar com uma flexão de joelho.

Faço o plié mais feio do mundo.

— Agora, jogue seu peso para o pé esquerdo — ela pede e eu obedeço. — Agora levante a perna direita.

Meu joelho treme e tenho que me segurar nas barras com força, mas consigo.

— Ótimo — diz Maggie. — Agora... marche.

Perna esquerda, direita, esquerda, direita.

O esforço que faço para marchar sem sair do lugar é imenso. Estou banhada de suor, fazendo careta, e me apoio nas barras paralelas como se fossem uma extensão do meu esqueleto. Na verdade, estou tão concentrada que não percebo que avancei um palmo.

Maggie assobia.

— Veja só quem está andando.

Vee me diz que, se eu conseguir lavar o cabelo, tem uma surpresa para mim. Não consigo imaginar nada melhor que o chuveiro em si. Sentada em um banquinho de plástico, com a água caindo em minha pele, começo a me sentir humana de novo.

Eu me sinto uma atleta olímpica quando abaixo para pegar o frasco de xampu, coloco um pouco na palma da mão e esfrego o couro cabeludo. Não caio da cadeira. Deixo o rosto embaixo d'água, pensando que isso é melhor que qualquer banheira de hotel cinco estrelas.

Enquanto observo a espuma escorrer pelo ralo, penso em todas as coisas que estou lavando. Essa fraqueza. O maldito vírus. Os dez dias perdidos de que não me lembro.

Eu me senti um fracasso no hospital, dependente de tubos, remédios, soros e enfermeiras para fazer cada coisinha que sempre fiz, de forma independente, desde que era criança. Mas aqui, na reabilitação, estou ficando mais forte. Aqui, sou uma sobrevivente. E os sobreviventes se adaptam.

Gabriel surge em minha mente, apontando para uma iguana-marinha. Eu me vejo curvada diante de uma onda, fechando os olhos.

Bato com o nó dos dedos na parede.

— Acabei — digo com a voz grossa, imaginando por quanto tempo ainda serei emboscada por essas lembranças.

Ouço o clique da porta e Vee entra com uma toalha. Ela abre a cortina de plástico e fecha a torneira. Nem mesmo o fato de estar nua em pelo na frente dela pode me roubar a alegria de finalmente estar limpa.

Vee me observa enquanto visto a calça e a blusa de moletom e então me entrega uma escova de cabelo. Tento me pentear, mas, depois de tanto tempo, meu cabelo está tão embaraçado que não consigo. Ela senta atrás de mim na cama e começa a desembaraçar os fios, afastando-os do meu rosto.

— Acho que estou no céu — digo.

Ela ri.

— Não! Estamos felizes por você *não* ter ido pra lá. — Ela trabalha em meu cabelo com dedos ágeis. — Sempre faço trança embutida nas minhas filhas.

— Não sei fazer.

— Não? — pergunta Vee. — Sua mãe nunca te ensinou?

Eu a sinto trançar, puxar e torcer.

— Ela não era muito presente — respondo.

E, agora que ela não está correndo pelo mundo todo, eu também não ando muito presente.

Isso pode mudar.

Sempre acreditei que somos os arquitetos do nosso destino, por isso sempre planejei com tanto cuidado os passos da minha carreira, e por isso Finn e eu sonhamos juntos com o nosso futuro. É também por isso que posso culpar minha mãe por escolher sua carreira em detrimento de mim, porque foi simplesmente isso: uma decisão que ela tomou. Eu nunca acreditei no mantra que diz que as coisas acontecem por uma razão. Até agora, talvez.

Se fiquei tão doente que quase morri... Se fui uma das poucas pessoas a sobreviver depois de ser entubada... Se voltei a este mundo, e não àquele que existe em minha mente... Quero acreditar que há uma explicação. Que não é aleatório ou mera sorte. Que foi uma lição para mim, ou um alerta.

Talvez tenha a ver com a minha mãe.

Vee prende a trança com um elástico.

— Pronto, uma pessoa totalmente nova.

Ainda não.

Mas eu *poderia* ser.

Ela puxa a cadeira de rodas e a freia, em seguida posiciona Alice perto para eu transferir o peso do meu corpo e sentar.

— Acho que eu prometi uma surpresa para você — diz Vee.

Deve ser uma ida até a academia para fazer mais fisioterapia.

— Precisa mesmo? — pergunto.

— Confie em mim — pede ela, abrindo a porta do meu quarto.

Ela me dá uma máscara cirúrgica e me empurra pelo corredor, passando por pacientes que caminham cuidadosamente com andador ou com bengala de quatro apoios. Algumas enfermeiras sorriem para mim e comentam sobre a minha aparência, o que me faz pensar como devia estar horrível antes. Mas, em vez de ir para o elevador, Vee vira à direita no fim do corredor e aperta com o cotovelo o botão de uma porta automática, fazendo um painel de vidro se abrir. Ela me leva até um pátio interno do hospital. Está excepcionalmente quente, e o sol se põe em um tom âmbar.

— Ar fresco? — suspiro, inclinando o rosto.

E é quando o vejo.

Finn está parado do outro lado do pátio estreito, com um buquê de tulipas na mão.

— Acho que você pode assumir agora, doutor — diz Vee, então pisca para mim e volta para dentro.

Finn me olha e solta um lado da máscara. Seu nariz ainda está escuro e machucado, mas, meu Deus. Ver esse sorriso...

Grito, frustrada por minha incapacidade de chegar até ele, e, como se eu o atraísse com a força do pensamento, um segundo depois Finn está ao meu lado. Ele se ajoelha e me abraça.

— Veja só quem testou negativo — diz.

Tiro minha máscara e a deixo no colo.

— Você viu meus exames?

Ele sorri.

— Privilégios da profissão.

Finn descansa a testa na minha, fecha os olhos. Sei que este momento é muito emocionante para ele também. Abraçá-lo, ser abraçada... É como se eu tivesse ficado presa debaixo do gelo e, de repente, voltasse a um lugar com som, calor e sol.

— Oi — sussurra ele, com os lábios nos meus.

— Oi.

Ele se aproxima ainda mais e cola a boca na minha, então se afasta, com as faces coradas, como se soubesse que ainda estou me recuperando mas não conseguisse se conter.

Fico esperando o último clique da fechadura, a peça final do quebra-cabeça, o suspiro familiar por chegar em casa.

Este é o seu lugar, digo a mim mesma.

— Você teve tanta sorte — diz Finn com a voz rouca, como se tentasse afastar as sombras do que poderia ter acontecido.

— Eu *tenho* muita sorte — corrijo.

Pego seu rosto e colo meus lábios nos dele. Mostro a ele que é isso que eu quero, que é isso que eu sempre quis. Eu o absorvo para me convencer.

Roubo seu fôlego para guardar em mim.

Como não posso receber visitas e Finn subornou os funcionários com donuts para conseguir entrar, posso passar só uma hora com ele no pátio. Já está esfriando e estou ficando cansada. Ele me ajuda a colocar a máscara de novo, me leva de volta ao quarto e me deita na cama.

— Queria poder ficar com você — murmura.

— Eu queria poder *ir* com você — digo.

Ele beija minha testa.

— Logo, logo — promete.

Então me entrega uma sacola cheia de livros — livros que pedi que ele deixasse na recepção para mim, antes de saber que ele poderia entregá-los pessoalmente. São os guias do Equador e de Galápagos que usei para planejar nossa viagem.

Obviamente, não estão em uma mala perdida em algum lugar. Ficaram no balcão da cozinha o tempo todo, com nosso passaporte e as passagens impressas, prontos para ir para a mala.

Respiro fundo e abro um deles.

Isabela é a maior ilha de Galápagos e grande parte dela é inacessível devido à lava, aos arbustos espinhosos e às costas rochosas e inóspitas.

Puerto Villamil permanece relativamente intocada pelos turistas; é uma pequena aldeia de ruas arenosas e casas cercadas por cactos de um lado e uma linda praia do outro.

Eu havia destacado alguns pontos turísticos que queria ver com Finn:

O caminho para Concha de Perla leva a uma baía protegida, boa para mergulhos com snorkel.

Depois de passar por várias lagoas cheias de flamingos, encontram-se placas para o Centro de Criação de Tartarugas.

Uma caminhada de duas horas a partir da Playa del Amor conduz a El Muro de las Lágrimas.

Ao redor dos túneis de lava semissubmersos em Los Túneles, a água é brilhante e clara e abriga uma grande variedade de espécies marinhas.

Um após o outro, leio sobre os lugares que visitei enquanto estava inconsciente e os observo florescer em lembranças tridimensionais, cheias de sons, cores e cheiros.

Deixo o guia na mesa de cabeceira e coloco Finn no centro da minha mente. Penso nele no pátio, na sensação de seu cabelo passando por entre meus dedos. Em seu cheiro de pinho e sabonete carbólico, sempre presente. Em seu beijo, que não foi uma descoberta, e sim a garantia de que eu já havia feito essa jornada antes e sabia aonde ir, o que fazer, o que parecia o certo.

Nessa noite, não me permito adormecer.

Rodney está bravo porque deveríamos estar assistindo a reprises de *Survivor* juntos pelo celular e trocando mensagens em tempo real com nossas previsões sobre quem será mais votado para sair da ilha, mas fico divagando, entre um cochilo e outro.

Alô?, ele manda mensagem. Morreu?

...

Já?

A última notificação me acorda e leio suas mensagens.

Engraçadinho, digito.

Vou arranjar outra bff em New Orleans.

Rodney vai morar com a irmã na Louisiana porque não pode pagar o aluguel aqui em Nova York. Essa mensagem me deixa esperta. Estamos em lockdown, eu sei, e provavelmente sou a última pessoa com quem alguém quer ter contato próximo, mas pensar em não ver Rodney antes de ele se mudar faz algo se deslocar em meu peito.

Desculpa, não vou adormecer de novo. Juro.

Na minúscula tela do meu celular, vejo uma competidora, que é professora de pré-escola, entrar em um barril para atravessar uma pista de obstáculos e ganhar pasta de amendoim.

#claustrofobia, digita Rodney. Lembra quando você ficou trancada naquele cofre no trabalho e pirou?

Entendo que isso significa que fui perdoada por cochilar.

Eu não pirei, só surtei um pouco, minto. Além disso, já rastejei por um túnel que tinha a largura dos meus quadris.

Até parece. Prova.

Hesito.

Em Isabela, escrevo.

Por um momento, observo aqueles três pontos aparecerem e desaparecerem, enquanto Rodney pensa no que dizer.

De repente, a tela de *Survivor* congela e surge uma chamada no FaceTime. Atendo e vejo o rosto de Rodney.

— Não sei se conta como vencer seus medos, se você fez isso enquanto estava inconsciente — diz ele.

— É uma linha tênue.

Ele me olha por um longo tempo.

— Quer falar sobre isso?

— É um lugar chamado *trillizos*. Como se fossem uns buracos de toupeira no meio da terra. Acho que os turistas descem de rapel.

Ele estremece.

— Prefiro uma praia e uma frozen margarita.

— A Beatriz me levou lá da primeira vez e, da segunda, ela fugiu e eu tive que descer para tentar salvá-la.

— Por que ela precisava ser salva?

— Ela me encontrou na cama com o pai dela e não aceitou muito bem.

Rodney uiva de tanto rir.

— Diana, só você para alucinar com um dilema ético.

Ao ouvir a palavra *alucinar*, eu me fecho. Rodney percebe e suaviza o olhar.

— Desculpa, eu não devia ter dito isso. Trauma é trauma. Só porque mais ninguém viveu isso, não significa que não seja real para você.

Maggie conversou comigo sobre outros pacientes que saíram da ECMO ou da entubação e sofrem estresse pós-traumático. Tenho alguns sintomas: medo de dormir, ataques de pânico quando começo a tossir, checagem obsessiva dos meus sinais vitais. Mas também ainda sinto como foi ter água nos pulmões enquanto me afogava. No meio da noite, meu coração bate forte na garganta e estou de volta ao túnel que percorri em busca de Beatriz. Fico tendo flashbacks de experiências que todo mundo diz que eu nunca tive, e até agora, mais de uma semana depois de retirarem todos os sedativos, eles ainda não sumiram.

— Talvez eu não devesse falar sobre isso — pondero em voz alta. — Talvez isso só dificulte mais as coisas no longo prazo. É que... — Sacudo a cabeça. — Lembra aquele sujeito que entrou na Sotheby's convencido de que tinha um Picasso legítimo, e era um panfleto de uma banda de merda e ele estava delirando?

Rodney assente.

— Agora eu entendo. Para ele, aquilo era um maldito Picasso. — Aperto a ponte do nariz. — Não sei por que as lembranças não... desapareceram. Nem por que eu não consigo assimilar que tudo tenha sido um sonho incrivelmente detalhado e estranho.

— Talvez porque você não queira que seja isso.

— Se a realidade é que eu quase morri, com certeza não quero. Mas é mais do que isso. Aquelas pessoas eram *muito reais*.

Rodney dá de ombros.

— Para uma mulher inteligente, você é bem burra, Di. Está com o celular na mão, não é? Me diz que você pesquisou eles no Google.

Pisco devagar.

— Ai, meu Deus.

— Fala, meu bem.

— Por que eu não pensei nisso?

— Porque você ainda não consegue desembaralhar as letras das palavras que a terapeuta ocupacional te dá e o seu cérebro não está funcionando direito.

Abro o buscador, transformando Rodney em um pontinho verde no fundo. Digito: *Beatriz Fernandez.*

Há vários resultados, mas nenhum é ela.

O mesmo acontece quando digito o nome de Gabriel.

— E aí? — pergunta Rodney.

— Nada. Mas isso não é surpresa, já que a internet lá era tão ruim que ter um perfil nas redes sociais seria inútil.

A não ser que a internet *não* seja ruim lá, e eu criei esse obstáculo no meu sonho.

Minha cabeça começa a doer.

— Vou tentar uma coisa — murmuro.

Digito: *Casa del Cielo Isabela Galápagos.*

Imediatamente, aparece uma foto do hotel que reservei; no entanto, não se parece nem um pouco com o que visitei na minha imaginação. Mas... *existe.*

Meus polegares voam sobre a tela de novo: *G2 TOURS.*

Guias e passeios, leio. E, em vermelho: FECHADO.

Prendo a respiração.

— Ele é real, Rodney. A empresa dele é, pelo menos.

— E você não entrou em contato com eles antes, quando estava planejando a viagem?

Não. Mas talvez meu cérebro tenha entrado.

— Espera um pouco, Rod.

Largo o celular e uso Alice para ir até a mesa de cabeceira. Sento na beirada da cama e pego o guia que estava lendo na noite anterior. Folheio as páginas e encontro as que falam da ilha Isabela.

Percorro as categorias:

Chegada e locomoção.
Hospedagem.
Bares e restaurantes.
Agências de turismo.

A terceira listada é: *G2 TOURS. Aberta todos os dias, das 10h às 16h. Excursões terrestres/aquáticas particulares, certificados de mergulho.*

Não destaquei essa, mas devo ter lido. Minha imaginação andou fazendo hora extra para criar toda uma história de fundo e uma família em torno de um item dentro de um guia de turismo.

Volto até a cadeira e pego meu celular de novo.

— A agência de turismo do Gabriel aparece no guia que eu li.

— O nome dele é mencionado?

— Não — respondo. — Mas por que eu teria inventado um lugar chamado G2 Tours se não tivesse visto algo sobre isso?

— É verdade — aponta Rodney. — Isso é bem básico. Se você fosse inventar, provavelmente chamaria a agência de Boas Férias ou Galápagoing.

— Você acha que foi só isso? — pergunto. — Acha que, inconscientemente, eu memorizei essas informações enquanto planejava as férias e imaginei tudo quando estava entubada?

— Acho que há muitas coisas que não sabemos sobre o funcionamento do cérebro — diz Rodney com cuidado. — Mas também acho que há muitas coisas que não sabemos sobre o funcionamento do mundo. — Ele ergue as sobrancelhas. — Ah, e procure um psiquiatra.

Como os dias na reabilitação se misturam, marco o tempo pelo progresso que faço. Já parei de apertar mortalmente as barras; agora, passo a palma da mão sobre elas enquanto dou alguns passos. Em Alice, a Andarilha, uso meu próprio equilíbrio para empurrá-la para a frente. Maggie ajuda, narrando meu progresso:

— Ontem, tive que te ajudar e você perdeu o equilíbrio três vezes, mas hoje está fazendo tudo sozinha. Ontem eu estava ao seu lado, hoje estou mais longe.

Vee me trouxe quebra-cabeças, caça-palavras e um baralho. Comecei classificando as cartas por naipes, cores e números e depois passei a jogar paciência. Ela me fez amarrar os tênis e trançar o cabelo. E me fez tirar miçangas da massinha de modelar para aprimorar minhas habilidades motoras finas e, na tarde seguinte, quando fui mandar uma mensagem, meus dedos correram ágeis pelo celular, como antes. Ela me leva a uma cozinha de mentira, onde uso o andador para passar da máquina de lavar louça ao armário, a fim de guardar copos e pratos de plástico.

No décimo segundo dia de reabilitação, levo Alice até o banheiro, avalio meu equilíbrio, tiro a calça de moletom e faço xixi em um vaso sanitário de verdade. Levanto, ponho a calça e lavo as mãos.

Quando saio do banheiro, Maggie e Vee comemoram.

Há uma lista de coisas que preciso ser capaz de realizar antes de acabar a reabilitação. Consigo escovar meu cabelo? Consigo andar com algo na mão? Consigo digitar no celular? Consigo ir ao banheiro? Consigo tomar banho? Consigo me equilibrar? Posso preparar refeições leves? Consigo subir e descer degraus?

No dia em que recebo alta, Finn vem para me levar para casa.

— Como conseguiu o dia de folga? — pergunto.

Ele dá de ombros.

— O que eles iam fazer, me demitir?

É verdade, o hospital precisa muito dele agora, não podem correr o risco de ele ir embora para sempre. O que me faz lembrar que vou ficar sozinha no apartamento quando ele voltar. O que me deixa apavorada.

Mesmo já conseguindo andar há alguns dias, mesmo tendo trocado Alice por uma bengala de quatro apoios, o protocolo de reabilitação exige que eu saia do hospital de cadeira de rodas. Guardei minhas poucas roupas, os produtos de higiene e os guias de viagem em uma mochila.

— Sua carruagem — diz Finn com um floreio, e me sento devagar. Coloco a máscara cirúrgica azul que recebi e Finn põe a mochila no meu colo.

Maggie entra correndo no quarto.

— Eu te abraçaria se pudesse fazer isso a dois metros de distância — diz.

— Você ficou semanas respirando na minha cara — comento.

— Mas isso foi quando você ainda era minha paciente. Trouxe um presente para você. — Ela mostra o que estava escondendo nas costas: uma bengala de quatro apoios novinha em folha para eu levar para casa.

— É a Candis — diz, e eu começo a rir. *Candis Cayne*, a atriz.

— Perfeito.

— Muito mais legal que *Citizen Cane*, o filme.

— Com certeza — digo a Maggie. — Vou sentir sua falta.

— Ah, que se foda — ela solta e me dá um abraço rápido e forte. — Vou sentir mais a sua.

Ela abre a porta do quarto e Finn empurra a cadeira para o corredor.

Está cheio de gente.

Todos estão de máscara e paramentados, com os cabelos cobertos por touca cirúrgica. E estão todos olhando para mim.

Alguém começa a bater palmas.

Outra pessoa faz o mesmo.

Logo, há uma onda de aplausos enquanto Finn vai me levando. Vejo lágrimas nos olhos de alguns funcionários e penso: *Eles não estão fazendo isso por mim. Estão fazendo por si mesmos, porque precisam de esperança.*

Sinto o rosto esquentar por baixo da máscara, de vergonha, desconforto. Estou me reintegrando a uma sociedade que avançou um mês sem mim, um lugar onde todas as emoções agora estão escondidas, em nome da segurança.

Fico olhando para a frente. Sou a combatente mais solitária do mundo, que volta mancando da guerra.

Ir para casa é uma aventura. Depois que me acomodo no Uber, Finn esguicha álcool gel nas minhas mãos e nas dele. Abrimos as janelas para ventilar, apesar de estar dez graus lá fora, porque ele leu estudos sobre transmissão viral por partículas e gotículas. É estranho andar de carro; é uma cidade-fantasma. As lojas estão fechadas e as ruas tão vazias que chegamos em tempo recorde. Nova York normalmente está lotada de gente — empresários, turistas, sonhadores. Fico imaginando se estão trancados nos arranha-céus ou se, como Rodney, simplesmente desistiram e foram embora. Penso no Empire State Building, no Central Park e na Radio City, lugares icônicos que permanecem resolutos e solitários. Eu ficava irritada quando os metrôs estavam lotados, ou quando a Times Square estava cheia de turistas. Não sabia como amava o congestionamento de Manhattan até ver a alternativa.

Quando chegamos ao nosso prédio, Finn gruda em mim até eu gritar que ele está me deixando nervosa. Temos que esperar duas viagens de elevador antes de conseguirmos entrar só nós dois. Ele insiste nisso, porque nem todo mundo está levando as precauções tão a sério quanto ele.

Houve um tempo em que eu achava que ter um apartamento no fim do corredor, longe do barulho do elevador, era uma vantagem, mas agora é um esforço hercúleo chegar até lá. Finn abre a porta, me ajuda a tirar o casaco e imediatamente vai lavar as mãos. Ele as lava como um cirurgião, longos minutos esfregando debaixo das unhas, os punhos, tudo. Faço como ele.

Vejo a pilha de boletos que Finn não pagou porque anda ocupado demais e respiro fundo. Posso ver tudo isso amanhã. A única coisa que tenho que fazer agora é lembrar como viver uma vida normal.

Ele leva minha mochila para o quarto e tira minhas coisas de dentro.

— Está com fome? — pergunta.

— Podemos pedir tailandês? — sugiro, mas logo franzo a testa. — Ainda fazem entrega?

— Se não fizessem, eu já estaria morto — diz Finn. — O de sempre?

Rolinho primavera, satay e curry massaman. Como é bom não precisar dizer do que gosto. Assinto com a cabeça e olho para o banheiro.

— Vou tomar uma ducha — digo, mais para mim do que para ele, porque vou precisar passar a perna pela borda da banheira. Cedo ou tarde vou ter que fazer isso, de modo que é melhor fazer quando Finn está em casa, para me ajudar se eu acabar estatelada no chão.

Mas eu consigo. Estou muito orgulhosa — e muito grata por sentir o cheiro do meu sabonete e do meu xampu, e não das versões hospitalares. Escovo e tranço meu cabelo, pensando em Vee, visto uma legging e a blusa de moletom mais macia.

Quando volto para a sala, Finn sorri.

— Está bonita.

— O bom de chegar ao fundo do poço é que eu só posso subir.

Sento no sofá e ligo a televisão. Pulo depressa da MSNBC para uma reprise de *Friends*.

— Você já viu *Tiger King*? — pergunto.

— *Tiger* o quê?

— Esquece.

Lembro a mim mesma que, enquanto eu lutava pela minha vida, Finn lutava pela vida dos outros.

De repente, ele está parado diante de mim, com uma caneca fumegante na mão.

— O que é isso?

— Leite quente.

— Não gosto de leite quente — digo.

Finn franze a testa.

— Você bebeu da última vez que ficou doente.

Porque ele fez para mim sem perguntar se eu queria. Porque a mãe dele fazia quando ele se sentia mal. Porque eu não queria que ele pensasse que eu era mal-agradecida.

— Não estou doente — respondo.

Ele me olha com ceticismo.

— Você é médico, deveria saber — digo. Suspiro, dou um tapinha ao meu lado no sofá e deixo a caneca na mesinha lateral. Finn se senta. — Eu sei que quase aconteceu algo muito ruim — falo baixinho —, mas não aconteceu. Eu estou aqui. E estou melhor.

Escorrego para mais perto dele e o sinto ficar imóvel. Imediatamente, eu me afasto e olho para o rosto dele.

— Está com medo de pegar covid de mim?

Uma sombra de dor cruza seu rosto.

— Não, o contrário.

— Se eu acabei de derrotar esse vírus filho da puta, meu sangue deve estar cheio de anticorpos. — Flexiono o braço. — Sou praticamente uma super-heroína.

Isso finalmente o faz sorrir.

— Tudo bem, Mulher-Maravilha.

Eu me encosto nele.

— Será que anticorpos são contagiosos?

— Posso afirmar categoricamente que não.

— Acho que, por via das dúvidas — murmuro, com os lábios em seu pescoço —, devíamos tentar pôr um pouco em você.

Passo os braços ao redor de seu pescoço e colo a boca na dele. Finn hesita, mas responde ao beijo. Enfio as mãos por baixo de sua blusa, sentindo seu coração bater.

— Diana — ele ofega, meio desesperado. — Você acabou de sair da reabilitação.

— Exatamente.

Não sei como explicar a ele que, quando a pessoa descobre que quase morreu, surge uma necessidade crucial, uma compulsão, na verdade, de ter certeza de que está viva. Preciso me sentir saudável, cheia de energia, desejada. Preciso arder de algo que não seja febre.

— Vou te mostrar o que aprendi — digo e tiro a blusa de moletom. A seguir, desço a legging até os tornozelos e a puxo. — Olha só. — Eu me levanto, fico de frente para ele e sento em seu colo, com um joelho de cada lado de seu quadril. — Levantar, girar, transferir — sussurro.

Finn me abraça e eu aperto o corpo contra o dele. Em instantes ele está tirando a roupa, e a sensação de sua pele na minha me faz pegar fogo. Dentes, lábios e dedos, minhas unhas em seu couro cabeludo, suas mãos agarrando meus quadris. Eu me afundo em Finn; ele nos vira e me deita no sofá, desmanchando em volta dele. Sucumbo ao aqui e agora, concentrada na sinfonia da nossa respiração, na percussão do seu corpo no meu, no crescendo.

Quando a campainha toca, tomamos tamanho susto que caímos no chão.

— Merda — diz Finn. — O jantar.

Ele se levanta e fico com inveja de seu movimento fácil e impensado. Na pressa, veste meu moletom, não o dele, e fica muito apertado no peito. Finn coloca a cueca e eu o observo.

— Não esquece da... cabeça — digo.

Ele cai na risada.

— Não acredito que você disse isso.

Ele volta em poucos minutos com um saco de papel pardo cheio de comida tailandesa. Olha para mim, quase tímido.

— Está com fome?

— Morrendo — digo.

Observo-o colocar a comida no balcão, pegar um spray desinfetante e toalhas de papel e começar a limpar tudo.

— O que... Pra que você está fazendo isso?

Ele pisca, olhando para mim.

— Ah, claro. Você não sabe. É por segurança. Você também precisa pôr luvas quando for à caixa do correio, e não mexa na correspondência durante dois dias, só para ter certeza.

— Ter certeza de quê?

— De que não há vírus nela.

Ele lava as mãos de novo, vigorosamente, enquanto eu me levanto e me aproximo.

— Sabe onde não tem nenhum vírus? — pergunto e puxo sua cabeça para a minha.

A comida esfria no balcão enquanto nos enroscamos no sofá. Quando finalmente relaxo nos braços de Finn, abro os olhos e o vejo me observando. Ele tira o cabelo do meu rosto e murmura:

— Tem alguma coisa diferente em você.

— Estou feliz de estar aqui — sussurro.

O que ele deve pensar que eu quero dizer: *aqui e não no hospital*.

O que eu realmente quero dizer: *aqui e não vagando naquela névoa de pensamentos confusos. De estar nos seus braços, inteira, deliciosamente presente.*

Finn é, e sempre foi, minha âncora.

Comemos de roupa íntima e fazemos amor de novo, derrubando as embalagens higienizadas. Em algum momento, acabamos no quarto e nos arrastamos para baixo das cobertas. Finn me abraça por trás, com força contra seu peito. Não é assim que costumamos dormir; temos uma cama king size e tendemos a ir cada um para um canto. Eu fico com frio com muita facilidade, e Finn joga as cobertas longe. Mas, estranhamente, não me importo. Enquanto ele estiver me segurando forte, não vou desaparecer.

Espero até ele dormir, até sentir sua respiração uniforme na parte de trás do meu ombro.

— Preciso te contar uma coisa — sussurro. — Tudo aquilo que eu sonhei no hospital... Acho que foi... real.

Nenhuma resposta.

— Eu estive em Galápagos — digo, testando as palavras em voz alta. — Tinha um homem lá.

Quase imperceptivelmente, Finn me aperta mais. Prendo a respiração.

— Desde que você saiba com quem está transando na vida real... — murmura.

Ele não me larga. E eu não durmo.

TREZE

Na manhã seguinte, quando Finn sai para o trabalho, não falamos sobre o que eu disse no meio da noite. Ele me pergunta uma centena de vezes se vou ficar bem sozinha, eu abro um sorriso e digo que sim. E, no instante em que ele sai pela porta, tenho um ataque de pânico.

E se eu tropeçar e cair?

E se eu tossir muito e não conseguir parar?

E se houver um incêndio e eu não conseguir correr?

Tudo que quero é ligar para ele e lhe pedir para voltar, mas isso seria egoísta, além de impossível.

Então, vou para a cozinha com Candis e me apoio na bengala para pegar uma caneca no armário. Encho a chaleira com água e a coloco no fogão, me movendo lenta e deliberadamente. Moo café suficiente para a Aeropress e me felicito por ter feito tudo isso sem me desequilibrar. Derrubo café quente na mão a caminho da mesa, e o primeiro dia do resto da minha vida começa.

No passado, quando Finn não estava trabalhando sem descanso durante uma pandemia, passávamos nossos dias de folga tomando café, lendo o *New York Times* e o *Boston Globe* online. Finn lia em voz alta as manchetes sobre política e esportes. Eu gravitava em torno das páginas de artes e dos obituários. Parece mórbido, mas era para o trabalho: eu tinha uma lista no meu computador de pessoas que poderiam ter coleções que a Sotheby's pudesse vender depois que elas morressem.

Verdade, eu não trabalho mais na Sotheby's. Não sei quando, ou *se*, vou trabalhar de novo. Finn diz que eu não devia me preocupar com isso; ele acha que podemos viver só com o salário dele por um tempo, se formos cautelosos. Mas tenho a sensação de que vamos enfrentar problemas financeiros que ainda nem imaginamos. Estamos há apenas um mês nessa pandemia.

A primeira manchete do *New York Times* que leio: "NÚMERO DE MORTOS POR COVID EM NOVA YORK ULTRAPASSA 10 MIL APÓS REVISÃO DA CONTAGEM".

As manchetes do *Boston Globe* geram só um pouco menos de ansiedade: "AUMENTO DE CASOS DE COVID EM CHELSEA DESAFIA HOSPITAIS E ESTADO; BOSTON SCIENTIFIC CONSEGUE APROVAÇÃO PARA FABRICAR RESPIRADORES DE BAIXO CUSTO".

Clico no link dos obituários.

> *Casal junto há mais de setenta e cinco anos morre com poucas horas de diferença:* Desde que Ernest e Moira Goldblatt se casaram, no verão de 1942, passaram a vida juntos, até o fim. Em 10 de abril, o casal faleceu na Casa de Repouso Hillside, em Waltham, com menos de duas horas de diferença. Moira, 96 anos, havia testado positivo para covid-19 recentemente. Ernest, 100 anos, estava doente, mas seu teste ainda estava pendente. Na tentativa de reduzir a propagação do vírus, os residentes infectados foram transferidos para outro espaço. Mas os Goldblatt não seriam separados.

Clico para rolar a página e ver outros nomes. E clico de novo.
E de novo.
De novo.
São vinte e seis páginas de obituários hoje no *Boston Globe*.
Com as mãos trêmulas, fecho meu computador.

Tantas pessoas perderam alguém... Pessoas que nunca mais vão receber um sorriso torto, ou alisar um topete, ou chorar em um ombro que cheira a lar. Sempre verão o lugar vazio em um casamento, um aniversário, no café da manhã.

Por que eu sobrevivi, e quem essas pessoas amavam não?

Não fiz nada especialmente certo. Nem lembro de ter ido para o hospital.

Mas eles também não fizeram nada errado.

Tenho a sensação avassaladora de que, se estou aqui, deve haver uma explicação. Porque a alternativa — que esse vírus é aleatório, que qualquer um pode morrer — é tão assustadora que fica difícil respirar.

De novo.

Não sou vaidosa a ponto de pensar que sou especial; não sou religiosa a ponto de pensar que fui poupada por um poder superior. Talvez eu nunca saiba por que ainda estou aqui e por que as pessoas que estavam nos quartos ao lado do meu no hospital não estão. Mas posso tomar a decisão de garantir que o que quer que aconteça daqui em diante seja digno desta segunda chance que me foi dada.

Só não sei o que seria, exatamente.

Abro novamente meu computador e digito no Google: *Emprego em negócios no ramo da arte*.

Uma série deles aparece na tela: gerente sênior de desenvolvimento de negócios, Artsy. Professor adjunto, Instituto de Artes. Diretor de criação, Omni Saúde. Diretor de arte, divisão de negócios, JPMorgan Chase.

Todos me parecem pouco inspiradores.

Eu gostava de verdade do meu trabalho na Sotheby's. Adorava as pessoas que conheci e a arte que ajudava a vender.

Pelo menos era o que eu dizia a mim mesma.

Deixo minha mente voltar para a última vez que vi Kitomi e seu quadro.

Se eu fiquei doente naquela noite e pessoas assintomáticas podem espalhar o vírus, será que eu posso tê-la infectado?

Em pânico, pesquiso o nome dela. Pelo que posso ver, ela ainda está viva e bem, em Nova York, com sua tela.

Lembro como era estar na presença desse tipo de grandeza artística. Diante daquele Toulouse-Lautrec, meus dedos coçavam de vontade de ter um pincel, mesmo que eu não fosse nenhum Lautrec ou Van Gogh. Eu era uma artista competente, mas não brilhante, e sabia disso. Assim como meu pai, eu era capaz de fazer uma cópia decente — mas isso é bem diferente de criar uma obra-prima original.

Cresci à sombra das fotografias premiadas da minha mãe. Por isso, em vez de tentar criar meu próprio legado — e fracassar —, reformulei minhas habilidades para caber em um campo adjacente à arte.

Apago duas palavras na busca.

Empregos no ramo da arte.

Designer de moda. Animador. Professor de artes. Ilustrador. Tatuador. Designer de interiores. Designer gráfico digital. Arteterapeuta.

A arteterapia é a prática de incorporar meios de arte visual para melhorar a função cognitiva e sensório-motora, a autoestima e as habilidades de enfrentamento emocional para o tratamento da saúde mental.

Imediatamente estou de volta a uma praia em Isabela, fazendo bonequinhos com lixo para pôr em um castelo de areia com Beatriz. Estou escrevendo nosso nome em pedras vulcânicas e incorporando-as a um muro. Estou explicando a ela por que os monges fazem lindas mandalas de areia e depois varrem tudo embora.

Já pensei em outra carreira, sem nem perceber. E já a pratiquei, com Beatriz.

Passo a mão no rosto. Eu me imagino preenchendo uma ficha em um curso de pós-graduação em arteterapia, relatando minha experiência imaginária na área.

Mas talvez seja essa a questão. Talvez Galápagos não seja algo que aconteceu, e sim algo que *deveria* acontecer.

Quando tudo começa a parecer uma armadilha lógica do tipo o ovo ou a galinha, decido que já pesquisei o suficiente por hoje. Abro o Instagram e vejo amigos da faculdade em aviões, aproveitando viagens por uma pechincha. Uma amiga postou uma foto da tia, que morreu ontem de covid, com uma longa homenagem. Uma celebridade que sigo está arrecadando fundos para a Broadway Cares/Equity Fights AIDS. Minha ex-vizinha postou um vídeo triste sobre ter sido obrigada a adiar o casamento, mesmo que eles fossem fazer tudo de maneira *totalmente segura*. É como se duas realidades diferentes se desenrolassem ao mesmo tempo.

Não posto com frequência no Facebook, mas tenho uma conta. Quando abro, há dezenas de notificações de conhecidos: *Enviando pensamentos positivos! Estou orando por você, Diana. Você vai sair dessa.*

Franzindo a testa, clico no post que inspirou esses comentários. Finn deve ter feito login na minha conta, porque escreveu um pequeno parágrafo explicando que eu estava internada com covid, entubada.

Tento controlar a raiva por ele ter feito isso.

Os comentários são de apoio, efusivos, sinceros. Alguns são políticos, alegando que o vírus é uma farsa e que o que eu tenho é gripe. Outros amigos atacam esses comentários em meu nome. Tudo isso enquanto eu estava inconsciente.

Por impulso, digito *sobreviventes covid-19* na barra de pesquisa e uma série de matérias aparece, bem como uma lista de grupos de apoio. A maioria é privada, mas entro em um que não é e começo a ler as postagens:

> Alguém mais notou que o paladar mudou? Eu adorava coisas picantes, agora nem tanto. Além disso, tudo tem cheiro de bacon.

> É impossível dormir; tenho enxaqueca toda noite.

> Só eu estou perdendo cabelo? Eu tinha cachos longos e volumosos, e agora o meu cabelo está superfino. Quanto tempo isso vai durar?

> Tenha paciência. O meu parou de cair!

> Experimente zinco.

> Experimente vitamina D.

Testei positivo em 11/03, ainda deu positivo dez dias depois, e agora, após um mês, ainda dá positivo. É seguro eu ficar perto das pessoas?

Uma pergunta para quem já teve covid-19: vocês têm tido sangramento nasal só de um lado?

Posso pegar o vírus de novo, se já tive covid uma vez?

Meu médico não acredita quando digo que nunca tive palpitações antes...

Estou cada vez mais apavorada. E se sair do hospital foi só o começo? E se eu tiver efeitos colaterais de longo prazo que ainda nem apareceram? E se eu *não* tiver, é mais uma razão para me sentir culpada?

Estou quase fechando o notebook e me arrastando de volta para a cama quando vejo outro post: *Alguém mais que foi entubado tem pesadelos ou sonhos estranhos?*

Caio nessa toca de coelho e começo a ler.

Eu estava andando de bicicleta pela cidade com o meu marido. Só que nós não andamos de bicicleta, porque somos grandes. Chegamos a um restaurante lotado e ele entrou para deixar nosso nome na lista de espera. Ele começou a demorar. Por fim, eu entrei e fui procurar. Perguntei à recepcionista se ela o tinha visto, ela disse que não, então eu saí de novo e uma das bicicletas tinha sumido. Quando me tiraram da entubação, descobri que ele tinha morrido. Eu só soube duas semanas depois.

Eu estava num hospital que tinha uma decoração com tema da Broadway, mas de um jeito ruim, como se estivesse preso no Magic Kingdom, sabe? De hora em hora tudo parava e rolava um grande musical. Estava tão lotado que eu não conseguia ficar na sala para assistir. O único jeito de chamar a atenção de alguém era apertando a campainha, mas, se você apertasse, a música mudava e tocava uma de humilhação, porque era proibido interromper a apresentação.

Eu estava no espaço tentando fazer contato com seres humanos para eles me ajudarem antes que meu oxigênio acabasse.

Eu estava num festival de música eletrônica, eu era uma espécie de criatura dentro de um tanque de água. As pessoas que iam ao festival ficavam me alimentando por tubos enquanto eu flutuava.

Eu estava num videogame e sabia que tinha que vencer os outros jogadores para sobreviver.

Eu estava sentado na mesa da cozinha da minha infância e minha mãe fazia panquecas. Eu conseguia sentir o cheiro delas perfeitamente e, quando comi uma com calda de bordo, também senti o gosto. Quando meu prato ficou vazio, ela colocou a mão no meu ombro e disse que eu não podia levantar porque não tinha terminado. Minha mãe morreu há trinta e dois anos.

Não consigo lembrar de nada com muita clareza, mas foi MUITO REAL. Não foi como um sonho cheio de saltos ou desses em que acordamos um segundo antes de morrer. Eu sentia as coisas, os cheiros, e via TUDO. E eu morri. Um monte de vezes, repetidamente.

Eu estava sendo sequestrada pela equipe do hospital. Eu sabia que eram nazistas, mas não entendia por que ninguém mais percebia isso. Quando acordei de verdade, vi que tinham amarrado minhas mãos, porque eu tentava bater nas enfermeiras.

Eu fui sequestrado e fiquei num cativeiro.

> Eu estava numa sala cheia de insetos e alguém me disse que era assim que se pegava covid e que eu não devia chegar perto dos insetos. Mas eles já estavam cobrindo todo o meu corpo.
>
> Meu irmão e eu estávamos num vagão de carga e tínhamos monitores que mostravam nossos batimentos cardíacos, que eram cada vez mais baixos porque não tínhamos ar suficiente. Tinha um monte de lixo lá com a gente e eu encontrei um cartão de Natal e escrevi SOCORRO, então falei para o meu irmão segurar o cartão para o lado de fora, pelas ripas da lateral de madeira do vagão.
>
> Eu estava amarrada num poste e sabia que seria vendida como escrava sexual.
>
> Eu estava no porão da NYU (nunca estive em Nova York, portanto não me perguntem por quê) e alguém tentava me dar um remédio e eu sabia que era veneno.
>
> Eu estava trancado e amarrado num porão e não conseguia sair.

Paro um pouco, pensando no sonho que tive com Finn quando estava em Galápagos — ou no não sonho, ou seja lá o que foi aquilo. Eu também estava em um porão. E estava amarrada.

> Sonhei que o meu neto de quatro anos, Callum, tinha se afogado. Fui ao funeral com a minha filha, ajudei ela a passar pelo luto e ainda vivi para vê-la ter mais duas filhas, as gêmeas Michelle e Stacy. Quando acordei de verdade, disse a ela que queria ver as gêmeas, e ela achou que eu estava louca. Falou que o único neto que eu tinha era o Callum, e que ele estava vivo e bem.

Penso no rosto da minha mãe, imóvel e branco no iPad, seu peito mal se mexendo.

Leio durante horas, parando só para comer as sobras da comida tailandesa. São centenas de posts de pessoas que deliraram por falta de oxigênio ou que, como eu, sobreviveram à entubação. Leio paisagens oníricas exuberantes, extensas. Algumas são aterrorizantes, outras trágicas. Algumas têm pontos em comum — o cenário de videogame, o porão, ver alguém que já morreu. Algumas histórias são detalhadas, outras são bem resumidas. Todas são descritas como dolorosa e inequivocamente reais.

Como diz uma pessoa no grupo do Facebook: "Se eu nunca tivesse acordado, não teria me preocupado. Tudo que eu estava vendo, sentindo, VIVENCIANDO era genuíno".

Pela primeira vez desde que acordei, percebo que não estou louca.

Que não estou sozinha.

Que, se tudo que eu lembro de bom das ilhas Galápagos não aconteceu de fato, o ruim também não aconteceu.

Por isso, faça chuva ou faça sol, vou visitar minha mãe.

Finn me liga três vezes do trabalho. Uma vez, pergunta se deixou o carregador do celular no quarto (não). Na segunda, pergunta se quero que ele compre o jantar a caminho de casa (claro). Na terceira, digo que ele devia simplesmente perguntar como estou, já que é por isso que está ligando.

— Tudo bem — diz ele —, como você está?

— Nada mal. Só caí uma vez, e tenho certeza de que a queimadura na minha mão é de segundo grau, não de terceiro.

— *O quê?*

— Brincadeira — digo. — Estou bem.

Não conto que andei lendo obsessivamente sobre outros sobreviventes de covid. Ou que estou tentando descobrir como chegar à The Greens com segurança, visto que mal consigo andar um quarteirão sem ter que descansar.

Ele diz que vai ligar de novo mais tarde, mas não liga. Não tenho mais notícias dele até que suas chaves tilintam na fechadura, uma hora depois do horário que ele me disse que chegaria. Eu me levanto e começo a ir até ele — não estou nem usando a Candis, só me apoiando nos móveis quando necessário, e quero que ele veja. No entanto, antes que eu possa alcançá-lo, ele estende a mão para eu parar. Começa a tirar a roupa e a enfiá-la em um saco que ele acomodou debaixo do aparador perto da porta, onde deixamos nosso celular, chave e carteira. Quando está só de cueca e máscara cirúrgica, passa por mim e diz:

— Vou tomar banho.

Cinco minutos depois, reaparece vestido e cheirando a sabonete, com os cabelos ainda molhados. Estou na cozinha passando, meio desajeitada, um lenço com água sanitária no papel-manteiga dos dois sanduíches que ele trouxe para casa. Fico imaginando se não vamos todos morrer por ingerir produtos de limpeza.

Lavo bem as mãos e levo os pratos à mesa. Finn imediatamente dá uma mordida gigante e geme.

— É a primeira coisa que eu como desde o café da manhã.

— Melhor nem perguntar como foi o seu dia.

Ele olha para mim.

— Esta é a melhor parte dele — diz. — E você, o que fez?

— Paraquedismo. Depois, treinei doma de leões.

— Pouca coisa. — Seu rosto se ilumina. — Espera, tenho uma coisa para te dar.

Ele vai até a entrada, mexe na mochila que leva para o trabalho e pega um saco Ziploc fechado. Tira dali uma máscara de pano com estampa de girassóis.

— Obrigada — digo, estranhando.

— Uma enfermeira da UTI fez. Deus sabe que a última coisa que eu gostaria de fazer depois do turno no hospital seria sentar diante de uma máquina de costura. Mas foi muito legal da parte dela. Ainda não tive oportunidade de comprar uma máscara reutilizável, e não dá para lavar as cirúrgicas azuis.

— Como ela sabe de mim?

— Foi ela que me deixou entrar pra te ver.

— Mas é sua, não quero que você...

— Não, tudo bem. A Athena fez uma para mim também. Sem girassóis.

Ele fica corado.

— Athena — repito. — Esse é o nome dela de verdade?

— Mãe grega, pai de Detroit.

Espero que ele diga: "Ela tem sessenta e cinco anos". Ou: "Ela é casada há mais tempo que a minha idade e a sua juntas". Ou que ache meu ciúme divertido. Mas Finn não diz mais nada, e deixo a máscara com cuidado ao lado do prato.

— Você sabe muita coisa sobre ela — comento.

— É o que acontece quando se luta contra a morte todos os dias junto com alguém — responde Finn.

Estou com ciúme de uma mulher que pode ter ajudado a salvar a minha vida. Desconfio de Finn, apesar de tê-lo traído em sonhos.

Eu me forço a engolir.

— Agradeça a Athena por mim — digo.

Enquanto Finn termina seu sanduíche, conto a ele sobre um tutorial que vi na internet hoje para fazer máscara caseira com bojo de sutiã.

Ele sorri, e atinjo meu objetivo: ver seus ombros relaxarem e a tensão diminuir. Fui eu que fiz isso acontecer, e Finn precisa que eu seja essa pessoa.

Se tem uma coisa em que nós dois somos bons neste relacionamento, é em ser previsíveis.

— Tentei lembrar como fiquei doente — digo. — Você disse que me contaria qualquer coisa que eu quisesse saber, então... eu fiquei com dor de cabeça antes de piorar ou...

— Diana — Finn me interrompe, esfregando as têmporas —, será que a gente pode... só... não falar disso? — Ele me olha com um olhar suplicante. — Foi um dia *daqueles*.

Abandono tudo que pretendia perguntar.

— Está a fim de ver um filme? — diz ele, percebendo que me cortou, então levanta e me puxa em seus braços, enterrando o rosto em meu pescoço. — Sinto muito — sussurra.

Passo os dedos por seus cabelos.

— Eu sei.

Sentamos no sofá e ligamos a TV, em busca de algo completamente escapista. Está passando *Vingadores: Ultimato*, e acabamos ficando absortos. Bom, pelo menos Finn. Eu fico fazendo perguntas, como por que a Capitã Marvel não pode simplesmente usar a manopla sozinha. A princípio, não percebo que Finn está chorando.

É o fim do filme, e Pepper Potts está debruçada sobre Tony Stark, que se sacrificou para salvar o universo. Ela diz que eles vão ficar bem e Tony simplesmente olha para ela, porque sabe que não é verdade. Ela o beija. "Pode descansar agora", diz.

Os ombros de Finn tremem e eu me afasto para olhar para ele. Ele se inclina para a frente e enterra o rosto nas mãos, tentando abafar os soluços. Acho que nunca, em todos os anos que conheço Finn, o vi desmoronar desse jeito. É assustador.

— Ei — digo, acariciando seu braço. — Finn, está tudo bem.

Ele passa a mão trêmula pelos olhos.

— Eles me pediram para assinar uma ordem de não ressuscitação para você — diz. — Eu não sabia o que fazer. Entrei lá, sentei do seu lado e disse que, se você precisasse ir, tudo bem.

Pode descansar agora.

Talvez, durante o coma nebuloso, eu o tenha ouvido. Talvez eu tenha descansado e, depois, lutei para voltar à terra dos vivos. Mas Finn não teve tempo para descansar.

Ele respira fundo e olha para mim, sem graça.

— Desculpa — murmura.

Pouso a mão em seu rosto.

— Não precisa se desculpar.

Ele segura minha mão e vira o rosto para beijá-la.

— Nunca pensei que fosse acontecer desse jeito — diz ele baixinho, e me olha diretamente nos olhos. — Eu sabia que queria passar a vida toda com você. A questão é que só entendi o que isso significava quando a sua quase acabou. — Ele abaixa a cabeça. — Eu tinha todo um plano para fazer isso… mas acho que não posso esperar…

Pulo do sofá, arrancando minha mão da dele. Meus dedos parecem pedras de gelo.

— Preciso… ir ao banheiro. — Saio tropeçando e fecho a porta do banheiro atrás de mim. Lá dentro, abro a torneira e jogo água no rosto.

Eu sei o que Finn estava prestes a fazer. Sonhei muito com esse momento. Então por que não posso deixar que aconteça?

Estou suando frio e tremendo. Sei que eu quero isso há anos. E agora que vai acontecer...

Agora que vai acontecer...

Não sei se estou pronta.

Fecho a torneira e abro a porta. Finn ainda está no sofá, olhando para a televisão. Seus olhos estão secos e me acompanham quando me sento ao lado dele.

— Perdi alguma coisa? — pergunto, olhando para a tela.

Sinto seus olhos em mim. Acho que o ouço dizer "tudo bem".

Há temas, penso, sobre os quais nenhum dos dois está pronto para falar.

Eu me encaixo debaixo do braço de Finn e me aconchego nele de novo. Depois de um longo instante, sinto suas palavras sussurradas contra minha cabeça:

— Talvez você devesse conversar com alguém. Tipo... um psiquiatra.

Não olho para ele.

— Talvez sim — digo.

Foco na televisão, enquanto as cinzas de Tony Stark são lançadas sobre um lago.

Sei que não dá para correr uma maratona sem treinar. E não posso chegar à The Greens se mal consigo chegar ao fim do corredor. Então, no dia seguinte, reúno toda a minha coragem e saio para caminhar. As ruas estão vazias. Vou devagar até o fim do quarteirão, onde há uma loja de bebidas na esquina.

Para a minha surpresa, está aberta. Mas é claro, o que poderia ser mais essencial do que isso?

Quando Finn chega à noite, estou quase pulando de emoção.

— Adivinhe o que eu fiz — digo assim que ele termina de se despir e tomar banho. Estou no sofá, escondendo atrás de mim uma garrafa de vinho tinto. — Fui andando até a loja de bebidas. E agora podemos comemorar.

Para o meu espanto, Finn não parece feliz.

— Você *o quê?*

Meu sorriso murcha.

— Eu não furei o lockdown — digo. — Temos permissão para ir ao mercado, não? — Olho para a garrafa em minhas mãos. — Isso conta, né?

— Diana, você não devia ter saído sozinha. — Ele senta ao meu lado e me observa, como se esperasse encontrar um ferimento sangrando na minha cabeça ou um osso quebrado. — Você acabou de sair do hospital.

— Eu saí da *reabilitação* — digo gentilmente — e preciso me exercitar. Além disso, ia ter que fazer isso um dia. O papel higiênico não vai aparecer aqui sozinho.

As coisas não estão saindo do jeito que deveriam. Finn deveria estar feliz por eu estar mais forte, por ter tido coragem de me aventurar sozinha. Ao mesmo tempo, percebo que, quando Finn me beija agora, sempre beija minha testa também, como se checasse minha temperatura. Ele me observa quando me levanto para ir ao banheiro ou à cozinha, com medo de que eu caia.

Eu me aconchego nele até ele me abraçar.

— Estou bem — sussurro. Fico imaginando quando ele vai parar de me tratar como paciente em vez de namorada.

— Promete que vai me esperar se precisar sair do apartamento? — murmura.

Prendo a respiração por um momento, porque não posso prometer isso. Vou à The Greens amanhã, não importa o que aconteça.

— Um dia — digo com cuidado — você vai ter que parar de se preocupar.

Existe uma teoria sobre a demência chamada retrogênese, que diz que perdemos habilidades de vida na ordem inversa em que as ganhamos. Um médico me falou isso quando minha mãe foi diagnosticada, aos cinquenta e sete anos, com Alzheimer precoce. Uma pessoa com demência, disse ele, começa como uma criança de dez anos. É capaz de seguir as instruções que deixamos anotadas. Mais tarde, o paciente sofre um declínio mental, até que chega a uma fase igual à de uma criança pequena: não se pode esperar que ele lembre de se vestir ou de se alimentar sozinho. As habilidades que se perdem a seguir são o controle dos esfíncteres e a fala. As primeiras habilidades que dominamos quando bebês são as últimas que perdemos: a capacidade de levantar a cabeça do travesseiro. De sorrir.

O que me lembro dessa primeira consulta é de ter perguntado ao médico qual era a expectativa de vida da minha mãe. "A maioria das pessoas com Alzheimer sobrevive entre três e onze anos", ele respondeu. "Mas tem gente que chega a viver mais vinte anos."

E na hora eu pensei: *Meu Deus. O que eu vou fazer com ela durante todo esse tempo?*

Tudo isso foi antes de eu perdê-la/não perdê-la em um sonho.

Embora estejamos em lockdown, posso justificar com facilidade por que preciso ver minha mãe pessoalmente. Sei que os trens estão circulando, mas decido fazer uma extravagância e pegar um Uber.

Não contei a Finn que vou à clínica. Não contei a ninguém.

Quando o Uber chega, o motorista olha para minha máscara de girassol e eu olho para a KN95 dele, como se avaliássemos o risco um do outro. Ele fita minha bengala de quatro apoios e eu penso em contar que acabei de vencer a covid, mas isso seria contraproducente.

Na The Greens, para a minha surpresa, a porta da frente está trancada.

Toco a campainha e bato algumas vezes. Depois de um tempo, a porta se abre, revelando uma enfermeira com máscara cirúrgica.

— Lamento — diz ela —, estamos fechados.

— Mas é horário de visita — respondo. — Vim ver Hannah O'Toole.

A mulher pisca devagar.

— Estamos fechados por ordem do *governador*.

Ela fala em tom de julgamento, como se eu devesse saber disso.

Na verdade, eu sei.

— Estive fora durante um tempo — digo, o que não é mentira. — Escuta, eu não preciso ficar muito. É meio maluco, eu tive a sensação de que a minha mãe tinha morrido, mas...

— Lamento — interrompe a enfermeira —, mas esse protocolo é para manter a sua mãe segura. Por que você não... telefona para ela?

E fecha a porta na minha cara. Fico ali, na brisa fria, apoiada em minha bengala, pensando nas palavras dela. Normalmente, a cada poucas semanas, é isso que eu faço.

Estou quase ligando para minha mãe quando um carro para no estacionamento. Um senhor sai com um saco de alpiste. Em vez de ir até a porta da frente, ele contorna a lateral do prédio. Perto de uma das varandas teladas dos pacientes, há um comedouro de pássaros. Ele despeja um pouco das sementes ali e então percebe que o estou observando.

— Estou com ela há cinquenta e dois anos — diz ele. — Não vou deixar um vírus estragar esse recorde.

— Veio visitar sua mulher?

Ele assente.

— Como?

Ele aponta com o queixo em direção à varanda. Como a da minha mãe, é uma caixa lacrada; ninguém pode entrar nos apartamentos por ali. Mas os residentes podem ficar na varanda, em segurança. Uma porta se abre por dentro do apartamento e uma assistente leva uma mulher para fora numa cadeira de rodas. Os cabelos da idosa estão presos e são tão brancos que parecem algodão-doce. Um cobertor aquece os ombros estreitos e ela olha vagamente para além do homem.

— Essa é a minha Michelle — diz ele, orgulhoso. — Obrigado! — agradece à enfermeira, que acena e volta para dentro.

Ele se aproxima da tela e encosta as mãos ali.

— Como está minha boneca? — pergunta, mas a mulher não responde. — Teve uma boa semana? Eu vi um cardeal ontem, em casa. O primeiro deste ano.

Ele nem parece notar — ou se importar — que estou escutando a conversa. A mulher está imóvel, inexpressiva. Meu coração se aperta.

Quando vou sair, ele começa a cantar, em um tom límpido de tenor, a música dos Beatles que tem o nome dela no título.

— *Très bien ensemble* — canta —, *très bien ensemble.*

De repente, a mulher ganha vida.

— *I love you, I love you, I love you* — canta ela.

— Isso mesmo. — Ele sorri. — Isso mesmo, querida.

Viro a esquina depressa, em direção à varanda do apartamento da minha mãe. Ligo para ela. Um instante depois, ela atende.

— Oi, é a Diana! — digo, animada. — Que bom falar com você!

Aprendi que essas inflexões animadas no fim das frases são o que indica para ela como responder. Sua resposta não terá nada a ver com meu nome, nem com nosso relacionamento, do qual ela não se lembra.

— Oi — diz ela, hesitante, mas alegre. — Como vai?

— Está um dia lindo — digo. — Saia até a varanda. Estou aqui, curtindo o sol.

Ela não responde; para ser sincera, nem sei se consegue abrir a porta de correr da varanda. Mas, um instante depois, ela sai e olha em volta, como se não conseguisse lembrar por que foi até lá.

Aceno com a mão que não está segurando o celular. Arranco a máscara do rosto.

— Oi! — digo, quase desesperadamente. — Aqui!

Ela me vê e vai até a beirada da varanda. Faço o mesmo, e o celular cai da minha orelha. Ela parece saudável, estável e todas as coisas que não estava no meu sonho. Inesperadamente, sinto a garganta apertar e não consigo falar.

Ela apoia a mão na tela e inclina a cabeça.

— Está quente para esta época do ano, não?

Sei que ela não tem ideia de qual é a época do ano, mas é sua maneira de tentar iniciar uma conversa.

— Sim, está quente — confirmo.

— Talvez eles liguem os hidrantes — diz ela. — Minha filha adora.

Tenho medo de me mexer, de falar, porque não quero estragar o momento.

— Ela adora mesmo.

Eu me aproximo e apoio a palma da mão na dela. Há uma tela entre nós. *Onde você está?*, eu me pergunto. O mundo que minha mãe habita não é este. Mas isso não quer dizer que não seja real para ela.

Talvez seja a primeira coisa que temos em comum.

Se alguém me perguntasse algumas semanas atrás sobre a minha mãe, eu diria que ela era um fardo, um estorvo, uma responsabilidade que eu não queria assumir. Ela era alguém com quem eu tinha uma obrigação. Mas agora?

Agora eu sei que cada um tem a sua percepção da realidade. Agora eu sei que, quando estamos em crise, vamos a um lugar que nos conforta. Para minha mãe, é sua identidade como fotógrafa.

E para mim, agora, é *aqui*.

— Você está com uma cara ótima, mãe — sussurro.

Seus olhos ficam enevoados; noto o momento exato em que ela se afasta de mim. Tiro a mão da tela e enfio no bolso da jaqueta.

— Acho que vou vir te visitar com mais frequência — digo baixinho.
— Você gostaria?

Ela não responde.

— Eu também — digo.

Quando volto ao estacionamento, o senhor está sentado no carro com as janelas abertas, comendo um sanduíche. Peço meu Uber e sorrio para ele, tímida.

— Foi boa a visita? — pergunta ele.
— Sim. E a sua?

Ele assente.

— Sou o Henry — diz.
— Diana.
— Minha mulher tem uma doença na massa branca — diz e bate na cabeça, como se quisesse enfatizar que é uma coisa do cérebro.

Claro, todo mundo que está na clínica tem uma coisa no cérebro. O Alzheimer afeta a massa cinzenta, não a branca, mas o resultado é o mesmo.

— Ela só fala três palavras — ele continua. Então dá uma mordida no sanduíche, engole e sorri. — Mas são as três palavras que eu preciso ouvir.

O som das sirenes das ambulâncias é constante. Chega a ponto de se tornar ruído branco.

No meio da noite, acordo e percebo que Finn não está na cama. Tenho que despertar melhor para tentar lembrar se ele está trabalhando no turno da noite. É difícil saber as horas quando todos os dias são iguais.

Mas não: nós escovamos os dentes juntos e fomos deitar. Franzindo a testa, levanto e vou no escuro até a sala, chamando por ele baixinho.

Finn está sentado no sofá, iluminado pela luz do luar. Está curvado como Atlas, suportando o peso do mundo. Tem os olhos fechados e as mãos nas orelhas.

Ele olha para mim, com o rosto marcado pela máscara e sombras em volta dos olhos.

— Faça isso parar — sussurra, e só então ouço o som de outra ambulância, correndo contra o tempo.

Minha sessão de terapia com a dra. DeSantos — como todo o resto — vai acontecer pelo Zoom. Alguém a recomendou ao Finn, e, aparentemente, ela fez um favor a ele conseguindo um horário para mim tão depressa. Quando perguntei como ele a conheceu, a ponta de suas orelhas ficaram vermelhas. "Os serviços dela foram disponibilizados para os residentes e estagiários", disse ele, "quando um monte de gente começou a perder a cabeça durante os turnos."

Finn está no hospital durante a sessão, ainda bem. Não contei a ele sobre minha excursão para ver minha mãe — sei que ele ia ficar bravo por eu ter saído. E me convenci de que é mais gentil para com ele *não* contar.

Posso me convencer de praticamente qualquer coisa hoje em dia, ao que parece.

— Isso que você está falando — diz a dra. DeSantos — se chama psicose de UTI.

Contei a ela sobre Galápagos — hesitante no início, mas depois com mais liberdade, quando ficou claro que ela não iria me interromper.

— Psicose? — repito. — Eu não fiquei psicótica.

— Sonho vívido, então — ela propõe. — Também podemos chamar de... ruminação.

Sinto uma pontada de frustração. Ruminação. Como fazem as vacas.

— Não foi um sonho — reitero. — Nos sonhos, fazemos coisas como atravessar paredes, ressuscitar ou respirar debaixo d'água, como uma sereia. Foi cem por cento realista.

— Você estava em uma ilha... onde nunca esteve... e vivia com alguns moradores de lá — diz a médica. — Deve ter sido agradável. A mente é incrível quando se trata de nos proteger da dor que poderíamos sentir...

— Foi mais que férias. Eu fiquei em coma induzido por cinco dias, mas, na minha cabeça, fiquei meses fora. Fui dormir dezenas de vezes e acordei no mesmo lugar, na mesma cama, na mesma ilha. Não foi uma... uma alucinação. Era a minha realidade.

Ela franze os lábios.

— Vamos nos ater a *esta* realidade.

— *Esta realidade* — enfatizo. — Nada disso parece real. Eu perdi dez dias da minha vida que não consigo lembrar, e, quando acordei, de repente todo mundo estava a dois metros de distância e lavamos as mãos vinte vezes por dia e eu perdi o emprego e não tem mais jogo de nenhum esporte nem sessões de cinema e todas as fronteiras estão fechadas e toda vez que o meu namorado vai trabalhar corre o risco de pegar esse vírus e acabar...

Paro.

— Acabar...?

— Como eu — concluo.

A dra. DeSantos assente.

— Você não é a única pessoa que está sofrendo de estresse pós--traumático — diz ela. — O dr. Colson me disse que você trabalha na Sotheby's...

— Trabalhava — corrijo. — Fui colocada em licença não remunerada.

— Então você sabe o que é surrealismo.

— Claro. — Foi um movimento artístico do século XX que enaltecia o inconsciente e o onírico: os relógios derretidos de Dalí e *O espelho falso* de Magritte. O objetivo da arte é nos inquietar, até a gente perceber que o mundo é só uma construção. Uma imagem que não faz sentido obriga nossa mente a fazer associações livres, e essas associações são essenciais para podermos analisar a realidade mais profundamente.

— Tudo isso parece surreal para você porque estamos em um território desconhecido — diz a médica. — Nunca passamos por algo assim, pelo menos a maioria de nós nunca passou. Não há muitas pessoas ainda vivas que sobreviveram à gripe espanhola de 1918. Nós, seres humanos, adoramos encontrar padrões e dar sentido ao que vemos. Quando não conseguimos encontrar esses padrões, ficamos confusos. O CDC diz que temos que nos distanciar socialmente, e aí vemos o presidente na TV sem máscara, apertando a mão das pessoas. Os médicos dizem que quem se sentir mal deve fazer o teste, mas não se encontram testes. Nossos filhos não podem ir à escola, e estamos no meio do ano letivo. Não encontramos farinha nas prateleiras do supermercado. Não sabemos o que vai acontecer amanhã ou daqui a seis meses. Não sabemos quantas pessoas vão morrer antes que tudo isso acabe. O futuro está totalmente no ar.

Eu a encaro. É exatamente isso que eu sinto. Como se estivesse em uma panga, à deriva no meio de um vasto oceano.

Sem motor e sem remos.

— Claro que isso não é preciso — diz a dra. DeSantos. — O futuro virá de alguma forma, gostemos ou não. O que eu quero dizer é que não podemos *planejar* o futuro. E, quando não conseguimos planejar, quando não conseguimos encontrar os padrões que fazem sentido, perdemos o que dá sustentação à vida. E ninguém consegue se manter em pé sem sustentação.

— Mas, se todo mundo está passando por isso agora — pergunto —, por que só eu experimentei essa vida alternativa?

— Essa *ruminação* — diz ela gentilmente — era o seu cérebro fazendo o possível para dar sentido a uma situação muito estressante, da qual você não tinha nenhuma referência. Além disso, você estava tomando medicamentos que mexem com a consciência. Você criou um mundo que podia entender, usando tijolos que já estavam na sua mente.

Penso nos guias que sublinhei. Nos lugares que vi em Isabela. Na G2 Tours.

— O que você chama de outra vida era um mecanismo de defesa — diz a dra. DeSantos. Ela faz uma pausa. — Você ainda sonha com Galápagos?

— Não — digo. — Mas não tenho dormido muito.

— Isso é muito comum em pessoas que estiveram na UTI. Mas também é possível que você não esteja sonhando porque não *precisa* mais. Porque sobreviveu. Porque o resultado não é mais tão vago.

Sinto a boca secar de repente.

— Então por que eu ainda me sinto perdida?

— Construa seu alicerce de novo, mas enquanto estiver consciente. Use os tijolos que ainda tem, apesar da pandemia. Faça café de manhã. Medite. Veja uma série. Tome uma taça de vinho no jantar. Faça chamadas de vídeo com amigos que não pode ver pessoalmente. Pegue seus antigos hábitos, forme uma pilha e construa sua base de sustentação. Garanto que você não vai se sentir tão inquieta.

Penso nas pinturas surrealistas, em como podemos nos surpreender com a compreensão de como o mundo deveria ser. Para a minha surpresa, lágrimas brotam dos meus olhos.

— E se o problema não for esse?

— Como assim?

— Eu *gostaria* de poder sonhar com Galápagos — sussurro. — Gostei mais de lá.

Ela inclina a cabeça e vejo dó em seu rosto.

— Quem não gostaria? — diz.

Na minha vida passada, eu resmungava quando o despertador tocava, engolia uma torrada com café e me juntava aos milhões de pessoas em Nova York indo do ponto A ao ponto B. Passava os dias enterrada em trabalho, uma montanha que parecia ficar mais alta quanto mais eu a escalava, e, quando voltava para casa, estava cansada demais para ir ao mercado ou cozinhar, então pedia comida. Trabalhava alguns fins de semana, mas em outros fazia caminhadas até Chelsea Piers, descia o High Line, atravessava o Central Park. Eu me forçava a não pensar na politicagem do escritório ou no que poderia chegar ao meu e-mail para a semana seguinte. Ia à academia e assistia a comédias românticas no celular enquanto corria na esteira.

Agora, não tenho nada para fazer e tempo de sobra. Posso cozinhar, mas só se o mercado tiver horário livre para entregar e os ingredientes que eu pedir. E há um limite para a quantidade de pão caseiro que um ser humano pode consumir.

Termino *Tiger King*. (Acho que ela é totalmente culpada.) Maratono *Mandou bem*. Fico obcecada pelo Room Rater e, depois de ver qualquer autoridade falando na televisão, acesso imediatamente o perfil no Twitter para ver a nota que ela recebeu. Faço happy hours virtuais com Rodney, que está na casa da irmã dele, em New Orleans. Não uso mais calças com botões. Às vezes, choro até não poder mais.

Um dia, digito *Sonhos durante coma* na barra de pesquisa do Facebook. Encontro dois vídeos e um link para uma matéria no *Gazette* de Cedar Rapids. O primeiro vídeo é de uma mulher que ficou em coma por vinte e dois dias após dar à luz. Ao acordar, ela não reconhecia o bebê nem se lembrava de ter estado grávida. Enquanto estava em coma, ela se viu em um palácio e seu trabalho era entrevistar gatos — todos vestidos como cortesãos e capazes de falar. No vídeo, ela mostra os desenhos que fez de cada um deles, com babadinhos, brincos de diamante e gibões de veludo.

— Meu Deus — sussurro. Será que eu pareço tão insana quanto ela?

O segundo vídeo é de outra mulher. "Quando estava em coma", diz ela, "meu cérebro decidiu que o hospital fazia parte de uma teoria da conspiração. Minha ex-chefe — eu era barista antes do acidente — era dona do hospital e de milhões de outras empresas. Na vida real, ela é meio esquisita e tem uma tatuagem com uma frase em chinês escrita errado. Enfim, ela queria que eu assinasse um contrato, mas eu não quis. Ela ficou tão furiosa que sequestrou minha mãe e meu irmão e disse que, se eu não assinasse, eles iam morrer. Fiquei em coma por dois dias só, mas tudo isso durou semanas. Percorri o país inteiro tentando encontrar amigos que tivessem dinheiro para me emprestar. Viajei de jatinho, fiquei em hotéis e vi coisas em lugares onde nunca estive na vida. Mas, quando saí do coma, procurei na internet e elas estavam lá." Alguém faz uma pergunta abafada no vídeo e ela dá de ombros. "Tipo o feijão espelhado de Chicago", diz. "E um lugar no Kansas que tem um novelo de barbante de dez toneladas. *Como* eu podia saber disso?"

O vídeo termina antes de ela me dar o que eu realmente queria: uma explicação. Mais que a da mulher dos gatos, a experiência dessa mulher repercute em mim. Ela também viveu mais tempo enquanto estava inconsciente do que ligada a máquinas. E sua jornada foi cheia de detalhes do mundo real que não faziam parte da sua vida antes do acidente. Mas quem sabe que espinhos cognitivos estavam presos nas dobras do seu cérebro? Como disse a dra. DeSantos, talvez ela tenha lido o *Guinness World Records* quando era mais nova; talvez os fatos que ela viveu durante o coma borbulhassem na superfície de seu inconsciente como uma fonte termal.

A terceira história é uma matéria de jornal sobre um homem de cinquenta e dois anos chamado Eric Genovese, que vive em Cedar Rapids desde que nasceu. Ele era motorista de caminhão da Poland Spring e foi atropelado enquanto atravessava a rua para fazer uma entrega de água. No curto espaço de tempo que os paramédicos levaram para ressuscitá-lo — questão de minutos —, ele afirma que viveu uma vida totalmente diferente.

"Quando eu me olhava no espelho, sabia que era eu, mas estava completamente diferente. Mais jovem, com outro rosto, e isso parecia certo. Eu tinha outro emprego, era engenheiro de computação. A mulher que trabalhava ao meu lado tinha um namorado abusivo, e passei meses tentando fazer com que ela o largasse e percebesse que eu estava apaixonado por ela. Eu a pedi em casamento, nos casamos e, um ano depois, tivemos uma filha. Demos a ela o nome de Maya, em homenagem à mãe da minha mulher. Quando acordei, depois que fui ressuscitado, nada fazia sentido. Eu ficava perguntando onde estavam a minha mulher e a minha filhinha. Para mim, anos tinham se passado, mas para todo mundo foram só uns vinte minutos. Eu tinha um desejo ardente de rezar várias vezes por dia e conhecia passagens inteiras de textos religiosos que ninguém conseguia identificar, nem mesmo eu. Descobri que era o Alcorão. Fui criado como católico, frequentei a escola paroquial. Mas, depois que acordei, era muçulmano."

Apesar de ser uma matéria escrita e eu não poder *ouvir* sua voz, algo em suas palavras fala diretamente comigo. Um desespero. Um desconcerto. Um... espanto.

Digito o nome dele no Facebook. Há uma infinidade de Erics Genoveses, mas só um em Cedar Rapids.

Clico no botão de mensagem. Minhas mãos pairam sobre o teclado.

A psiquiatra me disse para encontrar um fundamento neste mundo, mesmo que pareça estranho. Há evidências científicas mais que suficientes de que a medicação usada para me sedar pode ter mexido com a minha mente a ponto de criar o que eu pensava ser uma realidade alternativa, mas que todos reconhecem como um sonho induzido por drogas. Existem dezenas de testemunhas que me viram internada em um hospital por dez dias. Sou a única pessoa que pensa diferente. Ou, em outras palavras: os fatos reforçam uma explicação que qualquer pessoa racional aceitaria.

Mas nenhuma dessas pessoas viveu o que eu vivi.

E muitas coisas foram consideradas inconcebíveis, mas acabaram se provando o oposto: a Terra girando em torno do Sol, buracos negros, doenças transmitidas a humanos por morcegos... Às vezes, o impossível é possível.

Não sei por que me sinto puxada de volta a esse outro lugar. Não sei por que não sou grata à minha estrela da sorte por estar viva e *aqui*. Mas acredito que há um motivo pelo qual eu não consigo abrir mão do que vivi. A ciência, os médicos e a lógica que se danem.

E acho que Eric Genovese deve saber do que estou falando.

Olá, digito. Você não me conhece, mas eu li sua história no jornal. Fiquei cinco dias entubada. E acho que também vivi uma vida diferente.

No dia 19 de abril, comemoramos meu aniversário.

Finn pede uma fatia gorda de bolo em uma das nossas docerias favoritas.

— Bolo de cenoura? — pergunto quando ele pousa o prato na mesa.

— É o seu favorito — diz ele. — Sempre dividimos uma fatia quando vamos lá.

Porque é o favorito *dele*, mas não digo isso. Ele fez de tudo para não trabalhar esta noite e está tentando tornar o dia especial para mim, apesar de ter sido exatamente igual ao de ontem e eu não sair do apartamento há dias.

Quando ele canta "Parabéns a você", tenho a estranha sensação de que já vivi isso antes, porque *vivi mesmo*. Penso no bolo que Beatriz fez para mim; em Gabriel e eu dormindo ao ar livre perto da fogueira. No vulcão que ele me deu de presente.

Como não temos velas de aniversário, Finn pega uma vela perfumada Jo Malone que Eva me deu de Natal e acende. Quando me entrega uma caixinha que parece de joia, meu sangue troveja nos ouvidos.

Éagoraéagoraéagora. Esse pensamento se torna uma pulsação. É mais que simplesmente a pergunta mais importante que poderiam me fazer; é o entendimento de que a resposta será para a vida toda.

Para a vida toda.

Qual delas?

Finn bate no meu ombro com o seu.

— Abre — pede.

Consigo esboçar um sorriso e arranco o papel do embrulho improvisado: o *Times* de ontem. Dentro, vejo uma pulseira gravada com a palavra GUERREIRA.

— É assim que eu te vejo — diz Finn. — Estou feliz pra caralho por você ser uma guerreira, Di.

Ele passa a mão no meu cabelo e me beija. Tiro a pulseira da caixa e ele me ajuda a colocá-la.

— Gostou?

É de ouro rosé e reflete a luz, e não é um anel de noivado.

Amei.

Ergo o olhar e vejo Finn já comendo o bolo.

— Vem — diz, com a boca cheia —, antes que eu coma tudo.

Alimento meu fermento levain. Vejo tutoriais no YouTube para poder cortar o cabelo de Finn. Faço outra sessão com a dra. DeSantos. Falo por vídeo com Rodney e dissecamos o novo e-mail que recebemos da Sotheby's, dizendo que vamos continuar de licença durante o verão.

Os Estados Unidos ultrapassam um milhão de casos de covid-19.

Paro de usar a bengala de quatro apoios. Ainda me canso se ficar muito tempo de pé, e um lance de escada já me deixa sem fôlego, mas não perco mais o equilíbrio. Vou guardar Candis no meu armário e, quando o faço, me lembro da caixa de sapatos com meus antigos materiais de arte.

Com cuidado, eu a pego e coloco em cima da cama.

Abro a tampa e encontro tintas acrílicas, uma paleta e pincéis endurecidos. Passo os dedos pelos tubos de metal frio e minhas unhas esbarram em pedaços secos de tinta. Algo desabrocha em mim, como o mais fino broto de uma semente que foi enterrada.

Faz tanto tempo que eu não pinto que não tenho cavalete, nem gesso, nem tela. A parede é a superfície perfeita para trabalhar, mas o apartamento é alugado e não posso. Finalmente, consigo puxar a cômoda. Compramos em uma loja de móveis usados, já com a intenção de pintá-la um dia, mas nunca chegamos a isso. A madeira da parte de trás é lisa e branca, como se estivesse à espera.

Eu me sento no chão com um lápis e começo a desenhar, com traços rápidos e amplos. Parece algo de outro mundo, como se eu fosse uma médium canalizando algo de outro lugar, observando o manifesto improvável diante dos meus olhos. Mergulho, bloqueando os sons da cidade e o aviso ocasional de chegada de mensagem no meu celular. Espremo um arco-íris de cores na paleta, molho a ponta do pincel em uma linha carmim e o passo sobre a madeira como um bisturi. Sinto um alívio quando acontece o contato e uma ansiedade por não saber o que virá em seguida.

Não percebo que já está anoitecendo e não ouço as chaves de Finn na porta quando ele chega. A essa altura, já cobri o fundo da cômoda com cores e formas, mar e céu. Há tinta no meu cabelo e debaixo das minhas unhas, minhas articulações estão duras de ficar sentada tanto tempo e estou a milhares de quilômetros de distância, quando percebo Finn parado à minha frente, chamando meu nome.

Pisco devagar. Ele tomou banho e está com uma toalha enrolada na cintura.

— Você já chegou — digo.

— E você está pintando. — Um sorriso paira em seus lábios. — A nossa cômoda.

— Eu não tinha tela.

— Estou vendo.

Finn se posiciona atrás de mim para ver o que eu fiz. Tento olhar também, através dos olhos de um estranho.

O céu é de um cobalto profano, com sopros de nuvens, como reflexões tardias. Eles estão espelhados na superfície imóvel de uma lagoa. Flamingos atravessam um banco de areia ou dormem com uma perna dobrada em ângulo agudo. Uma mancenilheira se agacha como uma velha em um conto de fadas, com veneno na ponta dos dedos.

Finn se abaixa ao meu lado. Estende a mão para a pintura, mas sei que tinta acrílica seca tão rápido que não vai borrar nada.

— Diana — diz depois de um momento. — Isso é... Eu não sabia que você era capaz de pintar assim.

Ele aponta para duas figuras distantes, tão pequenas que passariam despercebidas para quem não prestasse atenção.

— Que lugar é esse? — pergunta.

Não respondo. Não é preciso.

— Ah — ele murmura, levantando-se de novo. Então dá um passo para trás, depois outro, até encontrar um sorriso. — Você é uma artista muito boa — diz, com a voz leve. — O que mais está escondendo de mim?

Quando vamos para a cama, Finn já colocou a cômoda de volta no lugar, de modo que a lagoa que pintei está virada para a parede, escondida. Não me importo. Gosto de saber que há um lado dela que ninguém jamais saberá que existe.

Finn, que saiu de um turno de quarenta horas no hospital, dorme praticamente assim que sua cabeça toca o travesseiro. Ele me abraça contra si do jeito que uma criança segura um bichinho de pelúcia — um talismã para afastar os monstros de ambos.

Na primeira noite que passamos juntos, enquanto deslizava as mãos pela minha pele, Finn disse que nunca podemos tocar nada de verdade, porque tudo é feito de átomos, e os átomos contêm elétrons, que possuem carga negativa. Como partículas com carga igual se repelem, isso significa que, quando deitamos na cama, os elétrons que compõem nosso corpo repelem os que compõem o colchão. Na verdade, ficamos flutuando a uma distância infinitesimal acima dele.

Lembro que passei a mão no centro do seu peito e disse: "Então você acha que esta sensação é uma alucinação?"

"Não", ele respondeu, pegando minha mão e a beijando. Pelo menos foi o que senti. "É nosso cérebro fazendo hora extra. As células nervosas recebem a mensagem de que elétrons estranhos chegaram perto demais no espaço e no tempo, o bastante para repelir nosso campo eletromagnético. E o cérebro nos diz que essa é a sensação do toque."

"Está dizendo que tudo isso é faz de conta?", perguntei, rolando por cima dele. "Por isso que não é bom namorar alguém da área científica."

Ele agarrou meus quadris. "Estamos cada um no seu próprio mundinho", disse.

"Vem visitar o meu", falei e o deixei escorregar para dentro de mim.

Agora, sinto o calor de Finn me envolver, a aspereza de sua pele contra a minha, e fecho os olhos. Mesmo presa a ele, imagino aquela linha invisível entre nós.

Minha garganta está pegando fogo e sinto uma bigorna sobre o peito. Sinto mãos em mim, puxando, girando e batendo com força entre minhas omoplatas. Meus olhos estão cheios de crostas e ardem, e a pressão sob minhas costelas é insuportável. *Respire*, ordeno a mim mesma, mas a ordem morre no vácuo.

Então, de repente, uma mão pressiona minha testa, meu nariz é comprimido e minha boca é coberta. Uma rajada de calor me infla como um balão. Uso todas as minhas forças para me afastar, rolar para o lado, e a represa estoura. Tusso e vomito um líquido que arde, que causa cãibras na minha barriga e nas costas. Tusso muito, e por fim respiro um ar mais doce e limpo.

Caio para trás, exausta, enquanto tomo consciência de outras sensações: a areia arranhando minha pele, a mordida das pedras, o sangue escorrendo de um corte no lábio, o peso do sol na minha testa. Uma mecha de cabelo está grudada no meu rosto e não tenho energia para afastá-la.

De repente, a mecha desaparece e a luz brilhante sobre meus olhos também. Uma sombra se espalha sobre mim como uma asa protetora.

Diana.

Forço os olhos a abrirem e lá está Gabriel, pingando, debruçado sobre mim. Suas mãos emolduram meu rosto, e, quando ele sorri, eu me sinto puxada, como se tivéssemos sido costurados com um fio invisível.

Tudo dói e ele é o sol para o qual eu não deveria olhar, mas do qual não consigo me afastar.

— *Dios mío* — diz ele. — Achei que tinha te perdido.

Café. Posso sentir o cheiro. Afundo mais nas cobertas e sinto uma mão quente no meu ombro. Um beijo na nuca.

Eu me viro, um sorriso me iluminando dos pés à cabeça.

Sento e me apoio nos travesseiros. Finn me entrega a xícara e eu envolvo as mãos na cerâmica, sentindo seu calor e sua solidez.

Então, para meu choque e o dele, caio no choro.

CATORZE

— O que você disse para o Finn? — pergunta Rodney quando conversamos por vídeo, dois dias depois.

— A verdade. Mais ou menos.

Ele ergue uma sobrancelha.

— Amiga...

— Eu disse que tive um sonho e achei que não ia acordar.

— Hmm — diz Rodney. — Como quando a pessoa compra um vibrador e diz que é para torcicolo.

— Primeiro, *você* comprou um vibrador para mim no meu aniversário porque é um idiota. Segundo, o que você queria que eu dissesse quando Finn encontrou? "Achei que você gostaria de uma ajudinha"?

Vejo a sobrinha fofa de Rodney, Chiara, se aproximar dele com uma xícara minúscula de plástico na mão.

— Você senta! — ordena ela, apontando para o chão.

— Tudo bem, bebê — diz Rodney, caindo de pernas cruzadas no tapete. — Juro por Deus, se eu tiver que participar de mais uma festa do chá, vou surtar.

Chiara começa a posicionar bonecas e bichos de pelúcia em volta de Rodney.

— A questão é que eu estava tentando — continuo. — Estava fazendo o que a dra. DeSantos disse. Comecei a criar rotinas e a segui-las. E, como fico presa o dia todo dentro de um apartamento, agora também limpo e cozinho. O jantar está na mesa toda noite quando o Finn chega.

— Uau, então sozinha você acabou com cinquenta anos de direitos das mulheres? Você deve estar orgulhosa.

— A única coisa que eu fiz diferente naquele dia foi pintar. Uma lagoa aonde o Gabriel e a Beatriz me levaram. A reabilitação acabou há duas semanas, Rodney, e eu não tinha sonhado com Galápagos até agora. — Hesito. — Até tentei. Eu deitava na cama e fixava uma imagem na cabeça, na esperança de sonhar com ela, mas nunca deu certo.

— Pensamento alternativo — sugere Rodney. — O Gabriel está tentando abrir caminho até você. Mais ou menos como o Finn fazia quando sentava ao seu lado no hospital e falava com você, enquanto você estava inconsciente.

— Então qual desses é o meu verdadeiro eu? — pergunto em voz baixa.

De um ponto de vista puramente científico, parece que é o deste mundo, no qual eu amo Finn e estou conversando com Rodney. Sem dúvida, estou aqui há mais tempo e tenho mais lembranças daqui. Mas também sei que o tempo não é igual nos dois mundos, e que o que são momentos aqui podem ser meses lá.

— Não seria estranho se eu estivesse falando com você neste mundo e você tentasse me convencer de que eu não pertenço a este lugar? — pergunto.

— Não sei — diz Rodney. — Essas merdas me dão dor de cabeça. É tipo o Mundo Invertido de *Stranger Things*.

— É, com menos demogorgons e mais cocos.

— Você procurou um psiquiatra? — pergunta Rodney.

— Sim.

— Tudo bem, quero que você converse com outra pessoa. A Rayanne.

— Sua irmã? — pergunto.

— Sim — diz Rodney. — Ela tem a visão.

Antes que eu possa responder, a câmera vira e é endireitada. Vejo uma mulher ao lado de Rodney que parece uma versão maior e mais cansada de Chiara.

— É ela? — pergunta Rayanne.

— Oi — digo, sentindo que caí em uma emboscada.

— O Rodney me contou o que aconteceu com você — diz ela. — Esse vírus é uma merda. Eu trabalho em uma clínica para pessoas com deficiência mental; perdemos dois pacientes para a covid.

— Sinto muito — digo, e a familiar culpa do sobrevivente faz meu rosto corar.

— Quando não estou no trabalho, sou vidente — Rayanne informa, direta.

Ela fala isso como alguém diria "sou ruiva" ou "sou intolerante a lactose". Um fato simples e indiscutível.

— Ele disse que você está angustiada porque se sente presa entre duas vidas.

Anoto em um post-it mental: *Matar o Rodney*.

— Não sei se eu colocaria dessa forma — respondo. — Mas eu quase *morri*.

— Não existe *quase* morrer — diz Rayanne. — Seu problema é esse.

Uma risada escapa de mim.

— Te garanto que estou bem viva.

— Sim, mas e se a morte não for o fim, como todo mundo diz? E se o tempo for como um tecido, um rolo de pano tão comprido que você não consegue ver onde começa e onde termina? — Ela faz uma pausa. — Talvez, no momento em que uma pessoa morre, a vida se comprima, fique tão pequena e densa que é como uma picada de agulha no tecido. Pode ser que, nesse momento, a pessoa entre em outra realidade. Um novo ponto de costura no tempo, basicamente.

Sinto o coração bater mais forte.

— Essa nova realidade acontece para você em um ritmo normal, mas dentro desse tecido gigante do tempo. O que te pareceram meses foram dias aqui, porque o tempo foi comprimido no momento em que você deixou aquela outra vida.

— Não estou entendendo direito — confesso.

— Nem deveria — diz Rayanne. — A maioria das vidas termina e fica comprimida em um pontinho minúsculo, e pegamos um novo fio, uma nova existência, que continua e continua, até acabar e ser condensada em um único ponto no tecido de novo. Mas, para você, a agulha pulou. Para você, a morte não foi um ponto, foi um véu. Você pôde espiar através desse véu e ver o que tinha do outro lado.

Imagino um universo coberto pelo tecido transparente de milhões de vidas, emaranhadas e cruzadas. Penso em agulhas que podem ter alinhavado Finn e eu, Gabriel e eu, apenas por um momento no tempo. Penso em metros e metros de um pano preto como a noite, e em cada fibra dele sendo uma vida diferente. Em uma delas sou especialista em arte. Em outra, uma turista perdida. Pode haver infinitas versões, uma em que eu descubro a cura do câncer ou tombo em batalha; outra em que tenho uma dúzia de filhos, ou arraso um coração, ou morro jovem.

— Não sabemos o que é a realidade — diz Rayanne. — Apenas fingimos saber, porque isso nos dá a sensação de controle. — Ela olha para mim e ri. — Você acha que eu sou maluca.

— Não — digo depressa.

— Não precisa acreditar em mim — responde ela. — Mas lembre-se… também não precisa acreditar *neles*. — Ela dá de ombros. — Ah, e tudo isso ainda não acabou para você.

— O que você quer dizer?

— Como se eu soubesse… Eu apenas recebo a mensagem, não escrevo. — Ela olha para a esquerda. — Mas agora o universo está me dizendo para trocar a fralda da Chiara, antes que o fedor acabe com todos nós como um meteoro.

Ela entrega o celular a Rodney de novo. Ele arqueia as sobrancelhas, como se dissesse: *Eu avisei.*

Então ergue a xícara de brinquedo com a mão livre e diz:

— E agora, o chá.

Nos dias em que visito minha mãe na The Greens, levo alguma coisa para comer, e sempre levo a mais. Não posso dar nada para ela, porque ainda não tenho permissão de entrar, mas sempre reservo um rolinho de canela ou uma fatia de pão de abóbora para Henry, que está lá toda vez que vou, independentemente do dia da semana. E sempre deixo algo gostoso embrulhado na porta da frente, para os funcionários, com um bilhete agradecendo por cuidarem dos residentes.

Comecei a levar um cobertor também, que estendo no gramado em frente à varanda telada do apartamento da minha mãe. Quando ligo, ela atende e eu sempre digo a mesma coisa: "Está um dia lindo, quer vir aqui fora comigo?"

Conversamos como estranhas que acabaram de ser apresentadas — o que não é tão inexato assim. Assistimos a episódios gravados de *American Idol*, e ela aponta seus cantores favoritos, que agora estão gravando em casa, em garagens e salas de estar, sem plateia. Examinamos o menu semanal da clínica. Conto a ela sobre o cachorrinho com capa de chuva amarela que vi no parque e o enredo dos livros que li. Às vezes, ela pega álbuns de fotos e me conduz por suas jornadas, enquanto eu a desenho em um caderno sem pauta. Ela se lembra dos mínimos detalhes das enchentes no Rio de Janeiro nos anos 80, de uma explosão de dinamite nas Filipinas, dos deslizamentos de terra em Uganda. Ela estava em Nova York quando as Torres Gêmeas desabaram e o ar ficou branco de cinzas e tristeza. Capturou os momentos logo após o tiroteio na boate Pulse. Fez uma série sobre os coiotes que atravessavam crianças pela fronteira com o México.

— Eu arranjei muitos problemas por causa disso — diz ela, passando o dedo sobre a fotografia granulada de um homem e uma garotinha caminhando por um deserto árido.

— Por quê?

— Porque eu não apresentei um vilão — diz minha mãe. — É difícil culpar alguém por infringir a lei quando todas as suas escolhas lhe foram tiradas. Ninguém é totalmente bom ou totalmente ruim. As pessoas são apenas pintadas de um jeito ou de outro.

Penso em como teria sido minha vida se ela tivesse chegado em casa, sentado à mesa da cozinha comigo e me contado essas histórias. Certamente eu teria entendido melhor o que capturava sua atenção e a afastava do meu pai e de mim, em vez de apenas sentir ciúme.

Nos últimos tempos, tenho pensado muito sobre perda. Por causa da pandemia, todos se sentem roubados de alguma coisa ou, nos casos mais extremos e permanentes, de *alguém*. Um emprego, um noivado, um quadro para leilão. Uma formatura, férias, o primeiro ano da faculdade. Uma avó, uma irmã, um amante. Ninguém tem a garantia do amanhã — percebo isso visceralmente agora —, mas isso não impede de nos sentirmos enganados quando ele é arrancado de nós.

Durante os últimos dois meses, as coisas de que sentimos falta passaram a nos parecer concentradas e agudas, pessoais. O que perdemos reverbera a dor de todas as outras vezes que nos decepcionamos na vida. Quando eu estava em coma induzido e pensei que tinha perdido a minha mãe, a sensação foi amplificada por todas as vezes que ela me deixou quando eu era pequena.

Minha mãe ergue os olhos e me encontra olhando para ela. Faço isso, agora, tentando me ver no formato de seu queixo ou na textura de seu cabelo.

— Já esteve no México? — pergunta ela.

Sacudo a cabeça.

— Eu gostaria de ir, um dia. Está na minha lista de desejos.

Seu rosto se ilumina.

— O que mais há na sua lista?

— Galápagos — digo baixinho.

— Eu estive lá — responde ela. — Aquela pobre tartaruga, George Solitário, morreu.

Fui eu quem lhe contei isso, um dia antes de a minha vida mudar.

— Ouvi falar. — Eu me inclino para trás, sobre os cotovelos, e fico olhando para ela através da tela. Está pixelizada e inteira ao mesmo tempo. — Você sempre quis viajar? — pergunto.

— Quando eu era pequena, nós nunca viajávamos. Meu pai criava vacas e dizia que não dava para tirar férias delas. Um dia, um vendedor de enciclopédias foi lá em casa e eu implorei para os meus pais assinarem.

Todo mês chegava um volume novo, que me mostrava um mundo muito maior que McGregor, em Iowa.

Fico extasiada. Tento ligar os pontos entre sua infância e sua mudança para Nova York.

— O melhor foi que recebemos um livro bônus, um atlas — acrescenta ela. — Não havia computadores naquela época, você sabe, para ver como eram as coisas milhares de metros acima de uma montanha no Tibete, ou nos arrozais do Vietnã, ou mesmo na Golden Gate, em San Francisco. Eu queria estar em todos esses lugares. Queria me colocar naquele enquadramento. — Ela dá de ombros. — Então, fiz isso.

Percebo que minha mãe literalmente mapeou a vida dela. Eu mapeei a minha de modo figurado, mas pelo mesmo motivo: para me assegurar de não ficar presa em nenhum lugar onde eu não quisesse estar.

Não sei o que me leva a fazer a próxima pergunta. Talvez porque nunca toquei um diapasão em mim e o ouvi reverberar na minha mãe; talvez porque passei tantos anos a culpando por não compartilhar sua vida comigo, embora nunca tenha lhe pedido que fizesse isso. Mas eu me sento de pernas cruzadas e pergunto:

— Você tem filhos?

Uma pequena ruga se forma entre suas sobrancelhas e ela fecha o álbum de fotos. Suas mãos acariciam a capa, as unhas arranham as palavras douradas em relevo: UMA VIDA. Um título banal, mas preciso.

— Tenho — diz ela, bem quando eu penso que não vai responder. — *Tive.*

Deixe isso pra lá, digo a mim mesma. Os médicos orientam a não lembrar uma pessoa com demência de uma memória ou um evento que possa ser perturbador.

Ela me encara através da tela.

— Eu... não sei — diz.

Mas não é a nebulosidade típica da doença que vejo em seus olhos. É o oposto: a lembrança de um relacionamento que não foi o que poderia ter sido, mesmo que você não saiba por quê.

Que fica piscando ao seu redor, e você não sabe como chegou a esse ponto.

E eu sou tão culpada disso quanto ela.

Passei tanto tempo dissecando quanto minha mãe e eu somos diferentes que nunca me preocupei em levar em conta o que temos em comum.

— Estou cansada — diz ela.

— Vá se deitar — sugiro e recolho meu cobertor.

— Obrigada pela visita — ela agradece, educada.

— Obrigada por me receber — respondo, também com educação. — Não se esqueça de trancar a porta da varanda.

Eu a espero entrar. Mesmo no espaço de alguns segundos, ela esquece de passar o trinco. Eu poderia lhe dizer isso um milhão de vezes, provavelmente ela nunca se lembraria.

Enquanto aguardo o Uber, rio baixinho da minha tolice. A princípio, pensei que talvez eu tivesse voltado a este mundo para dar uma segunda chance à minha mãe.

Agora, começo a pensar que estou aqui para *ela* me dar uma segunda chance.

Todas as noites, às sete horas, os nova-iorquinos se debruçam nas janelas e batem panelas e frigideiras pelos trabalhadores da linha de frente, em uma demonstração de apoio. Às vezes, Finn ouve quando está voltando do trabalho para casa.

Nesses dias, ele entra no apartamento, tira a roupa, toma banho e vai direto ao armário acima da geladeira pegar uma garrafa de uísque Macallan. Ele serve um copo e às vezes nem fala comigo antes de beber.

Eu nem sabia que Finn gostava de uísque.

A cada noite, a quantidade que ele serve fica um pouco maior. Ele tem o cuidado de deixar o suficiente na garrafa para a noite seguinte. Às vezes desmaia no sofá, e tenho que ajudá-lo a ir para a cama.

Durante o dia, quando ele está no trabalho, subo em um banquinho e pego o Macallan. Despejo um pouco na pia. Não é uma quantidade que levantaria suspeitas, só o suficiente para eu protegê-lo um pouco de si mesmo.

Em maio, não estamos mais lavando as compras ou esperando para abrir a correspondência, mas apavorados com as correntes de ar e com a possibilidade de pegar o vírus de uma pessoa que passa correndo por nós. Começo a receber o seguro-desemprego para o qual me tornei elegível quando fui colocada em licença não remunerada, mas o valor não cobre nem minha metade do aluguel.

Quando começo a sentir que estou ficando maluca, lembro como tenho sorte. Vasculho fóruns de sobreviventes de covid, que semanas depois ainda sofrem com sintomas que ninguém entende e nenhum médico tem conhecimento suficiente para tratar. Leio artigos sobre mulheres que são obrigadas a equilibrar trabalho e a educação online de seus filhos, e perfis de trabalhadores da linha de frente que ganham escandalosamente pouco para se expor ao vírus. Vejo Finn entrar cambaleando depois de seus longos turnos, assombrado pelo que viu. Às vezes, é como se o mundo inteiro estivesse prendendo a respiração. Se não respirarmos, em breve todos vamos desmaiar.

Um sábado, quando Finn está de folga, passamos a tarde limpando o apartamento, lavando roupa, separando a correspondência acumulada. Jogamos jokenpô para escolher as tarefas, e acabo lavando os banheiros enquanto Finn revira as pilhas de envelopes em busca da conta da TV a cabo e dos extratos bancários. Toda vez que passo por ele na cozinha, sinto vergonha. Normalmente dividimos as contas, mas, com meu parco rendimento atual, ele está pagando a maior parte.

Ele pega um amontoado de catálogos que separou dos boletos e joga na caixa que usamos como lixeira para recicláveis.

— Não sei por que estamos recebendo essas coisas — diz. — Folhetos de universidades.

— Não, espera. — Largo o pano de chão e olho os folhetos. Separo alguns, que acomodo embaixo do braço. — São para mim. — Eu o encaro. — Estou pensando em voltar a estudar.

Ele pisca.

— Pra *quê*? Você já tem mestrado em negócios nas artes visuais.

— Talvez eu mude de carreira — conto. — Quero saber mais sobre arteterapia.

— Como você vai pagar a mensalidade?

A pergunta dói.

— Tenho algumas economias.

Ele não responde, mas está implícito em seu olhar: *Talvez não tenha mais quando tudo isso acabar.*

Isso também me faz sentir culpada: por querer gastar dinheiro comigo mesma quando não estou pagando minha parte das despesas domésticas. E com raiva: porque ele está certo.

— É que eu acho que isso pode ter sido... um aviso para eu acordar pra vida.

— Você não é a única que perdeu o emprego, Di.

Sacudo a cabeça.

— Não só a licença. *Tudo.* Tem que ter uma razão pra eu ter ficado doente.

De repente, Finn parece muito, muito cansado.

— Não tem que ter uma razão. Vírus não precisam de razões, eles atacam aleatoriamente.

— Bom, eu não acredito nisso. — Ergo o queixo. — Não acredito que estou viva porque dei sorte.

Ele me olha mais um pouco, então sacode a cabeça e murmura algo que não entendo. Rasga outro envelope e eviscera seu conteúdo.

— Por que você está bravo? — pergunto.

Finn empurra sua cadeira para longe da mesa.

— Não estou bravo. Mas voltar a estudar? Mudar de *carreira*? Não acredito que você não comentou isso comigo em nenhum momento do último mês.

Deixo escapar:

— Eu tenho visitado a minha mãe.

— Uau. — Vejo a sensação de ser traído estampada em seu rosto.

— Não contei que ia porque... achei que você ia me falar pra não ir.

Ele estreita os olhos, como se tentasse me encontrar.

— Eu teria ido com você — diz. — Você precisa ter cuidado.

— Você acha que eu posso me machucar até pondo o lixo no corredor.

— Exatamente. Você também não devia fazer isso. Faz só um mês que você saiu da reabilitação...

— Você me trata como se eu estivesse à beira da morte — retruco.

— Porque você *esteve* — rebate Finn, se levantando.

Estamos a um palmo de distância, ambos pulsando de frustração.

Ele quer me colocar exatamente onde eu estava antes de tudo isso acontecer, como se estivesse guardando meu lugar em um jogo de tabuleiro para continuarmos de onde paramos. O problema é que eu não sou mais a mesma jogadora.

— Quando eu achei que você ia morrer, pensei que não podia existir nada mais terrível que um mundo sem você. Mas agora é pior, Diana. Você está no mundo, mas não me deixa fazer parte dele. — Ele me olha com olhos escuros e desesperados. — Não sei o que eu fiz de errado.

Imediatamente, pego suas mãos.

— Você não fez nada de errado — digo, porque é verdade.

O alívio em seus olhos quase me quebra. Finn me abraça pela cintura.

— Você quer voltar a estudar? — diz ele. — Vamos dar um jeito. Quer fazer doutorado? Vou estar na primeira fileira quando você defender sua tese. Sempre quisemos as mesmas coisas, Di. Se isso é um desvio no caminho de tudo que sonhamos, tudo bem.

Um desvio. Por dentro, onde ele não pode ver, eu estremeço.

E se eu não quiser mais o que queria antes?

— O que você queria ser quando crescesse? — murmuro.

Finn ri.

— Mágico.

Fico encantada.

— Jura? Por quê?

— Porque eles fazem as coisas aparecerem do nada — diz ele, dando de ombros. — Do nada surgir algo. Não é legal?

Eu me aninho perto dele.

— Eu teria ido a todos os seus espetáculos. Seria aquela superfã pentelha.

— Eu teria te promovido a assistente de mágico. — Ele sorri. — Você me deixaria te serrar ao meio?

— Sempre.

Mas penso: *Isso seria fácil. A mágica seria juntar minhas partes de novo.*

Na manhã seguinte, chamo Rodney por vídeo e digo que Finn não quer que eu volte a estudar.

— E por que você precisa da permissão dele? — pergunta meu amigo.

— Porque, quando você divide a vida com alguém, isso influencia em outras coisas. Como ter que pagar o aluguel quando estou sem salário. Ou quanto tempo vamos ter para ficar juntos.

— Vocês já não ficam muito tempo juntos. Ele é residente.

— Bom, de qualquer maneira, eu não liguei para falar com você. A Rayanne está aí?

Rodney franze a testa.

— Não, está trabalhando.

— Tipo... lendo a mão de alguém?

— Na clínica — diz ele. — A única coisa que paga menos que arte é ser vidente. — Ele arregala os olhos. — Ah, é por *isso* que você quer falar com ela!

— E se for idiotice eu querer recomeçar? O Finn pode estar certo, pode ser uma reação estranha por eu ter quase morrido.

Rodney liga lentamente os pontos.

— Então você quer que a Rayanne dê uma olhadinha no futuro para saber se você vai começar a colar pompons com crianças que têm ansiedade por causa de alergia ao glúten...

— Arteterapia *não* é isso...

— ... ou se vai estar de salto alto na sala que um dia foi da Eva. Hmm, não. Não é assim que funciona.

— Para você, é fácil falar — digo, com a mão na testa. — Nada faz sentido, Rodney. *Nada.* O Finn acha que eu não devo fazer nenhuma mudança radical, porque já passei por muita coisa. Que, em vez de tentar algo novo, preciso me encontrar no que me é confortável.

Rodney olha para mim.

— Ai, meu Deus. Nada de ruim aconteceu com você antes.

Faço uma careta para ele.

— Isso não é verdade.

— Ah, claro, você teve uma mãe que mal sabia que você existia, mas seu pai te adorava. Talvez tenha precisado estudar na faculdade que era sua segunda opção. Teve alguns problemas de gente branca, mas nada que tirou o seu chão. Até que você pegou covid, e agora entende que às vezes merdas acontecem e você não pode controlar.

Sinto a raiva borbulhar dentro de mim.

— Aonde você quer chegar?

— Você sabe que eu sou da Louisiana — diz Rodney. — E que eu sou negro e gay.

Aperto os lábios.

— Percebi.

— Eu passei muito tempo fingindo ser quem as outras pessoas queriam que eu fosse. Você não precisa de bola de cristal, amiga. Só precisa olhar para o seu *agora*.

Fico boquiaberta.

Então Rodney diz, irônico:

— Eu dou um banho na Rayanne.

No fim de maio, as medidas de segurança se tornam mais flexíveis. Conforme o clima melhora, as ruas vão ficando mais movimentadas. Ainda é diferente — todos estão de máscara, restaurantes só ao ar livre —, mas o entorno parece um pouco menos uma zona desmilitarizada.

Estou mais forte, consigo subir e descer escadas sem parar no meio do caminho. Quando Finn está no hospital, faço caminhadas da nossa casa, no Upper East Side, até o Central Park, e vou mais longe a cada dia. Quanto mais as pessoas se aventuram nas ruas, mais eu adapto meus passeios a horários alternativos — pouco antes do amanhecer ou quando todo mundo está em casa, jantando. Encontro pessoas mesmo assim, mas é mais fácil me distanciar delas.

Certa manhã, bem cedo, visto uma legging, moletom e um par de tênis e vou até o reservatório do Central Park. É minha caminhada favorita, e sei que é porque me faz lembrar de outro espelho d'água e outra vegetação. Se eu fechar os olhos e escutar as galinholas e os pardais, posso fingir que são tentilhões e tordos.

É exatamente o que estou fazendo, quando ouço alguém chamar meu nome.

— Diana? É você?

Na pista de corrida, de agasalho preto, máscara com estampa paisley e os onipresentes óculos roxos, está Kitomi Ito.

— Sim! — Dou um passo à frente antes de lembrar que não podemos nos tocar, nos abraçar. — Você ainda está aqui.

Ela ri.

— Ainda não me livrei do tumulto da existência, não.

— Quis dizer que você não se mudou.

— Isso também — diz Kitomi. Ela aponta para o caminho à nossa frente. — Vamos caminhar um pouco?

Acompanho o ritmo dela, a dois metros de distância.

— Admito que pensei que já teria tido notícias suas — diz ela.

— A Sotheby's me colocou de licença — conto. — Colocaram praticamente todo mundo.

— Ah... isso explica por que ninguém veio bater na minha porta para pedir o quadro. — Ela inclina a cabeça. — O grande leilão não é este mês?

É, mas isso nem me passou pela cabeça.

— Tenho que admitir que nunca fiquei tão grata por uma decisão como a de não leiloar o Toulouse-Lautrec. Faz semanas que somos só nós dois no apartamento. Eu teria me sentido muito sozinha sem ele.

Eu entendo o que ela está dizendo. Afinal, agora mesmo eu estava olhando para um lago artificial, fingindo que era uma lagoa em Galápagos. Quando fechei os olhos, cheguei a ouvir Beatriz na água e Gabriel me provocando para mergulhar.

Recordo, de novo, que a última coisa normal que fiz antes de ficar doente foi ir à cobertura de Kitomi.

— Você pegou o vírus? — pergunto, mas coro sob a máscara. — Desculpa, não quero ser invasiva. É que... eu peguei. Fui internada no dia seguinte ao nosso encontro. Fiquei preocupada, com medo de ter contaminado você.

Ela para de andar.

— Fiquei sem paladar e olfato durante uma semana, mais ou menos — diz. — Mas foi tão no começo que ninguém sabia ainda que isso era um sintoma. Não tive febre, dores, nada. Fiz o teste e tenho os anticorpos. Acho que devo lhe agradecer, então.

— Que bom que foi leve.

Ela inclina a cabeça.

— Para você... não foi?

Conto que fui entubada e quase morri. Falo sobre a reabilitação e explico que é por isso que estou tentando caminhar cada vez mais longe todo dia. Conto sobre minha mãe, que eu achava que tinha morrido, mas está viva. Ela não faz perguntas, apenas me deixa falar no espaço entre nós, para preenchê-lo. Lembro, então, que antes de se casar com Sam Pride ela era psicóloga.

— Desculpa — digo depois de um momento. — Você deveria cobrar para me ouvir.

Ela ri.

— Faz muito tempo que não sou psicoterapeuta. Talvez seja uma memória muscular.

Hesito.

— Você acha que a memória só funciona assim?

— Não entendi o que você quis dizer.

— E se o nosso corpo ou cérebro se lembrar de algo que *nunca fizemos*?

Ela olha para mim.

— Sabe, eu já estudei diferentes estados de consciência. Inclusive, foi assim que conheci o Sam. Foi na época das drogas pesadas dos Nightjars. Afinal, o que é uma viagem de LSD senão um estado de consciência alterada?

— Eu acredito que estive em dois lugares ao mesmo tempo — digo devagar. — No hospital, ligada ao respirador, e, na minha cabeça, em um lugar totalmente diferente.

Não olho para ela enquanto conto a história da minha chegada à ilha Isabela, da Abuela que me adotou, das minhas conversas com Beatriz.

Do tempo que passei com Gabriel.

Inclusive do momento em que me deixei afogar.

— Eu fazia regressões a vidas passadas com meus pacientes — diz Kitomi. — Mas isso não foi uma vida passada, não é? Foi simultâneo.

Ela fala suavemente, como se comentasse que o dia está muito úmido.

— Você voltou para lá? — pergunta.

— Uma vez — admito.

— E quer voltar?

— Eu sinto que... — começo, tentando escolher as palavras certas. — Sinto que estou emprestada aqui.

— Você poderia ir para Galápagos — ressalta Kitomi.

— Não agora — digo com sarcasmo.

— Um dia.

Não tenho resposta. Kitomi e eu caminhamos um pouco mais. Somos ultrapassadas por um corredor com uma lanterna de cabeça.

— Eu poderia ter me mudado para Montana a qualquer momento dos últimos trinta e cinco anos — diz Kitomi —, mas ainda não estava pronta. — Ela ergue a cabeça para o céu, e o sol nascente reflete nas lentes dos óculos. — Quando perdi o Sam, perdi toda a minha alegria. Tentei encontrá-la por meio da música, da arte, da terapia, da escrita, do Prozac. Até que percebi que estava procurando no lugar errado. Eu estava tentando encontrar um significado na morte dele e não conseguia. Foi uma morte violenta, trágica, aleatória, errada. E sempre vai ser. A verdade é que não importa como ou por que o Sam morreu. Nunca vai importar.

Nesse momento, o sol nasce acima da copa das árvores, incendiando-as. É o tipo de arte que nenhum mestre jamais poderia capturar na tela, mas está aqui, para ser vista todos os dias.

Entendo o que Kitomi está me dizendo: que tentar descobrir o que aconteceu comigo não é importante. O que vou fazer com o que aprendi é o que conta.

Há mais pessoas na trilha agora.

Todo mundo está de luto por *alguma coisa*.

Mas, enquanto isso, colocamos um pé na frente do outro. Acordamos para um novo dia. Avançamos na incerteza, mesmo sem ver a luz no fim do túnel ainda.

Estamos destruídos, mas somos todos pequenos milagres.

— Venho aqui quase todos os dias antes do sol nascer — diz Kitomi. — Se quiser me encontrar.

Concordo com a cabeça e caminhamos um pouco mais. Assim que nos separamos, vibra uma notificação no meu celular.

É uma mensagem no Facebook: Eric Genovese, com um número de celular e um convite para telefonar.

Eric Genovese me conta que, na outra vida, mora em Kentwood, um subúrbio de Grand Rapids do qual ele nunca tinha ouvido falar antes de ser atropelado.

— O nome da minha mulher é Leilah — diz. — E a minha filha tem três anos.

Percebo que ele usa o tempo presente. *Mora. É.*

— Lá, eu sou programador de computador. Para quem me conhece aqui, isso é um absurdo — explica. — Não consigo nem entender o controle remoto da minha TV.

— Quando eu estava em Galápagos, se passaram meses — digo. — Mas aqui foram dias.

Estamos falando ao celular há uma hora, e é a conversa mais libertadora que tive em mais de um mês. Eu esqueci que havia mandado mensagem para ele, já faz muito tempo, mas Eric se desculpa e diz que não usa mais o Facebook. Ele entende perfeitamente quando digo que estive em outro lugar enquanto estava deitada em uma cama de hospital, que as pessoas que conheci lá são reais. Não só me dá o benefício da dúvida, como também despreza as pessoas que são tacanhas demais para saber o que sabemos.

— A mesma coisa comigo — diz ele. — Minha mulher e eu ficamos juntos por cinco anos em Kentwood.

— Como você voltou?

— Uma noite, estávamos assistindo a *Jeopardy!*, como sempre, e eu estava tomando sorvete. E foi a coisa mais incrível: minha colher atravessava a tigela. Como se fosse uma colher-fantasma, sei lá. Eu não conseguia parar de olhar para ela. Também não consegui ir para a cama, porque tive a estranha premonição de que aquilo era só o começo. — Ele suspira. — Não culpo minha mulher. A Leilah achava que eu estava ficando louco. Liguei para o trabalho dizendo que estava doente e fiquei olhando para a colher e a tigela o dia inteiro. Eu dizia para ela que, se a colher não era real, talvez *nada* fosse. Ela me implorou para procurar um médico, e, como não fui, pegou a Maya e foi para a casa da mãe dela. — Ele hesita. — Não vi mais as duas desde então.

— O que aconteceu com a colher?

— Acabou ficando vermelha, ardente como brasa. Fui tocá-la e queimei a mão, doeu demais. Comecei a gritar, e aí a sala começou a cair como se fosse de papel, e eu só ouvia gritos e sentia dor. Quando abri os olhos, um paramédico massageava meu peito e me dizia para não morrer.

Engulo em seco.

— E depois disso, quando você voltou?

— Bom, *você* sabe. Ninguém acreditou em mim.

— Nem a sua família?

Ele faz uma pausa.

— Eu tinha uma noiva. Não tenho mais.

Tento dizer algo, mas as palavras ficam presas na garganta.

— Você sabe o que é uma EQM? — pergunta ele.

— Não.

— Experiência de quase morte — explica Eric. — Quando saí do hospital, fiquei obcecado, queria saber mais sobre isso. É quando alguém que está inconsciente se lembra de flutuar fora do corpo, ou de encontrar uma pessoa que morreu anos atrás. Dez a vinte por cento das pessoas relatam ter experimentado isso depois de um acidente ou uma parada cardíaca.

— No Facebook — digo com entusiasmo —, eu li sobre um fazendeiro que jura que, no meio de uma cirurgia de ponte de safena, anestesiado e com os olhos fechados com fita adesiva, viu o cirurgião imitar uma galinha. Quando ele comentou, após a cirurgia, o médico ficou chocado, porque ele tem o costume de apontar com os cotovelos na sala de cirurgia, para não contaminar as luvas.

— Sim, exatamente. Acontece até durante uma parada cardíaca, quando não há atividade cerebral. Já viu a ressonância magnética de uma pessoa com Alzheimer em estágio terminal?

Sinto um arrepio percorrer a espinha.

— Não.

— Literalmente, dá para *ver* o estrago. Mas há centenas de relatos de pacientes com demência que, de repente, conseguem se lembrar das coisas, pensar com clareza e se comunicar pouco antes de morrer. Mesmo com o cérebro destruído. Isso se chama lucidez terminal e não tem explicação médica. Por isso, alguns neurologistas acham que pode haver outra causa para as EQMs além da função cerebral desordenada. A maioria das pessoas pensa que o córtex cerebral faz de nós seres conscientes, mas e se não for assim? E se ele for só um filtro e, durante uma EQM, o cérebro afrouxa um pouco as rédeas?

— Consciência expandida — digo. — Como uma viagem de ácido.

— Só que não — responde Eric —, porque é tudo muito mais preciso e detalhado.

Será que pode ser verdade? Será que a mente pode funcionar mesmo quando o cérebro não funciona?

— Então, se a consciência não vem do cérebro, de onde vem?

Ele ri.

— Bom, se eu soubesse, não estaria trabalhando na Poland Spring.

— Então é isso que você faz agora? Pesquisa neurociência de forma amadora?

— Sim — diz Eric —, quando não estou dando entrevistas. Você não imagina como é incrível falar sobre isso com alguém que nem você, que não me acha um maluco.

— Então por que você dá entrevistas?

— Para poder encontrar a minha mulher — diz ele, categoricamente.

— Você acha que ela é real.

— Eu *sei* que é — corrige. — E a minha filha também. Às vezes eu ouço a risada dela e procuro, mas ela nunca está lá.

— Já esteve em Kentwood?

— Duas vezes — diz Eric. — E vou voltar de novo, quando o isolamento acabar. E você, não quer encontrar o cara e a filha?

Sinto a garganta apertar.

— Não sei — admito. — Eu teria que estar pronta para aceitar as consequências.

Ele perdeu a noiva, entende do que estou falando.

— Antes do acidente, eu era católico.

— Eu li.

— Nunca conheci um muçulmano. Nem sabia que tinha uma mesquita na minha cidade. Mas tem coisas que eu simplesmente *sei* agora, que fazem parte de mim, como a minha pele e os meus ossos. — Ele faz uma pausa. — Sabia que os sunitas acreditam em Adão e Eva?

— Não — digo educadamente.

— Com algumas diferenças. Segundo o Alcorão, antes de criar Adão, Deus já sabia que o colocaria na Terra, junto com seus descendentes. Não foi um castigo, foi um plano. Mas, quando Adão e Eva foram banidos, foram colocados em extremos opostos da Terra. Teriam que se encontrar de novo. E se encontraram, no monte Ararate.

Acho que gosto mais dessa versão, que tem menos a ver com vergonha e mais com destino.

— Você não se sente culpado por sentir falta de uma pessoa que todo mundo acha que você inventou? — pergunto. — Afinal, por causa do vírus, um monte de gente está perdendo pessoas que ama. Pessoas *reais*, que nunca mais vai ver.

Eric fica calado um tempo.

— E se for isso que as pessoas estão dizendo a ele, agora, sobre você?

Kitomi me diz que alguém fez uma oferta pela cobertura, um empresário chinês. Nenhuma de nós imagina por que alguém iria querer vir da China para um país cujo presidente se refere ao vírus como a "gripe de Wuhan".

— Quando você teria que se mudar? — pergunto.

Ela olha para mim, com as mãos levemente apoiadas na grade que margeia a trilha do reservatório.

— Daqui a duas semanas.

— Rápido.

Kitomi sorri.

— É mesmo? Estou esperando há trinta e cinco anos, na verdade.

— Observamos um bando de estorninhos levantar voo. — Você ficaria muito decepcionada se eu decidisse não leiloar o Toulouse-Lautrec?

Dou de ombros.

— Não trabalho mais na Sotheby's, não esqueça.

— Se eu não leiloar, será que vão chamá-la de volta? — pergunta.

— Não sei — admito. — Mas você não deve tomar uma decisão pensando em mim.

Ela assente.

— Talvez meu rancho seja o único em Montana com um Toulouse--Lautrec.

— Faça o que te deixar em paz — digo, sorrindo.

Por um instante, eu me prendo a isto: a maravilha de estar caminhando de madrugada com um ícone da cultura pop, como se fôssemos amigas. Talvez sejamos. Coisas mais estranhas já aconteceram.

Coisas mais estranhas já aconteceram *comigo*.

Kitomi ergue a cabeça e olha para mim por baixo dos óculos roxos.

— Por que você ama arte?

— Bom, cada imagem conta uma história, e é uma janela para a mente do...

— Ah, Diana. — Kitomi suspira. — Comece de novo, mas sem blá-blá-blá.

Dou risada.

— Por que arte? — pergunta ela de novo. — Por que não fotografia, como a sua mãe?

Fico surpresa.

— Você sabe quem é a minha mãe?

Ela ergue uma sobrancelha.

— Diana, Hannah O'Toole é o Sam Pride da fotografia.

— Eu não sabia que você sabia — murmuro.

— Bom, *eu* sei por que você ama arte, mesmo que você não saiba — prossegue Kitomi, como se eu não tivesse dito nada. — Porque a arte não é absoluta. A fotografia é diferente. Vemos exatamente o que o fotógrafo queria que víssemos. Uma pintura, porém, é uma parceria. O artista começa um diálogo e nós terminamos. — Sorri. — E o incrível é que esse diálogo é diferente cada vez que vemos a obra de arte. Não porque algo mudou na tela, mas por causa do que mudou em *nós*.

Olho para a água, para que ela não veja as lágrimas em meus olhos.

Kitomi cruza a distância entre nós e dá um tapinha no meu braço.

— Sua mãe pode não saber como iniciar a conversa — diz —, mas você sabe.

No caminho de volta até em casa pelo parque, descubro que recebi três mensagens da The Greens.

Paro no meio do trajeto, obrigando as pessoas a desviar de mim.

— Srta. O'Toole — diz uma mulher momentos depois, quando ligo. — É Janice Fleisch, diretora da clínica. Obrigada por finalmente retornar a ligação.

— Minha mãe está bem?

— Tivemos um surto de covid nas nossas instalações e sua mãe está doente.

Já ouvi essas palavras antes; estou presa em um *déjà-vu*. Lembro até o que respondi.

— Ela está... precisando ir para o hospital?

— Sua mãe tem uma ordem de não ressuscitação — diz ela delicadamente.

Não importa quão doente ela fique, não será tomada nenhuma medida para salvar sua vida, pois eu achei melhor assim, quando a internei, um ano atrás.

— Vários residentes contraíram o vírus, mas garanto que estamos fazendo todo o possível para mantê-los confortáveis.

— Posso vê-la?

— Gostaria de poder dizer que sim — responde a diretora —, mas não estamos permitindo visitas no momento.

Meu coração bate tão forte que mal consigo ouvir minha própria voz lhe agradecendo e pedindo que me mantenha informada.

Saio andando o mais rápido que posso, tentando lembrar onde Finn colocou nossa caixa de ferramentas.

Não estão permitindo visitas, mas não pretendo pedir permissão.

Peço ao Uber que me deixe passando a entrada, para poder desviar pelo gramado sem que notem minha aproximação. Pela primeira vez, o carro de Henry não está na The Greens e o comedouro de pássaros em frente à varanda do apartamento de sua mulher está vazio. Só consigo pensar em um motivo para isso.

Afasto esse pensamento da cabeça. O único lado positivo é que não vai haver testemunhas do que estou prestes a fazer.

Trouxe alicate para cortar a tela, mas não será necessário. Um dos cantos inferiores da varanda da minha mãe está descascando, e tudo que tenho que fazer é enroscar os dedos embaixo e puxar com força para soltar a tela. Abro espaço suficiente para contorcer o corpo e entrar e contorno a cadeira de vime e a mesa onde minha mãe geralmente se senta quando venho visitá-la. Espio dentro do apartamento, mas ela não está no sofá.

Nem sei, na verdade, se ela está aqui. Pelo que sei, transferiram os doentes para outro lugar.

Puxo a porta de correr da varanda. Graças a Deus, minha mãe nunca se lembra de trancá-la.

Entro no apartamento na ponta dos pés.

— Mãe? — digo baixinho. — Hannah?

As luzes estão todas apagadas, a televisão é um olho cego e vazio. A porta do banheiro está aberta, mas não há ninguém ali. Ouço vozes e as sigo pelo curto corredor, em direção ao quarto dela.

Minha mãe está deitada na cama, com uma colcha até a cintura. O rádio está ligado ao lado dela, em algum programa na NPR sobre ursos-polares e o derretimento das calotas. Quando estou na porta, ela vira a cabeça para mim. Seus olhos estão febris e vidrados, sua pele está vermelha.

— Quem é você? — diz, em pânico.

Percebo que ainda estou com a máscara que usei no Uber e que, todas as vezes que a visitei, fiquei ao ar livre sem ela. Ela pode não reconhecer que sou sua filha, mas reconhece meu rosto como sendo de uma pessoa que já a visitou antes. Só que agora ela está doente e assustada, e eu sou uma estranha cujo rosto está semioculto por um pedaço de pano.

Ela está com covid.

Finn martela na minha cabeça, diariamente, quão pouco se sabe sobre esse vírus, mas aposto que ainda tenho anticorpos. Solto um lado da máscara e a deixo pendurada na orelha.

— Oi — digo suavemente. — Sou eu.

Ela leva a mão até a mesa de cabeceira para pegar os óculos e tem um ataque de tosse. Seu cabelo está emaranhado atrás, e, por entre os fios claros, posso ver o rosa de seu couro cabeludo. Tem algo tão terno e infantil nisso que faz minha garganta arder.

Ela ajeita os óculos no rosto, olha para mim de novo e diz:

— Diana. Desculpe, filha… Não estou me sentindo bem hoje.

Caio contra o batente da porta. Ela não me chama pelo nome há anos. Antes da covid, ela se referia a mim como "aquela moça" para os funcionários, quando falavam sobre as minhas visitas. Nunca deu nenhuma indicação de saber que somos parentes.

— Mãe? — sussurro.

Ela dá um tapinha na cama ao seu lado.

— Vem, senta aqui.

Afundo na beirada da cama.

— Quer alguma coisa?

Ela sacode a cabeça.

— É você mesmo?

— Sim.

Recordo o que Eric Genovese disse sobre lucidez terminal. *Terminal*. Seja o que for que esteja provocando essa clareza em sua demência — a febre, a covid ou pura sorte —, será que vale a pena? Se isso significa que ela provavelmente vai morrer?

— Já vim aqui antes — digo.

— Mas, às vezes, eu não estou — diz ela. — Pelo menos não mentalmente. — Ela hesita e franze a testa, como se sondasse a própria mente. — Está diferente hoje. Às vezes, estou em outros lugares. E às vezes... gosto mais de lá.

Entendo isso, visceralmente.

Ela olha para mim.

— Seu pai era muito melhor que eu em tudo.

— Ele discordaria. Achava seu trabalho brilhante. Todo mundo acha.

— Tentamos ter filhos durante sete anos — diz minha mãe.

Isso é novidade para mim.

— Tentei tratamentos de fertilidade. Medicina tradicional chinesa. Própolis, romã, vitamina D. Queria tanto ter você. Eu ia ser daquelas mães que tiram tantas fotos do bebê que íamos precisar de um armário só para os álbuns. Eu queria narrar cada passo da sua vida.

Isso está muito distante da Hannah O'Toole que conheço — que *todo mundo* conhece. Uma intrépida fotógrafa da tragédia humana, que não percebeu a aridez que deixou em sua própria família.

— O que aconteceu?

— Eu esqueci você quando fui te levar ao pediatra, você tinha uma semana — diz ela.

— Eu sei. Já ouvi essa história.

— Era uma consulta *sua* e eu te deixei em casa, na cadeirinha de bebê — murmura ela. — Para você ver como eu era péssima mãe.

— Você era distraída — digo, imaginando como cheguei ao ponto de justificá-la.

— Eu era determinada — ela corrige. — Não iria errar de novo se não estivesse por perto para cometer erros. Seu pai... era muito melhor para cuidar de você.

Eu a encaro. Recordo todas as vezes que pensei que eu vinha em segundo lugar, depois de sua carreira; que a fotografia a interessava de uma maneira que eu nunca conseguiria. Jamais imaginei que ela tivesse tão pouca autoconfiança para ser minha mãe.

— Sempre me perguntavam por que eu fotografava catástrofes — diz ela. — Eu tinha uma lista de respostas prontas: pela emoção, para honrar a tragédia, para humanizar o sofrimento. Mas o principal motivo é que eu fotografava desastres para lembrar que eu não era o único.

Há uma diferença, percebo, entre ser determinado e fugir de algo que nos assusta mortalmente.

— Eu te perdoo — digo, e tudo dentro de mim muda.

Não tive muito da minha mãe, entre sua carreira e a demência, mas um pouco é melhor do que nada. Vou aproveitar tudo que conseguir.

— Você lembra da vez que o papai e eu fomos com você ver um tornado? — pergunto.

Ela franze a testa, com olhos nublados.

— Eu lembro — digo suavemente.

Talvez seja o suficiente. O importante não é viver aventuras ou riscar os itens da lista de desejos. É com quem estamos, quem vai nos ajudar a lembrar quando nossa memória falhar.

Minha mãe tosse de novo e desaba nos travesseiros. Quando olha para mim, algo mudou. Seus olhos são um pano de fundo, em vez de uma paisagem. Não há nada por trás deles, exceto ansiedade.

— Temos que chegar até um terreno mais alto — diz ela.

Fico imaginando onde ela está, em que outra hora ou lugar. Espero que seja mais real para ela que o aqui e agora. E que, no fim, seja onde ela escolha estar.

Imagino sua existência encolhendo até ficar do tamanho da cabeça de um alfinete, um buraco no tecido do universo, antes de ela pular para outra vida.

Percebo que ela está adormecendo. Com cuidado, tiro seus óculos. Deixo minha mão se demorar em seu rosto de pele fina como papel. Pouso os óculos ao lado de um livro na mesinha de cabeceira e noto a borda de uma foto antiga que se destaca entre as páginas, como um marcador.

Não sei o que me faz abrir o livro para ver melhor a imagem.

É uma foto péssima da minha mãe, de quando ela era jovem. A metade superior de sua cabeça está cortada e seu sorriso largo está embaçado. Sua mão está estendida, como se ela tentasse pegar alguma coisa.

Alguém.

Eu.

Lembro que era eu atrás da câmera, quando não passava de uma criancinha.

Pronto. Agora você.

Acho que fiz algum barulho, porque minha mãe pisca e pergunta:

— Nós nos conhecemos?

Disfarçadamente, guardo a foto no bolso.

— Sim — confirmo. — Somos velhas amigas.

— Que bom — diz ela com firmeza. — Porque acho que eu não dou conta sozinha.

Penso na equipe, que a qualquer momento pode entrar para ver como ela está. Penso nesse vírus, e que, se eu o pegar de novo, talvez não sobreviva.

— Nem precisa — digo.

Só percebo como estou atrasada quando estou no Uber voltando para o apartamento e vejo que Finn deixou uma enxurrada de mensagens e ligou seis vezes.

— Onde você estava? — diz ele, me abraçando quando entro no apartamento. — Pensei que tivesse acontecido alguma coisa horrível com você.

Já aconteceu, penso.

Pouso a caixa de ferramentas que levei comigo.

— Perdi a noção do tempo — digo. — Minha mãe pegou covid. Tem um surto na The Greens. Mas me disseram que eu não podia visitá-la.

Finn aperta meu braço.

— Meu Deus, Diana, o que eu posso fazer para ajudar? Deve ser terrível para você não poder vê-la.

Não digo nada. Evito seu olhar.

— Diana? — ele chama suavemente.

— Ela está morrendo — digo, sem enrolação. — E tem uma ordem de não ressuscitação. As chances de ela sobreviver são praticamente nulas. — Hesito. — Ninguém sabe que eu estive no apartamento dela.

Ainda. Em algum momento, alguém vai notar a tela rasgada.

De repente, ele me solta.

— Você entrou no quarto de uma paciente de covid? — pergunta.

— Ela não é uma paciente...

— Sem máscara N95...

— Eu tirei a máscara — admito. Agora, em retrospecto, vejo que foi um absurdo. Arriscado. Suicida até. — Ela ficou com medo, não me reconheceu.

— Ela tem demência, *nunca* te reconhece — argumenta Finn.

— E eu não podia deixar que essa fosse a nossa última experiência juntas!

Vejo um músculo se contrair em sua mandíbula.

— Você se dá conta do que fez? — Ele passa a mão pelos cabelos, andando de um lado para o outro. — Quanto tempo você ficou com ela?

— Duas horas... talvez três.

— Sem máscara — repete ele, e eu confirmo. — Pelo amor de Deus, Diana, o que passou pela sua cabeça, porra?

— Que eu podia perder a minha mãe?

— Como acha que eu me senti em relação a *você*? — Finn explode.

— Que eu me *sinto* em relação a você?

— Eu já tive covid.

— E pode pegar de novo — rebate ele. — Ou você sabe mais que o Fauci? Porque, até onde sabemos, é como jogar dados. Mas quer saber do que temos certeza? Que, quanto mais tempo a pessoa passa em um lugar fechado com alguém infectado, maior a probabilidade de pegar o vírus.

Minhas mãos estão tremendo.

— Eu não pensei — admito.

— E também não pensou em mim — Finn retruca. — Porque, agora, eu vou ter que ficar em quarentena e fazer o teste. Quantos pacientes não vou poder atender porque você *não pensou*?

Ele parece um animal enjaulado procurando uma saída.

— Merda, não posso nem ficar longe de você — grita, então entra no quarto e bate a porta.

Estou trêmula por dentro. Toda vez que ouço Finn se mexer no quarto, dou um pulo. Sei que cedo ou tarde ele vai ter que sair para comer, beber ou ir ao banheiro, mas as sombras da tarde se alongam na escuridão da noite.

Nem me preocupo em acender as luzes. Fico sentada no sofá, esperando o acerto de contas.

Aprendi, hoje, que "estar quites" não se aplica aos cuidados de alguém; que o fato de uma pessoa nos negligenciar no passado não significa que devemos abandoná-la no futuro. Mas será que o contrário também acontece? Finn pode ser uma razão tão boa quanto qualquer outra para eu ter sobrevivido a um caso tão grave de covid; ele me manteve atada aqui. Sendo assim, o que devo a ele em troca?

Obrigação não é amor.

É lógico que Finn e eu podemos nos desentender durante uma quarentena, presos juntos dentro de casa. Ele está exausto e eu estou me recuperando, e nada é fácil em uma pandemia. Mas nosso relacionamento costumava ser. Não sei se estou notando as finas rachaduras pela primeira vez ou se acabaram de aparecer. Antes, caminhávamos em direção ao futuro em sincronia, mas agora eu fico tropeçando ou tentando alcançá-lo. Algo mudou entre nós.

Algo mudou em *mim*.

Por volta das nove, a porta do quarto se abre e Finn sai. Vai até a cozinha e abre a geladeira, pega o suco de laranja e bebe da caixinha. Quando se vira, me vê no brilho azulado da luz da geladeira.

— Você está no escuro — diz.

Deixa o suco no balcão e senta na outra ponta do sofá. Acende um abajur e eu estremeço diante da claridade repentina.

— Achei que você tinha ido embora.

Solto uma risada.

— E para onde eu iria?

— É, sei lá.

Olho minhas mãos, apertadas no meu colo, como se não me pertencessem.

— Você... queria que eu fosse embora?

— O que te faz pensar que eu ia querer isso? — Finn parece sinceramente chocado.

— Bom, você ficou muito puto. E tem todo o direito de ficar.

E eu não estou pagando o aluguel, penso.

— Diana... você está feliz?

Olho em seus olhos.

— O quê?

— Não sei. Você parece... inquieta.

— Estamos no meio de uma pandemia — digo. — Todo mundo está inquieto.

Ele hesita.

— Talvez essa não seja a palavra certa. Talvez seja... *aprisionada*. — Ele desvia o olhar, fica mexendo na costura do sofá. — Você ainda quer isso? Nós dois?

— Por que está me perguntando?

Escolho as palavras com cuidado, para não ter que mentir, para ele poder interpretá-las como quiser.

Mais tranquilo, Finn suspira.

— Eu não devia ter gritado com você — diz. — Sinto muito mesmo pela sua mãe.

— Desculpa por ter te contaminado.

Ele dá um leve sorriso.

— Eu precisava mesmo de umas férias.

Dois dias depois, minha mãe está morrendo. Seria de esperar que falar por vídeo com ela inconsciente fosse fácil, depois de toda a energia que gastei tentando me aproximar dela quando criança sem receber nada em troca. Mas me sinto uma boba. Alguém segura o iPad perto da cama dela e finge que não está ouvindo. Olho para o corpo sedado da minha mãe, encolhido sob as cobertas, e tento pensar em assuntos para conversar. Finn disse que é importante eu falar com ela; que, mesmo que eu ache que ela não vai me ouvir, ela vai.

Ele tem razão. A mensagem pode chegar distorcida, mas vai chegar. Minha voz pode ser como uma brisa no mundo onde ela está.

Finn está ao meu lado. Quando fico sem palavras, ele intercede e encanta com a história de como nos conhecemos, diz que está me ensinando as regras do beisebol e que acha que o apartamento é mal-assombrado.

A última coisa que digo durante a ligação é que tudo bem ela ir embora, se for preciso.

Percebo que ela esperou a vida toda ouvir essas palavras de mim, porque, menos de uma hora depois, a clínica me liga para dizer que ela faleceu.

Tomo as providências necessárias de um jeito estranho e imparcial. Decido cremar seu corpo e não fazer um funeral. Lembro que aprendi, quando criança, que os indígenas Shinnecock construíam canoas queimando o meio de um tronco e retirando o miolo. É assim que eu me sinto. Oca, raspada, crua.

Para alguém de quem tive raiva durante tanto tempo, alguém que eu raramente via, ela está me fazendo falta demais.

É incrível a facilidade com que uma pessoa pode sair da nossa vida. É como andar na praia, olhar para trás e ver nossa pegada desaparecendo na areia, lavada pelo mar, como se nunca tivesse existido. Descubro que o luto é muito parecido com um monólogo por vídeo. É o chamado sem resposta, o eco do afeto, a sombra lançada pelo amor.

Mas, só porque não podemos mais ver a pegada, não significa que ela é menos real.

No dia em que recebemos uma mensagem dizendo que as cinzas da minha mãe estão disponíveis para retirada, o *New York Times* publica o obituário dela na seção de covid, "Aqueles que perdemos". Falam de sua ascensão como fotógrafa e de seu Prêmio Pulitzer. Há frases de colegas do *New York Times*, do *Boston Globe* e da Associated Press, de Steve McCurry e sir Don McCullin. Eles se referem a ela como a maior fotógrafa do século XX.

Mas a última linha do obituário não é sobre a arte dela.

Levo o jornal comigo para o quarto e me enfio embaixo das cobertas. Leio a frase, depois leio de novo.

Ela deixa uma filha.

Pela primeira vez desde que recebi a ligação sobre a morte da minha mãe, eu choro.

QUINZE

Vá embora.

DEZESSEIS

Meus olhos estão inchados.
O sol se levanta.
Eu não.

DEZESSETE

Sou a única pessoa no mundo cuja mãe morreu duas vezes?

DEZOITO

— Vamos lá, Rip van Winkle — diz Finn. — Levanta.

Ele puxa as cobertas de cima de mim e eu resmungo. Quando as procuro de novo, ele senta e coloca uma xícara de café na minha mão.

Já estive aqui antes, penso.

Como seria fácil seguir o exemplo dele. Viro de lado e pestanejo.

— Você vai tomar um banho — ordena Finn —, e depois vamos dar uma volta.

Estamos no nono dia de quarentena. Faltam mais cinco para podermos sair do apartamento.

— Como? — pergunto.

Finn sorri timidamente, e percebo que ele está dizendo que vai quebrar as regras por mim. Que ele sabe por que eu tive que visitar minha mãe.

— Um passo de cada vez — diz.

Passei três dias na cama depois que ela morreu. Mais tempo dormindo que acordada.

Nem uma vez voltei para Galápagos, não vi o rosto bronzeado de Beatriz, não ouvi o sotaque de Gabriel.

Não sei por que pensei, enquanto me afogava de novo — dessa vez no luto —, que essa realidade alternativa voltaria.

Sei menos ainda o que significa ela não ter voltado.

Finn e eu caminhamos pela 96th Street, embaixo da FDR, em direção ao East River. Estamos de máscara e passamos bem longe das pessoas, porque, mesmo Finn agindo como um rebelde, ainda é consciente demais para arriscar infectar alguém. Cruzamos com dois sujeitos se injetando e uma mulher com um carrinho de bebê. A grama é verde e exuberante, e as flores se erguem para o sol.

Não há nada como o início do verão em Manhattan. Geralmente há músicos de rua, garotos com tambores feitos de lata, dançarinos de hip-hop desafiando a gravidade, executivos comendo shawarma no rápido intervalo do almoço, menininhas com sapatos de couro branco agarradas a suas bonecas American Girl. Taxistas que acenam em vez de gritar, uma profusão de lírios e todo mundo com cachorro. Agora, as pessoas estão por aí, mas andando depressa, furtiva e cautelosamente. Ninguém se demora. As poucas pessoas que usam a máscara abaixo do nariz recebem olhares feios. Está tudo menos lotado, como se metade da população tivesse sido retirada, e isso me faz pensar se vai ser sempre assim.

O novo normal.

— Você acha que um dia tudo vai voltar a ser como era antes? — pergunto a Finn.

Ele olha para mim.

— Não sei — diz, pensativo. — Quando eu conversava com os pacientes antes de uma cirurgia, eles sempre perguntavam se conseguiriam fazer tudo que faziam antes da operação. Teoricamente, a resposta deveria ser sim. Mas sempre fica uma cicatriz. Mesmo que não seja na barriga, é em algum lugar da cabeça da pessoa, a consciência de que ela não é invencível. Acho que isso muda as pessoas no longo prazo.

Chegamos ao Carl Schurz Park, um dos meus favoritos. Há árvores e jardins de veludo verde e duas escadarias de pedra curvas que sempre me parecem um lugar onde um conto de fadas deve começar. Há um parquinho para crianças e uma estátua de bronze do Peter Pan.

Sentamos em um banco em frente à estátua.

— Você tinha razão, eu precisava sair. — Bato o ombro no de Finn. — Obrigada por cuidar de mim.

— É para isso que estou aqui — diz ele.

Respiro fundo através da máscara.

— Eu sempre gostei deste parque.

— Eu sei.

Ele se reclina, virando o rosto para o sol, com as mãos dentro da jaqueta. Se não fosse pelo fato de ainda estarmos no meio de uma pandemia, seria um dia absolutamente perfeito.

Quando percebo que Finn não está só relaxando, suas mãos já não estão nos bolsos. Vejo uma caixinha equilibrada em seu joelho.

— Eu sei que não é o momento mais oportuno — diz —, mas, quanto mais penso nisso, mais percebo que é. Eu quase perdi você. E agora a sua mãe... Bom, todos os dias contam. Não me importa se nada voltar ao normal, porque eu não quero voltar para trás. Quero ir para frente, com você. Quero filhos para trazer aqui e empurrar nos balanços. Quero o cachorro e o jardim e todas as coisas que sonhamos todos esses anos.

Finn apoia um joelho no chão.

— Casa comigo? — diz. — Já fizemos a parte da doença. Que tal tentar a da saúde?

Abro a caixa e vejo o solitário, simples e lindo, refletindo a luz para mim.

A um metro de distância, Peter Pan está congelado no tempo. Fico imaginando quantos anos ele passou na companhia de Wendy antes de esquecer que sabia voar.

— Di? — diz Finn, rindo de nervoso. — Fala alguma coisa?

Olho para ele.

— Por que você não é mágico?

— O quê? Porque... sou cirurgião? Por que estamos falando disso?

— Você disse que queria ser mágico. O que mudou?

Sem graça, ele se senta de novo ao meu lado, sabendo que o momento passou.

— Ninguém é mágico quando cresce — murmura.

— Isso não é verdade.

— Mas é diferente. Quem faz isso profissionalmente não faz mágica. Fica só distraindo a gente para não vermos os truques.

Finn sempre foi minha âncora. O problema é que a âncora não só nos impede de sair à deriva. Às vezes, ela nos puxa para baixo.

Eu poderia pintar Finn de cor: cada sarda, sombra e cicatriz. Mas, de repente, é como ver alguém que reconhecemos no meio da multidão, chegar perto e perceber que a pessoa não é quem pensávamos ser.

Ele esfrega a nuca.

— Escuta, se você precisar de tempo... Se eu julguei mal... — Ele me olha nos olhos. — Não é isso que você quer? O que planejamos?

— Não dá para planejar a vida, Finn — digo baixinho. — Porque aí você tem um plano. Não uma vida.

Pode não haver uma razão para eu ter sobrevivido à covid. Pode não haver um homem melhor do que esse sentado ao meu lado. Mas eu não sou a mesma pessoa que era quando Finn e eu imaginamos o futuro... E acho que não quero ser.

Talvez não sejamos capazes de escolher a nossa realidade. Mas podemos mudá-la.

Ainda estou segurando o anel. Eu o coloco na palma da mão dele e fecho seus dedos ao redor.

Finn olha para mim, arrasado.

— Não entendo — diz, rouco. — Por que você está fazendo isso?

Eu me sinto impossivelmente leve, como se fosse feita de ar e pensamento, não de carne.

— Você é perfeito, Finn — digo. — Só não é perfeito pra mim.

EPÍLOGO

Maio de 2023

Pergunte a qualquer pessoa que quase morreu. Ela vai dizer que devemos viver o momento.

Infelizmente, isso é impossível. Os momentos não param de se suceder.

Só podemos passar de um momento ao seguinte, buscando *o que* mais amamos com *quem* mais amamos. E todos esses momentos, somados? Isso é a nossa vida.

Listas de desejos não são importantes. Marcos não são importantes. Nem metas. Conquistamos as vitórias de pequenas maneiras. Acordei esta manhã? Tenho um teto sobre a minha cabeça? As pessoas de quem eu gosto estão bem? Não precisamos das coisas que não temos. Só precisamos do que temos. E o resto? O resto é lucro.

Faz três anos que me recuperei da covid; dois anos que fui vacinada; um ano que me formei em arteterapia e abri meu consultório. Comecei a economizar desde então e cheguei até aqui.

Viro o rosto para o vento. A água espirra nos meus óculos de sol, então eu os tiro e deixo meu rosto se molhar. Dou risada, simplesmente porque posso.

Demorou um pouco para o país reabrir, e mais ainda para reabrirem as fronteiras. Tive que criar coragem para dar os menores passos: comer *dentro* de um restaurante. Não surtar quando esquecia a máscara em casa. Entrar em um avião.

A balsa está lotada. Há uma família com três filhos bagunceiros e um bando de adolescentes debruçados sobre um celular. Um grupo de turistas do Japão está ouvindo o líder apontar, em um álbum de fotografias submarinas, os diversos tipos de peixes que eles podem ver durante o mergulho. O condutor do barco grita quando nos aproximamos de um cais, onde vários táxis aquáticos nos esperam para nos conduzir pelo trecho final.

É uma viagem de cinco minutos. Pago o condutor e desço no cais de Puerto Villamil. Vejo um leão-marinho estendido na areia à minha frente, largo e imóvel como um continente. Pego meu celular e tiro uma foto, depois mando uma mensagem.

Imediatamente, Rodney responde: COMO OS LATINOS SÃO SEXY.

Digito depressa: Você recebeu essa mensagem, né?

Não, ele responde.

Rodney e eu moramos juntos no Queens desde que saí da casa de Finn. Terminar um namoro nunca é fácil, muito menos durante uma pandemia. Mas, duas horas depois que liguei para Rodney e contei sobre a morte da minha mãe e o pedido de casamento de Finn, ele pegou um avião. Sobrevivemos com o seguro-desemprego até que a Sotheby's contratou Rodney de volta. A essa altura, eu já estava matriculada na NYU.

Rodney queria vir comigo para Galápagos, mas eu precisava fazer isso sozinha. É o último capítulo, hora de terminar o livro.

Vi Finn apenas uma vez depois que terminamos. Nós nos cruzamos justamente na pista de corrida ao longo do East River. Ele estava voltando do hospital e eu estava correndo. Ouvi dizer que ele está noivo de Athena, a enfermeira que fez a máscara de girassol para mim.

Espero que ele esteja feliz, de verdade.

Puerto Villamil está lotada. Há bares ao ar livre com música, transbordando de clientes, uma barraca de tacos com uma fila grande, crianças descalças chutando uma bola de futebol. O lugar tem a atmosfera preguiçosa e ébria de uma cidade turística, e não sou a única pessoa arrastando uma mala de rodinhas pela rua arenosa.

Um nó górdio de iguanas se desfaz e elas se espalham quando as rodinhas da minha mala se aproximam. Olho no celular o endereço da Casa del Cielo, mas os hotéis ficam todos em uma fileira bem organizada, como dentes brancos e brilhantes à beira do oceano. O meu é pequeno, um hotel-butique. Suas paredes refletem o sol e uma placa de mosaico azul mostra seu nome.

Não se parece em nada com o hotel com que sonhei.

Quando me aproximo, vejo um casal saindo. Eles seguram a porta para mim, puxo minha mala para dentro e vou até a recepção.

O ar-condicionado sopra sobre mim enquanto dou meu nome. O recepcionista, um garoto em idade universitária, tem cabelos tingidos de loiro-platinado e um piercing no nariz. Fala um inglês perfeito.

— Já esteve aqui antes? — pergunta ele quando lhe entrego meu cartão de crédito.

— Não de verdade — digo, e ele sorri.

— Parece uma boa história.

— E é.

Ele me dá a chave do quarto, presa a um pedacinho de casca de coco polida.

— A senha do wi-fi está atrás — diz —, mas o sinal não é muito bom.

Não posso evitar e dou risada.

— Se precisar de alguma coisa, é só discar zero — instrui ele.

Agradeço e pego a alça da minha mala. Pouco antes de chegar ao elevador, eu me viro e pergunto.

— Tem alguma Elena que trabalha aqui?

Ele sacode a cabeça.

— Não que eu saiba.

— Tudo bem. Devo ter me enganado.

Minha tese de mestrado foi sobre a confiabilidade da memória e como ela falha conosco. No Japão, há monumentos chamados pedras do tsunami — placas gigantes no litoral que alertam os descendentes dos primeiros colonos a não construir casas depois de certo ponto. Datam de 1896, quando dois tsunamis mataram vinte e duas mil pessoas. Os japoneses acreditam que são necessárias três gerações para esquecer. Quem passa por um trauma o transmite aos filhos e aos netos, e depois a lembrança se esvai. Para os sobreviventes de uma tragédia, isso é impensável — qual é o sentido de viver algo terrível se não pudermos transmitir as lições que aprendemos? Já que nada jamais substituirá tudo que perdemos, o único sentido é garantir que ninguém mais passe pelo que passamos. As memórias são nossa proteção para não cometer os mesmos erros.

Em minha clínica de arteterapia, comecei a trabalhar com pessoas cuja vida foi afetada pela covid — que perderam o emprego ou entes queridos, ou que sobreviveram ao vírus e (como eu) ficaram se perguntando por quê. Nos últimos três anos, meus pacientes e eu criamos três pedras da pandemia — de três metros de altura por um de largura, esculpidas e pintadas por sobreviventes com imagens e palavras que evocam a sabedoria que têm agora, mas não tinham antes. Temos famílias desenhadas com bonequinhos de palito, algumas acinzentadas pela morte. Temos mantras: "Encontre sua alegria. Não vale a pena se matar por nenhum trabalho". Temos imagens de punhos negros erguidos em solidariedade, de um globo em forma de coração, de uma seringa cheia de estrelas. A primeira que terminamos foi instalada no saguão do MoMA, no último aniversário da pandemia.

O obelisco fica três andares abaixo de uma das fotos da minha mãe.

Explorar Isabela é meio como revisitar uma cidade que eu visitei quando estava chapada. Algumas coisas são exatamente como eu lembro — como a lava *pahoehoe*, preta e lisa, e o cotovelo de areia depois do hotel. Devo ter visto fotos desses lugares quando estava planejando a viagem com Finn, e elas se fixaram em algum lugar do meu inconsciente, a ponto de eu conjurá-las com legitimidade. Mas outras partes da ilha são surpreendentemente diferentes, como o lugar onde as pangas atracam com a pesca diária e a arquitetura das casinhas que salpicam a rua que sai da cidade. A casinha de Abuela, assim como o apartamento no porão, simplesmente não existe.

Amanhã, vou fazer um passeio pela ilha. Quero ver o vulcão e os *trillizos*. Mas agora, como foi um voo longo e preciso esticar as pernas, visto um short, um par de tênis e uma regata, faço um rabo de cavalo e vou até a beira d'água. Tiro os sapatos e fico de joelhos, observando os aratus-vermelhos pintarem as pedras de bolinhas. Pouso as mãos nos quadris e olho para as nuvens, depois para o outro lado do oceano, onde há uma ilhazinha que nunca existiu no meu sonho. Respiro fundo, pensando que, da última vez que estive aqui, não conseguia respirar.

Sento em uma pedra, com uma iguana que não se incomoda com a companhia, e espero meus pés secarem antes de calçar os tênis de novo. Então corro para longe da cidade. Outra coisa que não se parece em nada com a minha imaginação é a entrada do Centro de Criação de Tartarugas. É bem turístico, há placas, mapas e desenhos de ovos e tartarugas recém-nascidas.

Um casal sorri para mim quando passo por eles.

— Está fechado — diz a mulher —, mas dá para ver as tartaruguinhas nos cercados do lado de fora.

— Obrigada — digo e sigo até a ferradura de cercados.

Sob os cactos, as tartarugas se amontoam, esticando o pescoço enrugado à espreita de perigos que possam estar meio palmo adiante. Uma abre a boca e mostra a língua rosa e triangular.

As tartarugas estão separadas em ordem de tamanho. Alguns cercados têm duas ou três, outros estão abarrotados. Os bebês não são maiores que meu punho e ficam se escalando, criando sua própria pista de obstáculos.

Uma tartaruguinha consegue subir na carapaça de outra, e as duas ficam empilhadas por um momento tenso, até que a de cima tomba de costas.

Fica pedalando com os pés no ar e a cabeça dentro da carapaça.

Olho em volta para ver se algum funcionário vai virar a coitadinha.

Ora... são bebês, não podem ser perigosas.

A mureta chega à altura da minha coxa. Apoio o pé nela com a intenção de subir, completar uma missão de resgate e sair.

Não sei por que a sola do meu tênis escorrega.

— *Cuidado!*

Sinto uma mão pegar meu pulso um instante antes de eu cair.

E me viro.

NOTA DA AUTORA

Os seres humanos gostam de marcar as tragédias. Todos se lembram de onde estavam quando Kennedy foi baleado, quando as Torres Gêmeas caíram, e a última coisa que fizeram antes de o mundo fechar devido à pandemia de covid-19.

Eu estava em um casamento em Tulum, no México. A noiva era uma atriz que, dali a um mês, estrelaria a adaptação musical off-Broadway de *Between the Lines*, um romance que escrevi com a minha filha. Fui ao casamento com a libretista e o marido, e nossa diretora e o marido. Sentamos juntos à mesa, bebemos margaritas e nos divertimos muito. De lá, fui encontrar meu marido em Aspen, onde meu filho ia pedir a namorada em casamento. Havia rumores sobre o coronavírus, mas não parecia real.

Então fomos informados, no hotel, de que um hóspede havia testado positivo. Quando voltamos para casa, New Hampshire estava entrando em lockdown. Minha última ida a um supermercado foi em 11 de março de 2020 (e, até agora, nunca mais fui). Uma semana depois, eu soube que todas as pessoas que estavam na minha mesa no casamento haviam contraído covid. Duas foram internadas.

Eu nunca peguei.

Tenho asma e levei o isolamento muito a sério. Posso contar nos dedos o número de vezes que saí de casa no último ano, sendo que, nos anos anteriores, somando minhas viagens, ficava fora seis meses por ano. Dois dos meus filhos e suas parceiras contraíram covid, felizmente com sintomas leves. Quando meu marido ia comprar comida e um atendente menosprezava a necessidade de máscaras ou o distanciamento social, ele fazia questão de avisar que nossos filhos estavam doentes. Como Finn testemunha neste livro, as pessoas geralmente dão um passo atrás quando ouvem isso, como se só falar da doença fosse contagioso.

E eu? Eu fiquei em casa, paralisada de medo. Se já não conseguia respirar bem em um dia *normal*, não podia nem imaginar o que a covid faria com meus pulmões. Vivia tão ansiosa que não conseguia me concentrar em nada — o que significava que não conseguia me distrair com meu trabalho. Não conseguia escrever, não conseguia nem ler. Depois de algumas páginas, era impossível me concentrar.

A dificuldade de leitura passou primeiro, graças aos romances, único gênero em que eu conseguia me perder na época. Acho que eu precisava saber que existia um final feliz, ainda que fictício. Mas escrever ainda era uma coisa elusiva. Comecei a trabalhar em um livro que deveria coescrever para lançar em 2022, tentando estimular minha memória muscular fazendo pesquisas (via Zoom, desta vez), e meu cérebro acabou lembrando como criar um livro. Mas, enquanto trabalhava nessa história, ficava me perguntando: Como vamos relatar essa pandemia? Do ponto de vista de quem? Como vamos contar a história de um mundo que fechou, por que fechou e o que aprendemos com isso?

Vários meses após o início da pandemia, eu me deparei com uma matéria sobre um japonês que havia ficado preso em Machu Picchu durante o período. Ele havia ficado preso lá em virtude das restrições para viajar e, por necessidade, deixara de ser turista e passara a fazer parte da comunidade. Por fim, os habitantes solicitaram ao governo que abrisse aquele local histórico só para ele, e finalmente ele teve a oportunidade de vivenciá-lo como turista. De repente, eu sabia como escrever sobre a covid.

A emoção mais predominante de todas as que sentimos no ano que passou foi o isolamento. O estranho é que foi uma experiência compartilhada, mas, mesmo assim, nós nos sentimos sozinhos e à deriva. Isso me fez pensar que o isolamento pode ser devastador... mas também pode ser um agente de mudança. E *isso* me fez pensar em Darwin. A evolução nos diz que é pela adaptação que sobrevivemos.

Eu nunca estive em Machu Picchu e, obviamente, não poderia ir lá para fazer pesquisas. Mas estive em Galápagos anos atrás e fiquei me perguntando se um turista poderia ter ficado preso lá durante a pandemia. E, sim, um jovem turista escocês chamado Ian Melvin teve que ficar na ilha Isabela, em Galápagos, durante meses, enquanto as viagens eram restritas. Localizei Ian para poder entrevistá-lo, e também alguns nativos que ele conheceu lá — Ernesto Velarde, que trabalha na Fundação Darwin, e Karen Jacome, uma guia naturalista. Eu queria escrever sobre como é ficar preso no paraíso enquanto o resto do mundo está vivendo no inferno.

Mas também queria falar sobre *sobrevivência*. Sobre a resiliência do ser humano. É impossível atribuir significado às incontáveis mortes e pequenas perdas que todos sofremos; mas, ainda assim, vamos ter que dar sentido a esse ano perdido. Para isso, comecei entrevistando os profissionais da saúde que estavam nas trincheiras lutando contra a covid desde o início. Eles me falaram da frustração, da exaustão e da determinação de não deixar esse vírus maldito vencer. Derramei o coração desses profissionais na voz de Finn e espero ter feito justiça a eles. Jamais vamos conseguir lhes agradecer o bastante pelo que fizeram, nem apagar as lembranças do que viram.

Depois disso, recorri a pessoas que tiveram covid tão grave que precisaram ser entubadas e sobreviveram para contar. Vale a pena destacar que, quando fiz um apelo nas redes sociais em busca de sobreviventes que estiveram entubados, recebi mais de cem respostas em uma hora. No geral, as pessoas com quem falei (que eram de todas as idades, tamanhos e raças — esse vírus não discrimina) queriam que os outros soubessem que a covid *não é* só uma gripezinha, que há uma razão para usar máscara e fazer distanciamento social, e a política não tem que ter papel nisso. Como Diana, quase todas as pessoas que entrevistei experimentaram sonhos lúcidos incrivelmente detalhados, alguns que eram fragmentos de tempo e outros que duravam anos.

Tenho quase certeza de que sou a única pessoa a catalogar essas experiências até agora, porque há coisas muito mais importantes que precisamos saber sobre a covid, mas achei fascinante o fato de que esses sonhos podiam ser divididos em quatro categorias: sonhos com porão, com experiência de contenção ou sequestro, com um ente querido morto que reaparece ou com um ente querido que está morrendo (que, quando o paciente de covid recobrou a consciência, estava bem vivo). Os sonhos lúcidos dos meus entrevistados se transformaram nas postagens do Facebook que Diana lê. Caroline Leavitt, uma escritora que amo, escreveu várias vezes sobre sua própria experiência de coma induzido e compartilhou detalhes comigo sobre esse "outro lugar" que às vezes ela ainda visita durante o sono — onde ela não é escritora, e sim professora; onde ela é solteira; onde tem outra aparência, mas sabe que é ela; onde passou *anos*. Existe todo tipo de explicação para essas experiências lúcidas e inconscientes; a questão principal é que simplesmente não sabemos o suficiente sobre o cérebro para entender por que acontecem e o que significam.

A última pergunta que fiz a cada entrevistado foi: "De que forma essa experiência mudou a maneira como você pensa no resto da sua vida?"

As respostas me levaram de volta ao conceito de isolamento. Quando nos encontramos totalmente sozinhos — em um penhasco ou em um respirador —, o único lugar para encontrar força é em si mesmo. Como uma mulher me disse: "Não procuro mais nada fora de mim. Fiquei, tipo: É isso aí. Eu tenho tudo de que preciso". Tendo sido internados com covid ou não, todos nós temos uma noção muito mais clara do que é importante. Entendemos que não é a promoção, nem o aumento, nem o carro chique, nem o jato particular. Não é entrar em uma faculdade da Ivy League, nem completar uma maratona, nem ser famoso. Não é fazer hora extra porque nosso chefe espera isso. É reservar um tempo para admirar a beleza da geada pela janela. É poder abraçar a mãe ou pegar o neto no colo. É não ter expectativas, mas não achar que nada é garantido. É entender que uma hora a mais no trabalho é uma hora a menos jogando bola com nosso filho. É perceber que podemos acordar amanhã e o mundo estar fechado. É saber que, no fim da vida, não importa qual seja nosso patrimônio e o tamanho do nosso currículo, a única coisa que queremos é alguém ao nosso lado, segurando nossa mão.

Quando tento entender o ano que passou, me parece que o mundo fez uma pausa. Ao pararmos de nos movimentar, percebemos que as formas que escolhemos para nos validar eram listas de coisas ou experiências que precisávamos ter, objetivos monetários ou mercenários. Agora, fico me perguntando por que os objetivos eram esses. Não precisamos dessas coisas para nos sentir inteiros. Precisamos acordar de manhã, precisamos do nosso corpo funcionando. Precisamos curtir uma refeição. Precisamos de um teto para nos abrigar. Precisamos nos cercar de pessoas que amamos. Precisamos valorizar as vitórias de um jeito bem menor.

E precisamos nos lembrar disso, mesmo quando não estivermos mais no meio de uma pandemia.

— Jodi Picoult, março de 2021

AGRADECIMENTOS

Sou uma escritora rápida, mas acho que quebrei um recorde de velocidade com este livro. Isso não teria sido possível sem a ajuda das seguintes pessoas:

Por refrescar minha memória sobre as Galápagos: Ian Melvin, Karen Jacome, Ernesto Velarde. (NOTA: Embora a ilha Isabela tenha realmente fechado para turistas, isso aconteceu em 17 de março de 2020, não em 15 de março, como neste livro. Isso foi liberdade artística minha, não erro dos meus consultores!)

Por me ensinar como foi ser profissional da saúde durante a covid: dr. Barry Nathanson, dra. Kim Coros, dr. Vladislav Glebovich, Carrie Munson, Kathleen Fike, Meghan Bohlender, dra. Grecia Rico, dra. Ema-Lou Ranger, dra. Alli Hyatt, dra. Samantha Ruff, Meghan Summerall, Kendal Peters, Megan Brown, Lewis Simpson, Stefanie Ryan, Jennifer Langford, Meagan Campuzano, dr. Francisco Ramos.

Por compartilhar sua cidade imaginária comigo (e por sua franqueza, honestidade e talento maravilhoso de escritora): Caroline Leavitt.

Por me ajudar a matar uma pessoa fazendo mergulho: Christopher Crowley.

Por textos frenéticos sobre a cidade de Nova York e a geografia do Central Park: Dan Mertzlufft.

Por me ensinar sobre arteterapia e adolescentes que se automutilam: dra. Sriya Bhattacharyya.

Por me ensinar sobre arte, negócios nas artes visuais e por criar um falso Toulouse-Lautrec extraordinariamente convincente (e também por amar meu filho Jake): Melanie Borinstein.

Por serem sobreviventes e por sua franqueza sobre como é ter covid na forma mais grave: Vicki Judd, Kabria Newkirk, Caroline Coster, Karen Burke-Bible, Chris Hansen, Don Gillmer, Lisa e Howard Brown, Felix Torres, Matt Tepperman, Shirley Archambault, Alisha Hiebert, Jennifer Watters, Pat Conner, Jeri Hall, Allison Stannard, Sue McCann, LaDonna Cash, Sandra e Reggie McAllister, Teresa Cunningham, Katie White, Lisa Dillon.

Por me apresentar as pedras do tsunami: dr. Daniel Collison.

Por criar mortes fictícias em penhascos inconcebíveis e por estar em minha bolha ambulante anticovid: Joan Collison, Barb Kline-Schoder, Kirsty Depree, Jan Peltzer.

Por me encorajar a escrever quando eu dizia que achava que não deveria e/ou por ler os primeiros rascunhos: Brigid Kemmerer (que é a *melhor* parceira crítica), Jojo Moyes, Reba Gordon, Katie Desmond, Jane Picoult e Elyssa Samsel.

Agora, os destaques do time editorial. Criar um livro leva muito tempo. Não é só escrever, é preparar, revisar, cuidar do design e do marketing e de todas as outras coisas que precisam acontecer para que o leitor possa lê-lo. Um dia, em março, mandei um e-mail à minha editora dizendo: "Surpresa, aqui está um livro que nunca planejei escrever!" Jennifer Hershey, que é a editora mais brilhante e a líder de torcida mais feroz do mundo, reagiu da melhor maneira possível: adorou o livro e quis publicá-lo enquanto ainda estávamos tentando entender o que aconteceu em 2020. Minha agente/amiga/parceira no crime, Laura Gross, foi igualmente fundamental para alcançar este feito hercúleo. Minha assessora de imprensa, Susan Corcoran, tem o maior coração e a mente mais afiada do mundo, e eu não faria nada disso sem ela ao meu lado. E também os integrantes da máquina bem azeitada da Ballantine, que tornou possível esta publicação em tempo recorde: Gina Centrello, Kara Walsh, Kim Hovey, Deb Aroff, Rachel Kind, Denise Cronin, Scott Shannon, Matthew Schwartz, Theresa Zoro, Kelly Chian, Paolo Pepe, Erin Kane, Kathleen Quinlan, Corina Diez, Emily Isayeff, Maya Franson, Angie Campusano. Vocês são meu exército e me fazem sentir invencível.

Agradeço infinitamente à minha família, que me manteve sã enquanto eu subia pelas paredes ano passado: Kyle e Kevin Ferreira van Leer, que faziam as palavras cruzadas do *New York Times* e jogos de soletrar comigo diariamente; e ao quarteto extraordinário: Sammy e Frankie Ramos, Jake van Leer e Melanie Borinstein.

Finalmente, obrigada ao único homem com quem eu gostaria de ficar confinada em um espaço fechado por mais de trezentos e sessenta e cinco dias: Tim van Leer. Apesar de você editar minhas listas de compras para torná-las mais saudáveis, vou te amar para sempre, independentemente do mundo onde estivermos.

Impresso no Brasil pelo Sistema Cameron da Divisão Gráfica da
DISTRIBUIDORA RECORD DE SERVIÇOS DE IMPRENSA S.A.